ANDREA VITALI (Bellano 1956) ha pubblicato numerosi romanzi, tra i quali *La figlia del podestà* (premio Bancarella 2005), *Almeno il cappello* (finalista premio Strega e premio Campiello 2009) e i più recenti *Quattro sberle benedette* (2014) e *Biglietto, signorina* (2014). I suoi libri sono tradotti in 11 lingue.

....

Bellano nel 1915 è un tranquillo paesello sul lago di Como. Un giorno come un altro, però, arrivano Giovenca Ficcadenti, alta, bionda, bellissima, e la sorella Zemia, di notevole bruttezza, per aprire una merceria. E sconvolgere gli equilibri del borgo: Geremia, impazzito d'amore per Giovenca, minaccia di buttarsi nel lago se non potrà sposarla. Il paese inizia così a mormorare, in un caleidoscopio di storie che vanno a formare un coro ironico di furbizie, segreti e irresistibili pettegolezzi.

Rizzoli VINTAGE

Andrea Vitali

Premiata Ditta
Sorelle Ficcadenti

Rizzoli

© 2014 RCS Libri S.p.A., Milano
Pubblicato in accordo con Factotum Agency, Milano

ISBN 978-88-17-07857-3

Prima edizione Rizzoli: febbraio 2014
Prima edizione Rizzoli Vintage: gennaio 2015

www.rizzoli.eu

Premiata Ditta Sorelle Ficcadenti

Agli uomini di legge chiedo scusa,
chi scorre queste righe capirà.
Rabelais mi ha indotto a tanto.
Per così poco, principi del foro,
non fatevi la vita Amara.
Non datemi condanne, sorridete.
Il vostro umile servo, scribacchino.

PERSONAGGI PRINCIPALI

GIOVENCA FICCADENTI
La sorella bella.
Alta, bionda, appariscente.

ZEMIA FICCADENTI
La sorella brutta.
A incontrarla di notte c'era da credere
che i morti ogni tanto uscissero dalla tomba.

IL GEREMIA
In paese e in fabbrica, si mormorava
che gli mancasse qualche giovedì.

LA STAMPINA
Benedetta donna,
e prediletta dal Signore!

DON PRIMO
Il prevosto di Bellano.
Dalla sua poltrona consigliava
o sconsigliava matrimoni,
e alcuni li combinava.

REBECCA
La perpetua, convinta di vedere ovunque
il fiammeggiare del *diàol bestia*.

NOVENIO
Poeta fallito.
Scartato dall'esercito
perché aveva un coglione solo.

IL NOTARO
I preti non gli andavano a genio,
con loro non si combinavano affari lucrosi.

I

Come, dove e quando l'avesse vista, lo sapeva il Signore.

Sta di fatto che, da quel momento, Geremia Pradelli non era più stato lui.

Ormai c'era un Geremia di prima e un Geremia di adesso.

Quello di prima aveva trentadue anni, un viso lievemente asimmetrico, spalle da muratore (sebbene dopo essere stato aiuto fornaio alle dipendenze dei fratelli Scaccola fosse entrato alle dipendenze del locale cotonificio), fronte alta sulla quale spiccava, a destra, un bozzo frontale, frutto di un colpo di scopa menatogli vent'anni prima dal padre, capelli neri, fitti e irti.

Era figlio di Stampina Credegna e di Amerisio Pradelli. Dal padre aveva preso le larghe spalle e l'asimmetria del viso. Dalla madre invece i capelli e soprattutto il carattere. Che era docile, di buon comando, tetragono alla fatica. Timoroso di Dio e dei suoi comandamenti che avevano nella Stampina una rigorosa ed esemplare interprete.

Benedetta donna, diceva di lei don Primo Pastore, prevosto di Bellano, e prediletta dal Signore!

Nel 1913 la Stampina s'era beccata il *morbus hungaricus*, come il dottor Pathé incapace di rinunciare al vezzo di un aulico parlare chiamava il tifo petecchiale, e l'aveva trasmesso al resto della famiglia. A suo giudizio, più che la Carbotrofina, il Maxicalcium e il Pantasol prescritti dal medico, era stata la fede a salvare lei e i suoi

11

dalla disperazione e dalla morte. Aveva infatti pensato che se il suo momento, o quello di uno dei suoi familiari, era arrivato, lei, come loro, avrebbe dovuto serenamente accettare il destino.

Però quale fosse il suo destino non poteva saperlo, a meno di non volersi presuntuosamente paragonare al Creatore. Quindi, scettica più che mai verso gli intrugli tra l'altro costosi del Pathé, s'era rivolta alla Madonna del santuario di Lezzeno sopra Bellano, pregando affinché aiutasse tutti e tre a superare la malattia. Se la sorte di qualcuno di loro fosse invece ormai segnata, la Stampina aveva offerto suo marito che, a sessant'anni, non aveva una giuntura che non fosse artrosica e in casa era utile quanto un soprammobile.

Poi aveva suggellato la preghiera con un voto solenne di cui aveva informato marito e figlio. Sul contenuto aveva mantenuto il segreto.

«A guarigione avvenuta, se guarigione ci sarà, ne verrete a conoscenza.»

Il primo a guarire era stato l'Amerisio. Tanta generosità dall'alto dei cieli aveva convinto la Stampina che presto la stessa benedizione sarebbe toccata anche a lei e al figlio, visto che l'uomo, senza l'aiuto di loro due, sarebbe morto d'inedia. Così infatti era stato, dopodiché la donna aveva svelato in cosa consistesse il voto: compattare una squadra di cinque, sei donne che, al suo comando, avrebbero settimanalmente provveduto alla pulizia della chiesa, intervenendo anche nelle occasioni in cui, a causa di pioggia o neve, il pavimento della prepositurale diventava lercio.

Il signor prevosto aveva accettato con vivo piacere quel servizio di cui la sua chiesa aveva così tanto bisogno, ma il voto della Stampina aveva previsto anche una parte da assegnare al figlio Geremia. Da quel momento in avanti, lui e non altri si sarebbe occupato del giardino della canonica al posto del sagrestano titolare, Aristide Schinetti, il quale, a detta del dottor Pathé, soffriva di "artrite tattica" con effetti collaterali devastanti su piante e fiori. Il Geremia aveva accettato di buon grado, e anche con un certo orgoglio, il compito di potare piante e rose, rasare il prato, seminare fiori, rinnovarli quando morivano e riparare muretti. Sarebbe stato un sagrestano perfetto, aveva più volte pensato il signor prevosto, considerando quanto fosse preciso, forte e anche celibe, condizione, quest'ultima, che aveva sempre ritenuto non esclusiva ma comunque di buon augurio per chi si avviava alla professione di scaccino.

E il Geremia, alla bella età di trentadue anni, era decisamente avviato su quella strada.

Guardando lavorare madre e figlio, il prevosto tirava dei bei sospiri e li lasciava tornare a casa solo dopo averli benedetti e assicurando loro che il Signore, quel dì che veniva per tutti, li avrebbe degnamente ricompensati.

Oltre all'impegno con le verzure della canonica, il Geremia aveva il suo bel lavoro, operaio al cotonificio con prevalenti mansioni atte a sfruttare la sua forza fisica: aiutava in magazzino, caricava e scaricava i vagoni dei treni che portavano all'interno dell'opificio la materia prima e ne ripartivano carichi con i filati pronti per essere definitivamente lavorati. Non aveva vizi. Ne avesse avuti gli sarebbe mancato il tempo per praticarli. Finito il turno filava diritto a casa per dare una mano alla madre, soprattutto per gestire quel padre anchilosato che, quand'era in giornata, muoveva da sé millimetrici passi, sennò bisognava caricarselo sulle braccia per portarlo a letto, al cesso, a tavola per mangiare, imboccato dalla Stampina.

Non erano pochi, in paese e in fabbrica, a mormorare che al Geremia mancava qualche giovedì. Era infatti difficile credere che un uomo regolare di zucca e borsa potesse andar contento solo di casa, chiesa e bottega.

Fosse anche stato così, il giovanotto non aveva mai dato segno che proprio quel giorno della settimana, così importante nel suo destino, fosse latitante.

Mai un litigio, un battibecco, un atto di ribellione.

Questo prima.

Dopo, invece, dopo aver visto chissà dove, come e quando quella, il Geremia era diventato un'altra persona. Dentro la zucca gli erano spuntate idee nuove e fantasiose.

La Stampina, passato un mese di patimenti, di preghiere, di invocazioni, di penitenze e di nuovi, eccentrici voti, decise che da sé non sarebbe riuscita a niente. Le ci voleva un alleato, qualcuno che le desse manforte, saggi consigli e, nel caso, agisse in vece sua per rimettere il Geremia in carreggiata. E l'unico cui poteva pensare era il signor prevosto. Una sera di fine novembre 1915 passò all'azione. Con una luna in cielo che sembrava l'asola di una tonaca, il silenzio quello di un cimitero, cimitero lo stesso paese, le cui rare finestre ancora illuminate sembravano il riflesso di una veglia funebre e ogni cosa, case, alberi, fin l'acqua del lago parevano stretti nell'irrimediabile gelo della morte, si incamminò alla volta della canonica.

2

Con quel freddo anche i gatti erano andati in letargo e s'era scatenata un'epidemia di geloni. Alla perpetua Rebecca ne erano spuntati due, uno per orecchio: difformi, bitorzoluti, pruriginosi. Faceva di tutto per non grattarseli e continuava a farlo sino a che sanguinavano.

Quella sera, tra una grattatina e l'altra, stava cercando di portare a termine l'ennesimo lavoro a uncinetto della sua vita. Tempo sprecato, non aveva il dono. Ingarbugliava i punti, sbagliava i conti e alla fine, quando si trovava tra le mani uno sgorbio, lo buttava nella stufa.

Guai però, mai arrendersi.

Anche perché tra le frequentatrici della canonica godeva fama di abilissima ricamatrice, avendo sempre spacciato per arte propria i centrotavola, le tovagline, i sottobicchieri che il signor prevosto nel corso degli anni aveva ricevuto in regalo. Al punto che alcune le avevano chiesto di ricevere qualche lezione privata.

«Vedarèm» era sempre stata la sua risposta.

Erano ormai le dieci di sera, Rebecca aveva ceduto all'abbiocco, il centrino cui aveva lavorato era appoggiato sul tavolo di cucina, pronto per la stufa, quando il campanello della canonica squillò.

Sulle prime, ridestandosi di scatto, la perpetua non credette alle proprie orecchie. Fu propensa a pensare di aver sognato la sveglia del mattino. Prese dal tavolo lo sgorbio, aprì il portello della stufa e ve lo buttò.

«Va' a l'inferno» mormorò, guardando incantata e terrorizzata al contempo le fiamme che distruggevano il suo lavoro.

Il campanello suonò per la seconda volta. I geloni diventarono di fuoco, il prurito intensissimo. Non riusciva a distogliere gli occhi da quelle vampe ravvivate dal suo maldestro centrino e che, come sempre quando le guardava, rinfrescavano in lei il ricordo delle parole di un esaltato predicatore errante, finito poi in manicomio, che non aveva fatto altro che parlare dell'inferno al quale, secondo lui, eravamo tutti destinati.

"Un giorno un'anima dannata verrà a prendervi e vi condurrà a lei" gridava sputacchiando, "niente vi salverà poiché nessuno è puro di cuore, la nostra stessa carne è peccato e il momento della discesa tra quelle eterne fiamme giungerà quando meno ve l'aspettate."

Aveva venticinque anni quando le apocalittiche parole del predicatore le si erano piantate in testa, e in certi momenti le ritornavano come se le avesse appena udite: quando sentiva parlare di un incendio, per esempio, o quando ne vedeva uno nei boschi sulla montagna della riva opposta del lago, davanti a un camino scoppiettante oppure come adesso, mentre guardava le lingue di fuoco nella stufa.

Ma ora, a cinquantacinque anni, pur dimostrandone almeno dieci di più, percepiva tutta la loro verità.

Chi con quel bestia de frècc e a quell'ora poteva andarsene in giro se non un'animaccia dell'inferno?

Stava per scontare i suoi peccati, tra i quali le numerose bugie circa la sua abilità all'uncinetto.

O forse il diavolaccio era lì per il signor prevosto?

Fu un pensiero talmente rapido e sacrilego che la perpetua diede una poderosa grattatina al gelone dell'orecchio di destra che quasi lo divelse dalla carne.

Una lacrima le scese dagli occhi. Il campanello squillò una terza volta. Rebecca si avviò.

Addio, mondo crudele!

3

Il portone della canonica veniva chiuso dalla perpetua in persona quando il signor prevosto decideva di coricarsi.

Rebecca uscì nel corridoio, convinta di vedere, oltre i vetri smerigliati della porta d'ingresso, il fiammeggiare di un essere infernale. Intuì invece soltanto un'ombra e comprese: le avevano mandato solo un morto per farle strada verso la dannazione eterna. Tremando e, anche se ormai era inutile, giurando tra sé che non avrebbe mai più mentito sull'uncinetto, aprì la porta e si trovò faccia a faccia con un cappottone largo, da uomo, un foulard nero ben calato sulla fronte, una sciarpaccia che nascondeva la bocca del visitatore: l'unica cosa umana, un naso a becco, pallido come la luna, che le ricordò la falce della gran seminatrice. Fu lì per chiudere la porta quando, da sotto quell'ammasso di stracci, venne una voce.

«Vorrei parlare con il signor prevosto.»

Un morto che parlava?

Il predicatore della sua gioventù aveva chiaramente detto che ai dannati sarebbe stata strappata per prima cosa la lingua, strumento tra i più abituali per commettere peccati, affinché nessun lamento potesse uscire dalla loro bocca.

«Chi siete?» osò chiedere.

Il visitatore abbassò la sciarpa e sollevò il foulard.

«Stampina!» si meravigliò la perpetua.

«E chi credevate che fossi, il diavolo?» ribatté quella.

«Cusé? Non dite idiozie» controbatté Rebecca. «Ma cosa ci fate qui?»

«Ve l'ho appena detto.»

«Adès?»

«Adesso.»

«C'è qualcuno che sta morendo?» chiese la perpetua.

«Io» rispose la Stampina, «di freddo, se mi tenete sulla porta ancora un minuto.»

La perpetua sfiorò appena il gelone di destra che, grazie alla temperatura glaciale che veniva dall'esterno, s'era acquietato e non prudeva più.

«Va bene» decise, «ma stì chì, in corridòo. Io vado a vedere se il signor prevosto può ricevervi.»

«D'accordo, ma ditegli che si tratta di cosa urgente.»

«Cioè?»

«Cosa urgente» ribadì la Stampina.

«Così urgente che non si può aspettare domani?» insisté la perpetua.

«Così urgente che non si può aspettare domani» le fece eco la Stampina.

Il signor prevosto aveva gli occhi ormai grevi di sonno. Non aveva un orario fisso per andare a dormire. Lo faceva quando i piedi, freddi per l'intera giornata sia d'estate che d'inverno, cominciavano a intiepidirsi grazie a uno scaldino farcito di braci che era cura della Rebecca preparare ogni sera. Pian piano quel calore saliva lungo il corpo del sacerdote sino a quando raggiungeva le palpebre che infine cedevano languidamente. Quello era il momento di coricarsi.

In quell'istante Rebecca, con passo felpato e chiedendo permesso, entrò nel suo studio. Il sacerdote, che non amava farsi cogliere in quei momenti di intimità, sgranò gli occhi, fissando la perpetua. Per un istante nessuno dei due aprì la bocca.

18

Rebecca aspettava che il prevosto le chiedesse cosa c'era. Visto però che il sacerdote non si decideva a parlare, lo fece lei.

Nemmeno alla notizia il prevosto reagì. Stava lentamente tornando nel mondo della veglia. La perpetua ne approfittò.

«Posso sempre dirle che non state molto bene» suggerì, senza rendersi conto che stava venendo meno alla promessa fatta non più di dieci minuti prima di eliminare dalla sua vita qualsivoglia bugia.

Fu allora che il prevosto, sentendo il freddo riconquistare la punta dei piedi, parlò.

«Alla Stampina...» sospirò.

Alla Stampina non si poteva dire no.

4

Durante l'attesa in corridoio il naso della Stampina, da diafano che era, aveva assunto un colore rosso acceso. Prima di entrare nello studio del prevosto, e sotto gli occhi della perpetua, la visitatrice se lo asciugò sulla manica del cappottone.

«Stampina!» disse il sacerdote a mo' di saluto, gli occhi fissi su quel naso che non solo sembrava sul punto di incendiarsi ma pareva anche essere raddoppiato come dimensione.

La donna tirò su. Il prevosto la invitò a mettersi comoda, togliersi il cappottone e soprattutto il foulard che la faceva somigliare alla Befana, ma la Stampina rifiutò: non voleva incomodare il signor prevosto, fargli perdere troppo tempo.

«Allora ditemi» la sollecitò il sacerdote.

«Ho bisogno del vostro aiuto» disse quella d'un fiato.

«Se posso» fu la risposta, «ben volentieri.»

La Stampina emise un profondo sospiro, deglutì, abbassò un po' la sciarpaccia, si mise una mano sulla bocca poi la tolse, poi se la rimise. Le sembrò all'istante di aver perduto la facoltà di parola.

Paura.

Paura che il prevosto si rifiutasse di aiutarla o, peggio, la sgridasse per aver pensato che lui si sarebbe lasciato coinvolgere in una faccenda del genere.

D'altronde, chi altri se non lui?

Chiuse gli occhi e sparò.

«Mio figlio vuole sposarsi.»

Il prevosto credette di non aver capito bene. Oppure che la Stampina avesse alzato il gomito. Tutto sommato, quel naso così rosso…

«Il… Geremia?» chiese.

Domanda inutile.

«Chi se no?» rispose la donna.

Il prevosto si mise comodo sulla poltrona che ne ospitava certe riflessioni e la lettura del breviario. Dubitava ancora, sempre per via del naso, che la Stampina, in un momento di sconforto come poteva capitare a tutti, avesse bevuto e adesso ne patisse le conseguenze.

Andarci cauto quindi.

Piano piano.

«Ne…» attaccò, «ne siete sicura?»

Da quella poltrona aveva consigliato e sconsigliato matrimoni, alcuni addirittura li aveva combinati orientando le scelte di un bravo giovane verso un'altrettanto brava giovane. A meno che non fossero socialisti, categoria che peraltro in paese aveva riportato un risibile risultato alle ultime elezioni del novembre 1913, e ancora stava annaspando. Quasi tutti, uomini o donne, prima di esporsi in richieste di fidanzamento o nozze, erano passati da lì, per chiedere un parere. E lui, secondo scienza e coscienza, aveva sempre elargito consigli, ponderando le caratteristiche morali dei soggetti in questione e anche quelle di classe sociale e di censo che, purtroppo, avevano il loro peso nel buon andamento di una unione.

"*Similia similis*" era, in un certo senso, la sua linea guida. E non si peritava di usare, beninteso senza rivelarli, certi segreti di confessionale per influenzare le decisioni.

Non erano nemmeno rari i casi in cui prendesse lui, direttamente, l'iniziativa. Lungi dal ritenersi un paraninfo, avvertiva quando due anime erano fatte l'una per l'altra e si dispiaceva che non entrassero in contatto. In quei frangenti si dava da fare e, con il tatto che lo contraddistingueva, riusciva a combinare.

21

A lui si doveva, tanto per citare un esempio, l'ultimo in ordine di tempo, il matrimonio di Coretta Pralboini, figlia del delegato bellanese degli sturziani, e Leopoldo Giubinasco, idroterapista, allievo dell'illustre professor dottor Giovanni Cambroni, che nell'estate aveva lavorato presso l'istituto termale di Tartavalle. Giovane e pieno di energie, il Giubinasco aveva preso alloggio presso l'albergo Tommaso Grossi di Bellano, non importandogli di dover fare su e giù tutti i giorni. Voleva vita intorno a sé, gente con cui scambiare chiacchiere. Magari anche qualche avventura galante. Invece aveva trovato l'amore vero, e il primo ad accorgersene era stato proprio il signor prevosto: uomo dalla vista lunga, aveva notato gli sguardi che i due, durante la messa della domenica, si scambiavano. Non solo. Aveva sentito che erano fatti l'uno per l'altra. Di sua iniziativa, prendendo a scusa l'agone politico e le elezioni, aveva dapprima parlato con il padre di Coretta, mentendo venialmente sull'essere al corrente di un certo giovanotto molto interessato alla figlia. Poi, con la scusa di informarsi presso il Giubinasco se le acque solfatiche, ferruginose, magnesiache e litinifere delle terme potessero alleviare certe ipocondrie della sua perpetua, gli aveva chiesto pari pari se per caso avesse delle mire su quella giovane che si mangiava con gli occhi durante le messe domenicali.

Li aveva sposati l'ottobre precedente e da quell'unione si aspettava grandi cose, come in effetti fu.

Non si poteva quindi tacciarlo d'inesperienza in quanto a questioni di cuore e propensione al matrimonio. Proprio per questo aveva chiesto alla Stampina se fosse sicura delle parole che le erano uscite dalle labbra.

Perché, il Geremia…

Innanzitutto non aveva mai avuto una morosa, per dirla come parlava il popolo, né aveva mai manifestato intenzione di averla. Non aveva amici e tantomeno compagni. Finito il lavoro filava a casa e spesso, glielo aveva raccontato la Stampina, se non c'era niente da fare se ne stava a lungo seduto, con le mani tra le cosce, a guardare dalla finestra, ad aspettare che arrivasse l'ora di cena o quella di andare a letto. Non leggeva, parlava poco, camminava a testa bassa, come se temesse di salutare o di essere salutato. Più volte la Stampina gli aveva chiesto che fine avrebbe fatto quel figlio una volta che lei non ci fosse più stata, e lui non aveva potuto fare altro che invitarla ad avere fede nella lungimiranza del Signore.

Secondo la corrosiva sintesi cui il dialetto ricorreva per definire soggetti come lui, il Geremia era il prototipo del tambòr.

E adesso se ne veniva fuori con quella storia di volersi sposare! Ma era possibile?

«Eh, Stampina» insisté il prevosto, «ne siete sicura?»

«Come di essere qui.»

Risposta secca.

Ahi!, ragionò il prevosto.

«Quindi...» riprese.

«Quindi mi dovete aiutare» concluse la donna.

Fu allora che il sacerdote comprese e si rilassò sulla poltrona.

Ma certo, si disse.

Povera Stampina!

Chissà quanto aveva combattuto, quante parole aveva sprecato, quanto tempo perduto per convincere il Geremia che quella che gli era venuta in testa era la più peregrina tra le idee. Da ben altro pulpito dovevano cadere in quelle orecchie certe parole.

Dal suo.

«Ho capito» disse. «Mandatemelo domani, qui, in canonica. Vedrete che riuscirò a convincerlo che non è cosa per lui.»

A quell'uscita la Stampina si ritirò nelle spalle, sembrò quasi che le spuntasse la gobba.

«Scusate» disse, «ma forse non mi sono spiegata bene.»

«In che senso?» chiese il prevosto allarmato.

«Nel senso che vuole sposarsi davvero. E non con una qualunque.»

Con una che aveva visto come, dove e quando lo sapeva solo il Signore.

«Sennò ha detto che si butterà nel lago prima di Natale!»

«Ma è matto?»

«Matto?» ripeté la Stampina.

Altro che matto.

Che la stesse a sentire un momento.

Doveva averla vista di ritorno dalla latteria sociale dove andava tutte le sere a comperare il latte per la mattina.

Infatti già il giorno dopo il Geremia non era più lui. In quel momento lei, anche senza avere prove concrete, aveva cominciato ad annusare odore di guai.

«Cos'hai?» gli aveva chiesto.

«Mi fa male dappertutto» aveva risposto lui.

Poteva capitare. Non era andato al lavoro, la prima volta nella sua vita.

Dopo tre giorni, però, senza che si fosse alzato dal letto, mangiando e bevendo appena, e sempre con quella sinfonia del male dappertutto, le era venuto il pensiero che quella malattia latina dalla quale la Madonna di Lezzeno li aveva guariti un paio di anni prima si fosse ripresentata e aveva deciso di chiamare un'altra volta il dottor Pathé. Che non ci aveva capito un accidente.

«Sebbene non abbia sintomi di alcuna malattia» aveva detto il medico grattandosi la fronte come se avesse anche lui un bozzo come quello del Geremia, «può essere che stia covando qualcosa. Quindi l'unica è stare in campana e aspettare.»

Era una risposta da dare?

Comunque lei era stata in campana e aveva aspettato.

«Ed è successo qualcosa?» chiese il prevosto.

Niente di che. Solo un giorno era sembrato che le cose stessero per migliorare. Era successo di sera, quando il giovanotto s'era alzato dal letto e s'era seduto a tavola per cenare con loro.

Lei gli aveva chiesto se si sentisse meglio, lui aveva detto no.

Aveva cenato, muto, a capo chino, senza rispondere alle domande. Poi era tornato a letto e da lì non s'era più mosso, con la pretesa che gli venisse portato da mangiare e bere. Lei l'aveva ricattato dicendogli che se voleva mangiare doveva sedersi a tavola come tutti i cristiani. Allora il Geremia aveva cominciato ad alzarsi di notte per nutrirsi degli avanzi della cena.

Ormai erano passate tre settimane di quella vita e la sua schiena non ne poteva più di portare avanti e indietro quel legno vecchio di suo marito. Alla fine il dottore era ritornato a visitare il Geremia. Mica l'aveva chiamato lei; la direzione del cotonificio piuttosto, per sapere in che condizioni fosse e se fosse in grado di riprendere il lavoro. In caso contrario l'avrebbero licenziato e allora sì che le sarebbe toccato andare in giro per il paese a chiedere l'elemosina.

Il dottore allora aveva ritirato in ballo il *morbus hungaricus*. Senza timore di parlare davanti al presunto malato, aveva dichiarato che già in precedenza il giovanotto aveva probabilmente qualche difficoltà di tono nervoso, distonia aveva detto per l'esattezza, ed era più che probabile che la malattia, benché la sua fase acuta fosse passata, l'avesse ulteriormente indebolito sul versante neurologico. Oppure agisse ancora, ma silente, perniciosa.

"In sostanza?" aveva chiesto la Stampina.

In sostanza e parole povere, aveva tradotto il dottore, era più che possibile che con l'andare del tempo le cose, anziché migliorare, sarebbero peggiorate, rendendolo inaffidabile, quando non addirittura inabile, a ogni sorta di lavoro.

Tanto per fare un esempio, il Pathé aveva consigliato di immaginarlo come un uomo che camminasse all'indietro anziché in avanti.

La Stampina aveva trascorso l'intera giornata con la testa tra le mani pensando al Geremia che camminava all'indietro e a quel sasso

26

di suo marito che non aveva fatto altro che scuotere la testa senza spiccicare parola.

Proprio la sera prima, invece, quando la disperazione della donna aveva assunto i colori e i sapori del buio e del freddo della stagione, era successo quel fatto.

«Un mezzo miracolo» disse la Stampina.

«Piano con i miracoli» consigliò il prevosto.

«D'accordo» rispose la Stampina.

Mezzo, però, glielo doveva concedere.

Non poteva che essere così quando il Geremia, all'ora di cena, i capelli irti e sporchi, gli occhi rossi, il respiro corto, s'era presentato in cucina e aveva detto che non era matto e l'austriaco, o quel che l'era, non c'entrava niente.

Persino suo marito aveva levato spontaneamente il capo dal piatto della minestra che sembrava aspirare direttamente con la bocca da tanto che gli stava vicino.

"E allora cos'hai?" aveva chiesto la Stampina.

"Mi voglio sposare" aveva dichiarato il Geremia.

Il vecchio s'era quasi ingozzato.

"Mi sa che ha ragione il dottore" aveva detto.

Non parlava quasi mai. La moglie lo invitò a stare zitto. Il figlio sembrava non averlo sentito.

"Se no" aveva aggiunto, "mi butto nel lago prima di Natale."

Forse aveva proprio ragione il dottore. E anche il marito. Ma bisognava mantenere la calma.

"E con chi?" aveva quindi chiesto, tono morbido, acquiescente.

«Appunto, con chi?» chiese il signor prevosto.

«Con una che si chiama Ficcadenti» rispose la Stampina.

«E chi è?» chiese il sacerdote.

«Chi lo sa» rispose la Stampina.

Quel cognome suonava del tutto nuovo al signor prevosto.

«Ma è di Bellano?»

«Sì» disse Rebecca, «l'è de Belan. Anzi, sono di Bellano.»

Ma secca secca. Stava pelando patate e non aveva nessuna voglia di collaborare con il signor prevosto.

Un conto se fosse stata una semplice servotta.

Ma era una perpetua, gestiva la casa, mìnga bàl, la canonica!

Insomma, meritava miglior considerazione.

La sera prima, invece, s'era sentita degradata sul campo.

La Stampina era rimasta più di un'ora nello studio del prevosto.

Cosa grossa quindi, nessun dubbio.

"Tùt a pòst?" aveva chiesto alla donna riaccompagnandola per poi chiudere definitivamente il portone.

Quella: "Buonanotte e grazie" ed era sparita di gran carriera nel buio della piazza.

Rientrata in casa, il signor prevosto l'aveva chiamata nello studio. Non sarebbe stata la prima volta che le chiedeva un'opinione, un consiglio, un'informazione.

Illusa!

Le aveva dato licenza di andare a dormire.

Punto.

Lui, aveva detto, doveva riflettere su alcune cose.

"Ah sì?" aveva pensato lei.

E l'aveva piantato lì senza dire né ai né bai, dignitosa come il suo ruolo esigeva.

Una perpetua neh, mica una servotta!

Però avrebbe pagato per sapere che il prevosto avèva promesso alla Stampina di aiutarla, per quanto gli permettevano le sue forze e le sue capacità, soprattutto perché lei e il figlio gli erano cari.

La prima cosa da fare, senza dubbio, era ricondurre il Geremia a più miti consigli. Un matrimonio, tra due sconosciuti per di più, non si poteva combinare così, in quattro e quattr'otto: doveva dargli il tempo di conoscere quella donna e poi, eventualmente, farsi latore della proposta. Soprattutto voleva che si levasse dalla testa quella formidabile idiozia di buttarsi nel lago, contraria alla morale cristiana prima ancora che al buon senso. In secondo luogo, visto che non aveva alcuna malattia, che riprendesse la vita normale: così com'era adesso, nemmeno la più scalcinata delle zitelle l'avrebbe preso in considerazione come possibile marito. In terzo luogo, come aveva promesso alla Stampina, che gli concedesse la possibilità di conoscere questa donna e, al momento opportuno, sostituirsi a sua madre e occuparsi della proposta di matrimonio.

La primissima cosa da fare, però, era individuare questa Ficcadenti di cui non aveva alcuna notizia.

La mattina quindi, ma con l'intima certezza di fare un buco nell'acqua, buttò lì la domanda, ottenendo quella risposta che lo lasciò di stucco.

«Come, sono?» chiese.

«Perché sono due» si limitò a dire la perpetua continuando a pelare patate con gesti brevi e nervosi. Il resto, quel poco che sapeva, avrebbe dovuto tirarglielo fuori con le tenaglie.

«E dove stanno, dove abitano…»

«Saranno arrivate da un mesetto o poco più.»

«Va bene» acquisì il sacerdote armandosi di pazienza: quando la Rebecca mollava il dialetto per passare all'italiano voleva dire che era inversa. «Ma dove abitano?»

Una patata dopo l'altra, pelata alla perfezione, andava a finire nell'acquaio.

«Oggi gnocchi. Vanno bene?» chiese la perpetua.

Il prevosto sospirò.

«In via Manzoni» concesse Rebecca.

La via più lunga del paese.

«Dove?»

«Come?» chiese la perpetua che aveva aperto il rubinetto per sciacquare i tuberi e poi asciugarli.

«Vi ho chiesto dove abitano quelle due...»

«Ficcadenti!» ribadì la perpetua.

«Ecco. Dove abitano?»

«Per quel che ne so hanno rilevato il negozio di ombrelli del Faragetti e ci apriranno una merceria.»

«Una merceria...» mormorò il prevosto.

«La settimana prossima» puntualizzò la perpetua.

«Ma voi le conoscete, le avete mai viste?»

«Conoscerle...» lasciò in sospeso Rebecca.

Le aveva intraviste più che altro.

Sapeva che si chiamavano Giovenca, una, e l'altra Zemia. Venivano da Albate. La Giovenca era la minore, ventotto anni occhio e croce, alta, bionda, ben fatta. Vestiva sgargiante e fumava. Sempre incipriata e con il rossetto a disposizione nella borsetta per darsi ogni tanto una ritoccatina. Dava l'idea di essere sempre sul punto di partire per una festa o di salire su un palcoscenico.

«L'altra?» interruppe il sacerdote.

«La Zemia?»

«Eh, quella.»

«Non sembra nemmeno figlia dello stesso padre.»

O della stessa madre.

Piccola, magra.

«Rachitica.»

Era la più anziana, forse poco più di trent'anni. Di colorito grigio come i vestiti che indossava. A incontrarla di notte c'era da credere che i morti ogni tanto se ne uscissero dalle tombe per andare a spasso.

Per averle appena intraviste, rifletté il prevosto, non era mica male.

«E le manca un dito» stava continuando Rebecca, «il mignolo della mano sinistra.»

Il prevosto chiuse le orecchie alle altre parole che uscivano dalla bocca della perpetua: una tiritera circa il fatto che, vista l'esistenza di due altre mercerie in paese, e ben avviate, non si sentiva proprio il bisogno che ne venisse aperta una terza, e chi amministrava doveva ben saperlo e sconsigliare le due, a meno di godere nel vedere la gente andare incontro al fallimento.

Il prevosto ne sapeva abbastanza. Non poteva certo rimanere in compagnia della perpetua e delle sue patate tutta la mattina. Ne aveva di cose da fare. Avvisò che sarebbe uscito.

«Allora gnocchi» chiese conferma Rebecca.

«Gnocchi, gnocchi» rispose il sacerdote.

Tanto, anche se avesse gradito qualcosa d'altro, sarebbero stati comunque gnocchi.

7

Che il Geremia avesse svoltato l'angolo, come aveva diagnosticato il Pathé, complice anche, per quanto fosse ormai lontana, la febbre del tifo, poteva anche starci.

Atto di fede!

D'altronde, il dottore non aveva potuto fare scena muta davanti alla Stampina, qualcosa aveva dovuto inventarsi.

Il fatto che più faceva riflettere il prevosto invece, come aveva tenuto a sottolineare la Stampina la sera prima, era di non averlo più visto alla messa domenicale né alla settimanale confessione del sabato, a proposito della quale una volta lo stesso prevosto, bonariamente, aveva consigliato al giovanotto di commettere qualche peccatuccio veniale, sennò non aveva senso che lui si presentasse per scambiare quattro chiacchiere e morta lì.

Intabarrato come un cosacco della steppa, il sacerdote uscì dalla canonica, traversando in linea obliqua il gelo della piazza e diretto a passi da granatiere verso la casa della Stampina, dove giunse con mani e piedi ridotti a tocchi insensibili di ghiaccio. Né ebbe conforto dal calore di casa, alimentato da una sola, micragnosa stufa a legna, alla quale era attaccato il vecchio Amerisio. Per il resto, a riscaldare l'ambiente provvedevano i fiati dei residenti ed era ben poca cosa, visto il vapore che usciva dalle loro bocche a ogni respiro. Nella stanzuccia del Geremia, che stava ancora a letto, regnava un freddo polare.

«Mio buon Geremia» esordì il prevosto ma con una certa difficoltà ad articolare le parole.

Pure i muscoli del viso pativano il gelo preso in piazza e quello che regnava nella stanza. L'unica, rifletté il prete, era quella di riscaldarli parlando a raffica, senza fermarsi mai, cosa che gli avrebbe anche consentito di impedire all'allettato di interromperlo con obiezioni o domande. All'esordio del sacerdote, Geremia passò dalla posizione sdraiata sul fianco destro a quella supina, tenendo gli occhi aperti verso il soffitto e ascoltando il profluvio di parole che il prevosto gli rovesciò addosso.

Gli parlò del carattere sensibile, gioviale, aperto, disponibile, sereno, affabile, discreto, del Geremia che lui aveva conosciuto sino ad allora, sociévole e obbediente, dell'aspetto che era un riflesso del suo animo lindo e scevro dai peccati più vari, per passare con toni profondi al dolore lacerante con cui stava mettendo alla prova la famiglia, *in primis* quel povero padre che già da tempo era ridotto a un inestricabile nodo di ossa e, *in secundis*, sua madre, la povera Stampina, che, lui confinato nel letto da settimane, si doveva sobbarcare, oltre a ciò che le competeva per mandare avanti la baracca, anche il peso dell'immobile genitore con grave danno della salute alla quale lui, Geremia, doveva assolutamente pensare perché…

Qui il prevosto fece una pausa che, pur sembrando a effetto, gli servì per riprendere fiato e inalare un poco d'aria la cui temperatura era prossima agli zero gradi.

… perché, Dio non volesse!

Ma se fosse mancata lei cosa sarebbe successo in quella povera casa?

Casa che si stava già impoverendo, sottolineò il prevosto. Poiché se lui non fosse ritornato quello di prima e avesse provocato un giusto, inevitabile oltre che giusto, licenziamento da parte del cotonificio, con quali soldi sarebbero andati avanti, con cosa avrebbero riempito i piatti per il pranzo e per la cena? Era suo dovere di buon cristiano riflettere su tutto ciò e farlo rapidamente, onde evitare conseguenze irreparabili.

«La rovina!»

Sì, la rovina di una famiglia che sino ad allora si era distinta per dignità e osservanza.

Cosa voleva dimostrare con quell'atteggiamento che faceva piangere il cuore dei suoi genitori, il suo e, ne era certo, anche quello di Nostro Signore?

Sfiatato, don Pastore si fermò.

Geremia aprì gli occhi e si mise a sedere, appoggiando la schiena al muro.

«Voglio essere normale» disse.

Il sacerdote, convinto, come tanti, che il giovane non lo fosse del tutto, mentì, bugia veniale.

«Ma lo sei, mio caro, lo sei sempre stato» rispose.

«E quindi mi voglio sposare!» dichiarò il Geremia.

Una nuvola di vapore uscì dalla bocca del prevosto.

«Giusta ambizione» commentò.

Meglio prenderla alla larga, avvicinarsi al punto dolente passo passo, nonostante il gelo della stanza.

«Non sapevo che avessi una fidanzata.»

«E invece sì!» rimbeccò Geremia.

«E lei...» avanzò lentamente il sacerdote, «diciamo, lei lo sa?»

Il Geremia abbassò gli occhi, un ragazzino dell'oratorio che ne aveva combinata qualcuna.

Eccolo lì!

Ingenuo, gli si leggeva in faccia quello che gli passava per la testa. Onnipotente come un bambino. Inutile spingerlo a confessare che la sua prediletta era completamente all'oscuro delle sue intenzioni.

«Ma allora, Geremia...» fece il prevosto suadente.

«La voglio sposare!» ribadì il giovanotto. «Quella alta, bionda, bella. Non quell'altra che è insieme con lei!»

Il prevosto si mise per un momento le mani sugli occhi: alta, bionda, bella, pensò, la cipria, il rossetto, i vestiti sgargianti. E fumava pure! Era proprio il tipo ideale per uno come il Geremia!

«Geremia» riattaccò il sacerdote, «forse dovresti riflettere se quella Giovenca…»

«Chi?» chiese il giovanotto.

«Ma non sai nemmeno come si chiama?»

«Ficcadenti» rispose Geremia.

«Giovenca Ficcadenti, esatto, e volevo dirti di riflettere…»

Ma il Geremia non ne aveva voglia.

«Voglio sposare Giovenca Ficcadenti!» annunciò con voce talmente alta che fece sobbalzare non solo la Stampina ma anche l'ossificato genitore.

«Ci hai mai parlato?» chiese il prevosto.

Geremia scosse la testa.

No.

Non sapeva come fare, come presentarsi.

"Ecco" pensò il prevosto. Quello era il suo momento.

«Potrei, se sei d'accordo, cominciare io» propose, «capire che gusti ha, che vita si attende e poi piano piano…»

«Lo fareste davvero?»

«Certo» assicurò il sacerdote, «ma mi ci vuole del tempo. Capisci anche tu che il matrimonio è una cosa seria e non lo si può combinare dall'oggi al domani.»

Geremia sorrise.

«Il tempo non è un problema. Siamo entrambi giovani» affermò.

«Certo» concordò il prevosto, sicuro che con il tempo avrebbe escogitato un modo per dissuadere il Geremia da una simile follia.

«E nel frattempo» aggiunse, «promettimi di tornare a essere il Geremia di prima. Pulito dentro e fuori.»

Il giovanotto aveva le gambe penzoloni dal letto. Quando il prevosto uscì, rassicurata la Stampina che aveva in mano il gioco, il Geremia si stava già radendo la barba lunga di tre settimane.

8

Il prevosto era nelle pettole.

La perpetua sulle spine.

Il motivo, lo stesso per entrambi.

Il sacerdote sapeva di essersi messo in un grosso guaio, al santo scopo di restituire a quella famiglia un figlio che si comportasse in maniera normale, promettendo a Geremia di farsi carico del suo problema di cuore. Ma gli bastava pensare alla descrizione che la Rebecca gli aveva fatto di quella Giovenca Ficcadenti per avere la certezza che due persone tanto distanti tra loro non potevano esistere sulla faccia della Terra.

La Rebecca invece si rodeva perché voleva saperne di più ma dalla gola del sacerdote non era uscita una parola che fosse una.

Se, però, dentro lì in canonica qualcuno pensava che lei fosse scema del tutto, e si riferiva al reverendissimo signor prevosto visto che ad abitarla erano loro due soli, si sbagliava grossolanamente, perché lei sapeva fare uno più uno e se tra la visita della Stampina e le domande del sacerdote buttate lì come per caso non erano passate che le ore della notte, voleva dire che il busillis era lì.

Ed era anche bello grosso.

Studiandosi l'un l'altra, i due non si parlarono quasi. Se aprivano la bocca era per comunicarsi la più banale delle ovvietà.

«Freddo, eh?»

«Proprio freddo.»

Fu la perpetua, sabato 27 novembre, a mettere sul tavolo, oltre che il pranzo, un nuovo argomento di conversazione.

«Grande apertura allora, mercoledì prossimo» disse come dando per scontato che il sacerdote capisse il riferimento.

Nel giro della spesa quotidiana non aveva potuto fare a meno di notare i manifesti a sfondo giallo che annunciavano l'inaugurazione della nuova merceria.

LA PREMIATA DITTA SORELLE FICCADENTI

È LIETA

DI ANNUNCIARE

LA SUA PROSSIMA APERTURA

IL GIORNO MERCOLEDÌ 1° DICEMBRE

MERCI DI PRIMA QUALITÀ E PREZZI IMBATTIBILI

VI ATTENDONO.

Il prevosto non aveva capito.

O faceva finta?

Chi lo sa?

«Vale a dire?» chiese comunque.

La perpetua decise di stare al gioco. Quando voleva le veniva benissimo fare l'oca.

«Ma sì, la merceria di quelle… quelle…»

«Ficcadenti?» concluse il prevosto.

«Pròpi.»

Stropicciandosi il mento, il sacerdote se ne uscì con un: «Chissà…» che, apposta, lasciò lì a mezz'aria.

Non ci restò molto.

«Chissà cosa?» lo prese al volo Rebecca.

«Ma niente, dicevo così per dire. Chissà se i prezzi saranno davvero imbattibili» spiegò il prevosto.

Era lei, imbattibile, su quell'argomento. Lei che doveva far quadrare i conti di casa.

«Non ci vuole tanto» sentenziò.

Bisognava far conto che quando si entrava nelle mercerie Tocchetti e Galli, le altre due del paese, era come entrare nel negozio di un orefice.

L'altro mese, tanto per fare un esempio, il Galli le aveva rubato, perché di furto vero e proprio si era trattato, la bellezza di una lira per il bottone della tonaca che aveva perso.

«Una lira per un bottone?»

«No» spiegò la perpetua.

Il Galli le aveva spiegato che, come quelli, li aveva solo in serie di dieci e non poteva aprire una confezione per un solo bottone.

Prendere o lasciare.

E siccome dal Tocchetti si suonava la stessa musica, visto che i due si mettevano d'accordo sui prezzi e soprattutto sugli sconti, da non fare mai, in nessun caso, a lei era toccato sganciare e pace amen.

«Be'» fece il prevosto, «ma allora…»

«Allora cosa?»

«Se questi prezzi sono davvero imbattibili…»

La perpetua si lasciò scappare un sorriso.

«Vorreste andare a controllare? Dico, si è mai visto un prevosto che fa il giro dei negozi?»

«Vade retro!» ribatté il sacerdote sorridendo a sua volta.

«Voi, piuttosto.»

«Io?» finse di meravigliarsi Rebecca.

Ma sì, poteva entrare con la scusa di acquistare un metro di nastro o di qualcos'altro, dare un'occhiata in giro, annusare l'ambiente, vedere, anche, che tipe erano queste due sorelle.

«Se proprio ci tenete…» si arrese la perpetua.

«Non che la cosa mi riguardi più di tanto, però…»

«Però non mercoledì» interloquì Rebecca.

Mercoledì, con la faccenda dell'apertura e la curiosità che andava montando, sarebbe stato impossibile ispezionare ambiente e prezzi.

«Giovedì» propose.

«E voi andateci giovedì» accettò il prevosto, come se la cosa non lo riguardasse.

9

Giovedì 2 dicembre, alle otto spaccate del mattino, incartapecorita come le foglie delle verze ancora negli orti e in compagnia del solo canto, lontano e blasfemo, dello spazzino che magnificava la viscarda delle donne, la perpetua Rebecca per poco non venne travolta e gettata sull'acciottolato di via Manzoni da Giovenca Ficcadenti.

La disgrazia sfiorata si spiegava con il fatto che tra le due c'era un bel mezzo metro di differenza in altezza e le porte della merceria, che si aprivano verso l'esterno, erano per metà in legno e per l'altra metà in vetro.

Il risultato fu che la Giovenca non vide la cliente in attesa e aprendo la porta le diede una botta tale che Rebecca sarebbe finita davvero lunga e tirata per terra se la Ficcadenti, con un magnifico riflesso, non l'avesse afferrata per un bavero del cappotto e trattenuta in piedi.

Non s'era manco tolta di bocca la sigaretta che già stava fumando nonostante l'ora.

«Tutto bene?» chiese la donna.

La Rebecca era un po' stordita. Non tanto però dal volo appena sfiorato ma dalla visione di quella giunonica donna e dall'orbitale che la circondava, un misto di aromatico fumo di sigaretta e di acqua di colonia, un dolciastro che le ricordava gli gnocchi di zucca.

«Sì» rispose la perpetua. E fu quasi sul punto di chiedere scusa per aver opposto la sua figura grigia e magra, quasi il negativo di un essere umano, alla marcia trionfale della Giovenca che faceva male alla vista: indossava infatti un cappotto rosso scuro, le labbra perfettamente disegnate con un rossetto che faceva pendant con il cappotto, calze a rete con la riga, scarpe nere décolleté ed esibiva una chioma bionda e leonina, oltre a svariati anelli alle dita.

Ciononostante la Ficcadenti le prese la faccia tra le mani e si scusò.

«Colpa mia» disse, «ma sono di fretta.»

Spiegò che doveva prendere assolutamente il treno delle otto e venti diretto a Monza per recarsi dal loro fornitore onde scegliere e ordinare una lunga serie di articoli per la merceria.

«Non mi fido, sapete» confessò, «a fare ordini per posta. Prima di acquistare voglio vedere. Le fregature non mi piacciono.»

Rebecca s'era ripresa quasi del tutto.

«Niente di male, ripasserò.»

«Macché ripassare» si oppose la Ficcadenti.

Sua sorella, spiegò, sarebbe scesa a minuti. E visto che il negozio era ormai aperto, la invitò a entrare anziché restare fuori a rischio di prendersi un'infreddatura.

«Entrate» la esortò.

Avrebbe avuto tutto il comodo di guardarsi in giro e rendersi conto che la Premiata Ditta Sorelle Ficcadenti vendeva solo roba di prima qualità.

«E a prezzi veramente imbattibili» concluse Giovenca prima di salutarla, mani ingioiellate, e avviarsi a passo di corsa verso la stazione.

Rebecca restò un momento sulla soglia, pensierosa.

Ripensò a quello che la Giovenca le aveva appena detto. Andava a fare ordini a Monza.

Ma se avevano appena aperto!

Possibile che fossero già nella necessità di rifornire la merceria?

A meno che il giorno prima non avessero subito un assalto tale da lasciarle completamente sfornite, nel qual caso chissà la rabbia del Tocchetti e del Galli.

Inutile comunque stare lì fuori a perdere tempo e prendere freddo.

Bisognava vedere.

Quindi entrò, e per prima cosa chiuse gli occhi e annusò.

Il profumo che invase le sue narici fu quello dell'antica scuola di cucito che aveva frequentato all'età di diciotto anni, tra il 1878 e il 1879, presso l'allora asilo infantile, adesso divenuto Circolo dei Lavoratori e covo di socialisti, gestito dalle suore di sant'Angela Maria Medici, nutrendo il sogno di diventare abile sarta e aprire una propria attività. Quei due anni avevano invece dimostrato che lei e l'arte del cucito non avevano niente in comune, tanto che, più di una volta, le suore insegnanti avevano cercato di convincerla ad abbandonare il corso e a pensare a qualche altra attività manuale. Rebecca aveva però voluto resistere e alla fine del biennio, grazie alla bontà e alla infinita compassione delle religiose, era riuscita a strappare un diploma di "Cucitrice", mentre le altre compagne di corso s'erano meritata la dizione di "Cucitrice esperta" con, di nascosto dalla Rebecca, l'indicazione di rivolgersi a questo o quel sarto bisognoso di abili mani e apprendiste svelte di comprendonio. Orgogliosa com'era in quegli anni, s'era rifiutata di abbassarsi al rango di operaia, preferendo restare in casa e dare una mano alla madre che, dopo di lei, aveva messo al mondo la bellezza di sei figli, tutti maschi. Già allora non era una gran bellezza. Il passare degli anni, il lavoro domestico, lo stare ostinatamente chiusa in casa, quasi in spregio alla vita che fuori compiva i suoi riti, non avevano certo aiutato ad abbellirla. All'età di venticinque anni ne dimostrava dieci di più e faceva concorrenza alle rughe di sua madre, all'età di quaranta, quando i suoi fratelli si erano ormai sistemati, chi carpentiere, chi muratore, chi emigrato in Svizzera o in Francia, s'era praticamente trovata senza occupazione. Il padre, che non brillava certo per sensibilità, le aveva proposto, stante la lunga esperienza che aveva accumulato, di andare a fare la serva da qualche parte. Al che Rebecca aveva replicato che bisognava nascerci per essere serve mentre a lei era toccata un'altra sorte.

Quale mai?, aveva voluto sapere il genitore.

E poiché Rebecca non aveva saputo rispondere, quello aveva

caricato la dose affermando seccamente che sotto il suo tetto non sopportava mantenute di nessun genere. Di giorno in giorno le frizioni tra padre e figlia erano andate aumentando, fino al momento in cui, dopo una minaccia di espulsione da casa, la madre, di nascosto dai due, s'era rivolta al prevosto di allora chiedendo consiglio.

Era stata la svolta nella vita di Rebecca.

La perpetua in servizio all'epoca viaggiava verso gli ottant'anni e, pur non volendo mollare, dava chiari segni di rimbambimento, cadendo in repentini sonni a qualunque ora del giorno, col che al prevosto spesso toccava cucinare da sé oppure stendere i panni, cercando di non farsi vedere dal popolo delle sue anime. La donna aveva assicurato al prevosto che la figlia, nonostante i quarant'anni, poteva tranquillamente passare per una cinquantenne e non avrebbe creato scandalo alcuno in parrocchia. Alla figlia invece aveva sottoposto la questione parlando di una governante a tutto tondo della canonica, cosa che aveva lisciato l'orgoglio di Rebecca e l'aveva decisa ad accettare.

Quando nel 1902 la vecchia perpetua era stata rinvenuta morta, anziché addormentata, su una vecchia cassapanca che arredava il corridoio della canonica, Rebecca era diventata finalmente perpetua titolare e a don Primo Pastore venne presentata dal suo predecessore, avviato a un periodo di meritato riposo, come persona sveglia, affidabile e di inattaccabile fede.

Riaprì gli occhi, scacciò quelle immagini. Non era lì per rimpiangere il passato ma per rendersi conto del presente.

Mosse pochi passi scricchiolanti (il parquet, eredità dell'ombrellaio) e diede dapprima uno sguardo d'insieme.

L'ambiente nel suo complesso aveva un'aria molto…

"Molto scic" giudicò Rebecca.

Ai muri, cassettiere alte sin quasi a metà parete, con le loro belle etichette in ceramica. Un bancone in noce, a ferro di cavallo, sopra il quale erano esposti campioni della merce. Una tenda nera chiudeva lo spazio dove, fino a qualche mese prima, quel voncione dell'ombrellaio riparava i paraplù e ogni sorta di altri oggetti, perché il Signore gli aveva dato il dono di un'abilità straordinaria a prezzo di una concezione dell'igiene personale molto precaria e di un'altrettanto vaga idea della buona educazione: tanto che andare da lui a portare o ritirare un qualsiasi oggetto era impresa che veniva affidata generalmente a uomini dallo stomaco forte, gli unici in grado di sostenerne la vista mentre quello parlava e scatarrava sputando per terra senza ritegno e senza guardare dove andasse a finire lo scaracchio.

Adesso, chissà!, forse, dietro quella tenda si nascondeva un piccolo magazzino o forse una saletta per ricevere le clienti più sofisticate.

Prezzi, la perpetua non ne vide esposti.

Ma la roba era di prima, primissima qualità!

Una delizia per la vista e per il tatto.

Al vedere tutto quel ben di Dio, un desiderio quasi peccaminoso corse nelle vene della perpetua.

Fettucce, nastri, filati per ogni genere di lavoro, passamanerie, perline, elastici, cucirini di tutti i colori.

E i bottoni!

La lussuria vera e propria!

Ce n'era una collezione, chiusa in una vetrina appesa alla parete di sinistra. Uno per tipo, in corno, in avorio, in madreperla, in pietre preziose, in un caleidoscopio di colori…

E le forme che avevano!

Stravaganti, fantasiose, incredibili!

Un omaggio alla creatività e all'abilità dell'uomo.

Su ordinazione, informava un cartello posto in mezzo a quella variegata raccolta, la Premiata Ditta Sorelle Ficcadenti era in grado di procurare alla clientela bottoni delle più disparate forme di ogni colore e nei materiali desiderati dal cliente sfizioso.

Rebecca si sentiva, ed era, in un mondo a parte. Sapendo che non poteva durare, tornò a chiudere gli occhi e a fingere di essere proprietaria di quella merceria, dalla mattina alla sera in compagnia di quegli oggetti apparentemente insignificanti ma che, se consigliati con l'opportuna esperienza, davano un tocco scic a una camicia, una giacca, un cappotto.

Solo una donna poteva capire il valore, il peso, la bellezza di un bottone rispetto a un altro...

Il Tocchetti e il Galli? Una ferramenta avrebbero dovuto gestire, altro che una merceria!

Stava ancora fantasticando la perpetua, quando, alle sue spalle, una voce la riportò con i piedi per terra.

«Desiderate?»

Le parve sulle prime di aver sognato.

«Sono qui» ripeté la voce.

Rebecca, ancora avvinta dall'esposizione dei bottoni, si girò lentamente e per poco non le prese un colpo: sotto i suoi occhi era comparsa una testa parlante.

Vestita di nero, sul nero sfondo della tenda che le stava alle spalle, piccola che sopravanzava appena con le spalle il bordo del bancone e smorta, Zemia Ficcadenti pareva non avesse corpo.

La perpetua aveva una lunga consuetudine con i morti, le veglie erano una sua specialità: ma spettacoli come quello che aveva sotto gli occhi in quel momento avevano il potere di risvegliare in lei certe paure, i sepolti vivi, i morti che vagavano di notte in cerca di vendetta, certe voci che provenivano dall'aldilà, tutte cose che il signor prevosto aveva sempre liquidato dando una sberla all'aria.

«Desiderate?» ripeté Zemia, immobile dopo aver posato due mani secche secche sul bordo del bancone.

Per un momento lo sguardo della perpetua indugiò sulla mano sinistra della donna, priva del mignolo.

Non aveva pensato a cosa acquistare. Sparò la prima cosa che le venne in mente.

«Due metri di nastro canetè» disse.

«Colore?» chiese la Ficcadenti.

«Nero.»

«Un istante» rispose la merciaia.

E con un furtivo movimento sparì dietro la tenda ricordando alla Rebecca certe rappresentazioni del "Teatro Nero" che l'orologiaio Laghetti, sedicente occultista, inscenava nel suo retrobottega con l'ausilio di un telo bianco dietro il quale faceva recitare solo scheletri assemblati con scarti di legname che gli forniva la falegnameria Scoramenti. Erano commediole comiche perlopiù, scritte dallo stesso Laghetti, nelle quali gli scheletri si prendevano gioco della vanità della vita invitando il pubblico, mai più di venti persone, a raggiungerli quanto prima.

«Ecco!»

Di nuovo la Zemia era comparsa come se non avesse peso e camminasse sollevata da terra, facendo sussultare la perpetua che aveva continuato a tocchettare la merce.

«Vi piace l'esposizione?» chiese la Ficcadenti mentre impacchettava ordinatamente il nastro.

Rebecca cercò una frase memorabile per esprimere la sua ammirazione.

«Qualità impareggiabile» si decise a dire.

Un sorriso, con un velo appena percepibile di tristezza, comparve sul viso della Zemia.

«Non potrebbe essere altrimenti» disse, «ci forniamo solo e sempre dal miglior grossista: Formaini Giuseppe, di Como, sotto i Portici Nuovi.»

Di botto, la mano che Rebecca stava per allungare verso il pacchetto, si fermò.

«A Como?» chiese.

«Certo. Perché?»

La perpetua seppe contenere la sorpresa.

«Dicevo così, per dire…» rispose. «Sapete, non l'ho mai vista.»

«Dovreste» consigliò Zemia, «è una splendida città.»

«Non mancherò» rispose Rebecca. «Quanto vi devo?»

«Nulla» rispose Zemia.

Omaggio.

Della Premiata Ditta Sorelle Ficcadenti.

Il prevosto non voleva certo dare a vedere che il risultato dell'ispezione nella merceria Ficcadenti fosse in cima ai suoi pensieri.

Di contro Rebecca non voleva passare per una dalla lingua lunga, incapace di tenere segreti e pensieri: quindi avrebbe risposto alle domande soltanto qualora il reverendissimo si fosse deciso a farle. E gli avrebbe anche sottoposto due questioni, due enigmi che, ne era certa, avrebbero risvegliato in lui una certa curiosità.

Guerra di nervi, quindi.

Chi avrebbe ceduto per primo?

Per stare lontano dalla tentazione di essere lui, il signor prevosto, stupendolo assai, comunicò al suo coadiutore, subito dopo la prima messa, che si sarebbe accollato il giro delle frazioni per le benedizioni natalizie: giro faticoso tra salite e discese, altre salite e altre discese, che per tradizione spettava al coadiutore e ai suoi giovani polpacci. Giro penoso anche, quell'anno, poiché gli sarebbe toccato entrare in case dove la guerra aveva già bussato portandosi via alcuni giovani e lasciandosi dietro un Natale di tristezze. Giro sgradito pure ai chierichetti che seguivano il sacerdote con l'acquasantiera e il sacchetto per le offerte, al punto che se lo giocavano a testa e croce. Comunicò la sua intenzione anche alla perpetua, che non fece commenti, limitandosi unicamente a un lieve scuotere di testa quando il sacerdote l'avvisò che non sarebbe tornato per pranzo: un'anima buona che gli offrisse qualcosa da mangiare, fosse anche solo un piatto di patate in insalata e un uovo sodo, l'avrebbe sicuramente trovata, e così avrebbe guadagnato tempo.

In sostanza significava che la perpetua avrebbe dovuto starsene l'intero pomeriggio in compagnia dei suoi pensieri e delle sue curiosità: intollerabile prospettiva per la Rebecca che trovò immediatamente un antidoto per vincere la snervante attesa del ritorno del sacerdote.

«Cosa ne dite» propose quando don Pastore fu pronto per partire, «se cominciassi a preparare il presepe?»

«Mi sembra un'ottima idea» fu la risposta.

Il sacerdote e i due malcapitati che avevano perso la gara del testa e croce non erano ancora a metà della scalinata che saliva verso il cimitero e, da lì verso Ombriaco, la prima delle frazioni del giro, che la Rebecca era già in cima alla scala per la quale si accedeva alla soffitta della canonica dove, in un baule, c'era tutto ciò che serviva ad allestire il presepe, compreso il muschio, vecchio di tre anni, secco e ingiallito.

Il posto del presepe era sempre quello, nel corridoio in fondo alla canonica. Cominciò con l'applicare al muro il magnifico cielo stellato su sfondo blu con la cometa piccola piccola nell'angolo in alto a destra proseguendo con il predisporre il solito panorama di collinette, pianure e con l'immancabile laghetto contornato di anatre e oche. A ogni aggiunta, la perpetua faceva due passi indietro per avere una visione d'insieme della sua creatura e cercare eventuali difetti. Posizionò i pastori: dapprima quelli più lontani, con la mano sulla fronte per guardare l'orizzonte e quelli che, stanchi per il lungo viaggio verso la stalla del nascituro, si riposavano per un po', sdraiati sul muschio. Poi toccò a quelli con le greggi di pecore più vicini alla capanna dotata di due angioletti che reggevano la scritta GLORIA IN EXCELSIS DEO. Passato mezzogiorno, decise di fare un fioretto e saltare il pranzo per continuare a dedicarsi al presepe: era il momento più delicato e anche poetico, poiché adesso toccava agli illustri personaggi della sacra rappresentazione, la Madonna, san Giuseppe, il bue, l'asinello e i Tre Re.

Il Bambinello non le competeva: adagiarlo nella sua culla era compito del signor prevosto la sera della vigilia, poco prima di uscire dalla canonica per la messa di mezzanotte.

Fu in quel momento che alla perpetua venne una mezza idea. Con una mano sulla bocca, valutò se fosse malvagia o peccaminosa.

Non era né l'una né l'altra cosa, decise.

Se mai una veniale trappola nella quale, comunque, il signor prevosto sarebbe certamente caduto visto che da quando governava la sua casa aveva sempre ispezionato di persona il presepe ed emesso giudizi quasi sempre lusinghieri sulla sua abilità.

Quindi, scusandosi con la Madonna, san Giuseppe, il bue, l'asinello e i Re Magi, procedette senza ripensamenti all'azione.

Il Tocchetti e il Galli, gli altri due titolari di merceria del paese, non erano amici. Mai un caffè o un bicchiere di vino bevuto assieme.

Si tolleravano, salutandosi appena.

Anni prima avevano stretto un accordo ("tra gentiluomini" l'avevano definito) sui prezzi, mantenerli sempre uguali in modo da evitare guerre fratricide, e sugli sconti.

Sconti, mai!

Abituavano male la clientela.

Le rispettive mogli, Blenda quella del Tocchetti e Cortèsia quella del Galli, non si parlavano nemmeno.

Secondo la Blenda, la moglie del Galli non poteva stare alla sua altezza per il fatto che spesso serviva al banco con il marito e gli dava una mano, evidenziando così un animo da bottegaia nonostante tutti gli orpelli coi quali si copriva per dare a intendere di essere nata bene. Viceversa, secondo Cortèsia, la Blenda era una lazzarona fatta e finita, fin troppo benvoluta dal destino perché l'ondata del tifo non s'era presa il marito che era stato lì per tirare la gambetta nonostante lei, per la vergogna di avere in casa un malato di quella porcheria, avesse continuamente dichiarato trattarsi di un pernicioso colpo della strega. Il Tocchetti l'aveva scampata e la Cortèsia spettegolava che non era certo stato grazie alle cure di quell'incapace del dottor Pathé: piuttosto il merito andava tutto a un misterioso specialista fatto venire apposta da Milano a suon di cento lire e nottetempo affinché nessuno vedesse e sapesse.

«Tuttavia» commentava spesso non contenta della maldicenza già seminata, «certe fortune si pagano prima o poi!»

E al momento buono, visto che preconizzava una ricaduta del Tocchetti, le sarebbe piaciuto vedere come la Blenda avrebbe fatto a mandare avanti la merceria.

Con l'arrivo delle Ficcadenti tanto astio non s'era dissolto ma era stato accantonato per cause di forza maggiore. I due mariti erano intervenuti presso le rispettive mogli lusingando e pregando. Era fondamentale che qualcuno, il giorno dell'apertura, andasse a spiare quel nuovo negozio, valutasse quelle merci di "altissima qualità", quei "prezzi imbattibili", cercasse insomma il pelo nell'uovo.

Ma non era certo un compito che potessero assolvere loro. Li avrebbe esposti al ridicolo. Peggio ancora, ne avrebbe leso la dignità.

Le mogli, invece.

Due donne, curiose com'era nella loro natura, esperte della materia e dalla ferrea memoria, cui nulla sarebbe sfuggito.

Blenda e Cortèsia, dopo una prima, doverosa titubanza, avevano accettato l'incarico. Erano uscite dalle rispettive case verso la metà pomeriggio del primo dicembre e s'erano confuse nella piccola folla che riempiva la merceria Ficcadenti.

Avevano valutato la merce. Sulla qualità, boh!, niente da dire, era eccellente.

I prezzi?

Se i rispettivi mariti non avessero proibito loro di spendere anche un solo centesimo, magari avrebbero potuto riferire qualcosa di più. Nel traffico di donne che andavano e venivano era stato difficile cogliere se ci fosse davvero un rapporto di convenienza tra la qualità della merce e il prezzo richiesto, in ogni caso le clienti avevano comperato, il "dlin" della cassa era risuonato più volte.

Tra le due, però, era nata spontaneamente una velenosa alleanza quando dietro il bancone era comparsa la seconda Ficcadenti, Giovenca.

La sua bellezza le aveva schiantate. L'eleganza, la disinvoltura, annientate.

Erano tornate a casa tenendosi a braccetto, come se temessero di non riuscire a reggersi in piedi. Ai mariti avevano riferito soltanto che a loro giudizio la nuova merceria della Premiata Ditta Sorelle Ficcadenti poteva essere una concorrente di tutto riguardo.

Dopo cena, sia la Blenda che la Cortèsia, avevano passato un tempo lungo davanti allo specchio, nella memoria la figura della Giovenca, per individuare i loro punti deboli, provando sorrisi e smorfiette e ispezionando poi l'armadio dove abbondavano i colori di una vita piatta e sempre uguale.

Il Tocchetti e il Galli erano rimasti nelle rispettive cucine a riflettere invece.

Sul tardi s'erano coricati con lo stesso pensiero in testa.

Premiata Ditta.

Da chi?

E perché?

Il prevosto aveva il viso stanco. D'altronde il giro delle frazioni non era mica uno scherzo per uno della sua età. In più aveva nell'animo la tristezza per il dolore che aveva tentato di consolare. Al vederlo così, silenzioso e pure un poco ansante, la perpetua temette che non s'accorgesse nemmeno del presepe.

«Datevi una rinfrescata» intervenne, manco fuori ci fosse un caldo agostano, «e poi venite a cena: avete bisogno di ben altro che di patate e un ovetto sodo!»

In effetti il sacerdote aveva fame. Obbedì, mentre Rebecca si infilava in cucina, la testa china sulla stufa, dove ormai un bollito misto dal profumo avvolgente non aspettava che di essere mangiato, e le orecchie tese fino al momento in cui si riempirono del tanto desiderato rimprovero.

«Ma, Rebecca!» tuonò il prevosto.

Alla perpetua scappò un sorriso che svanì subito nei fumi del bollito. Poi si impose la maschera dell'ingenua e corse in corridoio.

Sul viso del sacerdote la stanchezza era sparita. Piuttosto lo illuminava un sorriso infantile.

«Rebecca…» sospirò il sacerdote in tono gentile. «Quante volte ve l'ho detto…»

Quante volte le aveva detto che la Madonna andava alla destra della culla che avrebbe ospitato il nascituro, e non a sinistra, e che accanto a lei ci doveva stare il bue per il semplice motivo che, essendo un animale dallo spirito tranquillo, non avrebbe creato pericoli alla Santa Madre? San Giuseppe invece andava a sinistra e l'asino con lui: si sapeva che l'asino era invece animale imprevedibile e bizzoso e solo una sicura mano maschile avrebbe potuto sedarne eventuali esuberanze.

Rebecca era convinta che quelle regole non fossero scritte da nessuna parte e che, anzi, se le era inventate il prevosto di sana pianta. Tuttavia non aveva mai osato contraddirle, le aveva sempre rispettate rigorosamente, tranne quella volta, e per un motivo ben preciso.

«E i Re Magi!» continuò il sacerdote.

La perpetua fece la faccia scura perché la cosa si faceva grave.

Era impensabile che i Tre Re fossero sistemati di già nel presepe, sebbene in posizione defilata, visto che all'Epifania mancava un mese. Erano ancora ben lontani da Betlemme, stavano seguendo la stella cometa e, come da tradizione della canonica, dovevano essere lasciati su un tavolino a tre gambe, in cucina, di lato alla dispensa, sul quale andava stesa una manciata di sabbia a significare che erano ancora nel deserto.

«Rebecca, Rebecca!» la rimproverò il prevosto come se fosse una bambina. Nel frattempo riposizionò Madonna e san Giuseppe con annessa compagnia animale e rilevò i Re Magi.

Entrato in cucina, dapprima annusò il dolciastro profumo del lesso che gli provocò un immediato borborigmo. Al punto che, senza dirlo, rifletté che i Re Magi potevano aspettare il tempo della cena, dopodiché li avrebbe sistemati come meritavano.

Fu in quel momento che vide il pacchetto, l'amo che la perpetua aveva posto al centro del tavolino destinato ai Tre Re.

«Questo cos'è?» chiese.

La perpetua, occupata nel travaso del bollito, finse di non capire. «Cosa?»

Il prevosto intanto aveva scrutato il contenuto: un nastrino.

«Avete riparazioni in vista?» chiese, fingendo di non capire.

Rebecca fece un atto di umiltà.

«Volevate che entrassi in quella merceria senza acquistare niente?» chiese.

«Ah, già, la merceria!» continuò a fingere il prevosto, dedicandosi a scegliere, dal piatto del bollito, le parti più grasse: un pezzo di guanciale, un pezzo di lingua e quattro zampe di gallina.

Soddisfatto della scelta, si rivolse finalmente alla perpetua che s'era servita del solo collo del pennuto.

«E com'è andata?» chiese.

Rebecca decise di andare subito al sodo.

«Niente da dire sul negozio, sulla qualità della merce e sui prezzi» comunicò, glissando sui prezzi che non aveva avuto modo di considerare.

Ma…

«Ma?» chiese il prevosto che aveva già la bazza unta.

Ma c'erano due cose due che non l'avevano convinta.

Com'era possibile che la prima delle due Ficcadenti, che l'aveva quasi travolta, dovesse già andare a Monza per fare ordini, quando la merceria non era aperta che da un giorno?

E com'era possibile che quella andasse a Monza a fare ordini quando l'altra, la sorella, un vero e proprio sacchetto di ossa vestita che sembrava già pronta per la bara, le avesse testualmente dichiarato che si servivano dal miglior grossista della provincia, tal Formaini Giuseppe di Como sotto i Portici Nuovi?

Il prevosto stava spolpando un'ala di gallina.

Si fermò.

Un sospetto si insinuò nei suoi pensieri ma lo tenne per sé.

«Mettiamo a posto i Re Magi» disse.

Ma la perpetua era certa che gli avesse dato di che pensare e che, Re Magi a parte, la Ficcadenti avesse pudicamente preso posto nella sua testa.

13

Meno pudicamente, il Tocchetti e il Galli, la mattina dopo il vernissage della nuova merceria, s'erano svegliati con le Ficcadenti piantate al centro dei pensieri.

A sentire le rispettive mogli, c'erano tutti i presupposti perché diventassero un bel problema.

"Scopa nuova, scopa bene" diceva il proverbio.

Ma vatti a fidare! A cercare ne avrebbero senza dubbio trovato un altro che affermava l'esatto contrario.

Bisognava agire invece, anziché attaccarsi alla cosiddetta saggezza popolare. E non da soli, rifletterono, ma uniti per una volta nella difesa dei comuni interessi.

Certo, bisognava che uno dei due si umiliasse e facesse il primo passo.

Lo fece il Galli, venerdì mattina.

Un passo solo, in verità.

Un passo appena, fuori dalla sua merceria, grazie al quale si trovò faccia a faccia con il collega che, uscito con la precisa intenzione di incontrarlo, finse di passare per caso, ma si fermò.

«Già che ci incontriamo!» esclamarono entrambi praticamente in coro.

Dopodiché si chiusero nel retrobottega del Galli per studiare la situazione e prepararsi alla battaglia.

Era chiaro che non le potevano attaccare sulla licenza di commercio, la Deputazione Amministrativa mica dava via licenze a caso o al primo venuto.

Nemmeno sui prezzi potevano fare guerra, ciascun negoziante era libero di fissarli come più gli piaceva.

E neanche sulla qualità della merce: per quello il parere delle rispettive signore Tocchetti e Galli era vangelo.

Tuttavia ogni uomo, o donna che fosse, aveva il suo tallone d'Achille, bastava cercarlo.

«E quella targa...» fece il Galli.

Così altisonante!

«Premiata Ditta!» recitò il Tocchetti.

Niente voleva dire.

Perché premiata?

E da chi?

E quando?

E dove?

Aveva tutto l'aspetto di uno specchietto per le allodole.

«Sento odor di truffa» buttò lì il Galli.

Che, subito, volle dimostrare al collega di non parlare a vanvera.

«Millantato credito» aggiunse.

L'altro accennò di aver compreso il tipo di reato.

«Mi viene in mente il caso del Passarelli» osservò, non volendo essere da meno.

Per l'esattezza Cirfolo Passarelli che nell'estate 1913, nel pieno di un'epidemia di croup, era piombato in paese spacciandosi per medico con studi in Germania, si era piazzato all'Hotel Orrido e aveva fatto correre voce di essere in grado di guarire la difterite che aveva già mietuto parecchie vittime. La disperazione di chi aveva ammalati in famiglia aveva alimentato speranze purtroppo stroncate sul nascere dall'allora maresciallo dei Regi Carabinieri Vansaldo Ernani che in lui aveva riconosciuto la descrizione di tale Mariangelo Passamano, evaso una settimana prima dal manicomio di Mombello con indosso

56

vestiti e documenti del dottor Isidoro Birilli trovato, il giorno dopo la fuga, legato mani e piedi e seminudo nel parco delle Groane.

Se dietro quella targa non c'era che fuffa, avrebbero potuto cominciare da lì a screditare le Ficcadenti, non solo approfittando della clientela ma soprattutto chiedendo il soccorso delle rispettive consorti che, di negozio in negozio e in conversari pubblici e privati, avrebbero con grazia noncurante diffuso la notizia.

Certo, prima di partire alla carica bisognava essere bene informati.

Per questo non c'era persona più degna del segretario comunale Cesarino Pazienza, al quale i due merciai decisero di rivolgersi l'indomani mattina, presentandosi naturalmente in coppia, con la precisa intenzione di difendere l'onorabilità della categoria che rappresentavano.

14

E tric e trac, e tric e trac, il prevosto si svegliò che era ancora buio.

Non avendo mai voluto possedere orologi, si era abituato a calcolare così, a stima, l'ora.

Fece una rapida riflessione.

Le quattro, decise.

Poi guardò la sveglia: le quattro e mezza, aveva sbagliato di poco.

E tric e trac!

Quel rumore lo svegliò del tutto.

Sembrava che provenisse da sotto il letto o dalla cucina sopra la quale era la sua camera. Si alzò circospetto per guardare, vergognandosi un po', sotto il letto dove vide solo alcuni batuffoli di polvere. Decise allora di scendere da basso per dare un'occhiata, non prima di essersi gettato uno scialle sulle spalle e infilati gli scalfarotti di lana grezza. Scese con cautela le scale, raggiunse la cucina e verificò che, oltre a un residuo di odore di lesso, non c'era altro.

Stette in ascolto, immobile.

E tric e trac, ancora!

E tric e trac, trac, trac!

Veniva dall'esterno.

In cucina c'era una sola finestra che permetteva però di avere un'ampia visione della piazza e del giardino della canonica. Vi si avvicinò quando percepì un nuovo trac e comprese che quel rumore veniva proprio dal giardino. Lo ispezionò partendo dall'angolo di destra, dove sorgeva un'imponente magnolia, per passare poi ai roseti che giungevano sino al limite del vialetto che conduceva all'ingresso della canonica, passò oltre, scrutò le tre famiglie di ortensie, il rododendro e infine…

«Trac» gli uscì di bocca.

Tric, trac.

Ecco cos'era.

Qualcuno, protetto dal buio della notte, stava diligentemente impoverendo il magnifico calicantus che abbelliva l'angolo sinistro del giardino. Stante il buio, il sacerdote vedeva solo i rami tagliati, dopo il tric i più fini, dopo il trac i più resistenti, cadere a terra. Di uscire per cogliere sul fatto il ladro, se così si poteva chiamarlo, non gli venne in mente. Attese invece, sino a che quello, evidentemente soddisfatto del massacro compiuto, raccolse i rami tagliati in un enorme fascio, se li buttò sulla schiena e con invidiabile agilità scavalcò la recinzione del giardino e tagliò diritto lungo la piazza fino a che il buio non lo inghiottì completamente.

Il calicantus sembrava che fosse ischeletrito.

Il prevosto ragionò che, prima di farle venire un colpo per lo scempio compiuto, sarebbe stata buona cosa avvisare Rebecca che nel corso della notte avevano massacrato la pianta che profumava il Natale della canonica e le case delle fedelissime della prima messa.

«Qualcuno…» mormorò il sacerdote tornando a letto per un'oretta di riposo prima della sveglia ufficiale.

Qualcuno per modo di dire.

Il segretario comunale Cesarino Pazienza non ne sapeva una mazza.

Cioè, sapeva quel che doveva sapere: che le due Ficcadenti avevano versato l'imposta prevista per l'affissione di targhe all'esterno di esercizi pubblici e che le casse del Comune l'avevano ingoiata.

Per dare forza alla sua risposta esibì, estraendola miracolosamente dall'intrico di carte che occupava la sua scrivania, la ricevuta dell'avvenuto pagamento.

Per il resto: «Chi, come, dove, quando e perché la ditta fosse stata premiata non è affar mio e nemmeno riguarda questa deputazione amministrativa» disse e, con un gesto che era solito compiere ovunque gli capitasse di essere, spazzò l'aria davanti a sé.

Non era un gesto di congedo per il Tocchetti e il Galli che lo avevano ascoltato in rispettoso silenzio. Era un tic, piuttosto, un fenomeno nervoso che lo aveva assalito e fatto prigioniero dal momento in cui la vista gli si era abbassata al punto che nemmeno gli occhiali che portava, lenti spesse due dita – fondi di bottiglia, "l'ultima spiaggia" li aveva definiti il famoso oculista comasco Genuini – erano riusciti a snebbiare il mondo che lo circondava. Nebbia sulla quale, di tanto in tanto, cadeva quella che lo stesso Pazienza aveva definito una specie di pioggia sabbiosa, ed era in quei momenti che il tic partiva all'inutile scopo di allontanare da sé i granelli dell'invisibile cortina.

Poiché quella mattina, nell'orizzonte visivo del Pazienza sembrava essersi scatenata una vera e propria tempesta contro la quale il segretario continuava a combattere inutilmente irritandosi viepiù, il Galli e il Tocchetti rinunciarono a controbattere, preferendo le armi della lusinga.

«Se siamo qui» attaccò il Galli, «è perché nessuno meglio di voi può darci le delucidazioni che cerchiamo.»

«Vi sembrerà questione di poco conto» proseguì il Tocchetti, «ma per noi è una questione di giustizia. Via, un premio lo si dà a chi lo merita e va saputo il perché e il percome.»

«Esatto» si inserì il Galli. «Voi siete segretario, vero?»

Alla domanda Cesarino Pazienza interruppe un momento la battaglia contro la sabbia.

«Certo» rispose, «e diplomato!»

«Bene» fece il Galli, «vi piacerebbe che a un certo punto spuntasse un qualunque individuo che si spacciasse per tale? Non gli chiedereste segretario di cosa, in base a che titoli?»

«Certo» rispose il Pazienza.

E non si sarebbe fidato della sola parola ma avrebbe preteso di vedere carte, documenti, diplomi!

«Infatti!» esultò il Tocchetti.

Così era anche per loro due.

Pur non avendo una carica che si potesse paragonare a quella di un segretario comunale, lisciò, loro si trovavano in una situazione analoga.

Volevano sapere se dietro quella targa si nascondesse bugia, truffa, millantato credito.

«E se ci fosse verità invece?» chiese il segretario ricominciando a scacciare la sabbia.

«In quel caso ci ritireremmo in buon ordine» mentirono all'unisono determinati, in un modo o nell'altro, a screditare la concorrenza.

«Bene» fece il Pazienza.

Ai due sembrò che il momento della verità fosse arrivato.

Dovettero, invece, ricredersi repentinamente.

Perché, spiegò il funzionario, le notizie che i due merciai richiedevano non erano nella disponibilità della deputazione amministrativa bellanese. La quale, si intenda bene!, non aveva trascurato i passi necessari al fine di concedere regolare licenza di commercio. Come da prassi aveva inoltrato ai Regi Carabinieri regolare richiesta e i Regi, compiuti gli accertamenti del caso, avevano dato risposta positiva circa moralità, onestà eccetera eccetera delle due Ficcadenti.

I Regi Carabinieri quindi avrebbero potuto risolvere i dubbi che il Galli e il Tocchetti gli avevano sottoposto.

«Ma si tenga conto» sottolineò il segretario «del vincolo che li obbliga al segreto d'ufficio.»

16

Tutte le mattine alle cinque il sagrestano Aristide Schinetti, quello affetto da "artrite tattica", apriva il portone della chiesa.

Non si levava nemmeno il pigiama. Coprendosi con una giacchetta d'estate e un cappotto d'inverno, apriva e poi ritornava a letto riaddormentandosi pressoché immediatamente.

Le fedelissime della prima messa, la Stampina in testa, potevano così entrare in chiesa e recitare un rosario in attesa che, alle sei, il prevosto desse inizio alla funzione.

Sempre presenti, sempre quelle, tranne, naturalmente, coloro che il Signore aveva voluto chiamare a sé nel corso del tempo.

Il sacerdote, dopo il primo anno di prevostura a Bellano, aveva ragionato che tanta fedeltà, tanta abnegazione meritavano di essere riconosciute con un premio. Un piccolo premio o piuttosto un segno del suo benvolere, senza presumere di sostituirsi a quello che il Creatore avrebbe dato loro nell'aldilà.

La scelta del prevosto era caduta sul calicantus il cui profumo evocava le odorose, piccole lenzuola che avvolgevano i sonni innocenti dei neonati, coloro che si iniziavano al mondo ma, anche, aveva il dono di anticipare altri profumi, quelli variegati di una stagione di colori, la rinascita della primavera, in poche parole la resurrezione.

Un rametto a ciascuna di quelle donne che lo seguivano passo

passo lungo l'arco dell'anno, con l'augurio di ritrovarsi ancora l'anno a venire.

Per le fedelissime, quel rametto di calicantus, insieme con la benedizione del prevosto, era il miglior regalo che potessero ricevere per il Natale. Quell'anno poi, con la guerra in corso e parecchi giovani lontani da casa, il piccolo dono nelle intenzioni del sacerdote avrebbe dovuto avere un significato in più, più profondo e sincero.

Sabato mattina, quattro dicembre, con un po' di magone, il sacerdote, terminata la messa, aveva dovuto annunciare che, a causa di un atto proditorio e vandalico, la pianta era stata spogliata dei suoi rami migliori e messa a rischio di sopravvivenza, così che la loro intima cerimonia prenatalizia per quell'anno non avrebbe avuto luogo, benedizione a parte.

Dallo sparuto gruppo delle fedelissime si era levato un mormorio che il sacerdote aveva placato con un gesto della mano.

«Perdonate anche voi» aveva detto, «come già ho perdonato io.»

Nessuna aveva osato controbattere ma, una volta uscite dalla chiesa, le fedelissime erano corse a vedere lo scempio perpetrato ai danni della pianta, e i commenti, le maledizioni, assente il prevosto, s'erano sprecati.

Rebecca, dispensata dall'assistere alla prima messa per via delle faccende domestiche, udito il cicaleccio, era uscita senza nemmeno coprirsi e aveva preso atto, ammutolendo, dell'orrendo spettacolo.

Il prevosto nel frattempo, toltisi i paramenti, era uscito per l'altare maggiore, s'era inginocchiato e fatto il segno della croce, aveva imboccato il corridoio centrale per uscire e tornare in canonica.

All'altezza degli ultimi banchi, una voce lo fermò.

Dal buio emerse la Stampina, che non era uscita con le altre.

Gli si avvicinò.

«Io lo so chi è stato» disse sottovoce.

«Anch'io» rispose il sacerdote.

Una volta rientrato in canonica e consumata la colazione, don Pastore si guardò bene dal commentare con Rebecca il massacro del calicantus: ne aveva già abbastanza del dispiacere bruciante che gli provocava il pensiero di quella pianta così conciata, un arbusto al quale si era affezionato come se fosse un essere umano per i significati di cui l'aveva investita. Ad aggravare il suo dolore per quel gesto, c'era poi il fatto che conosceva perfettamente il colpevole.

Dal canto suo, Rebecca aveva atteso, pronta a scendere in campo, ma s'era ben guardata dal prendere l'iniziativa.

Pure lei covava nell'animo il dispiacere per quell'atto vandalico, ma non le sfuggiva qualcosa che forse a don Pastore, nella sua infinita bontà e anche ingenuità, ancora non era ben chiaro: ciò che era accaduto durante la notte aveva soprattutto una natura diabolica. Chi aveva preso di mira il calicantus, e non le rose o la magnolia, aveva voluto colpire non tanto la pianta in sé ma i significati che rivestiva.

Chi, quindi, se non el diàol?

Magari non lui direttamente, di persona, qualche suo accolito piuttosto, posseduto dalla sua stessa malignità.

Verso le nove e trenta, avvisò il sacerdote che sarebbe uscita a fare la spesa, intenzionata, prima di ogni altra cosa, a far visita al maresciallo dei carabinieri per chiedergli di intervenire. Per quanto seguace del demonio, una volta che si fosse ritrovato chiuso in cella, il colpevole non avrebbe avuto più modo di fare danni, almeno per un po'.

Il prevosto attese qualche minuto, le lasciò il tempo di allontanarsi, poi uscì a sua volta, diretto a casa Pradelli per chiedere al Geremia cosa diavolo gli fosse saltato in testa.

18

Il maresciallo dei Regi Carabinieri Aristemo Citrici aveva da poco liquidato la coppia Tocchetti-Galli rispondendo alla loro ampiamente motivata richiesta con un semplice sì.

«Sì?» erano sbottati i due.

Si erano aspettati un'ampia spiegazione a giustificazione della targa.

«Sì» aveva invece ribadito il maresciallo, «e tanto vi basti. Questa è una caserma dei Carabinieri e non un ufficio informazioni.»

Fresco di memoria, il Citrici non aveva nemmeno dovuto consultare il fascicolo Ficcadenti. La raccolta di informazioni l'aveva supervisionata lui personalmente e aveva in testa ogni particolare.

Sin dal momento in cui il ventenne Domenico Ficcadenti, nato ad Albate il 16 aprile 1840 e ivi residente, aveva deciso il suo futuro: non più, come nella tradizione di famiglia, gelsibachicultore, attività che imperava ai tempi. Voglioso, piuttosto, di cimentarsi in qualcosa di nuovo, che lo togliesse dai campi o dalle filande. Il padre Anselmo, considerando la sua scarsa resa sul lavoro e le confidenze serali della moglie cui il Domenico si rivolgeva spesso per esprimere i propri desideri, si era infine convinto ad accettarne la richiesta e gli aveva sottoposto la possibilità di entrare quale apprendista presso la sartoria dei fratelli Coppetti con sede a Como in via Vittorio Emanuele. Domenico vi si era trasferito con entusiasmo ma ben presto aveva compreso che lì dentro non avrebbe imparato niente. I due fratelli, gelosi della loro arte, lo tenevano in conto di garzone, usandolo per le consegne a domicilio, lo scarico delle merci o anche, semplicemente, per mandarlo a prendere un tè o un caffè, rito quotidiano dal quale lui era escluso.

Era stato tuttavia merito loro, pur se involontario, se Domenico Ficcadenti aveva scoperto a quale futuro il destino l'aveva assegnato. Era successo quando tal Caterina Orisanti, vedova Cambiaghi, con negozio di chincaglieria in via Dogana Vecchia, aveva mandato a dire ai due sarti che, stante una febbre che non la lasciava da un paio di giorni, non poteva passare da loro per la consueta consegna di bottoni prodotti da lei in banale osso per integrare i magri guadagni del suo esercizio. Il Ficcadenti era stato immediatamente comandato di andare a ritirarli. Il Domenico era giovane e aitante e, al vederlo, la vedova, benché precoce, aveva dimenticato i suoi doveri. La donna aveva cominciato da subito a concupirlo ma, per non apparire maldestra o addirittura mondana, aveva avviato il discorso interrogandolo sul perché lavorava presso quei due pidocchi dei Coppetti, su come lo trattavano, su cosa sperasse di imparare da due che erano gelosi addirittura l'uno dell'altro. Il Ficcadenti era stato sincero e allora la donna aveva sferrato l'attacco.

Quel negozio di chincaglieria, aveva detto, le dava appena di che vivere.

Ma prima…

Cioè, quando c'era suo marito buon'anima, che fabbricava bottoni…

Allora sì che la vita era diversa e lei s'era potuta permettere lussi, gite e cene ai ristoranti! Fin dalla vicina Svizzera giungevano commesse, per non parlare delle sartorie e camicerie della Bassa, che però si erano via via ridotte all'osso con la morte prematura dell'uomo.

Ma se un giovane di buona volontà avesse ripreso in mano quell'attività, lei era certa che la vita di entrambi sarebbe rifiorita.

L'attrezzatura necessaria c'era, tale e quale l'aveva lasciata il marito, bastava imparare a usarla, cosa tutt'altro che impossibile, e riprendere la produzione.

«È un'offerta di lavoro?» aveva chiesto il Ficcadenti.

«Ma certo!» aveva risposto l'Orisanti. E non solo. Ma aveva taciuto il pensiero.

Domenico aveva ragionato un po': circa la micragna e la gelosia dei Coppetti la donna aveva perfettamente ragione. Avrebbe potuto stare con quei due per vent'anni senza imparare a tirare una riga di gesso su una stoffa.

«Allora accetto» aveva risposto.

E per l'ultima volta era tornato alla sartoria Coppetti per consegnare i bottoni.

«Da oggi» aveva detto loro, «cercatevi un altro fesso.»

Quella stessa sera l'Orisanti, che aveva cinque anni più del Ficcadenti ma si era sempre ben tenuta covando la volontà di risposarsi, aveva sciolto le sue riserve.

Se non aveva un posto per dormire, e il Domenico non l'aveva poiché i due pitocchi gli avevano assegnato una branda nel retrobottega, gli aveva offerto di farlo in casa sua. Al giovanotto la cosa non era parsa scandalosa. Qualche perplessità gli era sorta quando l'Orisanti l'aveva informato che, disponendo del solo letto matrimoniale condiviso sino a due anni prima con il marito buon'anima, altro non gli poteva offrire.

«Dormiremo come se fossimo fratello e sorella» aveva aggiunto.

Tuttavia, per quanto venisse dalla campagna, il Ficcadenti aveva compreso che le cose sarebbero andate altrimenti.

Prima di infilarsi sotto le lenzuola, il Ficcadenti aveva fatto un ragionamento di convenienza.

Se, di lì a poco, si fosse trovato a confronto con una di quelle femmine tutte coccole, moine, bacetti, carezze e sdilinquiti sentimentalismi, l'indomani stesso si sarebbe messo alle spalle quella melassa e avrebbe piantato lì chincaglierie e bottoni per andarsene altrove a cercare fortuna. Quando invece aveva sollevato il lenzuolo e visto che la Caterina lo aspettava nuda come il Signore l'aveva fatta, aveva intuito che avrebbe avuto a che fare con una specie di vergine rifatta in attesa fremente di riscoprire un mondo di delizie.

La mattina seguente l'Orisanti era sfebbrata, il Ficcadenti lamentava un po' di mal di schiena ma era determinato a cominciare subito il suo apprendistato quale fabbricante di bottoni. Della manualità s'era impossessato rapidamente. La Caterina aveva esposto in vetrina un cartello "QUI SI FABBRICANO BOTTONI" e le commesse erano andate piano piano aumentando. Ma erano sempre poche, sempre quelle, soprattutto a giudizio del Domenico, tanto che nel giro di pochi mesi s'era stufato di fabbricare i soliti bottoni di legno o al massimo di osso. Su un manuale trovato nell'officina della buon'anima aveva infatti appreso che il bottone aveva una storia antica che si era andata perdendo nel corso dei secoli fino a farlo diventare un banale accessorio.

Gli antichi, invece, ne avevano saputo apprezzare, come dire?, l'intimità, la raffinata, minimale eleganza, un lignaggio che al bottone era stato scioccamente negato e che invece lo poneva al livello di un qualunque gioiello, purché di classe.

Non per niente, aveva golosamente appreso il Ficcadenti leggendo, bottoni erano stati ritrovati durante scavi archeologici nella valle dell'Indo e pure in Cina durante l'età del bronzo e nell'antica Roma.

E i francesi non ne avevano forse fatto un oggetto di moda, fabbricandoli con ogni tipo di materiale e dando loro le più svariate forme che la fantasia umana riusciva a immaginare?

Addirittura pensavano alla costituzione di un vero e proprio ministero della Moda!

E lui doveva starsene lì, in quel retrobottega puzzolente di lago stantio, a continuare a produrre bottonacci di osso o di legno?

L'idea di andare oltre quel lavoro che si faceva via via sempre più avvilente era maturata piano piano dentro di lui. Sulle prime non ne aveva fatto parola con la Caterina. Ma nei momenti liberi, soprattutto al mattino, alzandosi ben prima dell'Orisanti che non apriva mai la bottega prima delle nove, aveva fatto i suoi esperimenti: aveva fabbricato bottoni delle più disparate forme geometriche, passando poi alle più varie specie animali, dal gatto al cane, alla gallina, alla giraffa e all'elefante, quindi aveva creato bottoni ispirandosi a certe miniature e riproducendo visi d'uomo e di donna, di faccia e di profilo. Aveva creato bottoni a forma di chiese e case, locomotive e velocipedi. Soggetti unici, tutti. Un campionario su cui aveva fantasticato sino al giorno in cui lo aveva sottoposto al giudizio dell'Orisanti.

La donna aveva reagito con una stuporosa meraviglia e gli aveva chiesto se li avesse veramente realizzati lui.

«Chi altri?» aveva risposto il Ficcadenti piccato.

La Caterina gli era saltata al collo, elogiandolo, confessandogli che non pensava di avere in casa un artista tale e, a proposito di casa, aveva approfittato dell'occasione per chiedergli di sposarla. In effetti, aveva ragionato ad alta voce, vivevano già come marito e moglie.

Domenico Ficcadenti non ci aveva pensato nemmeno tanto.

«Perché no?» aveva risposto.

A patto che lei, nella vetrina del negozio, gli permettesse di esporre quella immaginifica collezione di bottoni per vedere l'effetto che avrebbe fatto su visitatori e passanti, e con accanto l'avviso che in quel laboratorio si realizzavano bottoni a richiesta di tutte le forme e con ogni tipo di materiale. Presso la biblioteca comasca era anche riuscito a reperire alcuni numeri de "Il giornale delle nuove mode di Francia e d'Inghilterra", del veneziano "La donna galante ed erudita", del "Messaggero delle Mode" e soprattutto era diventato un fanatico consultatore de "Il corriere delle dame" che dettava legge circa le nuove tendenze.

L'esposizione dei suoi bottoni aveva dapprima destato curiosità e qualche critica: i primi ad abbandonare l'officina erano stati una partita di bottoni in osso acquistati da una nobildonna comasca in occasione del Carnevale 1868: riproducevano le forme di una scimmietta e avevano destato stupore e meraviglia tra le invitate alla festa da ballo, tanto che il giorno seguente, con molta nonchalance, la bottega dell'Orisanti era stata visitata dalle altre signore presenti alla serata che non volevano essere da meno. Forte di quel primo successo, il Ficcadenti aveva allora fatto stampare un catalogo della sua produzione e l'aveva spedito a tutte le camicerie e sartorie di cui era riuscito a reperire l'indirizzo, incluse quelle svizzere che s'erano anticamente servite del defunto marito della Caterina. Gli ordini erano cominciati ad arrivare, le commesse erano aumentate di mese in mese, sino al punto in cui il Ficcadenti si era reso conto di non poter evadere da solo tutto il lavoro: gli ci volevano un apprendista e un locale più ampio. Anche per quello aveva un piano: trasferimento dell'officina vera e propria in quel di Albate, dove aveva sott'occhio alcuni cascinali abbandonati che sarebbero serviti allo scopo e costati meno, aveva detto esprimendosi in dialetto, di una "ciòca de làch". Voleva mantenere però il negozio dell'Orisanti in quel di Como, come ufficio di rappresentanza, con lei naturalmente a dirigerlo e dal quale s'era fatto l'idea di eliminare pian piano la chincaglieria.

«Perché?» aveva chiesto la Caterina che di quello aveva sempre vissuto.

Perché, era stata la risposta del Ficcadenti, bisognava pensare in grande: una donna che entrava nel negozio per acquistare bottoni, era possibile che avrebbe avuto bisogno anche di filo per cucire, di cucirini, filati, pizzi, passamanerie, battitacco, nastri di seta e canetè, bordure, aghi da maglia e da uncinetto, cioè di tutto ciò che costituiva una merceria come Dio comanda.

I bottoni, i suoi bottoni artistici, sarebbero stati l'amo a cui le clienti dovevano abboccare, il fiore all'occhiello della… e per la prima volta se n'era uscito con quel nome.

«Della Ditta Ficcadenti!»

Al che l'Orisanti aveva risposto che al progetto, sicuramente grandioso e affascinante, mancava un solo particolare.

Al Domenico pareva di aver pensato a tutto.

Invece no, gli aveva fatto notare la Caterina.

Si ricordava, o no?, che mesi prima, alla sua domanda precisa, aveva detto che l'avrebbe sposata?

Bene, se voleva che lei accettasse di trasformarsi in merciaia, doveva mantenere la promessa.

Domenico Ficcadenti non se l'era scordata: preso com'era dai suoi progetti, s'era solo dimenticato di attuarla.

S'erano sposati nel 1868, al mattino presto, presenti il prete e due anonimi testimoni. Avevano scelto di fare così entrambi: lei per rispetto alla memoria del primo marito, lui poiché sotto sotto considerava quell'unione parte integrante dell'affare, sorta di prezzo insomma, e che ciò non si addicesse gran che alla sacralità del matrimonio.

Celebrandolo senza troppe pompe, forse Nostro Signore avrebbe considerato il suo agire con minore severità.

19

Dopo la secca risposta del maresciallo, il gatto e la volpe, il Tocchetti e il Galli, avevano nuovamente infranto la consuetudine che fino ad allora li aveva visti badare ciascuno ai propri affari, senza mai frequentarsi e men che meno in pubblico.

Erano entrati infatti all'albergo Tommaso Grossi e ordinato un'anisetta.

Delusi dall'atteggiamento poco collaborante del maresciallo, ma tutt'altro che sconfitti, ciascuno dei due stava riflettendo su come fosse possibile screditare agli occhi del pubblico la merceria delle Ficcadenti.

Fu proprio ragionando su ciò che al Galli, tra i due la vera volpe, venne un'idea talmente potente e improvvisa, che a momenti si strozzò con un sorso di liquore e volendo comunque parlare emise dapprima versi inintelligibili.

«Cos'avete detto?» chiese il Tocchetti.

Il Galli si schiarì la gola.

«Dicevo» ripeté, gli occhi lucidi e la voce ancora in falsetto, «che è una questione di termini.»

Il Tocchetti, ahilui, non afferrò il concetto.

«Vale a dire?»

Valeva a dire che un conto era una merceria, un conto era una ditta!

«O no?» fece il Galli.

«Certo» approvò il Tocchetti che cominciava a capire.

«Dov'è la ditta di quelle due?»

«E che ne so» rispose il Tocchetti.

«Appunto, nessuno lo sa» puntualizzò il Galli. «Se anche loro, come noi» aggiunse, «si riforniscono da un qualunque grossista, non hanno alcun diritto di definirsi ditta, premiata o no. Quindi quella targa è un falso! E deve sparire! Chiaro?»

«Certo. Ma se invece la ditta ci fosse?» obiettò il Tocchetti.

«Se la ditta ci fosse mi pare che almeno avremmo dovuto sentirne parlare, no? Visto che siamo del mestiere» ribatté il Galli.

«Sì, ma...»

«A meno che non sia una ditta fantasma» concluse la volpe.

«Fantasma?»

«Sì, fantasma» confermò il Galli. «E io ai fantasmi non ci credo.»

«No?» fece il Tocchetti tanto per dire.

«Perché, voi sì?»

Il prevosto no, non ci credeva.

Anche se agitare ogni tanto lo spettro della dannazione davanti a qualche peccatore gli tornava utile.

Una volta entrato in casa Pradelli e dopo un breve conciliabolo con la Stampina, don Pastore aveva chiesto alla donna di lasciarlo andare avanti da solo. Voleva parlare con il Geremia, e a quattrocchi.

All'uscita del prevosto, cassati i preamboli: «Ma cosa mi hai combinato, Geremia!» il giovanotto finse di niente.

«Cosa?»

Il prevosto, didattico, glielo aveva spiegato.

«Mi hai ridotto il calicantus a uno scheletro. Ci vorrà un miracolo perché si riprenda. Perché l'hai fatto?»

La difesa del Geremia si limitò a ribadire la stessa domanda.

«Ma fatto cosa?»

Il prevosto invocò santa Pazienza.

«Tagliare quasi tutti i rami del calicantus e metterli sui gradini della merceria Ficcadenti. Li ho visti mentre venivo qua.»

Il giovanotto, nonostante l'età, arrossì come se si stesse incendiando. Ma negò ancora, recisamente.

«Non sono stato io.»

Il prevosto aggrottò la fronte.

Crapone, il Geremia.

Ma ingenuo, sciocco.

Inconsapevole delle trappole che la vita sapeva tendere.

Come quella che lui, con un pizzico di cattiveria – mica tanta, q.b., come scriveva il dottor Pathé sulle sue ricette – decise di allestire all'istante.

«Vuol dire allora che è stato un fantasma o qualcun altro. Ma siccome io ai fantasmi non credo, ritengo che sia stato qualcun altro. Mi spiace quindi di averti importunato e ti prego di scusarmi.»

Dopodiché fece la mossa di andarsene non prima di aver notato l'improvvisa espressione di sconcerto che era calata sul viso del Geremia. Dalla cui bocca uscì, pallida come il suo viso, una domanda precisa.

«Un altro chi?»

Il prevosto alzò le spalle. Il pesce aveva abboccato. Non che gli piacesse giocare così, anche i pesci erano creature del Signore. D'altronde non vedeva alternative.

«Che ne so. Un altro ammiratore!»

Il Geremia, che fino a quel momento era rimasto in piedi nella cucina di casa, di lato all'ossificato genitore attaccato alla stufa, crollò sulla sedia.

«Volete dire che ha già un fidanzato?» chiese con una voce già mezza rotta dal magone.

Il prevosto ragionò solo un momento. Gli avrebbe preso la testa tra le mani al Geremia che le trappole se le costruiva da sé per poi infilarcisi.

"Eh già" pensò, "un fidanzato!"

Ed ebbe all'istante due idee.

Buone entrambe.

La differenza stava nel fatto che la seconda implicava una bugia e, potendo, avrebbe evitato di commettere un peccato, anche se veniale.

«Non ho detto questo» disse, andandosene velocemente poiché temeva che quelle due idee, come spesso i sogni, si dileguassero.

Non l'aveva detto, però…

Il maresciallo Aristemo Citrici non temeva né il freddo né il caldo, quindi aveva raggiunto il luogo del delitto, piantato sul lato destro del giardino della canonica, quasi a far da guardia al miserevole calicantus e gettando di tanto in tanto un occhio alla volta della contrada da cui sarebbe dovuto spuntare il signor prevosto che, secondo le informazioni della perpetua, sarebbe dovuto essere in casa e invece, secondo le donne che dopo la messa s'erano fermate a recitare il *de profundis* per l'albero, era uscito una mezz'ora prima, destinazione sconosciuta.

Non era ancora metà mattina e aveva già un bel nervoso. Colpa del suo carattere da cinghiale. Amava la solitudine e il silenzio.

Invece.

Dapprima aveva dovuto resistere eroicamente e respingere le insistenze della stessa perpetua che avrebbe voluto accompagnarlo sul luogo del delitto. A giudizio del Citrici nelle cose di uomini le donne non ci dovevano entrare.

«Voi andate per le vostre spese e lasciate a me il resto.»

Ma se aveva fatto conto di aver così riconquistato l'amata solitudine s'era dovuto ricredere una volta giunto in piazza della chiesa, trovandosi in mezzo alle fedelissime della messa prima. Le quali, ordinatamente, una alla volta, l'avevano tempestato di domande volte a capire cosa avesse intenzione di fare per individuare l'assassino del calicantus. Con pochi grugniti aveva fatto intendere alle pie donne che non avrebbe dato corso ad alcuna indagine fino a che, solo, non avesse potuto ispezionare il luogo del misfatto. Ottenuta soddisfazione, il Citrici non aveva fatto altro che rimettersi in posizione d'attesa, maturando la convinzione che quel giorno era diverso da tutti gli altri trascorsi da che aveva preso il comando della stazione bellanese.

Giorno foriero di guai, troppe donne in ballo.

"Chi dice donna dice danno."

E non alteravano la media quelle due donnicciole dei merciai, il Tocchetti e il Galli, imbecilli che avevano cercato di giocare con lui la carta dei furbi, ponendogli domande trabocchetto o addirittura, non riuscendo a scardinare il suo ermetismo, di spaventarlo domandando se per caso qualcuno superiore in grado a lui avrebbe potuto saperne di più.

Quando li aveva finalmente liquidati, dicendo loro che magari potevano chiedere aiuto alla Farfalà, che leggeva le carte e i fondi di caffè, s'era avviato alla volta della canonica. Era soddisfatto di sé per come aveva trattato i due miagolanti merciai ai quali, nemmeno sotto tortura, avrebbe rivelato che la Ditta Ficcadenti aveva ben meritato di essere premiata, anzi, premiatissima alla grande esposizione di Milano tenutasi nel 1881, della quale lui stesso aveva vaghissima memoria avendola visitata da bambino in compagnia di mamma e papà.

22

Nel 1880 le cose erano assai cambiate per il Ficcadenti e l'Orisanti. Domenico aveva dovuto rinunciare in parte alla grandeur dei suoi progetti: impiantare una linea di produzione che coprisse tutte le necessità di una merceria si era rivelata impresa superiore alle sue forze. Il sogno era svanito. Nella rinuncia però il Ficcadenti aveva trovato la sua fortuna. Si era concentrato sul commercio di soli bottoni, ordinari, e particolari, accettando commesse tra le più varie, producendone di ogni forma e con ogni sorta di materiale, lavorando senza badare a orari nel casale che aveva acquistato in quel di Albate e trasformato in laboratorio. La sua fama di artista era cresciuta via via, superando i confini della Lombardia e anche quelli della Svizzera, se era vero, come poteva documentare una lettera che il Ficcadenti conservava gelosamente, che una volta aveva ricevuto da una certa contessa Rebenburg di Friburgo la richiesta di creare una serie di sei bottoni utilizzando l'osso parietale, allegato alla missiva, del conte marito recentemente scomparso.

Con l'aumentare delle ordinazioni, il Ficcadenti aveva assunto due lavoranti del luogo, cui aveva affidato il compito di sgrezzare la materia prima, tenendo per sé il lavoro di fino. E, con l'aumentare delle rughe sul volto dell'Orisanti, aveva preso anche la decisione di chiamarla a sé, in Albate, sostituendola presso la merceria di Como con una giovane più avvenente. La Caterina aveva però posto condizioni: una casa che si potesse dire tale, e con annessa merceria, poiché non aveva intenzione di rinunciare al suo lavoro. Le proteste del Ficcadenti, secondo il quale non aveva senso aprire una merceria in un posto piccolo come Albate e con una città quale Como così vicina, erano cadute nel vuoto. Alla fine aveva ceduto su quasi tutta la linea. Quasi: aveva infatti ottenuto che la casa soprastante la merceria di Como venisse venduta e che la merceria stessa diventasse, anziché un negozio, un ufficio di rappresentanza dove, come tutti gli uomini d'affari di rispetto, sarebbe andato a discutere e a concludere contratti. Di entrare a dare una mano in laboratorio, come il marito le aveva proposto, l'Orisanti non aveva nemmeno voluto sentir parlare: si sarebbe occupata, come aveva sempre fatto, della casa e della merceria cui, lentamente, aveva dato un certo impulso, creandosi un buon giro di clienti che aveva trovato estremamente comodo fare lì gli acquisti anziché andare fino a Como.

Nel febbraio 1880 un camiciaio milanese che da anni si serviva presso di lui aveva messo al corrente il Ficcadenti di ciò che Milano andava preparando: una grande esposizione, sullo stile di quelle che avevano animato altre nazioni europee, grazie alla quale anche l'Italia avrebbe potuto mettere in mostra le proprie eccellenze. Lo stesso cliente gli aveva fatto avere copia del manifesto pubblicato il primo febbraio 1880 dall'industriale della seta Luigi Maccia, anima dell'iniziativa, e dal sindaco di Milano Giulio Belinzaghi che annunciava l'evento. Responsabile dell'organizzazione era l'ingegner Amabile Terruggia, cui immediatamente il Ficcadenti aveva scritto un'ossequiosa lettera con la richiesta di poter partecipare. Alla risposta positiva, gli era quasi venuto un colpetto. Per un paio di giorni era vissuto tra le nuvole, trascurando lavoro, dipendenti, cibo e letto, fantasticando su quello che poteva inventarsi per impressionare il pubblico.

Alla notizia che il re Umberto I e la regina Margherita, accompagnati dal ministro dell'agricoltura Luigi Miceli, avrebbero presenziato alla cerimonia di inaugurazione il 5 maggio 1881, il Ficcadenti aveva risolto il busillis.

Lavorando in segreto e trascurando anche un poco gli affari, aveva preparato un'opera che aveva attirato e, in più di un caso, strabiliato le migliaia e migliaia di visitatori dell'esposizione: un'Italia fatta di soli bottoni, alta poco più di due metri e larga mezzo, una sorta di puzzle che rispettava fedelmente le caratteristiche geografiche e cromatiche del Paese, in mezzo al quale spiccavano altrettanti artistici bottoni che riproducevano fedelmente le bellezze più note e amate dai turisti, dai templi greci di Akragas al Duomo di Milano, dalla Reggia di Caserta all'Arena di Verona, dal campanile di Giotto alla basilica di San Marco.

A Roma due bottoni in oro zecchino riproducevano il raffinatissimo ritratto di Sua Maestà e della Regina, cesellati di profilo mentre si guardavano amorosamente negli occhi.

L'opera aveva guadagnato al Ficcadenti un diploma di merito con tanto di firma di Re Umberto, assegnato, come da dizione stampigliata sulla pergamena, alla "PREMIATA DITTA FICCADENTI DOMENICO IN ALBATE DI COMO".

La risonanza di quell'exploit gli aveva procurato ulteriore fama e clienti, aiutato anche dalle gazzette locali che, incuriosite, avevano dato largo spazio alla sua storia, da umile figlio di gelsobachicoltori a capitano d'industria. Da tanta pubblicità aveva tratto vantaggio anche la piccola merceria dell'Orisanti, al punto che ormai clienti che si servivano in quel di Como prendevano invece la strada per Albate, non fosse altro che per ammirare il diploma e la firma di Re Umberto.

L'unico neo di tutta la faccenda, che preoccupava e dava adito a chiacchiere più alle pettegole del posto che non ai due ormai attempati sposi, era l'assenza di figli: cioè, di eredi.

Tutta la fortuna che il Ficcadenti stava accumulando, a chi sarebbe andata?

23

Il prevosto se ne veniva su da piazza Santa Marta con le mani incrociate dietro la schiena e lo sguardo a terra, riflettendo attorno alle due idee che gli erano saltate in testa poco prima.

Tentato dalla seconda, per quanto tentazione diabolica. Aveva quindi deciso di optare per la prima, tenendo l'altra di scorta, *extrema ratio*.

Sbucato dalla piazzetta si avvide del maresciallo Citrici che lo attendeva impettito, di lato al luogo del delitto.

«Maresciallo» si stupì, «qual buon vento?»

«Sono qui per lo sgarro» rispose il carabiniere.

Il prevosto comprese al volo ma preferì fare l'ingenuo.

«Quale sgarro?» chiese.

Il Citrici non era tipo che amasse troppo ballare i minuetti, nemmeno se a condurre l'orchestra era un reverendissimo.

«Quello che la vostra bontà d'animo probabilmente non vuole denunciare ma che, invece, le vostre fedelissime, perpetua compresa, ritengono sia atto che meriti una punizione esemplare» spiegò, e con un cenno del capo indicò il deturpato calicantus.

Prima che il sacerdote potesse aprire bocca, il maresciallo lo fermò con un gesto della mano.

«Con evidenza c'è innanzitutto una violazione di proprietà privata e un danneggiamento a cosa d'altri» esordì.

Reati belli e buoni!

Se aveva qualche dubbio non riguardava certo l'entità degli stessi. Semmai non aveva le idee ben chiare circa la terminologia da usare per indicare gli stessi.

«Vedrò un po' se il codice penale contiene qualcosa in grado di chiarirmele» affermò.

Tutt'al più avrebbe consultato colleghi di stazioni più grosse che magari avevano avuto a che fare con vandali e vandalismi di quella specie.

«Quindi» concluse, «caro reverendo, non vi resta che farmi una visitina in caserma quando vi sarà di comodo per poter stendere la relativa denuncia e procedere di conseguenza.»

Il prevosto giunse le mani.

«Egregio maresciallo…» disse.

E sospirò, pensando al Geremia.

«Siamo sotto Natale» aggiunse.

«E con ciò?» chiese il Citrici.

Con tutto il rispetto, la giustizia non guardava in faccia a niente e a nessuno, procedeva diritta come…

«Certo, certo» lo interruppe il prevosto.

Non voleva mettere in dubbio la rettitudine di coloro che, con un profondo senso del dovere, si sacrificavano a protezione dei deboli.

«Volevo unicamente pregarvi, per questa volta, di chiudere un occhio e prestare orecchio alla richiesta di un povero prevosto di campagna. Lasciate correre. Io ho già perdonato, invito a farlo anche voi.»

«E chi, di grazia, avreste perdonato?» chiese il maresciallo con un sorriso che gli illuminò il volto.

Il prevosto restò spiazzato dalla domanda.

«Be'» fece, ripigliandosi, «naturalmente l'ignoto che ha compiuto questo atto.»

Il Citrici si guardò le unghie.

«L'ignoto, eh?»

«Be'…»

«Sì, sì, lasciamo andare. Voi ne sapete una più del diavolo» gli scappò, dopodiché chiese immediatamente scusa.

«Cosa intendete dire?» indagò il sacerdote.

«Niente di che. Solo che, oltre a voi, nemmeno il diavolo forse sa chi ha voluto omaggiare la vedovella con quel gran mazzo di fiori deposto sui gradini della merceria!»

«Vedovella?» chiese il prevosto.

Al maresciallo scappò una mezza risata.

«Be', scusate se ve lo dico, ma mi sembra assai improbabile che qualcuno possa spasimare per quell'altra, quello sgorbietto tutto nero che a incontrarlo di notte c'è da farsi venire quanto meno il mal di pancia!»

Il prevosto corrugò la fronte.

«Quindi» disse, «la Ficcadenti, la… la…»

Non gli riusciva di pronunciare quel nome.

«Giovenca» l'aiutò il maresciallo.

«Esattamente. Sarebbe vedova? Ne siete sicuro?»

«Come di essere maresciallo e di essere qui, davanti a voi, con un freddo che fra un po' paralizzerà entrambi.»

Vedova, parola di maresciallo.

Vedova esattamente dall'estate precedente, dopo la conquista italiana del Monte Nero.

24

La mattina del 14 ottobre 1889, Carolina Orisanti, appena aperta la merceria, aveva visto entrare la prima cliente che, con infallibile occhio clinico, aveva giudicato essere lì per motivi che non avevano niente a che fare con l'acquisto di bottoni, nastrini o altro.

E non aveva sbagliato.

La donna reggeva in braccio una bambina bionda e, quando l'Orisanti le aveva chiesto cosa desiderasse, quella si era innanzitutto presentata. Aveva detto di chiamarsi Giunia Pedesanti, nativa di Monza, ventenne e disperatamente in cerca di un lavoro. Quella che aveva con sé era sua figlia, Giovenca, di un anno.

«Senza padre!» aveva magonato, correggendosi poi subito.

Un padre ovviamente l'aveva ma, uomo già sposato e con prole, non aveva voluto più saperne di lei, una volta che gli aveva comunicato di essere incinta né, tantomeno, della figlia. Dai suoi non aveva avuto aiuti di sorta. Anzi, l'avevano ripudiata e cacciata di casa così che da un anno campava come poteva, di elemosine, lavoretti saltuari, dormendo qua e là, all'aperto, in fienili o, quando se lo poteva permettere, in pensionacce di infima qualità. Di abbandonare quella figlia su qualche ruota non se l'era sentita ma nemmeno voleva affrontare un secondo inverno insieme in quelle condizioni. Piuttosto era disposta a farla finita e s'era quasi decisa se non avesse sentito, giorni prima, parlare della Premiata Ditta Ficcadenti, il cui proprietario era in cerca di mano d'opera.

Lei, aveva detto Giunia, era disposta a fare qualsiasi tipo di lavoro, qualunque sacrificio, pur di dare un tetto a sua figlia: ecco perché s'era spinta sin dentro la merceria quella mattina.

L'Orisanti, prima di far parola, aveva allungato le braccia e s'era fatta passare la bambina, constatando come non pesasse più di un passerotto in tempo di neve e considerandone l'innaturale tranquillità segno di malnutrizione e profonda stanchezza più che sonno. Allora aveva fatto accomodare la madre ed era andata nel laboratorio per parlare con il marito.

Il Ficcadenti non aveva urgente necessità di nuova mano d'opera, per dire il vero. Non gli mancava tuttavia, gli aveva fatto notare la Caterina, la possibilità di compiere una buona azione. Su questo l'uomo si era trovato d'accordo e, nel giro di un quarto d'ora, aveva stabilito che la disgraziata madre si sarebbe occupata di tenere pulito il laboratorio e di aiutare in casa: in cambio avrebbe avuto qualche soldo e un mezzanino sino ad allora rimasto inutilizzato che la Caterina si era assunta il compito di trasformare in cameretta dove madre e figlia avrebbero potuto dormire comodamente.

Tre mattine più tardi, il pianto disperato, convulso della bambina aveva svegliato sia il Domenico che la moglie.

Essendo impossibile riprendere sonno, stante le grida, i due erano rimasti per un po' a sentire fino a quando la donna aveva deciso di andare a vedere cosa fosse successo per scoprire che la bambina era sola, seduta sul letto, congesta in viso, sudata e bagnata di urina, mentre della madre non c'era alcuna traccia.

Erano le tre del mattino.

Dove poteva essere finita?

Per intanto l'Orisanti aveva preso con sé la bambina e se l'era portata in camera, ponendola tra sé e il marito, dove quella s'era subito tranquillizzata. Avevano atteso le prime luci dell'alba e con esse il ritorno di Giunia che avrebbe dovuto fornire spiegazioni più che convincenti per quel comportamento inconsulto.

Le prime luci dell'alba erano sorte, di Giunia nemmeno l'ombra e neanche con le ombre della sera la sventurata madre di Giovenca s'era fatta viva.

Della bambina s'era presa cura l'Orisanti: quel giorno come in quelli a venire, nel corso dei quali della madre non s'erano trovate tracce.

E, passate due settimane, il Ficcadenti, una sera dopo cena, era uscito col dire: «Quella non si farà più viva e ce l'ha mollata sul groppone».

Caterina l'aveva capito da un pezzo.

«Ti sei accorto alla fine» aveva scherzato.

Il marito l'aveva guardata in tralice.

«Vuoi dirmi cosa ne facciamo adesso?»

L'Orisanti aveva messo su un viso da gattina.

«Perché non ce la teniamo?»

L'uomo aveva fatto finta di non capire.

«Cioè?»

«Adottiamola.»

25

Il maresciallo Citrici aveva accettato di chiudere un occhio.

«Tutti e due, anzi» aveva puntualizzato, «e solo perché me lo chiedete voi. Ma alle vostre pecorelle chi ci pensa? Chi le convince?»

«Quello è affar mio, non vi preoccupate» aveva risposto il sacerdote ringraziando il carabiniere e finalmente rientrando in canonica.

Dove, in corridoio e fremente di sdegno, lo aspettava la perpetua. La prima, tra le pecorelle, da convincere al perdono.

«Visto che scempio? Che diaolàda?» esordì la donna.

«Rebecca, vi prego!» si premurò di frenarla il prevosto le cui idee avevano subìto una piccola rivoluzione.

Se le cose stavano così, infatti, con la Ficcadenti vedova, la seconda idea, quella di diabolica ispirazione, diventava non solo praticabile ma quasi necessaria.

Certo, sarebbe stato indispensabile avvicinarla, spiegarle il perché e il percome della proposta che le avrebbe fatto, sperando di trovare in lei una persona consenziente e collaborativa.

«Voglio credere che il signor maresciallo abbia intenzione di fare qualcosa contro quell'asasìn!» sbottò di nuovo la perpetua, «e senza perdere tempo.»

Il sacerdote si girò a guardarla, le braccia molli, in segno di stanchezza, lungo i fianchi.

«Rebecca, se non vi spiace, dovrei riflettere su una cosa di fondamentale importanza» pregò.

Ma la perpetua, quando imboccava una strada, la percorreva sino in fondo.

«E quella povera pianta?» ribatté. «Masacràda che la par la cros del Signòr! Sa l'ha fà de màa?»

«Certo, certo» cercò di calmarla don Pastore, «ma…»

«Non si è salvato un rametto che sia uno dalle mani di quell'assassino. Se ghe dì adès, cosa darete alle nostre donne la vigilia di Natale, dopo la prima messa? Me piasarès propi savèl!»

Nemmeno il prevosto aveva una pazienza infinita, prerogativa invece dell'Unico. Non resistendo alla tentazione, lasciò che la lingua parlasse come se non fosse la sua.

«Perché non doniamo a ciascuna uno dei vostri magnifici centrini fatti all'uncinetto?» buttò lì, pentendosi all'istante, mentre il viso della perpetua prendeva fuoco.

Il sacerdote comprese che a quel punto avrebbe dovuto immediatamente chiedere scusa, ma Rebecca non gliene diede il tempo: umiliata e offesa volò in cucina dove chiuse la porta con rumore, segno che per due o tre giorni non avrebbe proferito parola.

Don Pastore guardò il soffitto come se fosse l'alto dei cieli, chiedendo venia per ciò che gli era scappato. Poi, visto che era rimasto solo e con la garanzia di non venire disturbato, si chiuse nello studio per riflettere con calma e stabilire tempi e modi dell'azione.

L'unica cosa da fare per avvicinare la "vedova", poiché con il nome col quale l'avevano battezzata non gli riusciva proprio di chiamarla, e stabilire un contatto, era approfittare del giro delle benedizioni natalizie, momento in cui non avrebbe sollevato sospetti o chiacchiere di sorta, schermandosi dietro la necessità di conoscere le due nuove parrocchiane.

26

Come previsto Rebecca non aprì bocca per due giorni di fila, domenica e lunedì. Né il prevosto cercò di forzarne il silenzio. Non per cattiva volontà. Sapeva, piuttosto, che sarebbe stato inutile.

Pure martedì la perpetua mantenne uno stato di rigoroso silenzio essendo sola in casa poiché il signor prevosto era uscito per le benedizioni in vista del Natale.

Faccenda impegnativa. Poiché, esaurito il giro delle frazioni, dove il cerimoniale era svelto, quando toccava al paese vero e proprio c'era da seguire un metodo non scritto ma tradizionalmente accettato da tutti che aveva un andamento centripeto: era un cerchio che, partendo dai rioni più periferici, la Calchera, il Bogino, Coltogno, si stringeva piano piano verso il centro storico, dove l'abbondanza di negozi e abitazioni impegnava il sacerdote dalla mattina sino alla sera tardi.

E, cosa alla quale i bellanesi tenevano e sulla quale non erano disposti a trattare, doveva essere il prevosto in persona a benedire le loro case o i loro esercizi. Il coadiutore, se non era impegnato altrove, poteva al massimo accompagnarlo.

Martedì quindi toccò al Bogino e a buona parte di Coltogno.

Mercoledì la perpetua riprese a parlare secondo uno schema ormai collaudato. Non volendo dare piena soddisfazione al signor prevosto, non appena lo sentì scendere le scale, cominciò un borbottio tra sé, sorta di allenamento per la lingua a riprendere la sua funzione, in modo che, quando il sacerdote entrò in cucina, non ebbe difficoltà a chiedergli cosa preferisse per pranzo, ottenendo un'ormai solita risposta.

«Quello che volete.»

Il ghiaccio era rotto.

Più sereno, don Pastore, dopo aver celebrato la messa, partì alla volta di ciò che restava di Coltogno e chiuse la giornata con la Calchera.

Non mancava, adesso, che il vecchio nucleo del paese.

Un intero giorno, fitto fitto, dividendolo a metà.

La prima ne occupò tutta la mattina.

Poi toccò alla seconda metà, vale a dire dalla Pradegiana fino a via Manzoni numero 1, sede della Premiata Ditta Sorelle Ficcadenti.

Quando si trovò davanti ai tre gradini che davano accesso alla merceria era ormai buio e cominciava a nevischiare. I due chierichetti che l'accompagnavano, vedendo quei primi, piccoli fiocchi, entrarono in agitazione per la felicità.

Il prevosto li invitò alla calma.

«Siate contegnosi, mi raccomando, ricordatevi quello che stiamo facendo» disse, «e portate pazienza ancora per un poco. Qui dovremo fermarci più a lungo del solito.»

I due non osarono replicare ma si scambiarono uno sguardo che valse più di qualunque discorso.

Avevano dovuto già sopportare le chiacchiere della moglie del sindaco, dalla quale avevano ricevuto tre o quattro "momi" anziché una bella mancetta; quelle della presidentessa dell'associazione San Vincenzo, che non aveva fatto altro che scompigliare loro i capelli dicendo "Ma che bravi, ma che bravi"; l'inquietante signora Marcisa, una vecchia svanita e con la casa piena di gatti dentro la quale c'era un odore insopportabile. Dopo il loro ingresso, aveva chiuso la porta a chiave per paura che qualcuno di loro scappasse e, solo dopo le insistenze del signor prevosto, ma c'era voluta una buona mezz'ora!, aveva riaperto liberandoli dall'assedio di quella puzza. Infine, e col timore di essere poi puniti, dentro la casa del gelataio Gnagnoletto erano stati colti da un accesso di risa davanti a quell'uomo completamente sdentato. Quando parlava aveva una mimica irresistibile che lo faceva assomigliare a uno dei gioppini che di tanto in tanto una compagnia di giro bergamasca metteva in scena presso il Circolo dei Lavoratori.

E adesso, proprio mentre cominciava a nevicare e sarebbe stato bello starsene a faccia in su a guardare i primi fiocchi scendere, cosa dovevano sopportare ancora?

Intanto don Pastore mise piede sul primo scalino e prese a salire. Dimentico di ciò che era successo a Rebecca spinse la porta d'ingresso.

«Che sia chiuso?» borbottò, provocando un fulmine di gioia nei due chierichetti.

Poi ricordò. Fece un passo indietro, aprì e tenne aperto, facendo ala ai due piccoli cerimonieri.

Una volta dentro l'assalì un caldo che non era frutto solo di una stufetta invisibile ma anche, gli parve, della merce che riempiva il negozio: merce destinata a ricoprire, vestire, proteggere e che, in qualche modo, trasmetteva una suggestione di calore. I due chierichetti, in risposta al freddo dell'esterno, divennero immediatamente rossi come mele mature.

Fu la voce di Zemia a distogliere il prevosto dai pensieri.

«Buonasera, reverendo!»

Se il sacerdote era preparato, grazie alla descrizione della sua perpetua, alla vista di quella testa parlante, non lo erano i due chierichetti. I quali, al saluto, e una volta individuata la fonte della voce, restarono allibiti per qualche istante e poi d'istinto si nascosero dietro il prete.

Zemia, al solito, indossava una marsina nera da lavoro e, in virtù del pallore del suo viso sullo sfondo della tenda nera che nascondeva un più che probabile separé, dava realmente l'impressione di non avere corpo.

«Felice di conoscervi» salutò il prevosto che, nonostante l'assenza di tracce, cominciò a percepire tra i vari odori della merceria profumo di calicantus.

«Sono qui per la benedizione natalizia» disse.

Zemia allora, dimostrando di avere, benché scarnificati, tronco e gambe, uscì da dietro il bancone e si pose al centro del negozio, in modo da poter ricevere addosso alcune gocce di acqua santa.

Il momento era venuto, pensò il prevosto, indugiando per un istante sulla mano sinistra della donna e sul mignolo mancante.

«Vostra sorella» chiese, «non desidera assistere?»

Zemia non fece una piega.

«Non c'è, purtroppo» rispose. «È andata a Monza. Sapete, per gli ordini settimanali.»

«Capisco» fece il sacerdote cominciando a intingere l'aspersorio.

Benedisse, ma distrattamente.

A Monza, e ancora di giovedì!

Una volta fuori, chiese scusa all'Unico per la scarsa concentrazione che aveva messo nell'atto appena compiuto. Ma pure Lui, dopo tutto, doveva ammettere che quella faccenda aveva il sapore di un segreto.

Appena fuori dalla merceria: «Sciò» disse ai due chierichetti, «a casa!».

I due partirono correndo, felici per la rapida soluzione della cerimonia e inebriati dalla neve che cadeva a fiocchi sempre più larghi.

27

Nel gennaio 1890, scivolando su una lastra di ghiaccio coperta da un velo di neve lungo la strada che conduceva alla latteria sociale di Albate, Caterina Orisanti era morta, uccisa all'istante dalla botta che le aveva sfondato l'occipite.

A nulla era valso l'immediato intervento del casaro Redivalsi il quale, anzi, vedendo il sangue che usciva copiosamente dalla ferita della donna, s'era lasciato prendere dallo spavento e non aveva saputo fare altro che mettersi a gridare, richiamando una folla di donne e pochi uomini, perlopiù invalidi o anziani, che avevano seguito l'esempio del casaro, riempiendo l'aria di strepiti e senza il coraggio di avvicinarsi all'Orisanti, alla quale peraltro non sarebbe più servito alcun tipo di aiuto. Il dottor Simmarelli, che all'occasione svolgeva anche funzioni di veterinario, era giunto un quarto d'ora dopo e non aveva potuto che constatare il decesso della donna.

Al curato di Albate, don Filo Parigi, era stato affidato il triste compito di raggiungere Domenico Ficcadenti per metterlo al corrente del luttuoso evento. Questi, stordito dalla notizia, era rimasto per qualche minuto a fissare il bottone cui stava lavorando (una delicata, nuova linea che riproduceva le forme delle foglie più varie), dopodiché era volato a casa, con il pensiero della Giovenca che di lì a poco aveva trovato in preda a un pianto disperato, così come l'aveva sorpresa la mattina in cui la sua madre naturale era scomparsa abbandonandola.

Donne volenterose s'erano occupate di lei nei giorni confusi della veglia e del funerale. Poi però, passati quei momenti, trovandosi solo, nella casa vuota con l'unica compagnia della bambina, al Ficcadenti s'era posto il problema. Aiuti domestici ne avrebbe trovati finché voleva ma non era propriamente di ciò che avevano bisogno né lui né, soprattutto, la bambina che aveva appena due anni.

Di una donna, piuttosto, che rimpiazzasse la povera moglie e si sostituisse a lei in funzione di madre.

Ne aveva parlato con il parroco don Parigi senza ricorrere a mezze parole: l'unica soluzione era risposarsi.

Non per sé, naturalmente. Dopo quell'arco di vita trascorso con la sua cara Caterina, non sentiva alcun bisogno di sostituirla, non ne aveva nemmeno, se così poteva esprimersi, la necessità fisica.

La bambina, piuttosto. Lei sì che aveva bisogno di una presenza femminile costante, che l'accudisse e la crescesse come si doveva.

Si affidava al prete per la scelta. Avrebbe accettato qualunque proposta, purché si facesse garante della serietà e della buona volontà della sua seconda moglie.

Don Parigi, pur protestando che il Ficcadenti lo gravava di una bella responsabilità, aveva comunque promesso che si sarebbe guardato in giro.

In verità, una mezza idea il sacerdote l'aveva già. Anzi, tre mezze idee. Tante erano le donne che aveva messo nella disponibilità della richiesta del Ficcadenti. Una, nubile, quarantenne, si era rivolta a lui più di una volta affinché le trovasse un marito; ma era grossolana e di scarsa igiene, ragione per la quale l'aveva subito scartata. La seconda aveva cinquant'anni come il Ficcadenti ma non era donna di chiesa, fumava il toscano e non era infrequente vederla giocare a carte in questa o quella osteria al pari dei maschi; caratteri, questi, che la rendevano inadatta allo scopo.

Ne restava una.

Anche lei qualche difettuccio l'aveva, non poteva negarlo. Imperfezioni, più che veri e propri difetti, niente a che vedere con le altre due.

Però…

Insomma, pur essendo sacerdote e dovendo badare più alle qualità dello spirito che non a quelle della carne, anche don Parigi si rendeva conto che il Ficcadenti avrebbe potuto storcere il naso.

Ragione per la quale aveva deciso, prima ancora di presentargliela, di convocarlo per cercare di prepararlo all'impatto.

28

Sul candido manto di neve che aveva ricoperto il paese, pochi centimetri appena, c'erano ancora poche impronte umane alle nove di sera.

Tra quelle poche, inconfondibile, un'orma femminile, un piede di donna che aveva calzato una scarpa décolleté: l'avampiede grazioso e triangolare, seguito dal lussurioso scavo di un tacco alto.

Uscendo la mattina, Giovenca Ficcadenti non aveva immaginato che il cielo si sarebbe messo a neve e, una volta ritornata a Bellano ed entrata in casa, anziché essere felice come i chierichetti del prevosto, si lasciò cadere su una sedia come se fosse sfiancata.

«Com'era il tempo giù?» le chiese Zemia.

«Almeno non nevicava» rispose Giovenca.

Ma sia l'una che l'altra sapevano bene che il tempo era solo una scusa per rompere il silenzio e affrontare ben altro discorso.

«Novità?» chiese infatti Zemia.

Giovenca sospirò.

«Ancora no. Ci vuole tempo e pazienza» disse. «In ogni caso, se ci fossero sarei la prima a parlare, senza bisogno di essere interrogata.»

Zemia sorvolò sul velo di durezza che Giovenca aveva steso su quelle ultime parole.

«Attendo fiduciosa» rispose invece, non senza una certa ironia.

Poteva permettersela, visto che il coltello dalla parte del manico l'aveva lei.

Come i chierichetti del prevosto invece, benché fosse uno strato sottile sottile, quella neve aveva entusiasmato il Geremia.

La neve gli era sempre piaciuta. Quella sera, però, sentì di amarla particolarmente poiché gli avrebbe dato la possibilità di compiere un gesto di raffinata galanteria.

A mezzanotte, finito il turno di lavoro presso il cotonificio, s'ingobbì nel pastrano come per nascondersi da qualsiasi sguardo e, anziché verso casa, si diresse alla volta della merceria Ficcadenti.

Poiché non aveva altro a disposizione, usò le nude mani per liberare dalla neve i tre gradini che portavano all'ingresso della merceria.

Mentre spazzava, cacciando nel contempo occhiate di qua e di là caso mai qualcuno lo sorprendesse, non speculò più di tanto sulle impronte che Giovenca aveva lasciato rientrando poche ore prima.

Anzi, davanti all'ultima, prima di cancellarla agli occhi del mondo, le mandò un bacio silenzioso.

Poi si allontanò, felice come un bambino, le mani in tasca, la testa incassata, lo sguardo a terra a guardare i propri passi.

Appunto, quello.

Perché fu guardando i propri passi che la felicità di poco prima si guastò.

Le punte delle sue scarpe dirigevano verso casa, come quelle della donna.

Poteva solo significare che era uscita.

Dov'era andata quindi?

Perché?

Da qualcuno, forse?

E se sì, da chi?

Il Geremia tornò indietro.

Le deliziose scarpette della Giovenca lasciavano impronte inconfondibili. Ne riuscì a reperire qualche altra, fino allo sbocco di via Manzoni sullo stradone: da lì in avanti le scarpacce dei colleghi che erano usciti con lui dal turno avevano insozzato la strada. Quelle loro suole proletarie non avevano avuto alcun rispetto.

Confuso e caldo come se avesse in corpo una bottiglia di cognac, Geremia non si diede per vinto. Continuò a cercare, percorrendo su e giù tutte le contrade del paese, battendo la Pradegiana, spingendosi fino alla Calchera dove il manto di neve era ancora vergine, e sul lungolago, battuto a quell'ora da un'aria tesa e glaciale.

Alle due della notte, la Stampina, che l'aveva atteso in cucina, davanti a una tazza di brodo caldo il cui grasso si era ormai rappreso in superficie, uscì di casa senza nemmeno avvisare il marito.

Il custode notturno del cotonificio Nemone Rapinardi le disse che il figlio era uscito insieme con gli altri alla fine del turno. Alla donna tremarono le gambe, le venne il dubbio che il Geremia l'avesse combinata grossa.

Cosa poteva fare lei, così sola e disperata, schiacciata da quel cielo scuro che prometteva altra neve, circondata dalle finestre buie delle case dove la gente dormiva tranquillamente e con il pensiero che forse quel suo scombinato figlio avesse davvero dato seguito al progetto di gettarsi nelle acque del lago, se non attaccarsi al campanello della caserma dei Carabinieri e chiedere aiuto?

29

Fu il maresciallo Aristemo Citrici in persona ad aprire il portone della caserma alla donna.

Era in pigiama, spettinato, s'era buttato sulle spalle il cappotto d'ordinanza.

Prima di darle udienza volle indossare la divisa.

E dopo averla ascoltata, le impose di starsene in caserma ad attendere, poiché quella era faccenda da uomini.

Erano le tre del mattino quando riuscì a rintracciare il disperso.

Il maresciallo l'aveva cercato a naso, come un cane da caccia, senza fare richiami per non svegliare la gente e inopportune curiosità. Se lo trovò quasi faccia a faccia sbucando da via Porta.

Il giovanotto era seduto su una panchina di piazza Boldoni. Aveva lo sguardo fisso, i pugni chiusi, i capelli scarmigliati: il manifesto di un alienato.

"Al manicomio!" sbottò tra sé il Citrici.

Poi cercò di attirare la sua attenzione. Visto che quello non dava segno di aver inteso, lo afferrò per una spalla del cappotto, rimettendolo in piedi.

«Va', va'» ordinò poi, «camminami avanti!»

Il Geremia, sempre senza far parola, obbedì. Giunto all'altezza di via Balbiani, dove stava di casa, fece per deviare.

«Uè!» lo richiamò il Citrici. «Dove crediamo di andare?»

«A casa» rispose senza voltarsi Geremia.

«Ma che casa e casa! Adesso te ne vieni con me in caserma e ci facciamo quattro chiacchiere al caldo.»

Al vedere entrare il figlio, la Stampina gli volò addosso per abbracciarlo, ritraendosi quasi subito per quanto era gelato.

«Ma dove sei stato?» gli chiese con voce tremolante.

«In giro» rispose il Geremia come se fosse la cosa più logica dell'universo.

Furono, quelle, le uniche parole che anche il Citrici riuscì a estorcergli nonostante per una bella mezz'ora l'avesse bombardato delle domande più varie.

Quando, dopo avergli chiesto quanti anni avesse, il Geremia gli rispose per l'ennesima volta: «In giro», il maresciallo abbandonò la partita, convinto che il freddo avesse ghiacciato qualcosa nel cervello del giovanotto. Quindi lo accompagnò nella stanza dove la Stampina aspettava attaccata alla stufa e le chiese di seguirlo nel suo ufficio.

«Sentitemi, brava donna» attaccò.

Aveva un bel discorso da farle. C'erano regole da rispettare di fronte alle quali non poteva fingere di niente, aveva doveri nei confronti della comunità del cui ordine era responsabile.

Se il giovanotto, come da lei stessa dichiarato poc'anzi, aveva manifestato intenzioni suicide, lui, in qualità di maresciallo, non poteva non tenerne conto. Anche perché c'era quell'altra notizia, eh!, quell'instabilità mentale che gli era valsa l'esenzione dal servizio militare che non si poteva fingere di non sapere. In secondo luogo, il vagabondare come aveva fatto quella notte, al freddo e al gelo, senza meta, quel rispondere ossessivamente sempre la stessa cosa…

«In giro!» osservò il Citrici. «E che significa? Cosa vuole dire?»

Una cosa sola voleva dire!, concluse, impedendo alla Stampina una qualunque replica.

«Che il giovane forse ha bisogno di qualcuno che si prenda cura di lui» aggiunse, a bassa voce, come a stemperare la gravità dell'affermazione e fermando in tempo il dito indice che stava salendo per conto suo a toccarsi la tempia.

«Vorreste dire?» riuscì a chiedere la Stampina.

«Di mio» rispose il maresciallo, «ho il regolamentare dovere di avvisare l'ufficio provinciale d'igiene, a tutela della salute del soggetto stesso.»

Ma la Stampina non era mica nata ieri.

«Volete mandarlo in manicomio?» sbottò.

«Chi ha parlato di manicomio?» si difese il Citrici.

Ad altri spettava simile valutazione. E pure lei, benché madre, doveva concordare che prevenire altri gesti inconsulti era necessario.

«Onde evitare il peggio» drammatizzò il carabiniere.

La Stampina aveva il viso chiazzato, un po' il caldo dell'ufficio un po' l'emozione per le parole del maresciallo, sembrava una carta geografica.

Quando aprì la bocca, incespicò dapprima sulle parole.

«Io lo so» riuscì infine a dire.

«Cosa sapete?» chiese il Citrici.

«Io lo so» ripeté la Stampina.

Il Citrici s'irretì, temendo che la donna avesse avviato la stessa manfrina del figlio.

«Cosa sapete?» tornò a domandare. «Qualunque cosa sia, siete tenuta a dirmela!»

In fin dei conti aveva rischiato la polmonite per riportarle a casa il figlio. Quindi, o si spiegava chiaramente o l'avviso per l'ufficio d'igiene provinciale era già bell'e firmato.

Era pronto a tutto.

A sentirsi dire che il padre fosse sifilitico oppure che il Geremia avesse avuto un parto difficile con schiacciamento del cranio da cui un certo grado di deficienza, o anche che il giovanotto non fosse figlio naturale del marmorizzato genitore ma che la Stampina l'avesse avuto da un lanzichenecco, così come il Citrici chiamava tutti gli estranei al paese e quelli di passaggio.

Qualunque cosa fosse doveva dirla. Ma *hic et nunc*!

«Io lo so» ripeté per la terza volta la Stampina, «perché mio figlio si comporta così.»

«Gradirei saperlo anch'io!» secco secco il maresciallo.

«È per amore!»

Il Citrici ebbe un momento di incredulità.

«Ma che» disse poi, «siamo alla filodrammatica?»

Fu una battuta che provocò nella Stampina un'emozione intensa. Talmente intensa che la donna non riuscì a resistere alle lacrime. Un pianto a dirotto, cadenzato da singhiozzi e violenti scossoni delle spalle in conseguenza del quale il Citrici si sentì in grave difficoltà.

In fin dei conti cosa aveva detto?

«Suvvia» disse, «calmatevi e spiegatevi meglio.»

Ma la Stampina era arrivata alla fine delle energie, fisiche e morali. Si stava accasciando sulla sedia. I confini della carta geografica che sino a poco prima aveva in viso andavano svanendo, conquistati da un pallore che la dicevano vicina allo svenimento.

Per confortarla, il Citrici andò a frugare in un armadio e ricomparve con una mezza bottiglia di cordiale, offrendone poi un'abbondante dose alla donna.

«Fatevi un bel sonno» disse. «Riparleremo di tutto domani.»

La Stampina fece no con la testa.

Con una voce che sembrava provenire dal fondo di un pozzo: «Parlatene con il signor prevosto» disse, «lui sa tutto, vi dirà quello che volete sapere».

Poi ingollò d'un fiato il cordiale e solo quando il colore le ritornò in viso, il Citrici la fece accompagnare a casa a braccetto con il figlio.

30

Cose da uomini piaceva trattare al maresciallo Citrici, mica affari di cuore.

E men che meno, affari di cuore con altri uomini.

Figuriamoci con il signor prevosto!

Tuttavia, poiché voleva sapere, anzi doveva sapere, per giungere al traguardo senza fare la parte del mezzano, studiò una tecnica subdola affinché a entrare in argomento fosse don Pastore e non lui.

Si avviò alla volta della canonica venerdì mattina, sul tardi. Durante il resto della notte, anziché altra neve, era caduta la pioggia, trasformando le strade in una puciacca unica, il cicciac delle sue pedate sul marrognolo miscuglio si confondeva con quello di altrettanti liberi cittadini in giro per i loro affari.

Tagliando in diagonale la piazza della chiesa, il Citrici osservò il cielo ancora grigio, quindi il suo sguardo si posò sullo straziato calicantus: rifletté sulle risate che qualche collega si sarebbe fatto alle sue spalle se avesse saputo che doveva indagare sulla deflorazione di una pianta e su un cuore trafitto, ma da pene d'amore.

Qualcuno, però, pensava che non ci fosse proprio niente da ridere.

Qualcuno che lo stava osservando con occhi felini e che, quando suonò al cancello della canonica, ebbe un sussulto e un sospiro di sollievo.

Un rappresentante della legge quale era il maresciallo Citrici, pensò Rebecca, non poteva perdonare come se fosse un qualsiasi cristiano, mica poteva decidere a sua discrezione cosa fosse reato e cosa no. Quindi, se era lì, era segno che lo smozzicato calicantus avrebbe avuto la sua giusta vendetta.

Il prevosto era nel suo studio, stava aggiornando gli archivi della parrocchia.

«Qual buon vento!»

Furono le uniche parole che la perpetua udì pronunciare al sacerdote, dopodiché si ritirò in buon ordine nella cucina.

Checché ne dicessero le malelingue, lei non aveva l'abitudine di orecchiare dietro le porte: tanto le cose, prima o poi, le veniva a sapere lo stesso.

Il Citrici intanto si era accomodato su invito del prevosto.

«Deciderete voi se il vento che mi porta qui è buono o cattivo» rispose il maresciallo.

Poi, ridendo, affermò che per quell'occasione avrebbero dovuto scambiarsi gli abiti: lui indossare quelle del ministro di Dio e il prevosto quelli da maresciallo.

Il sacerdote lo guardò bonariamente.

«Abbiamo le stesse misure?» chiese.

In quanto a pancetta, insomma…

Ma la questione era un'altra.

Per una volta ne sapeva di più il reverendo, che non il rappresentante dell'Arma. E gli toccava chiedere umilmente lumi circa un certo soggetto, così da sapere come comportarsi.

Il prevosto già dubitava.

«Età?» chiese.

«Giovane.»

«Figlio di?»

«Unico.»

«Lavoro?»

«Cotonificio.»

Il prevosto sospirò.

«Cos'ha fatto?» chiese.

Il Citrici riassunse brevemente gli eventi della notte.

«È matto, nel qual caso dovrò informare l'ufficio provinciale d'igiene oppure, come sostiene la madre...»

«Cosa dice la madre?» interloquì il prevosto.

«Che è innamorato» chiarì il maresciallo con un certo disgusto.

Il sacerdote confermò con un cenno del capo.

«Follemente, per quanto mi sia dato giudicare» confessò.

«E di chi?»

«Di una delle due Ficcadenti.»

Il Citrici socchiuse gli occhi, da intenditore.

«Non può allora che essere quella bionda, alta, slanciata... bella donna indubbiamente.»

«Direi che non c'è possibilità di errore. L'altra, per sua sfortuna, la sorella...»

«Sorella?» lo interruppe il maresciallo.

«La sorella, sì, quella piccola, magra...»

«Sorellastra, reverendo, sorellastra!» precisò il maresciallo.

«Come, sorellastra?»

31

Don Filo Parigi non aveva perso tempo, era andato a colpo quasi sicuro.

Da qualche mese aveva sottomano una situazione delicata, quella in cui s'era venuta a trovare Estatina Sommagiunta di Muggiò dopo l'improvvisa morte del marito Stabio, magnano di professione, avvenuta nel momento stesso in cui lei stava partorendo la figlia Zemia.

Insinuazioni maligne volevano che il cuore del magnano non avesse retto alla bruttezza della moglie aggiunta a quella, evidentissima sin da subito, della nuova nata. Fatto improbabile, che però non aveva impedito il nascere della chiacchiera secondo la quale il povero Stabio era stato indicato come "quello morto di parto".

Sulla bruttezza delle due non c'erano discussioni. Pure a don Parigi era sembrato che a tutto ci fosse un limite, quindi non s'era curato tanto di proporre all'Estatina la possibilità di un secondo matrimonio, quanto piuttosto di descrivere al Ficcadenti con ammirevole verismo quello che, accettando, si sarebbe ritrovato per casa: una moglie che il Signore non aveva certo benedetto con i doni della grazia e dell'avvenenza, pure già dotata di una figlia, che nonostante avesse solo quattro anni, prometteva di crescere in tutto e per tutto simile alla madre.

A fronte di ciò, poteva garantire sulla serietà e nobiltà d'animo della donna, sulla fervida fede e sulla inesauribile energia, tanto che la sua casa, pur essendo dimora di magnano, era sempre linda e ordinata.

A Domenico Ficcadenti importava assai poco di avere una moglie bella, della quale aveva sperimentato i piaceri negli anni in cui aveva vissuto con l'Orisanti: anzi, non voleva che quei ricordi venissero adombrati da altri. Gli serviva piuttosto una donna che badasse alla Giovenca.

Aveva una figlia di quattro anni?

Meglio ancora!

Le due piccole sarebbero cresciute insieme, avrebbero giocato, si sarebbero fatte compagnia.

Circa la bruttezza di Estatina, oltre a non importargliene, aveva ragionato che, con il lavoro che lo impegnava dalla mattina sino a sera inoltrata, avrebbe avuto poco tempo per intristirsene. Rapidamente aveva quindi deciso per il sì e altrettanto in fretta aveva deciso quando don Parigi, per una volta pragmatico, gli aveva fatto notare che forse non era il caso di utilizzarla in merceria.

«Diavolo» aveva sbottato, «ma è così brutta?»

«L'avete detto» aveva confermato il prete.

«Vuol dire allora che in negozio assumerò una giovane del paese» aveva deciso, e la faccenda si era chiusa lì.

Da quel momento l'aveva vista una sola volta, una settimana prima del matrimonio, e aveva dovuto ammettere tra sé che don Parigi gliel'aveva descritta con fedeltà assoluta.

La seconda volta l'aveva vista il giorno delle nozze. Nozze quasi clandestine, crepuscolari, celebrate alla sola presenza dei testimoni, e in quella circostanza aveva preso visione anche della piccola Zemia, un riassunto del sembiante materno.

«Avete qualche ripensamento?» aveva chiesto don Parigi prima di procedere alla cerimonia.

«Nemmeno per sogno» aveva risposto deciso il Ficcadenti.

«Dio vi benedica allora» aveva concluso euforico il celebrante.

Era il 26 ottobre 1890 e su Albate e dintorni cadeva un'autunnale pioggerella.

Da quel momento le due, Giovenca e Zemia, crebbero insieme e fu giocoforza assimilarle a due sorelle, al punto che la Zemia, benché all'anagrafe fosse registrata come Spesozzi, che era il cognome del genitore naturale, aveva cominciato a essere chiamata signorina Ficcadenti.

Cresciute assieme, trattate alla pari sia dall'Estatina che dal Ficcadenti il quale, peraltro, le vedeva assai poco, solo di sfuggita e alla sera, ma seguendo un destino diametralmente opposto.

Giovenca aveva piano piano incarnato la bellezza. Alta e formosa come la disgraziata che l'aveva mollata in casa Ficcadenti, e bionda, colore probabilmente ereditato dall'anonimo che si era congiunto con sua madre. Aveva occhi neri che le davano uno sguardo diretto, una dentatura perfetta, una risata che accendeva i sensi. A dieci anni era già alta il doppio di Zemia che invece continuava a essere il ritratto della madre, sempre un po' ammalata, inappetente, spesso ingrugnata, soprattutto dopo essersi guardata allo specchio per pettinarsi. Estatina, che non voleva destinare la figlia alle stesse contumelie, di parte sia maschile sia femminile, che avevano scandito la sua infanzia e l'adolescenza, aveva cercato in ogni modo di tenerla vicino a sé, impedendole di uscire da casa e contribuendo così a formare un carattere mutacico quando non ostile. Aveva un bel dirle che anche per lei sarebbe arrivato il momento della gloria, e citava se stessa quale esempio per aver avuto non uno ma ben due mariti, tacendo che il primo, il magnano, l'aveva sposata quasi senza avvedersene poiché viveva in uno stato di ubriachezza pressoché perenne, mentre il secondo era un marito tanto per dire, visto che dormiva in una stanza separata e quando le parlava era giusto per dirle buongiorno, buonasera e buonanotte.

Non che il Ficcadenti fosse improvvisamente divenuto villano o si fosse pentito del matrimonio. Gli affari, piuttosto, che andavano a gonfie vele, lo tenevano lontano dalla casa a volte per giorni interi quando, per esempio, doveva recarsi a Milano, Brescia o Bergamo per stringere nuovi accordi. Oppure quando, fulminato da una nuova idea per una certa forma di bottone, passava giornate e nottate intere a disegnare e poi a riprodurre il bottone, tentando e ritentando sino a che riusciva a ottenere quello che aveva in testa. Poco tempo, quindi, e poca voglia anche, per guardare Estatina e Zemia. Un po' di più, invece, per osservare Giovenca da quando aveva cominciato a capire che la bambina stava diventando ragazza, e che ragazza!, e soprattutto quando, lei sedicenne, si era reso conto di che razza di bomba gli stava crescendo in casa.

Lo scoppio, o fioritura, di Giovenca si era compiuto in poco più di sei mesi: da un giorno con l'altro, era parso al Ficcadenti che la Giovenca di ieri scomparisse per lasciare posto a una Giovenca diversa, più bionda, più formosa, più alta e più allegra. Sino al momento in cui, lei stessa, una sera dopo la cena, gli aveva confessato di essere stufa di stare in casa o di gironzolare per Albate a contare le ore del giorno. Voleva qualcosa da fare, un lavoro.

Al Ficcadenti quella richiesta aveva fatto sommamente piacere. Vedendola così bella, s'era immaginato che quella figlia adottiva potesse farsi traviare dalla sua avvenenza e usarla come sola arma per vincere le difficoltà della vita. Invece, sotto quello splendore, aveva intuito una sana coscienza, e la richiesta della ragazza ne era prova inconfutabile.

«Bene» aveva approvato lui. E l'aveva affiancata alla giovane che stava in merceria. Nel giro di poco più di un mese Giovenca s'era appropriata del mestiere al punto che l'altra era divenuta superflua.

Era stata una mossa che aveva prodotto più di un risultato. Il traffico nella merceria aveva registrato un considerevole aumento grazie a una componente maschile che prima non s'era mai vista: l'avvenenza della giovane merciaia aveva stimolato la curiosità dei ganzi di Albate e dintorni, così da spingerli a entrare con le scuse più varie per rendersi conto di come quelle udite non fossero solo fole. Era stato così che Giovenca aveva cominciato a prendere coscienza della propria bellezza e Zemia della propria, irrevocabile bruttezza.

Se Zemia aveva cominciato a evitare gli specchi, sua madre non poteva fare a meno di vederla. Ogni volta che metteva a confronto le due, a pranzo o a cena, si sentiva sempre più colpevole per aver messo al mondo una figlia che nessuno avrebbe voluto nemmeno in regalo. Temeva il momento in cui la Giovenca sarebbe andata in sposa a questo o quel bel giovanotto abbiente, lasciando sua figlia sola in balia di un destino incerto e sicuramente solitario. E così, macerandosi continuamente in quei pensieri, aveva finito per ammalarsi. Prima l'anima, e per mesi e mesi era riuscita a tenere nascosta la sua pena. Poi, però, il corpo. E quando nell'inverno del 1907 aveva comincia-to a sputacchiare sangue, non aveva potuto tenere nascosto il suo stato di tubercolotica già avanzata. A poco era servito il soggiorno di un anno presso il sanatorio di Groppino. Secondo i medici di lassù, il mal sottile di Estatina si alimentava dei tristi pensieri ai quali non riusciva a sottrarsi e contro di essi non c'era cura che potesse. Tornata in Albate, dopo aver visto Giovenca, sempre più florida, e soprattutto Zemia, sempre più opaca, si era chiusa nella sua stanza da letto nella quale lasciava entrare solo chi le portava i pasti e don Filo Parigi il quale, a un certo punto, per vincere le resistenze della donna era ricorso a un trucco.

Un pomeriggio, aveva detto a Estatina, mentendo, che, secondo il medico, le restava poco da vivere ed era quindi giunto il momento di liberarsi dalle sue angosce per compiere il gran passo il più lieve-mente possibile. La prospettiva di morire a breve aveva agghiacciato la poveretta, spingendola a confessare tutto il suo dolore per la figlia.

«Che vita avrà» aveva detto, «quando non ci sarò più io?»

Quella stessa sera in casa Ficcadenti, presente anche Domenico, s'era tenuto un consiglio di famiglia durante il quale don Parigi aveva esposto la situazione.

Giovenca, allora ormai quasi ventenne, aveva già cominciato a ricevere e rifiutare le prime proposte di matrimonio: nel silenzio che era seguito alle parole del sacerdote era uscita dicendo che mai e poi mai avrebbe abbandonato la sua sorellina, poiché tale la riteneva. Don Parigi le aveva fatto notare quanto fosse azzardato, alla sua età, fare promesse del genere, e s'era sentito rispondere da Giovenca che era disposta a giurarlo sui Sacri Vangeli, cosa che al sacerdote non era sembrata opportuna.

«Va bene, allora, se lo giuro davanti a Estatina?» aveva chiesto Giovenca.

«Certamente…» aveva risposto il prete, cercando di nascondere un filo di esitazione.

«Subito, andiamo!» era esplosa la ragazza, trascinando l'intera compagnia, don Parigi in coda, nella stanza di Estatina la quale, trovandosi al cospetto di tutta la famiglia, aveva immaginato che il suo momento fosse ormai prossimo.

Era stata la stessa Giovenca a chiarire il motivo della loro presenza: prometterle, o giurarle, che mai e poi mai ne avrebbe abbandonato la figlia, la sua sorellina.

Estatina si era fatta ancora più seria del solito.

«Sai, vero, quanto sia sacro il giuramento fatto a una moribonda? Come se fosse un voto. Vero o no?» aveva chiesto rivolgendo lo sguardo al sacerdote il quale, chiamato in causa, aveva pigolato un sì, pur non essendo del tutto convinto di essere nel giusto.

Poi però Domenico Ficcadenti si era intromesso.

«Moribonda chi?» aveva chiesto.

Lo sguardo di Estatina si era rivolto di nuovo a don Parigi che, rosso come un tizzone, aveva fatto intendere a gesti che poi avrebbe spiegato.

L'aveva fatto, vergognandosi e giustificandosi col dire che non c'era stato altro modo per scardinare il segreto della donna.

In ogni caso, aveva concluso Giovenca, moribonda o no, lei non aveva bisogno di tante manfrine per tener fede alla sua promessa. Aveva poi dato un bacio sulla fronte a Zemia e le aveva detto che, nel caso si fosse sposata, sarebbe diventata la sua dama di compagnia.

«Oppure viceversa» aveva aggiunto, con un azzardo che aveva messo in imbarazzo tutti quanti.

Perché, per realizzarsi quel "viceversa" era chiaro a tutti, persino a don Parigi, che ci sarebbe voluto un miracolo.

32

«Sorellastra!» sobbalzò la perpetua.

Mica lo sapeva già!

Lo apprese infatti nello stesso momento in cui anche il reverendo don Pastore ne veniva informato dal maresciallo Citrici.

Il fatto è che, una volta trovatasi in cucina, aveva pensato bene che se, una tantum, avesse dato ragione alle malelingue, e quindi, sempre una tantum, avesse offerto loro motivo di parlare a ragion veduta, non avrebbe certo peggiorato le cose. Quelle avrebbero comunque spettegolato.

Quindi, senza ciabatte, era scivolata in corridoio e aveva appiccicato l'orecchio alla porta dello studio dove prevosto e maresciallo stavano conversando.

All'uscita del Citrici, ribadita ad alta voce dal sacerdote, era scappata di corsa in cucina, come se il pavimento del corridoio fosse diventato improvvisamente di brace, e aveva chiuso la porta con la fantasia di lasciar fuori la tentazione di tornare a orecchiare per sapere dell'altro.

Poco, in realtà, poiché se gli atti del Comune di Albate testimoniavano che Giovenca Ficcadenti era andata in sposa a Coloni Ireneo, da Albate, di Coloni Eracle e Primofiore Erbelli nella primavera del 1915, quando da poco aveva compiuto i 27 anni, nessuno, tranne coloro che le avevano vissute, vale a dire Domenico Ficcadenti, don

Parigi e pochi intimi, "E naturalmente noi carabinieri", puntualizzò il Citrici, nessuno quindi, tranne costoro era a conoscenza delle traversie che avevano accompagnato la Giovenca a quell'eccellente matrimonio per ritrovarsi poi, nel giro di poche settimane, vedova in un certo senso abbastanza inconsolabile.

Il fulgore del suo aspetto, la sua bellezza senza difetti non lasciavano dubbi sul fatto che fosse donna giunta alla piena maturità. C'erano ancora margini invece nell'animo di Giovenca, territori inesplorati, che aspettavano solo di essere svelati.

Avvisaglie c'erano state. Di cui per primo avrebbe potuto accorgersi Domenico Ficcadenti se non fosse stato pressoché sempre chiuso in un separé del laboratorio a studiare nuovi bottoni: era stato il periodo in cui Giovenca, da poco diciassettenne, aveva preso il vezzo di visitare quotidianamente, e spesso più di una volta al giorno, l'opificio paterno dove lavoravano solo giovani maschi in numero di otto che, al suo apparire, si scambiavano occhiate distraendosi infallibilmente dal lavoro. Il Ficcadenti se ne accorgeva solo a tratti e, quando la coglieva sul fatto, Giovenca aveva sempre una scusa pronta: informarsi su come andasse un certo mal di schiena oppure chiedere cosa desiderasse per pranzo o cena.

A un certo punto, del "non so che" che l'agitava, la giovane aveva pensato di chiedere lumi a Zemia, se per caso anche lei, alla sua età, avesse avvertito quelle indefinibili sensazioni: irrequietezze, calori, pulsioni e fantasie ineffabili. Zemia aveva negato recisamente e consigliato di sottoporre la questione a sua madre la quale, a tutti i dubbi di Giovenca, aveva risposto: «Sono cose delle donne».

Una risposta del piffero, che aveva lasciato Giovenca ignorante come prima e in più con il vago sospetto di non essere del tutto normale.

Covando tale preoccupazione e non avendo nessun altro con cui confidarsi, la giovane era caduta in uno stato di malinconia perniciosa: di giorno aveva preferito stare alla larga dal laboratorio paterno poiché il solo pensiero di entrarci acuiva in lei il sentimento di diversità che la faceva soffrire. Ma di notte, quando la sua forza di volontà nulla poteva, certi sogni turbolenti, di cui conservava appena una vaga memoria al mattino, avevano avuto il potere di convincerla definitivamente che dentro di lei qualcosa non funzionava davvero e, di conseguenza, aveva bisogno di aiuto.

Aveva due sole alternative. Don Parigi oppure il dottor Zecchinetti, scartato, quest'ultimo, poiché aveva fama di impunito palpatore.

S'era quindi rivolta al sacerdote, protetta dal vincolo della confessione, esponendo per la prima volta le conclusioni cui era arrivata dopo avere a lungo patito: cioè che fosse destinata al convento. A quell'uscita il sacerdote aveva avuto un sobbalzo. Non era la prima giovane che vantava una vocazione per sfuggire a insostenibili condizioni familiari o sfruttamenti di vario genere, ma il caso di Giovenca, di cui conosceva perfettamente la famiglia, gli era parso singolare. Il destino di Giovenca non era il convento ma la vita, il mondo, un matrimonio, i figli e tutto ciò che permetteva di andare sempre avanti al Creato dell'Unico.

Di sicuro non toccava a lui spiegarlo alla ragazza. Ma aveva sottomano la soluzione nella persona della sua perpetua Rigorina.

Tanto lui era spirituale, tanto quella era pratica. Tra i loro caratteri non c'era conflitto però. Esercitavano ciascuno la propria missione con diligenza e misura che si trattasse, per l'uno, portare il viatico a un moribondo e, per l'altra, torcere il collo a una gallina.

Rigorina, dalle unghie perennemente a lutto, divenne per Giovenca vera e propria maestra di vita. Don Parigi gliel'aveva affidata dicendole: «Spiegatele un po' come vanno le cose, svegliatela alla vita che Nostro Signore le ha donato».

Rigorina aveva risposto: «Lasciate fare a me» e l'aveva valutata con lo stesso occhio clinico che applicava nella scelta delle galline da uova quando il mercante Svernazzi passava a offrire la sua merce.

Prima di tutto la Giovenca era una gallina dalle uova d'oro. Ma non era ancora pronta per farle: la vita che aveva fatto sino ad allora, l'assenza di una madre che le spiegasse per bene certe cose ne avevano ritardato la maturazione interiore. Ci voleva pazienza. Che pensasse, per intanto, di essere una specie di ravanello, la cui foglia aveva appena bucato la terra mentre il frutto vero era ancora lontano dal maturare, sotto, invisibile agli occhi. Tutto ciò che sentiva, calori, pruriti o improvvise orripilazioni che fossero, altro non erano se non gli alimenti grazie ai quali il ravanello sarebbe cresciuto nella polpa oltre che nella foglia. Capitava, a volte, che quella stessa foglia avesse uno sviluppo tale da illudere che dentro la terra ci fosse un frutto di pari sostanza. Guai invece a raccoglierlo prima del tempo giusto, prima che lui stesso si affacciasse alla superficie.

Così andava nell'orto e così andava nella vita. E le sorprese erano sempre dietro l'angolo. Perché a volte tra i ravanelli o le insalate o le carote, spuntava meravigliosamente un fiore. Poteva capitare grazie al vento oppure per merito di un venditore di semenze distratto o a causa di un seme solitario caduto a caso nel cartoccio delle insalate.

Quel fiore, nel caso specifico, era Giovenca: un piccolo miracolo. Che, come tale, andava trattato. Non al pari di quelli appositamente coltivati ma come un dono da destinare a un'occasione speciale, ornamento di un giorno che non si sarebbe mai più dimenticato.

Un fior di gallina quindi la Giovenca che, una volta compresa la sua natura di femmina a tutto tondo, doveva anche capire che non poteva e non doveva buttarsi via con il primo venuto e nemmeno con il secondo o con il terzo, ma aspettare l'occasione giusta: quella in cui avrebbe cominciato a deporre uova, ma d'oro zecchino.

Giovenca non aveva impiegato molto a entrare nella filosofia vegeto-animale applicata agli esseri umani da Rigorina. Aveva tradotto in parole semplici il succo dei suoi discorsi e aveva eletto la perpetua a giudice insindacabile delle sue scelte, segnatamente quelle in tema di proposte matrimoniali.

Nell'arco di due anni, di comune accordo, avevano scartato in blocco la gioventù di Albate e dintorni, compresi i dipendenti del bottonificio, in quanto, bellezza o bruttezza a parte, non offrivano alcuna prospettiva di futuro. Analogamente erano stati ricusati alcuni figli di mercanti di bestiame e di produttori di articoli per la casa: la diffidenza di Rigorina per tutto ciò che era commercio era diventata appannaggio anche di Giovenca che, sulle orme della sua maestra, aveva cominciato a temere il nascondersi, dietro l'affare, di una sonora fregatura.

Il momento buono era sembrato arrivare nel 1913 in occasione del Gran Premio dei Laghi, concorso d'idroaeroplani organizzato dalla Società Italiana d'Aviazione con sede sociale in Milano, patrocinato da Sua Maestà il Re e sotto il patronato dei ministri della Marina e della Guerra, che si era svolto tra il 5 e il 9 ottobre di quell'anno. L'eco della manifestazione non aveva mancato di raggiungere le orecchie di Domenico Ficcadenti cui l'età, andava ormai per i settantatré, non aveva ridotto la fantasia. Era partito in tromba a immaginare una linea di bottoni che riprendessero la forma di quelle fantastiche macchine volanti e con i quali abbellire le divise degli arditi dell'aria. Agghindato come un gagà, e accompagnato da Giovenca, a sua volta vestita da un abito che ne esaltava le forme e il colore dei capelli, la mattina di domenica 5 ottobre, primo giorno di gara, era partito per Como. Il tempo non era dei migliori. Pioveva e tirava vento. Gran parte delle prove previste, di altezza, di rapidità di slancio, di velocità e ascensionali, erano state soppresse o rinviate al pomeriggio. Al Ficcadenti importava poco di assistere alle evoluzioni degli idroaerei, essendo molto più interessato a imprimersi in testa la loro forma e quindi elaborare il metodo per trasformarli in bottoni. Era stato così che, mentre scrutava attentamente l'Albatros-Werke del tedesco Hellmuth Hirth, era entrato in contatto con certo Galeazzo Invalsi il quale, vedendolo così interessato al velivolo, si era permesso di chiedergli se per caso volesse, qualora il tempo l'avesse permesso, provare l'ebbrezza di un volo: era in estrema confidenza con la maggior parte dei piloti in gara, aveva detto, e con una cifra ragionevole avrebbe potuto esaudire il suo desiderio. Era stato in quel momento che Giovenca aveva raggiunto i due, quando il Ficcadenti stava spiegando

118

all'Invalsi che il suo interesse era limitato alla possibilità di ridurre quelle macchine affascinanti in altrettanti bottoni. L'Invalsi, al vedere lo splendore che s'era avvicinato protetto da un ombrellino, aveva immediatamente cambiato tattica: uno come lui, introdotto e conosciuto in quel mondo nuovo che stava nascendo, noto, aveva sussurrato con un certo fare di mistero, anche presso il ministero della Guerra, avrebbe potuto fare qualcosa per la Premiata Ditta Ficcadenti. Dopo un tè ristoratore, bevuto presso il caffè Volta, i due s'erano accordati per una visita dell'Invalsi al laboratorio Ficcadenti. Lo stesso Galeazzo aveva stabilito per il giovedì successivo, aveva troppi impegni negli altri giorni, avendo cura di presentarsi a ridosso dell'ora di pranzo in modo da poter sedere a tavola con tutta la famiglia, e a lato di Giovenca.

Vicini, i due componevano un quadro di sfolgorante bellezza: tanto era solare quella di Giovenca quanto tenebrosa quella dell'Invalsi, che era alto, slanciato, di modi raffinati, nero di occhi e capelli.

Dopo quel giovedì, nel corso del cui pomeriggio il giovanotto aveva visitato il laboratorio del Ficcadenti e preso visione di alcuni disegni preparatori relativi a "bottoni alati", l'Invalsi aveva dato corso a un serrato corteggiamento di Giovenca, impresa tra le più facili perché la ragazza era caduta nella rete del suo fascino: non riusciva a immaginare segrete mire dietro la corte del giovane. L'Invalsi invece aveva fatto due più due. Aveva infatti calcolato che la fibra del Ficcadenti non avrebbe potuto tenere all'infinito e, sposandone la figlia, si sarebbe trovato la pappa bella e pronta. Per settimane non aveva fatto altro che visitare i Ficcadenti portando fiori e dolciumi di cui faceva omaggio anche a Zemia ed Estatina, nei confronti delle quali fingeva simpatia, meditando invece di mandarle a prendere aria da un'altra parte quando fosse divenuto padrone di casa.

A rovinarne i piani era stata la stessa Giovenca, la domenica in cui l'aveva presentato a Rigorina quale fidanzato *in pectore*. La perpetua l'aveva esaminato da capo a piedi, ascoltato, ne aveva osservate le mosse. A sera aveva emanato la sua sentenza in presenza di don Parigi.

«È troppo profumato per essere un uomo vero, ha le mani troppo pulite ed è sempre troppo d'accordo con quello che uno dice. È infido. Fosse un manzo non lo vorrei nemmeno in regalo. Sarebbe di quelli che ti piantano le corna nella schiena non appena ti giri.»

Rispettoso dei pareri della sua perpetua, il sacerdote li aveva riferiti al Ficcadenti, pregandolo di prenderli per quello che erano ma anche di non sottovalutarli.

Con quella pulce nell'orecchio Domenico Ficcadenti non aveva dormito per un paio di notti, riflettendo sull'atteggiamento da assumere. Infine si era chiarito le idee. Lavorando ininterrottamente per un paio di settimane, e offrendo il solito buon viso al giovanotto, aveva preparato una linea di "bottoni alati" e comunicato all'Invalsi che era pronto a sottoporli ai suoi amici dell'aeroclub comasco per sentire un primo parere. Galeazzo aveva risposto che sarebbe stata sua cura convocarli d'urgenza e ritornare di lì a un paio di giorni per dare conto della data dell'incontro. Da quel momento, di lui, si era persa ogni traccia e l'interessamento di don Parigi aveva appurato che presso il club comasco il nome di Galeazzo Invalsi era assolutamente sconosciuto, della qual cosa aveva avuto cura di informare il Ficcadenti. Per più giorni Domenico aveva studiato la maniera migliore per dire a Giovenca che sul conto dell'Invalsi, lui per primo, si erano sbagliati tutti. Non c'era stato bisogno però di inventare storie. Una mattina nella merceria della ditta era entrata Giunone Paterecci, moglie di muratore cottimista, con indosso una giacca del marito sulla quale spiccavano come gioie un paio di "bottoni alati". Giovenca li aveva immediatamente notati e non s'era trattenuta.

Come faceva ad averli quella?

La Giunone aveva sorvolato sul tono inquisitorio della domanda, spiegando invece che erano un regalo del marito il quale li aveva trovati in un canale di scolo poco fuori il paese. Al Ficcadenti, una volta messo al corrente della novità, non era restato altro da fare se non dire la verità circa il giovanotto.

Solo la Rigorina aveva beneficiato dell'accaduto, trovando conferma della bontà del suo intuito. Giovenca invece era ripiombata in uno stato di atonia dentro il quale l'idea di farsi suora era tornata a bussare.

33

L'idea aveva di nuovo preso vigore nell'animo di Giovenca e aveva assunto anche un profumo: quello del sapone di bucato con il quale la accoglievano tutte le sere le lenzuola nel momento in cui si coricava e che la giovane aveva associato a un mondo di assoluta purezza e pulizia, quale appunto avrebbe trovato dentro le mura di un convento. Ben presto al profumo si erano aggiunti i colori, anch'essi incontaminati: il giallo puro dei coltivi di ravizzone, il verde squillante dell'erba medica, il celeste dei nontiscordardime, il vermiglio dei fiori di melograno. Un mondo di pura, lieve, esaltante poesia nel quale a un certo punto Giovenca aveva cominciato a percepire anche silenziosi ma esaustivi messaggi.

Come quello cui aveva assistito un pomeriggio, durante una delle lunghe passeggiate pomeridiane che si era abituata a fare, una volta atteso ai doveri domestici e lasciando per un poco la merceria, come da consiglio del medico il quale, non sapendo quali farmaci usare per vincere la melanconia della ragazza, si era affidato a madre natura. Spesso però Giovenca proprio nel corso di quelle passeggiate si confermava nella decisione non ancora comunicata di assegnare al proprio futuro una vita di silenzio e contemplazione. Era capitata infatti davanti a un secolare ciliegio al quale il venticello sottraeva con delicatezza i bianchi fiori. Giovenca, davanti a quello spettacolo di grazia e leggerezza, aveva riflettuto che così, come quei piccoli fiori, finivano le vanità umane: nascevano per godere di una vita breve, e non lasciavano di sé alcuna traccia. Persa nella visione di quella pioggia nivea e nel recondito significato della stessa, non s'era accorta che alle sue spalle era sopraggiunto un giovanotto che l'aveva lungamente rimirata per poi farla sobbalzare declamando, anziché presentarsi con nome e cognome, un verso di poesia.

«E io penso a l'Arte, a 'l giovenil mio fiore,
penso a la mamma, a due treccione bionde,
e la speranza mi tripudia in core.»

Giovenca, dopo un iniziale sconcerto, l'aveva guardato con occhi sgranati, lì per lì pensando che fosse un angelo.

In realtà si trattava di Novenio Trionfa, un ventottenne scartato dall'esercito poiché aveva un solo coglione, pure atrofizzato, e che ancora prima era stato espulso dal seminario dopo un violento alterco con il proprio confessore e confidente spirituale a causa di Gabriele D'Annunzio del quale il Novenio aveva letto una copia clandestina di *Primo Vere* e del *Canto Novo*, invaghendosene perdutamente.

Quei versi l'avevano assai distratto dalla missione che sino a quel momento aveva creduto di dover praticare in vita. Anzi, per dirla tutta, l'avevano proprio convinto che si fosse messo sulla strada sbagliata, indirizzandolo invece verso la poesia, a imitazione del futuro Vate. Una volta appresa la notizia, il confessore aveva preteso che Novenio gli consegnasse quegli scritti e li aveva stracciati sotto i suoi occhi, definendoli opera del demonio. Novenio aveva risposto che il demonio non poteva scrivere versi di tale bellezza, avvisando inoltre il padre spirituale che poteva anche stracciare tutte le copie in commercio di quelle due sillogi, tanto ormai le aveva ben fisse nella memoria. Il caso era allora passato sotto la competenza del direttore del seminario il quale, dopo aver lungamente interrogato il Trionfa, si era reso conto che il giovane era ormai sviato, perso alla causa del sacerdozio. Da cui l'inevitabile espulsione. Da quel momento Novenio era diventato una vera e propria disperazione per la famiglia, e nella fattispecie per suo padre Esebele, un vagabondo tuttofare dalla assai dubbia moralità, poiché, convinto e ribadendo a ogni piè sospinto di essere poeta, aveva rifiutato qualsivoglia lavoro manuale, senza nemmeno immaginare invece di essere un peso morto, voce in perdita nel bilancio domestico.

Un poeta ha bisogno di pace e serenità, sosteneva il Novenio. E una volta giunta la bella stagione, quel *Primo Vere* che non finiva mai di benedire per avergli rivelato la ferinità della sua natura, aveva preso il vezzo di passeggiare per le campagne dando pace e serenità a se stesso, ai suoi familiari, e soprattutto al padre che quando se lo ritrovava tra le balle dava in smanie.

Non che la pace e la serenità di quelle solitarie passeggiate avessero prodotto chissà che risultati. Qualche verso, che altro non era se non uno smaccato plagio di quelli dannunziani. Turbamenti piuttosto. E proprio grazie a quelle liriche che aveva con tanta diligenza imparato a memoria, e il cui significato recondito gli si era lentamente svelato innestandosi nello stagionale risvegliarsi del sangue, libero dai gioghi del seminario. Del *Primo Vere* soprattutto s'era disvelato il portato erotico grazie a esaustive ripetizioni sottovoce.

In più occasioni i due giovani s'erano incrociati come fosse per caso, in realtà uscendo da casa con la precisa intenzione Giovenca di ritrovare quel poetastro che parlava come se cantasse, Novenio di rivedere anche per una sola volta colei che aveva l'aspetto di una Musa.

Una volta fatta conoscenza, il Trionfa si era ben guardato dal precipitare le cose. Per giungere al sodo c'era tempo e s'era impegnato a fondo per confermarsi poeta agli occhi della ragazza che a ogni suo apparire lo guardava come se davvero fosse un angelo.

Per parte sua Giovenca si era resa ben conto che Novenio era un essere in carne e ossa, ma quel suo parlare quasi solo per poesia gli donava un che di divino, trasformandolo in una sorta di semidio: come tale, quindi, soggetto all'umano destino e alle umane passioni. Tra le quali aveva scelto la più delicata, la poesia, poiché, come il giovanotto diceva nei rari momenti in cui tralasciava di parlare in versi: «La poesia ci salverà!».

Perlomeno, aveva raccontato un pomeriggio, aveva salvato lui dal percorrere una strada che non era la sua e che, se insistita, l'avrebbe portato a sprecare la vita.

I due erano seduti uno accanto all'altra su un muretto a secco, lo sguardo perso su una campagna all'apice della sua magnifica maturità. L'aria era colorata di cicale, densa di un ineffabile profumo che portava a coniugare il sacro con il profano. Giovenca aveva ascoltato con vivace attenzione il resoconto di come il giovanotto aveva sacrificato la sua vocazione sull'altare della poesia, stupendosi di come quello che a lei sembrava un banale paesaggio di campagna perlopiù appesantito da un odore di strame che navigava nell'aria potesse invece contenere tanta pura bellezza. Vedendone le gote arrossate, Novenio non aveva saputo contenere ben altra emozione e quei versi per lungo tempo ripassati e tenuti in caldo erano sgorgati spontaneamente dalle sue labbra.

«In candor pario nude mostravansi
a l'agitarti, le forme nitide;
i lombi ricurvi moveansi,
ne la corsa, con onda procace.»

Nel declamare il Novenio s'era alzato in piedi, gesticolando verso la campagna a voce alta. E, guardandolo, a Giovenca era parso che pure lui fosse un prodotto della terra che stavano rimirando.

«Io tra le canne alte inseguìati»
e il cor batteami di desiderio;
la febbre de 'l senso pulsava
ne l'arterie più calda de 'l sole.»

Come un merlo nel pieno dell'estro, Novenio non udiva ormai più altro che la propria voce, e per meglio godere l'estasi di quel momento, s'era girato verso la ragazza, aveva chiuso gli occhi e sparato i versi cui sin dall'inizio tendeva.

«E alfin ti giunsi!»

Vedendolo a occhi chiusi, e pensando che quell'alto momento di poesia dovesse essere così goduto, anche Giovenca li aveva chiusi.

125

«Con trepida ansia,
su le ninfee ti stesi, e...»

Era seguito un attimo di profondo silenzio cui anche la campagna si era alleata. Poi Novenio aveva gridato il resto.

«... e un bacio

co 'l labbro convulso t'impressi», e gliel'aveva dato davvero e poi ancora, «Or sei mia – gridando – sei mia!», e urlando come un ossesso si era allontanato correndo, tanto che quando Giovenca aveva riaperto gli occhi il Trionfa non era altro che un puntino nero dentro al coltivo di ravizzone, agitato come uno spaventapasseri sconvolto dal vento, di cui si sentiva però ancora l'eco di quel "sei mia", ripetuto all'infinito.

Per Giovenca quello era stato il primo bacio in assoluto e aveva sortito su di lei un effetto destabilizzante, mercé anche il sole che aveva ormai soffocato quasi ogni rumore. Assaporando il gusto acidulo che le labbra di Novenio avevano lasciato sulle sue, dovuto a un gambo di erba cucca che il giovane aveva masticato per sedare la sete, ripensando ai versi ma soprattutto non riuscendo più a scorgere la nera figura dell'esaltato che era sparita all'orizzonte, aveva cominciato a percepire un'acuta nostalgia come se davvero quelle del Trionfa fossero state delle apparizioni destinate, dopo l'evento culminante del bacio, a non riproporsi più. E il bacio una sorta di messaggio divino affinché ragionasse per bene sulla decisione da prendere circa il futuro.

La poesia, certo, come aveva più volte detto il giovanotto!

"La poesia ci salverà!"

Ma lei non ne sapeva niente, non era in grado, era una nullità soprattutto se si confrontava con gli elaborati, spesso incomprensibili versi che il Novenio le aveva recitato.

Quella stessa notte, digiuna e insonne, Giovenca si era ritrovata a considerare l'ipotesi del convento quale unica soluzione, e ne avrebbe trovato conferma il giorno seguente quando sarebbe ritornata al solito muretto per ammirare in malinconica solitudine il paesaggio del suo primo bacio se, improvvisamente, l'angelo poeta non fosse ricomparso. Nottetempo il Trionfa s'era ripassato per bene il *Canto Novo* e tra i versi delle tre liriche comprese nel poemetto aveva scelto un allusivo passaggio dell'*Offerta votiva* riflettendo che se, il giorno avanti, la citazione di un bacio s'era tramutata in bacio vero, quel giorno ben altro avrebbe potuto ottenere.

L'aveva presa un po' larga ma, al momento di declamare il "cetriuolo su la sua foglia", s'era messo di fronte alla ragazza e, invasato e infoiato, aveva declamato le due pere della poesia:

«sugosa l'una ch'estingue la sete, aspra l'altra
ch'eccita al bevere il bevitore».

Il risultato era stato che, suggendo l'uno e gicolando di piacere l'altra, sotto gli occhi di un villano dalla vista lunga, i due s'erano fidanzati e giurati amore eterno.

Testimone, aveva annunciato il Trionfa, il dio Pan.

34

I due non erano ancora rientrati alle rispettive dimore che la Rigorina era già informata.

Ci aveva pensato Ercole Trombeo, proprietario di tori da monta e della relativa stalla dove personalmente menava le vacche che dovevano essere impregnate e dentro la quale non lasciava entrare nessuno per far sì che l'operazione, priva di testimoni, mantenesse quell'alone di mistero che gli permetteva di essere l'unico celebrante esperto. Girovago per necessità, passava la maggior parte del tempo chiacchierando, visto che il più del lavoro lo facevano i suoi tori e, insieme con pochi altri, era un'affidabilissima gazzetta dei fatterelli che accadevano di qua e di là.

Una volta al corrente di ciò che il Trombeo aveva visto, e sicuramente riferito anche ad altri se lo conosceva bene, la Rigorina non aveva perso tempo e aveva messo sull'avviso la sua protetta della trappola dentro la quale stava cadendo.

«Mia cara Giovenca!» aveva esordito quando l'aveva convocata per metterla al corrente che il giovanotto dal quale si era lasciata tranquillamente palpeggiare altri non era che uno dei numerosi figli di Esebele Trionfa, detto Sanguìn.

«E be'?» aveva chiesto Giovenca con voce di beata innocenza.

Rigorina l'aveva fatta accomodare nella sua cucina prima di spiegarle che razza di bestia d'uomo fosse l'Esebele, padre di sette o otto figli di cui due sicuramente venduti ad artigiani del comasco per farne, più che apprendisti fabbri o muratori, veri e propri schiavi. Tra loro appunto il Novenio, che invece era stato regalato al parroco affinché ne facesse un sacerdote, visto che sin da giovane aveva manifestato una singolare attrazione per la chiesa. In realtà dentro la chiesa aveva imparato soltanto a sgraffignare ostie e vino per riempirsi lo stomaco in perenne gorgoglio e abituandosi al bere che ne esaltava le fantasie. Spesso, esagerando con il vin santo, il Novenio si addormentava e trascorreva la notte su un pancaccio della sagrestia senza che in casa qualcuno si preoccupasse della sua assenza. Vedendolo così assiduo, il parroco ne aveva frainteso le intenzioni e, dopo averne parlato con l'esecrabile genitore, aveva ottenuto senza alcuna fatica il permesso di avviarlo al seminario. L'avventura di Novenio era finita con l'incontro con i primi versi di Gabriele D'Annunzio per la disperazione del parroco che era stato duramente ripreso dal rettore del seminario per l'incauta scelta. Per niente invece si era disperato l'Esebele che gli aveva detto come, una volta usciti di casa, nessuno dei suoi figli poteva farvi ritorno: che s'arrangiasse a campare la vita come faceva lui, il cui unico impiego stabile era quello di rispondere, quando ne aveva voglia, alle chiamate di quei coltivatori che avevano bisogno di un paio di braccia stagionali o di allevatori che necessitavano di qualcuno che sgozzasse senza tante remore tori, manzi o vitelli.

Sbattuto fuori casa senza arte né parte e posseduto dall'idea d'essere poeta, il Novenio aveva imboccato la strada giusta per diventare lo scemo dei dintorni.

Poteva uno così mettersi in testa di sposare una bellezza come Giovenca?

E Giovenca poteva illudersi che con uno così avrebbe avuto tutto quello che le sue grazie potevano guadagnarle?

Prima di rispondere la ragazza aveva contato fino a dieci e in quell'arco di tempo alcune cose le erano risultate particolarmente chiare. Un consigliere lungimirante e d'esperienza come la Rigorina le faceva troppo comodo, disattendere i suoi pareri non le avrebbe giovato. Inutile spiegarle come l'amore per la poesia fosse entrato anche nella sua vita: troppo pratica, la perpetua, troppo materiale e ignorante per volare così in alto. Comoda però, dal momento che ragionava per conto suo lasciandole tutta la libertà di godere la passione. Così, per proprio tornaconto, le aveva dato ragione decidendo di mettersi nelle sue mani e, allo stesso tempo e di nascosto, in quelle del poeta Trionfa.

Giusto per uno scrupolo, aveva poi chiesto alla Rigorina in che modo fosse venuta a conoscenza dei suoi incontri col Novenio.

«La campagna ha mille occhi, anche se non sembra» aveva risposto la perpetua.

Da quel momento quindi gli incontri col Trionfa erano avvenuti nel fitto di un bosco.

Il giovane nel frattempo, avendo finito di saccheggiare il *Primo Vere* e il *Canto Novo*, aveva cominciato suo malgrado a comporre versi propri. Scalcinati e banali perlopiù, vergognose imitazioni di quelli dannunziani. Infine aveva prodotto una lirica intitolata *Alla settembrina Dea* che, nonostante la fantasia che s'era fatto, aveva dovuto recitare da solo al cospetto di un uditorio di pioppi. Era infatti il pomeriggio del giorno in cui, grazie allo strenuo impegno di Rigorina, Giovenca aveva incontrato presso la canonica di Albate il suo futuro marito, Ireneo Coloni.

35

Grand'uomo, e anche fortunato, il maggiore a riposo Eracle Coloni era scampato per ben due volte alla triste sorte che aveva invece coinvolto centinaia di soldati italiani del corpo di spedizione in Africa: una prima volta durante la battaglia dell'Amba Alagi nel dicembre 1895, e poi durante quella ferocissima combattuta il primo marzo dell'anno seguente ad Adua.

Ai primi del 1914 la moglie Primofiore aveva cominciato a dare segni di un rimbambimento più che precoce. Ascoltati medici, specialisti, sedicenti guaritori, piegatosi non senza vergogna a consultare anche maghi e fattucchiere, e avendone comunque ricevuto un parere unanime sull'irreversibilità dello stato della donna, aveva deciso di sottrarla al ludibrio di chi sino ad allora l'aveva conosciuta come persona affabile e brillante. Da Monza, si era trasferito a Rivascia, frazione del Comune di Albate e quindi sotto la giurisdizione della parrocchia condotta da don Filo Parigi. Nella villa con tanto di parco che aveva acquistato e fatto ristrutturare adattandola ad alcune manie della moglie, tra le quali una cappella padronale dove la donna passava lunghe ore in preghiera, era entrato anche il terzo elemento della famiglia, Ireneo, avviato alla carriera militare nel corpo degli alpini, sottotenente della riserva.

Al loro primo incontro lo scampato di Adua aveva illustrato a don Parigi i motivi che l'avevano costretto a isolarsi dal mondo, dispiacendosi per il figlio, ingegnere idraulico che lavorava a Milano e che tutti i giorni doveva sobbarcarsi un estenuante viaggio di andata e ritorno con una finale e nemmeno tanto breve passeggiata per raggiungere la frazione Rivascia.

Al sentire la novità, le orecchie di Rigorina s'erano messe all'erta, come quando una gallina cantava e lei correva immediatamente per raccogliere l'uovo ancora caldo.

Ingegnere e sottotenente degli alpini! Quello sì che era un tipo d'uomo su cui poter fare affidamento. Altro che sedicenti piloti o farneticanti giocolieri di parole insensate.

Approfittando di alcune assenze del parroco aveva dapprima preso visione della proprietà. Infine, una mattina, mentendo su certi dolori di schiena, era rimasta a letto e invece, saltando la messa prima, era filata alla stazioncina di Albate dove, tra la folla nota, aveva subito riconosciuto l'ingegnere sottotenente.

Severo, ligio al dovere, tutto d'un pezzo.

Il suo occhio clinico l'aveva inquadrato così. In un'ottica animale l'aveva paragonato a un bue ma con l'intelligenza di un cavallo. Non le restava che agire ora, e per farlo aveva atteso un sabato, invitando Giovenca a raccogliere insieme con lei fragoline di bosco per offrirle alla povera disgraziata di cui nel frattempo le aveva raccontato le vicissitudini.

Erano state le mani del padre Eracle a ricevere il dono ma Ireneo, curioso poiché era raro che arrivassero visitatori in villa, aveva spiato le due dalla finestra della sua camera avvalendosi del binocolo di dotazione e, dopo aver visto Giovenca sulla linea del cancello, era rimasto incollato alle lenti anche dopo la sua partenza. Quindi aveva voluto incontrare suo padre.

«Chi è quella meraviglia?»

Pure Eracle non aveva potuto fare a meno di essere abbagliato dalla sfolgorante bellezza di Giovenca. Da vecchio ufficiale però non aveva ceduto all'incanto: neppure davanti al nemico che sventolava bandiera bianca aveva deposto il moschetto.

Ben altro ci voleva per metterlo nel sacco, come di ben altra estrazione avrebbe dovuto essere la moglie di suo figlio, sua nuora!

Aveva dato una mezza, evasiva risposta.

«Sarà una popolana visto che era in compagnia della perpetua di don Parigi.»

Tanto era bastato a Ireneo, il sabato seguente, per volare in canonica inguantato nella sua divisa allo scopo, finto, di ringraziare Rigorina per l'estrema gentilezza che aveva dimostrato nei confronti della sua povera madre.

Perché voleva ringraziare anche lei!

«Naturalmente» aveva risposto Rigorina puntando sul giovanotto lo sguardo con il quale pesava a occhio i vitelli da latte, e di rado sbagliando.

«Di solito la domenica pomeriggio passa a trovarmi qui in canonica» aveva detto Rigorina.

Bugia, davanti alla quale il giovanotto si era messo quasi sull'attenti.

«A domenica allora.»

Una seconda, mezza bugia si era resa necessaria: facendo la misteriosa, Rigorina il sabato successivo aveva detto a Giovenca che, se fosse passata da lei in canonica il pomeriggio seguente, le avrebbe mostrato una cosa straordinaria.

Quando Giovenca, il pomeriggio di domenica, aveva visto che la cosa straordinaria era un tenente degli alpini che le si era presentato con tanto di baciamano, la perpetua aveva compreso che per la giovane stava per cominciare il tempo delle uova d'oro.

In quel momento il Trionfa stava declamando i suoi orribili versi ai pioppi che non facevano una piega.

Il Coloni invece, dopo aver ringraziato Giovenca per la squisita gentilezza, aveva risposto a una serie di domande che la perpetua aveva preparato con cura.

Quanti anni avesse, se fosse fidanzato, se fosse figlio unico.

Che progetti avesse per la vita, se gli piacesse stare in campagna o preferisse la città.

Se avesse svaghi, e quali.

Se amasse i viaggi oppure la pace del domestico focolare.

Se avesse mai avuto malattie di sorta, e via così.

Ireneo aveva risposto guardando sempre Rigorina ma col preciso intento che ciascuna delle sue parole andasse a infilarsi nelle orecchie di Giovenca.

Infine, una volta rimaste sole dopo che l'ingegnere sottotenente aveva chiesto il permesso di lasciare la deliziosa compagnia, Rigorina aveva tirato le somme del suo interrogatorio.

«Beata chi lo sposa!» aveva esclamato.

E poi: «O no?» aveva insistito visto che Giovenca non aveva aderito con entusiasmo alla sua uscita.

La giovane aveva alzato gli occhi sulla perpetua. Sulla fronte aveva le rughe di un verso che il Novenio le aveva recitato più volte.

«Largo sii tu di frutti ne la breve stagione.»

Di frutti da cogliere e godere, Ireneo Coloni ne aveva imbanditi in abbondanza sull'ideale tavola del futuro. E che la vita fosse una breve stagione dove ogni lasciato andava perduto, anche un bambino lo sapeva.

«Indubbiamente» aveva infine risposto Giovenca.

E il Trionfa?, s'era trattenuta dal chiedere.

Ci avrebbe pensato, una cosa per volta.

Giovenca e Ireneo, nonostante il parere contrario del Coloni padre, si erano fidanzati di lì a poco e, dopo un onesto arco di tempo trascorso come tali, si sarebbero anche sposati ben prima della fatidica data del 15 maggio 1915 se due avvenimenti, l'uno luttuoso, la morte di Estatina, e l'altro improvviso, un incarico da parte della ditta che aveva inviato l'ingegner Ireneo in Africa trattenendolo là per qualche mese, non avessero ritardato il fausto evento.

36

«Dico per dire, fausto» commentò il maresciallo Citrici.

Perché, come era vero che il 16 giugno 1915 una compagnia di alpini del battaglione Exilles conquistava la vetta del Monte Nero, era altrettanto vero che durante il feroce assalto il sottotenente Ireneo Coloni restava gravemente ferito. Riportato al campo base era sopravvissuto due soli giorni e si era spento con i conforti religiosi.

«Un solo mese di matrimonio!» sbottò il prevosto.

«Teorico» commentò, più pratico, il Citrici.

Tra una cosa e l'altra, chiamata alle armi, partenza, arrivo sul fronte e il resto…

«Una settimana a farla grande» concluse.

«Così giovane e già vedova!» sottolineò il prevosto pensando alla Ficcadenti perché nemmeno a mente gli veniva di chiamarla Giovenca.

«Appunto» sospirò il maresciallo.

Poteva essere un sospiroso omaggio alla memoria del sottotenente e di tutto quel ben di Dio che non aveva potuto godere. Ma il Citrici aveva insinuato nella voce un tono di sospetto.

Fatti che non lo riguardavano direttamente, che fosse ben chiaro. Ma un uomo di mondo non poteva fare a meno di chiedersi alcune cose.

«Quali?» domandò il signor prevosto.

«Non vorrei scandalizzarvi, reverendo» mise le mani avanti il maresciallo.

«Non mi scandalizzo più di niente» rispose sorridendo il sacerdote.

«Se il matrimonio, per esempio, non fosse stato consumato, che senso ha, sugli atti, essere registrata come vedova Coloni?»

«Avete ragione di credere che non lo sia stato e quindi, di conseguenza, sia nullo?»

Il Citrici fece l'atto di arrendersi.

«Ho solo buttato lì delle ipotesi, niente altro. Di fatto, ammettendo che sia stato consumato, non ha prodotto… come dire… frutti.»

«In così poco tempo…» interloquì il prevosto.

«Proprio» si inserì il Citrici, «il tempo. È medico, no? Si dice così almeno. Bene, io questa Ficcadenti l'ho vista, più di una volta. E, da come si veste, si muove, si comporta, direi che il tempo ha agito su di lei meravigliosamente.»

«In che senso?» chiese don Pastore.

«Nel senso che la direi perfettamente guarita dalla disgrazia che l'ha resa vedova. E tutto ciò mi ha spinto verso certi pensieri.»

«Che sarebbero?»

«Pura speculazione» specificò il maresciallo, «perché anche nel caso che avessi ragione, si tratterebbe comunque di fatto privato della signora. Però, per dirla chiara, mi suona strano che voglia dare quasi l'impressione di non essere interessata ad altro che alla merceria e alla compagnia di quel gomitolo d'ossa della sorellastra!»

«Volete dirmi qualcosa che non so?» chiese il prevosto.

«Ma niente, reverendo, dicevo così per dire. Sapete, quando si è abituati a ragionare sempre su certi casi, sulle persone, sui comportamenti…»

Quell'ultima parola, al sacerdote diede una scossa.

Non sfuggì al Citrici e al suo occhio lungo.

«Ho forse detto qualcosa che non va?» chiese il carabiniere.

«No…» rispose don Pastore.

Ma era un no di quelli che all'orecchio del maresciallo suonavano come sì.

«Davvero?» chiese.

«No, cioè…»

«No o cioè?» sbottò il Citrici, ricordandosi subito dopo che non era in caserma e men che meno nel corso di un interrogatorio.

«In tutta confidenza qualcosa di strano mi pare che ci sia» si decise il sacerdote.

Una piccolezza, cosa della quale probabilmente non valeva nemmeno la pena parlare.

«Siamo qui per quello però» lo aiutò, goloso, il Citrici.

«Ecco» fece il prevosto.

C'era quella faccenda degli ordini che la Ficcadenti andava personalmente a fare a Monza quando invece il loro fornitore era di Como.

«Come vi dicevo, una sciocchezza» concluse il prevosto.

«Concordo. Anche se è abbastanza strana.»

«Chissà!»

«Basterebbe…» buttò lì il carabiniere.

Sarebbe bastato farla seguire da persona accorta e fidata e il mistero, se di mistero si trattava, sarebbe stato svelato.

«Volete dire che voi…» fece per dire il prevosto.

«No, no reverendo, non fraintendetemi. Io o qualcuno dei miei sottoposti potremmo farlo se ci fosse di mezzo un reato, un'indagine in corso, anche solo un sospetto. Per il momento però ciò che fa la vedova Ficcadenti non interessa la legge.»

Un pedinamento informale, invece, fatto da persona fidatissima avrebbe risolto i dubbi e magari dato al reverendo l'arma giusta per convincere il Geremia a tornare coi piedi per terra. Che la Ficcadenti non fosse proprio boccone per i suoi denti era fuor di dubbio.

«Francamente» concluse il maresciallo, «non mi riesce proprio di immaginarli marito e moglie.»

«Non ditelo a me» ribadì il prevosto cui l'idea del Citrici non era sembrata affatto malvagia.

Tutto stava a trovare la persona accorta e fidatissima cui affidare il delicato compito di pedinare Giovenca Ficcadenti.

37

Il maresciallo aveva ragione, il brevissimo matrimonio non aveva dato frutti.

Ma era stato consumato.

Consumatissimo.

Nel giro di tre giorni, e tre notti, Giovenca era diventata ancora più bella. E aveva acquisito una sicurezza le cui ragioni stavano in certe cose che Rigorina le aveva appena sussurrato, perché se don Parigi fosse venuto a saperlo…

Ma una maestra di vita doveva esserlo a tutto tondo!

E lei, che era nata e cresciuta in campagna, quelle certe cose le aveva imparate presto: uomini e animali, in quel campo, non sono molto differenti. Quindi, "Non so se mi spiego" aveva alluso, ne aveva viste così di galline far correre il gallo fino a stremarsi…

Giovenca si era resa conto di quanta ragione ci fosse nelle parole della sua maestra quando, a metà di quella prima settimana da signora Coloni, si era recata ad Albate per visitare Zemia, che s'era assunta il compito di fare la padrona di casa e badare al patrigno, e il patrigno stesso.

Entrata nel laboratorio aveva subito colto gli sguardi dei lavoranti.

Ma, contrariamente al passato, li aveva saputi interpretare, dando loro il giusto significato. Sguardi concupiscenti, lanciati da uomini che avrebbero fatto qualunque cosa per lei, dal gettarsi ai suoi piedi al gettarsi nel lago. Sguardi che la spogliavano, mani che l'avrebbero fatto a qualunque costo.

Rigorina glielo aveva fatto capire. «Tu sei una di quelle galline che possono correre fino a far morire di crepacuore il gallo.»

Decideva lei se voleva lasciarsi prendere.

«Ma dopo, com'è?» aveva chiesto lei.

Dopo, cioè, essersi lasciata prendere.

«Mica male» aveva risposto Rigorina che dei suoi trascorsi amorosi aveva ricordi tanto lontani quanto precisi.

Be', adesso Giovenca non aveva potuto fare altro che dare ragione alla sua maestra e dalla partenza del suo sottotenente aveva pregato senza sosta affinché la guerra finisse rapidamente e glielo restituisse: cosa che era accaduta, in sostanza, ma nel peggiore dei modi possibili.

38

Il Citrici era uscito da un bel dieci minuti ma del reverendo non s'era vista neanche l'ombra.

«O bestia!» mormorò la Rebecca.

Magari al s'era indormentà!

In d'el stùdi, e al frècc!

«O bestia!» ripeté la perpetua e si alzò tra scricchiolii: la sedia o le sue stesse ossa, non si capiva bene.

«Sciòr prevòst?» chiamò attaccata alla porta dello studio.

Il sacerdote non stava dormendo, tutt'altro.

Stava pensando alle parole del maresciallo, alla persona fidatissima e discreta.

Al sentire la voce di Rebecca si riscosse.

Chi meglio di lei…

«Venite avanti, Rebecca» la invitò.

A chi altri poteva chiedere consiglio, chi meglio della perpetua poteva suggerirgli il soggetto più indicato, preferibilmente maschio, cui affidare un compito tanto spinoso?

Rebecca esitò.

Che il signor prevosto avesse capito che lei aveva ascoltato la prima parte della conversazione con il maresciallo?

«Che avete?» disse il sacerdote. «Venite avanti, devo chiedervi un consiglio.»

La perpetua pensò a un trappolone.

Ma d'altronde, quando il reverendo chiamava mica poteva esimersi.

Si affacciò.

Lo studio, in penombra, con la parete alle spalle del prevosto piena di crocifissi appartenuti ai suoi predecessori, metteva addosso il *dies irae*. Rebecca rifletté che la cosa migliore da fare fosse battere sul tempo il sacerdote recitando subito il mi pento e mi dolgo, e giurando che era stata la prima e sarebbe stata l'ultima volta.

Ma il reverendo fu più svelto di lei.

«Su, venite e sedetevi» disse.

La perpetua obbedì, ipnotizzata non solo da quelli del prevosto ma anche dalle altre decine di paia d'occhi dei Cristincroce.

«Rebecca» riprese il prevosto.

Il tono era quello da battesimo, caldo e pacato, non faceva presagire rimproveri.

La perpetua osò alzare gli occhi.

«Devo chiedervi un parere» disse infine don Pastore, «e vi prego sin d'ora di non aver fretta nel rispondere. Riflettete, prendetevi tutto il tempo necessario.»

"O bestia!" per la terza volta, ma solo col pensiero.

Tuttavia: «Se diàol!» scappò detto a Rebecca.

Cos'era successo?

«Niente» la rassicurò il prevosto. «La questione è la seguente.»

A suo giudizio, c'era qualcuno tra le persone che frequentavano la chiesa e la parrocchia di cui potesse ciecamente fidarsi?

Qualcuno che, anche se conoscesse i più scandalosi segreti del confessionale, fosse in grado di non farne nemmeno mezza parola?

Qualcuno, insomma, su cui potesse contare come...

«Come se fosse un altro me stesso?» sbottò don Pastore.

Rebecca impallidì, sgranò gli occhi e, Cristincroce o no, si sentì pervadere da un fremito.

L'era in vena de scherzà, il reverendo?

Raddrizzò per bene il capo.

141

Ma si rendeva conto o no con chi l'era drè a parlà!

Lei chi era!

Non gli aveva forse dimostrato in lunghi anni de servìzi che l'era mèi de na tomba?

«Chi so mì?» chiese.

Due mani buone per far da mangiare, spazzare il pavimento, lucidare tutti i mobili compresi i Cristincroce, rifare i letti, e basta?

Il sacerdote comprese al volo di avere urtato, seppure involontariamente, la sensibilità della sua perpetua.

«Calmatevi, Rebecca, non intendevo offendervi. So bene che di voi posso fidarmi come di me stesso. Il fatto è...»

Come dire, come spiegare che non ce la vedeva proprio una donna a farsi spia?

«Perché?» chiese la perpetua.

Perché, si fosse trattato di... come dire?, agire solo lì, in paese, spiegò il prevosto, poteva, forse, andare bene, invece...

«Invece, qui... insomma, c'è di mezzo un viaggio.»

«Ah!» fece Rebecca. «Che le donne non fossero in grado di viaggiare proprio non lo sapevo!»

«Non dico questo.»

«Ah no?»

«Soltanto dico che ci vuole un minimo di esperienza...»

«Con la lingua in bocca si arriva fino a Roma» sentenziò la perpetua.

«Però...» tentò di obiettare il sacerdote.

«Però» lo interruppe senza riguardi la perpetua, «se non vi fidate, allora è un altro paio di maniche. Ditelo e pace amen!»

Un vicolo senza uscita, ecco dove s'era infilato il prevosto. Una settimana secca di mutismo rigoroso, tanto ci avrebbe guadagnato se non avesse tentato di recuperare il terreno perduto.

«Mettiamo che vi affidi tale compito» chiese, «sapreste eseguirlo?»

«Magari sapendo di cosa si tratta...»

Il prevosto sospirò.

«Quante volte avete viaggiato in treno?»

Toccò a Rebecca sospirare, fingendo di contare.

«Mai» confessò poi.

«Ecco, vedete…»

«Ma a meno che non serva la scienza infusa per farlo, non mi sembra 'sta grande impresa.»

«D'accordo. Ma non si tratterebbe di un viaggio di piacere.»

«L'ho ben capito. E dove dovrei andare?» chiese la perpetua, dando per scontato che la missione fosse ormai sua.

Il prevosto incrociò le braccia sul petto e rifletté, soppesando quello che stava per dire.

Due parole.

«A Monza.»

«Aaah…» fece Rebecca.

Capito tutto!

«Per via del Geremia» sussurrò.

«Shhh!» fece il sacerdote, portandosi un dito alle labbra, come se fosse pericoloso o addirittura peccato evocare nel suo studio la figura del Geremia.

39

Geremia che stava bene.

Bello calmo, da quando il signor prevosto gli aveva detto che avrebbe pensato lui personalmente alla faccenda.

Era tornato quello di una volta, servizievole in casa e fuori: una delizia averci a che fare.

Sulle prime la Stampina non aveva voluto crederci e aveva atteso che il giovanotto le combinasse qualche altra idiozia. Poi però, con il passare delle ore prima, e di un paio di giorni poi, si era pian piano andata convincendo di quello che vedeva.

Quindi, o al Geremia la mattana era passata oppure il prevosto, per tramite della Madonna di Lezzeno, ci aveva messo del suo. In proprio s'era rivolta anche alla santa degli Impossibili, santa Rita da Cascia, e pur non sapendo quanta parte avesse avuto nella conversione del figlio, sentiva di avere un debito nei suoi confronti che si faceva via via sempre più ingente con l'avvicinarsi del Natale.

La Stampina s'era fatta un punto d'onore di saldarlo e, pur non potendo farlo con qualche generosa offerta in denaro, visto che l'economia domestica navigava a vista da una fine del mese all'altra, aveva deciso che si sarebbe consultata con il prevosto e messa a disposizione per qualunque cosa.

Don Pastore s'era dichiarato felice per il buono stato di cose in casa

Pradelli. Ma aveva pregato la Stampina di lasciar stare la Madonna di Lezzeno e santa Rita da Cascia.

«Ben altra pace bisogna chiedere loro» aveva affermato.

Erano giorni tristi infatti. Notizie buie si insinuavano quotidianamente nei pensieri e nei conciliaboli dei bellanesi. La guerra aveva già mietuto le prime giovani vittime, i primi feriti, altri giovani del paese si approntavano ad affrontare un destino di morte. Era per loro che bisognava pregare il cielo affinché facesse calare sul mondo la pace e la concordia. E per questo, aveva detto il prevosto, bisognava combattere con le armi della fede e della preghiera. La Stampina s'era quasi sentita in colpa per aver pensato sino ad allora solo alla propria famiglia e allora aveva chiesto e ottenuto da don Pastore il permesso di guidare un rosario che, tutte le mattine, prima della messa avrebbe invocato la benedizione per tutti, amici e nemici, che si stavano affrontando. Con buona pace dello scaccino "artrite tattica" che aveva dovuto aprire il portone della chiesa una mezz'ora prima dell'orario solito.

Di giorno in giorno il pensiero della tragedia che si consumava lontano da lì aveva ridotto quella domestica alla misura di un piccolo dispiacere: anche perché il Geremia continuava a dimostrare di essere tornato il pezzo di pane che era sempre stato.

Tutto, così come era cominciato, sembrava ormai finito.

Ragione per la quale sulle prime la Stampina non comprese il significato delle lacrime che, la sera della vigilia, dopo la parca cena e in attesa di uscire per la messa di mezzanotte, cominciarono a sgorgare silenziosamente dagli occhi del Geremia.

Non così, invece, aveva fatto Giovenca, nella tarda mattinata del 20 giugno 1915, quando, vedendole, aveva immediatamente compreso il significato delle lacrime che bagnavano il volto del suocero.

40

Eracle Coloni la attendeva in sala da pranzo, seduto, come suo solito, a capotavola, visto che mezzogiorno era passato da pochi minuti. Giovenca era entrata portando con sé una ventata di impalpabile euforia.

Quella mattina, come già tante volte aveva fatto, visto il bel cielo sereno e respirata dalla finestra della sua camera una potente aria profumata di primavera piena, forte, decisa a non cedere terreno all'estate incombente, aveva optato per l'ennesima passeggiata per i prati e i viottoli che circondavano Albate, così da restare sola con i sogni appena fatti. Sogni che, a dirli, solo le orecchie di Rigorina avrebbero potuto ascoltare, oltre che approvare.

C'erano lei e Ireneo, in quei sogni, senza vestiti addosso. Anzi, in verità, dapprima lei, sola e nuda, distesa sulle magnifiche lenzuola bianche e profumate del suo letto, sposa senza vergogne in attesa che comparisse lui, con tanto di baionetta pronta all'uso. A quel punto, come dire?, talvolta il Trionfa si inseriva, senza che il suo sposo avesse niente da obiettare, e il sogno, pur rimanendo tale, diventava realtà. Tutto ciò che Giovenca aveva esperito durante la prima, e unica, settimana trascorsa con il marito, diveniva umorale sensazione. Così, quando per davvero si svegliava, le capitava di trovarsi distesa per traverso, il cuscino latitante, e quasi sempre nella necessità di un'abluzione prolungata.

Dopo la prima di quelle esperienze oniriche, s'era preoccupata che eventuali gemiti o miagolii potessero giungere all'orecchio del fausto maggiore. Verificata la distanza tra le due camere da letto, non se n'era più data pensiero, augurandosi piuttosto che fantasie di tale fatta non si facessero attendere più di tanto, desiderio che era stato puntualmente esaudito ben oltre le aspettative. Infatti, se i sogni dei comuni mortali svanivano perlopiù all'alba, i suoi permanevano, in forma di pensiero fisso, per tutto il resto della giornata. Così chiari e puntuali che, se Giovenca nel corso delle passeggiate mattutine incrociava qualche cappelletta votiva, si fermava e pregava, qualunque fosse il santo o la santa, affinché la guerra finisse il prima possibile oppure al marito venisse eccezionalmente concessa una licenza.

Anche il maggiore a riposo sognava. Sogni militareschi i suoi, da vero soldato, di battaglie vinte o eroiche resistenze che, senza guardarla in viso, gli piaceva raccontare alla nuora giusto per farle intendere quanto il mondo non fosse che un teatro di guerra creato per l'uomo, mentre loro donne avessero il solo compito di sfornare milizie per gli eserciti.

La sera avanti il suocero le aveva raccontato di aver avuto in sogno la visione del suo primo nipote: ufficiale anche lui, naturalmente, e di cavalleria.

Forse era stato quello, l'accenno ai quadrupedi che il suo primo figlio avrebbe cavalcato. Nel sogno di Giovenca il marito le si era presentato con tanto di briglia in mano e manifestando l'intenzione di cavalcarla. Palafreniere era il Trionfa.

Dopodiché, lei...

Su quella parte del sogno, Giovenca era andata e ritornata, come se volesse solo spiarla, e arrossendo. In ogni caso, al risveglio s'era trovata con la testa al posto dei piedi e viceversa, poi una volta uscita s'era abbandonata a quella fantasia e dolcemente assaporandone la lussuria era ritornata alla realtà solo quando aveva sentito il campanile di Albate battere il primo dei dodici tocchi di mezzogiorno, realizzando che il suocero, da buon militare, doveva già essere seduto a capotavola in attesa che lei comparisse.

Una volta entrata nel salone da pranzo, le parole di scusa per il piccolo ritardo le erano morte sulla lingua.

Le era bastato solo uno sguardo per capire tutto.

Il posto del marito, alla sua destra, equidistante tra lei e il suocero, non era apparecchiato come al solito. Il piatto del maggiore, fondo poiché era costume della casa iniziare sempre con una minestra, era girato in su. Il volto del suocero era congesto, gli occhi rossi, lacrime lente gli rigavano ancora il viso, nella mano destra stringeva quello che a tutti gli effetti era un cablogramma, mentre il suo sguardo vagava oltre la fresca vedova ferma all'ingresso.

Dalla bocca del suocero non era uscita una parola ma non ce n'era stato bisogno.

E, nonostante ciò, nonostante l'improvvisa vertigine che le aveva annebbiato la vista, il sogno equino della notte appena trascorsa non aveva voluto saperne di abbandonarla.

41

Le lacrime del Geremia cominciarono a sgorgare verso le undici di sera della vigilia di Natale, poco dopo aver messo a letto l'atonico genitore e mentre la Stampina, davanti all'unico opaco specchio di casa, maltrattava i suoi capelli cercando di dar loro una ragionevole piega in vista della santa messa. Dallo specchio la donna notò il movimento sussultorio delle spalle del figlio e, lungi dall'immaginare che si trattasse di singhiozzi a fatica repressi, pensò a una tosse di stagione. Una volta arresasi ad alcuni inestricabili nodi che avrebbero fatto invidia a un marinaio, la Stampina piantò lì la spazzola e si rivolse al figlio offrendogli la panacea del singhiozzo: un dito di caffè, estratto di cicoria, senza zucchero e con qualche goccia di limone.

Premura inutile perché, una volta che gli fu di fronte, vide che il Geremia invece stava piangendo.

«Ma cosa c'è?» chiese stupita.

«Niente» rispose il Geremia.

«Piangi» obiettò la madre.

E come un bambino dopo uno spavento, con qualche respiro profondo tra un singulto e l'altro.

«No...»

«Oh, Geremia» invocò la Stampina.

Non poteva negare l'evidenza.

«Dillo alla mamma!»

E così pregandolo gli mise una mano sulla testa, gesto che provocò nel giovanotto una nuova raffica di singhiozzi, passata la quale: «Stavo solo pensando…» balbettò.

«A cosa?»

«Ma niente…» ripeté il Geremia, con l'evidente intenzione però di liberarsi quanto prima di ciò che lo angosciava.

Stava solo pensando infatti che quello era l'ultimo Natale che avrebbero passato insieme e gli era venuta un po' di malinconia.

Certo, si affrettò a chiarire il Geremia, lui non li avrebbe abbandonati, sarebbe stato sempre a disposizione per ogni necessità ma, insomma, si rendeva conto che, da sposato, niente sarebbe stato più come prima.

Tutto lì.

Alla Stampina venne un momentaneo sturbo: cioè, secondo come lo avrebbe descritto al prevosto la mattina di Natale anche per giustificare la sua assenza alla messa di mezzanotte, le parve che le palpebre si fossero abbassate contro la sua volontà. Vide nero per un tempo difficile da valutare. Quando ritornò a vedere chiaramente le si propose il viso pacioso del figlio nell'espressione del patàti, un viso da luna piena, inespressivo come il tubero, poiché l'aver buttato fuori il tribolo l'aveva rilassato.

Lei invece si sentì risucchiare dalle vene tutta la poesia del Natale.

In una parola, crocifissa.

42

«*Quieta non movere*» disse il prevosto.

«Cioè?» chiese la Stampina.

«Calma e gesso.»

Il sacerdote era in cucina, davanti a una tazza di latte munto non più di qualche ora prima, dentro il quale aveva sminuzzato con cura un pezzo di pane raffermo.

S'era alzato più tardi del solito, recuperando il sonno perduto la notte avanti quando, dopo aver celebrato la santa messa, aveva dovuto ascoltare e poi consolare tale Emma Diafani il cui marito Gerlando da una settimana si era dato alla macchia per non andare alla guerra, fatto che in un certo senso aveva dell'incredibile se si considerava che l'uomo nei mesi precedenti era stato uno dei più facinorosi interventisti del paese, al punto che più di una volta il maresciallo Citrici l'aveva ammonito di darsi una calmata. Anziché tener conto dell'avviso il Gerlando se n'era fatto un vanto e aveva continuato a concionare contro la "canaglia neutralista" e la "pavida conigliera" dove si annidavano i veri nemici d'Italia. Sempre il Citrici l'aveva preso da parte chiedendogli a muso duro se per caso dentro quella conigliera ci avesse visto qualche carabiniere di sua conoscenza. Il Gerlando aveva risposto sprezzante che non a lui bisognava porre quella domanda, poiché badava a tenersi ben alla larga da certi lupanari della coscienza. Al che il Citrici, che sull'andamento delle cose d'Italia si teneva al corrente grazie alla lettura, con un giorno di ritardo, del "Corriere della Sera" passatogli dal sindaco Perpigna, gli aveva risposto di tenersi pronto, perché al momento di dimostrare tutta la sua voglia di far calare le braghe al perfido 'striaco non mancava molto. E, quando il momento era arrivato, il Gerlando era sparito gettando nella disperazione la moglie Emma. Era toccato al maresciallo Citrici presentarsi a casa della Emma e chiedere dove fosse finito l'interventista della prima ora. La donna, pur immaginando che suo marito si fosse dato per campagne, passando la notte nascosto nella mangiatoia di questa o quella delle numerosissime stalle delle frazioni, non aveva saputo dare indicazioni precise al maresciallo, il quale l'aveva avvisata che l'uomo stava correndo il serio rischio di passare a miglior vita non tanto mercé piombo austriaco ma grazie a quello nostrano, poiché un'accusa di diserzione in tempo di guerra non lasciava scampo. Lui, per quanto poteva, avrebbe coperto il disgraziato per qualche giorno, inventandosi qualche buona scusa: ma nel frattempo lei doveva darsi da fare per trovarlo e convincerlo che tutte le parole spese in passato adesso dovevano essere tradotte in fatti. Per la donna, il ricorso al signor prevosto e alle informazioni che custodiva era stato obbligatorio. E don Pastore aveva trascorso le prime ore della giornata di Natale cercando il mezzo migliore per non infrangere il vincolo del sacramento e comunque sottrarre al plotone d'esecuzione il Gerlando.

Punti interrogativi avevano danzato anche davanti agli occhi chiusi in attesa del sonno della perpetua.

Una volta investita dell'ardua missione, la Rebecca aveva cominciato a faticare nel mantenere i contatti con la realtà.

Dai confini del paese non era mai uscita né aveva mai messo piede su un treno.

Nonostante ciò, e ai fini della buona riuscita della missione, doveva però dare l'impressione a chiunque di essere una viaggiatrice abituale. Quindi aveva cominciato a disegnare gli scenari più vari e a programmare le conseguenti reazioni.

Se il treno fosse stato in ritardo avrebbe sbuffato, protestato oppure avrebbe atteso pazientemente? Al tentativo di attaccare discorso da parte di un viaggiatore solitario avrebbe risposto favorendo la conversazione oppure avrebbe cercato di smorzarla sul nascere? Avrebbe chiesto al controleur di avvisarla quando il convoglio fosse stato in prossimità di Monza oppure avrebbe taciuto, dimostrando di essere una habituée della tratta? Avrebbe dovuto portarsi un libro per ingannare il tempo con il rischio di distrarsi troppo e ciccare la fermata? E come doveva vestirsi? La missione voleva l'anonimato ma di certo non poteva indossare gli straccetti che metteva quotidianamente.

E l'ombrello, avrebbe dovuto portarlo, visto che aveva sentito dire che a Lecco pioveva sempre, quindi chissà a Monza?

Non solo, però, la missione voleva l'anonimato, anche il segreto più assoluto.

Ragione per la quale la perpetua, la mattina di Natale, fatta una spietata autocritica, dopo la messa prima celebrata dal coadiutore davanti a uno sparuto gruppo di fedeli, s'era infilata in chiesa per pregare e fare un solenne voto: se solo mezza parola circa il compito che la attendeva le fosse sfuggita di bocca con chiunque, che venisse fulminata all'istante. Solo così, con lo spauracchio del voto di morte improvvisa cui fermamente credeva, la Rebecca s'era rimessa in pace con se stessa e le sue debolezze di lingua.

Mentre pregava e richiamava su di sé le ire divine nel caso fosse venuta meno al voto, la Stampina era entrata in canonica e, fattasi certa che non c'erano orecchie estranee oltre a quelle del prevosto, aveva vuotato il sacco, inducendo il sacerdote a rispondere:

«*Quieta non movere*» cioè, appunto, alla buona, calma e gesso.

Che il Geremia si cullasse ancora per un po' nel suo impossibile sogno. E che nessuno, per il momento, si mettesse in testa di disilluderlo.

La sua beatitudine faceva buon gioco a tutti: alla famiglia, osservò il prevosto, e a coloro che si stavano adoperando per risolvere il busillis.

«Può essere che nel giro di pochi giorni la situazione si chiarisca» affermò il sacerdote.

«In che maniera?» chiese la Stampina.

Scoprendo cosa andava a fare la Ficcadenti a Monza, avrebbe voluto rispondere il prevosto.

Tacque però.

«Abbiate fede, Stampina.»

«Per quanto tempo?» buttò lì la donna.

Il tempo che si compisse la missione della perpetua.

«Pochi giorni ancora.»

43

Pochi giorni dopo la comunicazione scritta, il corpo di Ireneo era giunto, chiuso in una bara di legno grezzo, alla stazione di Albate, dove ad attenderlo c'erano Giovenca e Agenore Scricchioli, conducente di carro, della comasca impresa di pompe funebri "Panta rei".

Il padre Eracle in un certo senso non aveva potuto presenziare all'arrivo. Schiantato dalla notizia aveva avvertito accanto a quello umanissimo anche un altro dolore, organico e patologico, quello delle sue coronarie in allarme, cui non aveva dato retta più di tanto, volendo rendere militarmente onore al figlio. L'indifferenza della moglie Primofiore gli aveva reso ancora più penosa l'attesa del feretro.

Mentre la nuora era scesa, già parata di nero, verso la stazione, il maggiore in pensione aveva sovrinteso all'allestimento di una camera ardente che fosse al contempo sobria e degna, come doveva essere quella di un soldato. L'aveva aiutato una compassionevole Rigorina, accorsa alla villa dopo avere appreso la notizia. Di tanto in tanto, come un assalto di fanteria, il dolore al petto era tornato a farsi sentire ma il maggiore l'aveva sconfitto negandolo.

Il corpo di Ireneo era tornato a casa ballonzolando sulle gobbe e sulle buche del trattutro che collegava Albate alla villa dei Coloni.

Vedendo la miseria della bara che ospitava suo figlio, Eracle, bardato con la sua vecchia divisa, s'era sentito prendere da una rabbiosa commozione.

Indignato e sofferente per il dolore al petto che aveva la stessa temperatura della sua rabbia, aveva testé ordinato allo Scricchioli di provvedere all'istante alla sostituzione del feretro, commissionando il più caro che avesse nel magazzino.

Fraintendendo le intenzioni del padrone di casa, lo Scricchioli aveva obiettato che per obbedire al suo volere avrebbero perduto un altro giorno tra il riportare a Como il feretro e ritornare. L'Eracle aveva risposto che, da lì, suo figlio non si sarebbe mai più mosso: il cambio della bara sarebbe dovuto avvenire in loco, nella camera ardente da lui stesso predisposta e sotto i suoi occhi. Pragmatico lo Scricchioli aveva osservato che tutto ciò avrebbe fatto lievitare il costo dell'intero servizio, al che il maggiore aveva reagito con sprezzo.

«Obbedite!»

A nulla erano valse le proteste di Giovenca e della Rigorina, che tralasciando i suoi doveri di perpetua aveva voluto essere d'appoggio alla sua allieva nella funebre contingenza, affinché il maggiore evitasse di assistere alla traslazione.

«Un soldato non teme nulla» era stata la sua risposta.

Le sue coronarie, però…

L'intera operazione s'era svolta al crepuscolo, quando lo Scricchioli, con tanto di aiutante, era ritornato alla villa portando con sé il meglio che la "Panta rei" poteva offrire: una bara in legno di mogano, con maniglie e crocifisso cromato, e bassorilievi incisi a mano sui lati che riproducevano alcune scene della Passione.

Sudando per via del caldo afoso che già da un paio di giorni regnava su Como e dintorni, reso ancora più pesante dai tendaggi tirati sulle finestre chiuse della camera ardente, i due agenti delle pompe funebri avevano condotto a termine il lavoro in poco più di un'ora e mezza. Giovenca non se l'era sentita di assistere. Aveva atteso insieme con Rigorina, seduta su una cassapanca del corridoio, scandendo il tempo al ritmo di ogni stridio di vite e colpo di martello che proveniva dall'interno della camera. E, di tanto in tanto, scoccando brevi occhiate alla sua maestra.

E adesso?, voleva dire.

Perché, pur nell'acuzie del dolore, a tratti faceva capolino quel pensiero: cosa sarebbe stato di lei d'ora in avanti? Quale futuro le si prospettava?

Non c'era bisogno, però, che Rigorina lo sentisse dalla sua viva voce, sapeva quello che provava e, se in quei giorni Giovenca sembrava una coniglia spaventata, lei l'avrebbe aiutata a ritornare infaticabile gallina.

Adesso no, però, non era il momento giusto.

E l'uscita del suocero dalla camera ardente aveva interrotto ogni contatto.

Sul viso l'Eracle aveva più di un segno di ciò che aveva ulteriormente patito. C'era voluta l'inflessibilità di Rigorina per convincerlo che era ora di sorbire una tazza di brodo e poi riposare, e solo la promessa che le due donne avrebbero vegliato per l'intera notte il defunto aveva convinto il maggiore a ritirarsi nella sua camera.

Nel pieno della notte si era fatta viva la suocera. Addobbata con una vestaglia che la copriva fino ai piedi così da dare l'impressione che camminasse sollevata da terra, spettinata, estranea a ciò che la contornava ma attirata lì da chissà quale residuo di istinto materno, la donna era entrata nella camera ardente con un sorriso ebete, aveva compiuto tre o quattro giri attorno al feretro e poi era uscita così com'era entrata.

Rigorina aveva reagito scuotendo la testa, Giovenca invece lasciando via libera alle lacrime, poiché aveva preso corpo la fantasia di essere ormai incatenata per sempre a un vecchio soldato in congedo e a una creatura che non sapeva nemmeno da che parte sorgesse il sole.

Rigorina era intervenuta con decisione.

«Mettiamo le cose in chiaro.»

Dentro la bara c'era un passato che, per quanto doloroso, non poteva diventare la condanna di nessuno, men che meno la sua.

Gioventù e bellezza sarebbero sfiorite, la vita era una sola.

«L'abbiamo goduta così poco» s'era lamentata Giovenca.

«Quanto basta per lui, si vede» aveva ribadito Rigorina che, ricordandosi di essere una perpetua, aveva voluto fare un accenno agli imperscrutabili disegni del cielo: in quanto tali, inutile perdere tempo per cercare di decifrarli.

Ma lei, Giovenca, non poteva e non doveva lasciarsi trascinare impunemente, senza combattere, da quello che adesso le sembrava un destino già segnato. Dopo un onesto tempo dedicato al lutto, la vita, come la stagione che avanzava, sarebbe tornata a splendere. Senza dimenticare, aveva aggiunto Rigorina, che su di lei, amica e consigliera, avrebbe sempre potuto fare un conto.

Forse era stato per merito delle parole di Rigorina. Comunque sia quella notte una subdola fantasia che sino ad allora aveva navigato sotto il pelo dell'acqua s'era palesata: Novenio Trionfa aveva danzato nudo e cinto d'alloro nel sogno di Giovenca e nella cornice del bosco dove erano stati soliti incontrarsi.

44

La sera prima il prevosto le aveva detto che secondo lui avrebbe fatto un buco nell'acqua.

Rebecca aveva risposto di non pensarla così: se, nonostante fosse il penultimo giorno dell'anno, la Ficcadenti avesse ugualmente preso la strada ferrata per Monza, avrebbero avuto in mano la prova provata che nascondeva qualcosa, poiché era quasi impossibile, stante il periodo contrassegnato dalle festività, che vi si recasse per ordini.

Uscì dalla canonica alle sette del mattino di giovedì 30 dicembre, con tanto di ombrello e una cuffietta che le nascondeva opportunamente buona parte del viso.

«Il treno porta ritardo di un quarto d'ora» l'avvisò il bigliettaio dopo aver compilato un biglietto di terza classe andata e ritorno per Monza. «Non passerà prima delle sette e trenta.»

«Ma io devo prendere quello delle otto e trenta» chiarì la perpetua.

«E siete venuta in stazione un'ora e mezza prima?» chiese sorridendo.

«Non sono affari vostri, giovanotto.»

«Vero» ammise il ferroviere, «tuttavia, se volete ingannare un po' l'attesa leggendo qualcosa…»

E le tese uno stampato di cui aveva un'abbondante scorta, un foglietto il cui titolo recitava *Il prototipo dell'ardito ha questi caratteri.* Era uno dei non numerosi foglietti propagandistici pro-intervento che il latitante Gerlando aveva distribuito tempo addietro accompagnandolo con una proverbiale storpiatura: carta canta e vigliacco dorme. La perpetua si immerse nella lettura del testo dopo essersi accomodata sulla panca della sala d'attesa, trovandosi immediatamente in disaccordo con l'anonimo estensore per via del fatto che l'ardito avrebbe dovuto avere una "vivace testa geniale con forti capelli scomposti", segno, a suo giudizio, di disordine e forse anche scarsa igiene personale. Passò oltre gli occhi "ardenti e fieri" del secondo punto, inorridendo invece per la "bocca sensuale ed energica" del punto terzo, "pronta a baciare con furore" chi?, si chiese, se non donnacce lascive e lussuriose oppure desolanti fedifraghe i cui amanti, per evitare bastonate o pistolettate, avrebbero dovuto avere "elasticità di muscoli asciutti", come da punto quarto e, quinto punto, "gambe di scoiattolo".

Dopo la lettura del sesto e ultimo punto dedicato all'eleganza del suddetto prototipo, che avrebbe dovuto essere "sobria, virile, sportiva e guerresca" al fine di permettere, senza distinzione di sorta, di correre, lottare, svincolarsi, danzare e arringare una folla, Rebecca decise che il foglietto raccontava un cumulo di scemenze, quindi lo appallottolò e si alzò per buttarlo nella bocca della stufa che scaldava l'ambiente.

Fu mentre stava richiudendo il portello della stufetta che udì scricchiolare la porta d'ingresso della sala d'attesa e, insieme con una ventata di aria gelida, uno starnuto e il ben noto odore della Rinoleina cui spesso anche lei faceva ricorso per curare raffreddori o mal di gola, vide entrare una persona.

Si girò di tre quarti per scrutare chi fosse entrato e le bastò uno sguardo per capire che era lei, la Ficcadenti, nonostante un vistoso cappello di lana tirato fin sopra gli occhi e una sciarpa che le nascondeva la bocca.

Le palpebre a mezz'asta e il naso rosso pompeiano la dicevano lunga su quanto fosse raffreddata. Nonostante ciò, non rinunciava alla sua gita a Monza.

Rebecca ebbe un pensiero per il signor prevosto e un sussulto d'orgoglio per se stessa: l'aveva pensata giusta.

Dopodiché si compose e cacciò dalla mente ogni altro pensiero. La sua missione stava cominciando.

45

Fu una tragedia sin dalle prime mosse.

Giovenca infatti era salita in una carrozza di seconda classe e Rebecca, immemore di avere in tasca un biglietto di terza, l'aveva seguita senza destare sospetti, sedendosi all'estremo opposto del vagone in cui la Ficcadenti s'era accomodata.

Tutto bene fino al passaggio del controleur, più o meno all'altezza di Mandello del Lario quando questi, dimostrando molto buon senso, aveva fatto notare alla perpetua che aveva sbagliato classe. Se voleva restare lì, aveva chiarito, avrebbe dovuto pagare la differenza e lui, per quella volta, le avrebbe abbuonato la multa prevista. Sennò doveva alzarsi e andare verso la coda del convoglio dov'erano le carrozze di terza.

Di spendere altri soldi che nessuno le avrebbe rimborsato, alla perpetua non era parso il caso per cui, ringraziato il controleur, s'era avviata tranquilla verso il fondo del treno: fino a Monza infatti non poteva succedere niente di speciale. Poco prima di Lecco il treno aveva fatto una fermata di una decina di minuti, cosa che aveva dato modo alla perpetua di osservare come sopra alla città splendesse un perfetto sole invernale e di considerare quanto fosse inutile dare ascolto alle chiacchiere della gente che parlava unicamente perché aveva una lingua in bocca. Ne era stata, tutto sommato, soddisfatta, poiché pioggia e ombrello avrebbero intralciato i suoi movimenti e, traendo buoni auspici dal sole, dal cielo azzurro e anche dalla gentilezza del controleur aveva cominciato soltanto allora a sentirsi lieve d'animo, come se fosse un'esperta viaggiatrice. Alla ripartenza del treno ne aveva assunto anche la posa: non più rigida com'era stata sino ad allora e con le mani posate in grembo, ma appoggiata al duro schienale di legno e il viso al finestrino guardando tutto e niente.

La Ficcadenti era entrata in quel panorama sconosciuto quando il treno, effettuata la fermata a Lecco, aveva ripreso la marcia.

Rebecca l'aveva guardata fino a che aveva potuto: era ferma, in attesa, su un altro marciapiede della stazione. Poi, pensando a uno scambio di persona, era corsa verso il vagone di seconda verificando che colei che, a sua insaputa, era scesa alla stazione di Lecco era proprio Giovenca Ficcadenti.

Un gruppo di magone secco le era salito in gola, impedendole di rispondere con prontezza al controleur che, trovandola ancora lì, le aveva chiesto: «Forse non mi sono spiegato bene?».

Per tutta risposta, Rebecca, sentendosi le gambe venir meno, si era seduta un momento.

«E no!» aveva detto il controleur.

«Momento, prego» aveva raschiato la perpetua.

Le desse l'agio di riprendere un po' il controllo.

«Quella signora lì» aveva chiesto poi con il primo fiato di ritorno e indicando il posto dove la Ficcadenti s'era seduta, «non doveva scendere a Monza?»

Il controleur le aveva restituito uno sguardo stranito.

In primis, benché fosse fine anno e sul treno ci fossero pochi viaggiatori, lui non poteva mica sapere dove salisse quello o dove scendesse l'altro. E poi ciascuno era libero di andare e venire dove più gli piaceva.

«Mica devono chiedere il permesso a me, cara signora» aveva concluso il controleur, nuovamente invitandola a raggiungere una delle carrozze di terza classe.

Rebecca aveva obbedito ma come in bambola e seguita passo passo dal ferroviere che, una volta a destinazione, le aveva raccomandato di stare buona e tranquilla e ricordarsi che lei, e non altri, doveva scendere a Monza.

E, non fidandosi troppo, a ogni stazione l'aveva controllata affinché scendesse appunto a Monza e non altrove.

Pioveva, a Monza.

Vatti a fidare!

Per fortuna l'ombrello l'aveva.

Era scesa dal treno incespicando quasi nei gradini e poi, ascoltando le indicazioni del controleur, era uscita a passo di marcia dalla stazione.

Una volta fuori però s'era sentita peggio di come sarebbe stata se la morte improvvisa, invocata in caso di tradimento del segreto, si fosse avverata.

Sola, abbandonata a se stessa, incapace di decidere sul da fare, era rimasta impalata un quarto d'ora abbondante a guardare niente, mentre i piedi le si andavano infradiciando e la pioggia aveva cominciato a vincere l'esile trama del suo ombrello nuovo novento.

Poi aveva deciso di muoversi, tanto per fare qualcosa.

S'era avviata.

Ma, in che direzione?

Quale delle strade che le si aprivano davanti avrebbe dovuto imboccare?

E per andare dove?

Due, tre passi ed era tornata indietro, attirando l'attenzione di uno dei capistazione di servizio. L'uomo aveva escluso che potesse trattarsi di una mondana per via dell'età e dell'abbigliamento. L'aveva tenuta d'occhio per un certo tempo e, notando il comportamento isterico della Rebecca che continuava a guardare di qua e di là come se si aspettasse di veder comparire qualcuno e a tratti dava invece l'impressione di aver deciso quale strada imboccare per poi ritornare sui propri passi, s'era andato convincendo che potesse invece essere un'alienata fuggita dal manicomio di Mombello. In tal caso, aveva ragionato il capostazione, non toccava a lui intervenire. Per quello c'erano i Regi Carabinieri e aveva avvisato i due che pattugliavano stabilmente la stazione. Al comparire di quelli, la perpetua aveva avuto un breve momento di resipiscenza. Li aveva accolti con un mezzo sorriso che era subitamente tramontato quando uno dei due le aveva detto: «Venite con noi» e l'avevano portata in un ufficio per gli opportuni riscontri effettuati i quali tal brigadiere Rocchineiu aveva fatto sapere al capostazione che da Mombello non era segnalata alcuna fuga di ricoverati. Il capostazione aveva controbattuto dicendo che la donna poteva essere fuggita da altro nosocomio oppure avere la necessità di esservi ricoverata, visto che sembrava disorientata e che il suo atteggiamento aveva attirato sguardi e commenti di viaggiatori e passanti. Il Rocchineiu si era consultato telefonicamente con il suo superiore maresciallo Marcianise ottenendo la promessa di un intervento quanto prima, non appena avesse avuto sottomano un paio di uomini liberi da altri servizi: visto che la donna non dava in smanie e non era motivo di scandalo riteneva di poter agire con una certa elasticità. In ogni caso, fossero intervenuti fatti nuovi, che lo avvisasse immediatamente.

Rebecca aveva assistito a tutto senza dire una parola. Aveva approfittato di quel ricovero per asciugarsi un po' e recuperare la lucidità che la disavventura ferroviaria le aveva tolto.

Così, quando il Rocchineiu, dopo la consultazione con il superiore, le aveva ingiunto: «Voi non muovetevi da qui», lei aveva risposto: «Sono la perpetua del prevosto di Bellano».

Il Rocchineiu aveva ribattuto: «E io sono il Papa».

Tanto era bastato per far ripiombare Rebecca nella certezza di aver imboccato un viaggio senza ritorno.

Dopo circa una mezz'ora, accompagnata da due carabinieri, la perpetua entrava nella caserma comandata dal maresciallo Marcianise per ulteriori accertamenti: allora aveva cominciato a singhiozzare.

Vedendola in quello stato, il maresciallo Marcianise aveva innanzitutto ordinato che le venisse data una coperta di ordinanza per potersi riscaldare e poi che fosse condotta in una sorta di sala d'attesa dove avrebbe avuto il tempo sufficiente per calmarsi.

«Così com'è adesso non ci caviamo niente» aveva affermato, disperando di poterlo fare anche più tardi.

Nella stanzaccia, satura di corporali odori, Rebecca aveva vissuto la parte peggiore di quell'incubo che sarebbe durato sino a sera.

Insieme con lei la abitavano quattro reduci di baldorie che avevano voluto anticipare quelle di fine anno, ancora ubriachi tranne uno che sedeva ciondolando la testa e con l'evidenza di una chiazza di urina sul pantalone; due giovani in camicia nera, del tipo "prototipo dell'ardito" dalle cui bocche carnose e pronte al bacio uscivano bestemmie a nastro e minacce tra le più varie all'indirizzo del governo italiano e di quello austriaco senza distinzione, con tanto di rutto finale dopo ogni uscita; una donna, forse zingara, con figlioletto che tentava di succhiare latte da una tetta talmente vuota da sembrare traslucida; un giovane ganassa, forse un ladro, che di tanto in tanto si alzava per fare due passi e gridare alla porta chiusa che al gabbio ci stava meglio che in albergo; e infine un individuo pesto e piagnucolante le cui movenze nel sistemarsi il ciuffo lo denunciavano per uno dell'altra sponda.

A completare l'opera, a variabili intervalli un topo sbucava da un buco dello zoccolino scrostato e con indifferenza girava per la sala.

Uno dopo l'altro ciascun esponente di quella feccia umana era stato convocato e non aveva più fatto ritorno. Verso le quattro pomeridiane era venuto il turno della perpetua Rebecca.

«Allora vediamo di capirci bene» aveva esordito il maresciallo Marcianise. «Innanzitutto documenti.»

Documenti nisba, non ci aveva neanche pensato, non le era venuto in mente, non sapeva nemmeno cosa fossero: a Bellano tutti sapevano chi fosse, nessuno mai le aveva chiesto di identificarsi esibendo un pezzo di carta o altro.

«Male» aveva detto il maresciallo.

Alla perpetua era tornato il singhiozzo.

«E cosa ci fate a Monza?» era andato avanti il carabiniere.

Ahi!

Il segreto era segreto. La morte secca e improvvisa era lì che l'aspettava se solo si fosse lasciata sfuggire mezza parola. Nonostante si sentisse ormai condannata a un destino scuro e ignoto, una vocetta interiore aveva suggerito alla perpetua che qualunque cosa sarebbe stata meglio di una morte all'istante.

«Niente» aveva risposto cavalcando un paio di singhiozzi.

Al maresciallo stavano cominciando a girare i coglioni.

«Vi dobbiamo torturare per avere qualche risposta?» aveva buttato lì tanto per dire qualcosa.

La perpetua aveva sgranato gli occhi.

«È più tosta di quei due tuonati di prima» aveva continuato il maresciallo rivolgendosi al carabiniere che assisteva all'interrogatorio.

«E se fosse vero?» aveva osservato questi.

«Vero cosa?» aveva chiesto il maresciallo.

«Che sia la perpetua di quel paese che ha detto.»

«Ma ti pare che una perpetua se ne vada in giro vestita come un pagliaccio?»

Il carabiniere aveva dato un'alzata di spalle.

Il maresciallo aveva riflettuto.

«Com'è che si chiama 'sto paese?»

«Bellano» aveva pigolato Rebecca guardando fisso il ritratto del Re alle spalle del maresciallo e pensando a una grazia.

Un franco sorriso era fiorito sul viso del Marcianise.

«Ma esiste davvero?» chiese: era a Monza da non più di due mesi, mica poteva conoscere a memoria tutta la Lombardia.

A quell'uscita che metteva in dubbio il luogo in cui aveva trascorso l'intera vita, la perpetua era di nuovo scoppiata in lacrime.

«Mi pare di averlo sentito nominare una volta o due» aveva risposto il carabiniere.

«Controlla comunque» aveva ordinato il maresciallo, «sennò questa ci inonda l'ufficio.»

Esisteva davvero.

Aveva pure una caserma, la comandava tal maresciallo Citrici.

«Mai sentito» aveva osservato il Marcianise, «comunque chiama e informati.»

Ma mica stava in caserma il Citrici.

Aveva infatti passato gran parte delle ore precedenti sulle tracce del latitante Gerlando, individuato grazie alla soffiata dell'ombriachese Pestaquacci che, lungi dal ritenersi un delatore, l'aveva denunciato quale ladro. Dopo averlo ospitato per la notte nella stalla dove teneva una sola vacca da latte, verso le quattro del mattino, quando vi si recava per la mungitura, era rimasto sorpreso dal fatto di non essere riuscito a spremere che poche gocce di liquido dalle mammelle della vacca. Non gli ci era voluto più di tanto per far confessare al Gerlando che, per smorzare i crampi della fame, aveva più volte attinto alla generosità del bovino, lasciando però all'asciutto la famiglia del Pestaquacci che di quel latte aveva bisogno quasi come dell'aria. A nulla erano valse le proteste del Gerlando. Il Pestaquacci era filato a Bellano per denunciarlo ai carabinieri mentre l'altro s'era nuovamente dato alla macchia inseguito non solo dai carabinieri ma anche dalla voce, diffusa dallo stesso Pestaquacci, di non ospitarlo in quanto infido e ladro. Alla fine era caduto nelle mani del Citrici che, messolo nella camera di sicurezza in attesa di consegnarlo alle autorità militari, s'era preso qualche ora di riposo per rimettersi in forze in vista di un'altra lunga notte di servizio attivo, quella dell'ultimo dell'anno per la quale erano annunciati due grandi appuntamenti, un veglione presso il ristorante Cavallino Bianco e l'altro presso il Circolo dei Lavoratori.

Solo verso le cinque del pomeriggio il Citrici s'era ripresentato in caserma e aveva risposto ai dubbi del collega.

C'erano voluti non più di dieci minuti per chiarire la posizione della perpetua.

Quindi, per agevolarne il ritorno a casa ed evitare che andasse a incasinare la vita dei carabinieri di Sondrio o Tirano, i due graduati avevano preso precisi accordi: il Marcianise si era impegnato a far accompagnare in stazione la perpetua da un carabiniere raccomandandola caldamente a uno dei ferrovieri in servizio sul treno affinché si accertasse che quella scendesse a Bellano e non altrove, mentre il Citrici si impegnava ad andare di persona per prenderla in consegna e riportarla in canonica esortando il prevosto a non lasciarla mai più affrontare un viaggio da sola.

Tutto era filato liscio, nondimeno la Rebecca aveva assai patito le disavventure della giornata al punto che il Citrici aveva fatto fatica a riconoscerla: debole, affranta, pallida, umida che la si poteva strizzare, ancora scossa da qualche singhiozzo, il Citrici aveva evitato di farle domande e l'aveva portata quasi di peso in canonica dove il prevosto, avvisato preventivamente dell'accaduto, la attendeva insieme con la levatrice Zambretti, l'unica persona di sicura omertà alla quale aveva pensato di potersi affidare per preparare un brodo ristoratore.

Al momento della consegna, la Rebecca sembrava più un pupazzo che una cristiana. Il prevosto era rimasto di sale quando se l'era trovata sotto gli occhi.

Pratica: «A letto subito!» aveva intimato la Zambretti.

Poi, come se avesse sottomano una partoriente, aveva ordinato acqua calda, panni asciutti e di essere lasciata sola con la prodiga perpetua.

46

I Coloni avevano una cappella di famiglia in quel di Como, al monumentale. Dodici posti, di cui quattro già occupati.

Contro ogni parere, nonostante non mangiasse e non dormisse da almeno due giorni, affidata alle cure di Rigorina l'evanescente moglie, Eracle Coloni non solo aveva voluto prendere parte alle esequie del figlio, ma addirittura seguire a piedi, anziché comodamente seduto, il carro funebre sino ad Albate, presenziare alla messa funebre, celebrata da un tremolante don Parigi, e sempre in piedi, da vecchio soldato. Da Albate a Como aveva viaggiato in carrozza ma, dopo aver assistito all'inumazione e fatto ritorno ad Albate, aveva rifiutato il passaggio su un carro rurale onde evitare la fatica del tragitto di ritorno alla villa e s'era avviato a piedi.

«Un combattente non si ferma mai» era stata la sua risposta.

Vallo a dire alle sue coronarie!

Quando il cancellone era ormai in vista, Giovenca si era accorta che qualcosa non andava per il verso giusto: il suocero, che camminava davanti a lei, il capo chino, le mani allacciate dietro la schiena, aveva dapprima sensibilmente ridotto il passo, ingobbendosi via via sino a quando, a pochi metri dall'ingresso, era caduto sulle ginocchia rannicchiandosi. Sembrava un penitente in preghiera ma Giovenca aveva compreso che il maggiore stava tentando di ricacciare il dolore che più volte nei giorni appena trascorsi gli aveva azzannato il petto. Il pallore, il sudore, il silenzio, l'avevano fatta certa che la cosa fosse al di fuori della portata dell'Eracle. A gran voce aveva chiamato Rigorina e in due avevano portato l'uomo all'interno della villa deponendolo, per il momento, sopra il catafalco sul quale sino a poche ore prima era stato il feretro del figlio. La stessa Rigorina poi era volata ad Albate alla ricerca del dottore che era giunto a cavallo un paio d'ore più tardi, quando l'acme del dolore aveva lasciato il posto a uno sfumato senso di peso sul petto.

Eracle, spossato, aveva risposto alle domande del medico sussurrando e tenendo gli occhi chiusi: non aveva memoria di quello che era successo nelle ultime ore e aveva chiesto di essere messo al corrente. Il medico l'aveva rassicurato.

«Niente di che!»

La fatica, l'angina, l'assenza di riposo e di un'alimentazione adeguata: tutti questi fattori avevano contribuito al determinarsi di un colpo sincopale cui la forte fibra del maggiore stava già reagendo.

«Il tempo è medico e medicina nello stesso istante.»

Una *restitutio ad integrum* immediata non era pensabile: ma, seguendo i suoi consigli, con l'aiuto del cielo e l'assistenza filiale della sua giovane, e bella, nuora, non dubitava il dottore che il Coloni sarebbe riuscito a rimettersi in sesto.

«Riposo innanzitutto, e via da qui!»

Da quella stanza ancora cupa che i dipendenti della "Panta rei" avevano assicurato di smontare nel giro di un paio di giorni.

«Un'alimentazione consona al bisogno!»

Poco di tutto e spesso, come ai bambini.

Infine, qualche medicina.

Un po' di laudano, un po' di digitale.

Tre giorni dopo l'Eracle era bello e morto.

«Cosa dirà la gente?» chiese il prevosto quando ormai mancavano poche ore all'ultimo giorno dell'anno.

La Zambretti gli rispose dapprima con un'alzata di spalle.

Dopo aver sistemato la Rebecca nel suo letto, averla svestita, asciugata, cambiata e averle fatto sorbire, cucchiaio dopo cucchiaio, la tazza di brodo, l'aveva dolcemente accompagnata verso un terapeutico e rumoroso sonno.

Quindi aveva comunicato al sacerdote che la sua perpetua si trovava né più né meno nelle stesse condizioni di una puerpera, cioè sfiancata, debilitata: ci avrebbe pensato lei a rimetterla in piedi, passando un paio di volte nei giorni a venire per valutare condizioni e necessità della convalescente.

L'obiezione era uscita spontanea dalle labbra del prevosto.

Cosa avrebbe detto la gente al vedere la levatrice andare e venire dalla canonica?

«Dica quello che vuole» commentò la Zambretti dopo l'alzata di spalle.

E se ne andò con l'energico passo svelto delle persone abituate a essere pronte all'azione a qualunque ora del giorno e della notte, mentre il prevosto restò per oltre mezz'ora a passeggiare su e giù per il corridoio, solo con i suoi pensieri.

Uno, sopra gli altri.

Cos'era successo alla Rebecca?

Come mai la sua missione era così miseramente fallita?

Ma era poi fallita davvero?

Oppure la perpetua aveva scoperto una verità così sconvolgente da riportarne ella stessa un trauma?

Solo lei poteva chiarire la situazione.

Per intanto, però, non parlava.

Dormiva. E russava. Il sacerdote la sentiva fino a lì, nel corridoio.

Resisté alla tentazione di entrare nella stanza per interrogarla.

Riposo assoluto, aveva ordinato la Zambretti.

Cosa poteva fare lui, se non obbedire?

E nel contempo augurarsi che le visite della levatrice passassero inosservate?

Ci sarebbe, però, voluto un miracolo che rendesse la Zambretti invisibile. Poiché invece il miracolo non si verificò, il primo giorno del nuovo anno al prevosto toccò aprire la porta della canonica a un ilare dottor Sentimenti.

Ateo dichiarato, scapolo e ventriloquo, il Sentimenti era uomo dalla doppia personalità, severissimo nel ruolo professionale, giocherellone invece quando attaccava al chiodo il camicione bianco. Del ventriloquio faceva gli usi più vari, quale l'accattivarsi le simpatie dei bambini, generalmente terrorizzati, che gli venivano portati in visita, oppure prestandosi a fare da voce d'oltretomba durante le rappresentazioni del Teatro Nero allestite presso L'atelièr Boldoni e gestito dal sedicente conte Resega, un commediante che anni prima era stato abbandonato dalla sua compagnia di giro in quel di Lecco e che aveva trovato di che campare a Bellano: commediole di gusto macabro, vagamente ispirate ai romanzi di Carolina Invernizio e recitate da scheletri che si muovevano dietro un lenzuolo bianco.

Ridanciano fino al momento in cui, sulla soglia della porta di casa, se ne uscì dicendo: «In paese girano voci che la vostra perpetua stia vivendo una seconda giovinezza!», mutò subito sembiante e tono di voce una volta entrato in canonica.

«Scherzi a parte, reverendo, cosa sono queste idiozie che circolano?»

«Idiozie, l'avete detto» rispose.

«E la Zambretti, allora, cosa ci viene a fare qui?» insisté il Sentimenti.

Cercava, con le buone, di vincere il mutismo dietro il quale la Rebecca sembrava essersi trincerata.

«Ma cosa diavolo le è successo?» chiese ancora il dottore.

«Solo lei lo sa.»

«E non parla?»

«Macché!»

«Nemmeno se pizzicata o punta leggermente?»

La Zambretti le aveva tentate tutte, pure il solletico sotto i piedi le aveva fatto.

«Niente da fare» assicurò il sacerdote.

«Permettete che le dia un'occhiata?» buttò lì il Sentimenti.

Poteva rispondere no il signor prevosto?

A malincuore: «Come credete» disse.

E per la mezz'ora durante la quale il Sentimenti restò chiuso nella camera della perpetua temette che l'autorità indiscussa di cui il medico godeva potesse averla convinta a vuotare il sacco.

Il viso sconcertato che il medico gli presentò dopo la visita cancellò ogni dubbio circa gli esiti della stessa.

«Niente, eh?» chiese.

«Mai visto un silenzio più ostinato» rispose il medico.

Che, però, una mezza idea l'aveva avuta. E, per dirla tutta, era stato anche lì per metterla in pratica. Solo il rispetto che aveva per il reverendo e per la sua fede, benché non condivisa, l'aveva trattenuto.

«Ve ne ringrazio» interloquì il signor prevosto, «e vi sarei grato se foste più chiaro.»

«Eccomi» spiegò il Sentimenti.

Il sacerdote sapeva della ventriloquia di cui era dotato. Forse ignorava però che si dilettava anche a imitare le voci altrui: esercizio assolutamente privato che teneva in caldo solo quando era tra le quattro mura domestiche per suo divertimento. Ora, la voce da basso tuba del signor prevosto era tra le più facili da replicare. Così, trovandosi solo soletto al capezzale della Rebecca, vista l'inutilità della sua arte medica per schiodare le labbra della degente, era stato tentato di riprodurne la voce e ordinare alla donna di confessare senza ritegno ciò che la turbava, garantita nel segreto dal sacro vincolo del sacramento.

«Un sacrilegio!» obiettò il prevosto.

«Per questo ho rinunciato» ribatté il Sentimenti, «sapendo che l'avreste preso come tale anche se, a mio giudizio, non ci sarebbe stato niente di male. Tutto è lecito quando si tratta di ridare il benessere a un essere umano. In ogni caso, cedo a voi l'opportunità di verificare se la mia idea sia buona oppure no.»

Il prevosto soppesò l'uscita del medico.

«Dite?» chiese poi.

«Direi» rispose il medico.

L'idea non era male.

Uscito il Sentimenti, il sacerdote la rivoltò come un calzino senza trovarvi tracce di sacrilegio.

Meglio non perdere tempo.

Partì.

Era a metà della scala, quando sentì di nuovo il campanello della porta squillare.

Si fermò, indeciso sul da fare.

Poi: "No" disse tra sé.

Chiunque fosse, per qualunque cosa, adesso no.

Era occupato.

48

A Clemente Inoveri, proprietario della "Panta rei", uno dei dipendenti che si era occupato delle esequie dei Coloni figlio e padre aveva detto, scherzando ma non troppo, che forse, vista l'aria che tirava da quelle parti, conveniva lasciare la camera ardente tale e quale.

Non c'è due senza tre, era stata la sua profezia.

E del prossimo, lucroso funerale, aveva avuto l'intuizione quando la vedova del maggiore Eracle era stata portata pressoché di forza presso il feretro del marito affinché gli desse un ultimo saluto prima che la bara venisse chiusa.

Alla triste sceneggiata di quella donna rinsecchita che era entrata nella camera ardente squittendo come un topo e che poi, lasciata libera davanti alla bara, s'era messa a recitare *La vispa Teresa* con voce da bambina, non aveva assistito il solo beccamorto della "Panta rei" ma anche Domenico Ficcadenti con la figliastra Zemia, che Giovenca, dopo la morte del suocero, aveva mandato a chiamare per avere sostegno morale e non solo.

Zemia non aveva resistito alla cupezza dell'atmosfera che regnava nella camera ardente, all'aria densa di fiori stantii e freschi, alla luce delle candele e alla surreale sceneggiata. Era corsa fuori a bearsi del giugno fiorito e dell'aria piacevolmente tiepida. Giovenca l'aveva seguita di lì a poco. Aveva preso sottobraccio la sorellastra.

Zemia aveva una domanda sulla punta della lingua. Forse non era proprio il momento giusto, ma tant'era.

«Com'è?» aveva sparato.

Giovenca era rimasta interdetta.

«Com'è cosa?» aveva chiesto.

«Va' là che ci siamo capite.»

«Mica male» aveva confessato Giovenca.

Era toccato a Zemia sospirare.

«Piacerebbe anche a me!»

Fuor di dubbio, aveva pensato Giovenca.

Ma con chi?

Chi avrebbe desiderato trovarsela sotto le lenzuola?

Nei dintorni, con il solo mostrarsi, aveva fatto terra bruciata.

«Vedrai…» aveva detto, per togliersi dall'imbarazzo.

A Zemia tanto era bastato per covare pensieri di speranza, poi aveva cambiato discorso.

«E tu invece, adesso?»

Bella domanda!

Nei brevi giorni che erano intercorsi tra la morte del marito e quella del suocero, Giovenca aveva avvertito un cambiamento in peggio dell'aria che respirava dentro la villa. Se prima infatti il suocero, con un atteggiamento improntato al rigore del codice militare, le aveva fatto intendere che lei altro non era se non la fattrice dei suoi futuri nipoti che avrebbero dovuto essere tutti maschi e soldati delle più varie armi, dopo, nonostante il breve tempo che gli era stato concesso, era riuscito a farle intendere che da quel momento in avanti non poteva essere altro che la vedova di suo figlio, sorta di testimone o sacerdotessa con l'unico scopo di certificare la breve esistenza del defunto sottotenente. Nel mirino dello sguardo accigliato e sofferente del suocero Giovenca si era sentita meno bella e meno giovane. Gli appetiti da poco scoperti e appena soddisfatti dovevano essere ricacciati là da dove erano venuti, perché lei era ormai la vedova di Ireneo Coloni, punto e basta.

Peggio ancora dopo la morte del suocero.

Se prima si era sentita una barca alla deriva, adesso aveva compreso di aver raggiunto una rivetta solitaria e sconosciuta che non avrebbe mai più lasciato.

C'era la matta nella villa e c'era lei, ancorata al dovere implicito di assisterla: virtuoso quanto anossico pensiero.

E lei, invece, adesso?

Alla domanda di Zemia, Giovenca non era riuscita a trattenere le lacrime che nulla avevano a che fare con la morte del maggiore ma che come tali erano state intese da alcuni condoglianti che l'avevano consolata stupendosi di come, in così poco tempo, tra nuora e suocero, si fosse stabilito un così profondo rapporto affettivo.

Solo Zemia le aveva correttamente interpretate e, a cerimonia ultimata, durante i saluti l'aveva abbracciata e approfittato per sussurrarle un consiglio all'orecchio.

«Prima di tutto sistema la pazza.»

L'escamotage proposto dal Sentimenti funzionò a meraviglia.

Ne fu ottima e unica testimone la levatrice Zambretti entrando nella canonica già intrisa dall'odor di busecca, il sacro piatto della notte dell'Epifania che massaie, osti e trattori avevano messo sul fuoco già dalle prime ore del mattino.

La Rebecca stava giusto lavando energicamente un pezzo di foiolo, canticchiando a bassa voce la nenia della Teresa di pòm, quando la levatrice suonò al campanello e, anziché il prevosto, si trovò davanti la perpetua, le maniche del scosàa rimboccate e un foulard in testa.

Contenendo la sorpresa: «Come va?» chiese.

«Benòn» fu la risposta della perpetua.

La confessione le aveva alleggerito la coscienza, senza per ciò dover tradire il segreto. Aveva evitato la punizione di una morte secca e improvvisa, avendone in premio due cose: una rinnovata gioia di essere al mondo e, visto che da tre giorni non ciucciava altro che brodini, un formidabile appetito alla cui soddisfazione avrebbero provveduto una e forse due scodelle di busecca.

Chi non poteva dirsi altrettanto lieve d'animo era il signor prevosto, fatto che non sfuggì alla Zambretti quando si recò nel suo studio per congedarsi, visto che di lei non c'era più bisogno.

Lo sguardo del sacerdote era identico a quello di uno dei Cristincroce che aveva alle spalle: fisso verso un punto indefinito del locale. Uno sguardo che la levatrice coglieva spesso sui visi delle sue partorienti e che era né più né meno, fatto salvo il rispetto dovuto alla tonaca, di bovino prossimo al dissanguamento.

Alla richiesta se, adesso, visto che era lì, potesse fare qualcosa per lui, don Pastore rispose semplicemente: «Vi ringrazio» facendole intendere che desiderava stare solo per riflettere sulla cosa che tenne per sé, ovvero sulla liceità di ciò che si era augurato di non dover mai fare, cioè indurre una sua parrocchiana al peccato, pur se veniale.

Ciò che la Rebecca gli aveva confessato, anziché chiarirlo, aveva viepiù ingarbugliato il mistero intorno alla Ficcadenti.

Era scesa a Lecco, lasciando la perpetua con un palmo di naso e condannandola alla tragica avventura monzese. Aveva quindi sempre mentito circa quei suoi viaggi del giovedì, falso il motivo, falsa la destinazione.

Perché mai aveva mentito, perché mai era scesa a Lecco?

E poi, era importante saperlo ai fini del compito che si era assunto, cioè dissuadere il Geremia dall'incaponirsi nel suo assurdo progetto matrimoniale?

No, si rispose il prevosto, ricacciando un'umana, importuna curiosità. La Ficcadenti era libera di scendere dove voleva e anche fare quello che voleva, purché non danneggiasse altri cristiani.

Lo snodo di tutta la questione non era lei, ma il Geremia, la richiesta di aiuto che la Stampina gli aveva rivolto. Ma senza la Ficcadenti non se ne veniva fuori.

Anzi, adesso che aveva dato scacco matto alla sua prima mossa, diventava ancora più importante, indispensabile addirittura.

Da figura passiva, era necessario che diventasse attiva.

E, di fronte a quell'ipotesi, la coscienza del prevosto aveva più di un tentennamento, poiché si trattava di indurre in peccato, veniale, d'accordo, ma pur sempre peccato, una pecorella del suo gregge e ordire un inganno ai danni di un'altra.

50

Alle otto della sera della vigilia dell'Epifania le diciassette osterie del paese traboccavano di gente, al Circolo dei Lavoratori stavano già ballando mentre al ristorante Cavallino Bianco stavano appena servendo gli antipasti: le danze, qui, sarebbero cominciate solo dopo il passaggio del corteo dei Re Magi per continuare sino all'alba.

La sera come da tradizione era fredda, stelle lustre nel cielo, piatta glaciale sul lago.

Fosse piovuto, avesse nevicato o soffiato un vento impetuoso, sarebbe stata la stessa cosa. Nessuna intemperie avrebbe potuto far desistere i bellanesi dal celebrare quella vigilia, con la festa conosciuta dai nativi con il nome di "Pesa Vegia", da una storia che affondava le origini al tempo della dominazione spagnola sul lago di Como.

Sempre stato così, da che mondo era mondo. La "Pesa Vegia" aveva la peculiarità di smuovere i più pigri e di scaldare il sangue dei più tiepidi. Alcuni affermavano che quella notte anche i morti uscissero dalle tombe per vedere come se la passavano i vivi e dar loro appuntamento, altri lo ritenevano il vero capodanno della comunità.

Persino l'inanimato marito della Stampina, forse solleticato dal profumo della busecca che anche sua moglie stava preparando, aveva dimostrato sin dal mattino un'occasionale vitalità che si era acquietata solo dopo pranzo e dopo aver ingollato un'abbondante dose del piatto regnante. Mentre alla sera, come al solito, si era dovuto accontentare di una slavata minestrina dopodiché, invece di andare a letto, era stato trasferito dal Geremia presso la finestra della cucina dalla quale avrebbe potuto assistere al corteo dei Re Magi che della festa era il momento culminante.

A quel punto, ottemperato ai suoi doveri domestici, il Geremia fu pronto per uscire a festeggiare insieme con alcuni compagni di lavoro cui solo in quell'occasione si concedeva.

Prima di andarsene la Stampina si raccomandò, come tutte le madri le mogli e le fidanzate del paese, affinché non eccedesse nel bere: avvertenza tanto opportuna quanto inutile nella maggior parte dei casi, anche per le orecchie dell'obbediente Geremia cui mai, però, era accaduto negli anni precedenti di non fare ritorno a casa a festa conclusa.

Le diciassette osterie vennero visitate dal giovanotto e combriccola una prima volta tra le dieci e le undici: un giro a passo di corsa. Entrarono, ordinarono, ingollarono un paio di bicchieri, sorsata unica, allo scopo di raggiungere uno stato di stabile ebbrezza che permise loro di seguire il corteo dei Re Magi cantando a squarciagola.

Un secondo giro venne portato a termine con più calma a partire dalla mezzanotte, quando ormai osti e trattori servivano scodelle di busecca allungata con acqua e vino di qualità indefinibile, ottenuto mischiando fondi di bottiglione e bicchieri abbandonati qua e là.

Al termine del secondo giro, verso le due di notte, a qualcuno della compagnia cominciarono a cedere le ginocchia. Sarebbe stata massima onta, però, disertare prima di ogni altro.

Ci voleva aria.

Quella fredda, pulita e odorosa di fumo che si poteva respirare solo stando sulla murata del molo e di lato al falò, simbolo dell'anno vecchio che se ne andava, le cui braci stavano ormai languendo.

Miracolosamente spuntò un fiasco di vino che cominciò a passare di mano in mano.

Fu il toccasana per l'ebbrezza generale che altrimenti, come il falò, sarebbe scivolata verso una morte lenta. Ma anche una svolta cruciale che permise alla compagnia di superare i confini della decenza dando il via libera a corporali sfoghi e pensieri in libertà che si tradussero in frasi smozzicate e inintelligibili balbettii.

Pure il Geremia si beò dell'euforia generale. Salì, imitando un paio di soci, sulla murata del molo per fare pipì nel lago e sbrodolandosi il pantalone, cominciando subito dopo ad avvertire una sempre maggiore difficoltà nell'articolare le parole. Sensazione esaltante in un certo senso, perché ormai tra loro le parole avevano cessato di esistere: pacche, risate sgangherate, sguardi allocchiti le avevano sostituite così che, quando il fiasco di vino, vuoto, finì nel lago, non ci fu bisogno che qualcuno si prendesse la briga di dire che era maturato il momento di partire all'assalto delle osterie ancora aperte.

Nove, di quelle diciassette.

Nove stazioni di una via crucis lungo la quale la compagnia si sfaldò come un esercito in ritirata, perdendo i pezzi uno dopo l'altro.

Ci fu chi si addormentò, chi sparì senza essere notato, chi si nascose in un antro di portone per dare di stomaco in santa pace. Uno si perse nella contemplazione di una fatta lasciata dai cavalli che avevano scarrozzato i Re Magi, un altro si mise a piangere per motivi ignoti, un altro ancora venne rincorso dalla madre e ricondotto a casa come un bambino dell'asilo.

Sotto l'arco di via Manzoni, poco prima di sbucare in piazza santa Marta, il Geremia si accorse di essere rimasto solo e, anziché chiedersi dove fossero finiti gli altri, rifletté che la notte aveva ancora in serbo una sorpresa per lui.

Pochi passi lo separavano dalla merceria Ficcadenti, da casa loro.

Pochi, se non avesse avuto in corpo tutta quella benzina.

Un momento così, però, quando si sarebbe ripresentato?

Quando avrebbe risentito dentro sé la forza e il coraggio per dire alla Giovenca quanto la volesse?

Camminando a zig-zag, grattando i muri, inciampando nell'acciottolato, sgranando gli occhi per non imboccare, delle due vie Manzoni che vedeva, quella fittizia, il Geremia giunse davanti all'ingresso della merceria. All'istante si rese conto di non aver preparato niente da gridare all'indirizzo delle finestre dietro le quali riposava la sua bella. Le uniche cose che gli vennero in mente furono l'inno religioso *Veni Creator Spiritus*, imparato nelle occasioni in cui aveva accompagnato la Stampina al santuario della Madonna di Lezzeno, e una canzone *Come pioveva* che aveva spesso sentito fischiettare al suo capo reparto e della quale però non conosceva le parole.

Maledicendo la scarsa preparazione, anche perché non avrebbe mai immaginato di trovarsi in un simile frangente, il Geremia diede l'avvio a un soliloquio che, da interiore, prese, passo passo, la via della lingua crescendo d'intensità e di tono sino a trasformarsi in una sorta di inintelligibile miagolio molto simile a quello dei felini in matogna.

Fu Zemia ad avvertirlo. Dapprima come verso del sogno che stava facendo e poi, aperti gli occhi per il fastidio, riconoscendolo quale rumore che proveniva dalla contrada. Senza porre tempo in mezzo, e nemmeno svegliare la sorellastra che dormiva beata al suo fianco nell'altra metà del lettone matrimoniale, la Ficcadenti afferrò saldamente il pitale ormai colmo e ne scagliò il contenuto, con precisione degna di un artigliere, verso l'origine del fastidioso rumore, ottenendone l'immediata cessazione.

Il tepore del liquido che lo investì fu indizio sufficiente al Geremia per comprenderne la natura. Lungi dal prendersela, il giovanotto trovò di che bearsi al pensiero che quel gesto non avesse niente di malvagio. Anzi, quella pioggia dorata che aveva scelto lui e non altri aveva in sé qualcosa di intimo, foriero di ben altre intimità. Esaltato da quel pensiero, riprese il cammino.

Se volesse stare ancora in giro oppure ritornare a casa, nemmeno lui era in grado di dirlo.

Sta di fatto che, quando le quattro del mattino erano passate da qualche minuto, il Geremia stava ancora navigando a vista lungo via Roma, direzione piazza della chiesa, e incrociò, andando quasi a sbattergli contro, il maresciallo Citrici che, con uno dei suoi carabinieri, stava tornando in caserma dopo aver fatto chiudere dietro minaccia di sospensione della licenza l'osteria del Ciucca.

Fu il Citrici a riconoscere per primo il Geremia mentre questi dimostrò quanto fosse ubriaco e perso dietro alle sue fantasie prendendo sottobraccio il maresciallo e ricominciando il miagolio interrotto poco prima. Il Citrici, che non sopportava di essere toccato, staccò il braccio del Geremia dal suo poi, scuotendo la testa, ordinò al carabiniere di accompagnarlo in caserma e chiuderlo nella camera di sicurezza.

«È meglio che quella donna non veda uno spettacolo del genere» commentò, assumendosi l'incarico di passare dalla Stampina e, nonostante l'ora, metterla al corrente del fatto che il figlio, fino a che non gli fosse passata del tutto la sbornia, sarebbe stato meglio lì.

51

Nella sua pur lunga carriera, al procaccia Onemone Giavani non era mai capitato di dover consegnare una lettera a un morto.

Di corrispondenza giunta in ritardo per il destinatario, specie cartoline, poteva recitare un lungo elenco. Ma mai che gli venisse indicato categoricamente di consegnarla nelle mani del diretto interessato, quand'anche defunto.

Eppure, quella mattina, quando il luglio 1915 era ormai agli sgoccioli, confortato anche dal parere della moglie Ostilia, non aveva avuto dubbi di sorta: la dicitura "S.P.M." scritta sulla busta della lettera indirizzata al maggiore Eracle Coloni non poteva che voler dire "se pure morto". E poiché lui con i trapassati non voleva averci niente a che fare, sempre di comune accordo con la Ostilia, s'era rivolto a don Parigi con la segreta intenzione di mollare a lui l'incarico di consegnare la lettera a un cadavere.

Da tempo l'anziano sacerdote non si concedeva una risata così sincera. Davanti allo stupore del procaccia, aveva spiegato che la dicitura significava "sue proprie mani", non altro. Il Giavani, soppesata la risposta, aveva obiettato che la sostanza non cambiava: sarebbe comunque stato impossibile obbedire alla richiesta. Compreso che non ci sarebbe stata alcuna possibilità di far recedere il procaccia dalla sua intenzione di sbarazzarsi della lettera, il sacerdote ne aveva anticipato la richiesta.

«Date a me, ci penserò io» aveva detto.

Sulle prime la cosa gli era sembrata semplice. Una volta solo con la lettera invece si era complicata. A maggior ragione quando aveva visto che il mittente era certo don Clemente Mirafiori, cappellano militare del battaglione cui era appartenuto Ireneo Coloni.

Il dubbio che la lettera celasse ben più di una semplice comunicazione di questioni private l'aveva centrato in pieno, anche in considerazione del fatto che, stando ai timbri, era stata spedita giorni dopo il decesso del giovane tenente.

A chi consegnarla quindi?

All'evanescente vedova del maggiore?

Era fuori discussione. Ormai la poveretta non distingueva più il giorno dalla notte, darla in mano a lei sarebbe stato da dissennati.

All'altra vedova?

Perché, allora, non era stata indirizzata direttamente a lei?

Aveva tribolato più di un giorno l'anziano don Parigi, dibattendo tra sé la questione e senza considerare che per risolvere il dilemma aveva sotto il tetto il consigliere ideale, la Rigorina: la quale, senza alcun travaglio di coscienza, gli avrebbe consigliato di aprire la lettera, leggerla per bene, chiarirsi le idee sul da fare e quindi richiuderla con buona pace di mittente e destinatario.

In verità aveva preso in considerazione l'ipotesi ma l'aveva anche scartata, sembrandogli di violare per certi aspetti una sorta di segreto confessionale. E alla fine aveva deciso di recarsi a Como per consegnare la lettera nelle mani del notaio di casa Coloni, certo Editto Giovio che si spacciava per discendente di un ramo collaterale della famiglia del conte Benedetto Giovio, eminente storico di Como, e quindi imparentato con Paolo Giovio, notissimo storico universale, e con il conte Francesco Benedetto, cavaliere gerosolimitano, militante della guerra di Russia con il grado di maresciallo d'alloggio e amante delle lettere italiane e latine.

52

Se don Pastore aveva bisogno di un'ultima spinta per procedere all'attuazione del piano di riserva, la trovò nelle borse sotto gli occhi che la Stampina gli offrì la mattina del 6 gennaio 1916 attorno alle otto.

Viola, lo stesso colore del vino che vendevano al Circolo dei Lavoratori. Spettrali anche, sul fondo di un viso pallido come il bianco dell'uovo.

Aprì lui la porta. La Rebecca era intenta alla cottura di un cotechino e non aveva sentito il campanello.

«Entrate» disse.

Poi: «Venite» facendo strada verso lo studio.

Quindi: «Accomodatevi» indicando alla Stampina la sedia davanti alla sua scrivania.

Infine: «Ditemi» anche se immaginava perfettamente quello che stava per udire.

Con indosso un pastrano che suo marito non usava da tempo, il capo chino, le mani sulle cosce, la donna sembrava una rappresentazione del dolore.

«Così non si può andare avanti» disse d'un fiato.

«Cos'è successo?» chiese il sacerdote.

La donna lo guardò con un'aria di ironica tristezza.

«Volete saperlo?» chiese.

«Siete venuta per quello, no?»

«Certo.»

Ecco, allora, quello che era successo.

Che lei era rimasta in piedi la notte ad attendere il Geremia, uscito per la festa. Che anziché il figlio, quando non mancava che poco al sorgere dell'alba, aveva visto giungere alla porta di casa sua la figura intabarrata del maresciallo Citrici sbarbellante per il freddo, il quale le aveva comunicato che sarebbe stato inutile attendere il ritorno del Geremia poiché l'aveva fatto chiudere nella camera di sicurezza della caserma. Alla notizia aveva reagito chiedendo al maresciallo se il Geremia l'avesse fatta grossa. Rassicurata su ciò, l'aveva pregato di farglielo vedere e nonostante lo stesso Citrici le avesse detto che non era il caso, aveva infine ceduto mormorando una cosa come "Peggio per voi". Era quindi andata in caserma per trovarsi faccia a faccia con quello che sembrava il Geremia ma forse no.

«Come no?» interloquì il prevosto.

«Non mi ha nemmeno riconosciuta» rispose la Stampina.

Sdraiato sul pancaccio, gli occhi, sgranati, fissi al soffitto, delirava forse, emettendo versi da gatto, sordo ai richiami suoi e del Citrici.

«Inoltre puzzava da fare schifo» aggiunse la donna.

«Vino?» chiese il prevosto.

«Piscia» chiarì lei.

«Adesso dov'è?»

«Ancora là.»

Il maresciallo le aveva spiegato che l'avrebbe lasciato andare solo dopo che fosse ritornato sulla Terra. Però, già che lei era lì, aveva tenuto a dirle che bisognava pensare a far qualcosa per quel giovanotto perché a suo giudizio si stava mettendo su una strada che non portava a niente di buono. Lei aveva promesso drastici provvedimenti, ma così tanto per dire. Brancolava nel buio.

Cosa fare?

«Lo ammazzo?» chiese la Stampina.

Il prevosto spazzò l'aria con la mano, non era proprio il momento di scherzare.

«Abbiate fede» disse.

«Sempre avuta.»

«E lasciatemi fare.»

«Quando?»

«Presto» assicurò il sacerdote.

Senza dire altro, la donna si alzò e uscì. Il paese dormiva ancora. Qualche gatto miagolava per la fame. Solo allora la Stampina riuscì a piangere.

53

La famiglia Giovio era divisa in due rami ben precisi. Di altri c'era traccia solo nella fantasia del Notaro.

Nemmeno era di quel lago, che aveva dato i natali ai suoi illustri e presunti antenati, il "DOTTOR EDITTO GIOVIO, NOTARO IN COMO", come annunciava la grossolana targa apposta sul portone del suo studio in sobborgo San Bartolomeo.

Non si capiva da dove potesse aver attinto quel cognome altisonante né si capiva come il maggiore Eracle Coloni avesse potuto scegliere un essere come quello per trattare i suoi affari: forse proprio il cognome l'aveva spinto in tal senso, chiudendo entrambi gli occhi su tutto il resto poiché il Giovio, "Notaro in Como", era un essere grasso al limite della ripugnanza, sempre sudato, dalla dubbia igiene personale, soprannominato "vonciòn" dai proprietari delle trattorie dove quotidianamente consumava pantagruelici pranzi e cene.

Cinquantenne, era ricco, e non certo grazie ai favori dei maggiorenti comaschi che, ricambiati, lo disprezzavano, ma in virtù di un intuito, seguendo il quale Editto Giovio aveva rivolto sin dall'inizio le sue attenzioni alle classi meno agiate, le più facili da turlupinare. I suoi clienti abitavano a quote variabili sulle montagne che contornano la città di Como e in genere mai sotto i cinquecento metri sopra il livello del mare. Raramente il notaio li riceveva presso il suo studio: era lui che li andava a trovare e quelli erano ben felici di pagare un sovrapprezzo pur di non dover lasciare alpeggi, vigne, stalle, boschi o crotti per scendere in città. Avvisato che c'era bisogno di lui per una divisione, un passaggio di proprietà, una compravendita, un matrimonio di cui bisognava calcolare il valore e la contropartita in dote della sposa, partiva senza indugi, atteso con ansia da quel popolo che non avrebbe mai visto il mare perché il Notaro Editto Giovio ne sapeva una più del diavolo e metteva d'accordo tutti. Il suo metodo era semplice, si basava sulla candida ignoranza di quella gente che si lasciava intronare dai suoi paroloni e spaventare quando affermava che senza la documentazione necessaria, spesso latitante, la transazione in atto si faceva complicata quando non impossibile. Una volta cotto a fuoco lento il cliente, il Giovio assicurava che con un poco di pazienza, il suo imprescindibile intervento presso uffici demaniali, giudiziari e finanziari, il necessario esborso di moneta sonante per ungere qualche ingranaggio e pagare improbabili tasse arretrate, bolli, permessi e autorizzazioni al fine di dare *corpus tangibilis* a una *res nullius* per le leggi vigenti, fosse una stalla, un appezzamento, una vigna, un bosco eccetera, l'affare si poteva concludere con piena soddisfazione delle parti: la sua, prima di ogni altra, visto che il Notaro intascava, oltre all'onorario, tutti i soldi che riusciva a pelare al malcapitato con l'aggiunta di eterna gratitudine, spesso tradotta con l'invio in quel di Como di prodotti tra i più vari in occasione delle principali festività.

Né il Notaro Giovio si arrendeva se il cliente confessava di non essere in grado di affrontare certe spese. In quel caso offriva la sua preziosa consulenza in cambio di una contropartita in natura: una o due vacche, un ettaro di questo o quel terreno, un pezzo di vigna o di bosco, quaranta piante di olivo. Merce di scambio, pedine di una scacchiera che si specchiava nel lago di Como e che lui muoveva, comprando e vendendo. Così che nell'arco degli anni poteva dirsi proprietario terriero con tanto di mezzadri al suo servizio.

Seguendo la sua coscienza, don Filo Parigi si era recato a Como per consegnare la lettera al Giovio. Nonostante l'ora tarda, aveva trovato lo studio chiuso. Chieste informazioni a un panificatore che aveva il forno proprio lì davanti, aveva dovuto aspettare tre ore buone prima che il Notaro si facesse vivo. Il fornaio gli aveva detto che il Giovio era appena rientrato dopo un giro d'affari che l'aveva tenuto lontano quattro giorni: in quel momento stava sicuramente dormendo e non era consigliabile disturbarlo.

Quando il pachiderma s'era svegliato e aveva aperto la finestra della sua camera da letto, che stava proprio sopra lo studio, don Parigi ne aveva richiamata l'attenzione.

Al Giovio i preti non andavano troppo a genio, riteneva che con loro non ci fossero possibilità di trattare affari lucrosi. S'era riconfermato in quell'idea dopo aver udito la storia del sacerdote e aver guardato di sguincio la lettera.

L'aveva presa in consegna, l'aveva lasciata cadere sul piano della scrivania, aveva promesso a don Parigi che ci avrebbe pensato ed era ritornato a dormire.

54

O andava lui da lei oppure faceva venire lei da lui.

Alternative don Primo Pastore non ne aveva.

Nell'un caso e nell'altro c'erano solo svantaggi.

Andare lui da lei voleva dire esporsi a qualche occhio di spia e alle inevitabili supposizioni, chiacchiere e chissà cos'altro.

Già in più di una confessione aveva avvertito una crescente insofferenza nei confronti della Ficcadenti che aveva preso parte, scandalosamente sola, al veglione di Capodanno presso il Cavallino Bianco ballando con quasi tutti i maschi presenti, sposati e no, e s'era ripetuta la sera della Pesa Vegia partecipando a una festa presso l'atelier Boldoni su invito del sedicente conte Resega, divenuto assiduo frequentatore della merceria.

Invitarla in canonica peraltro voleva dire moltiplicare le paia d'occhi che l'avrebbero notata e altrettante vivaci fantasie che si sarebbero chieste cosa diavolo stesse succedendo in canonica dopo che la Rebecca era sparita per qualche giorno, la levatrice era andata avanti e indietro mattina e sera, la Stampina suonava al suo campanello in orari antelucani o crepuscolari.

Visto che l'esito della promessa che aveva fatto alla Stampina sarebbe comunque stato un bilancio in perdita, il prevosto propose per la prima delle due opzioni: sarebbe andato lui da lei, senza, per prudenza, far parola della sua missione alla perpetua.

Uscì dalla canonica la mattina dell'8 gennaio, sabato, affrontando il freddo e l'uniforme grigiore del pieno inverno, dopo aver chiesto per l'ennesima volta scusa all'alto dei cieli per ciò che stava per fare.

La lettera era rimasta a impolverarsi per oltre due settimane sulla scrivania del Notaro Editto Giovio e ci sarebbe rimasta per chissà quanto tempo se non ci fosse stata di mezzo una cena a base di rane, fritte e in guazzetto. La grettezza del Giovio era pari soltanto al suo smisurato appetito: era quindi convinto che il motto popolare che voleva la fama di Como nel mondo derivata da tre cose – el dòmm, la rana e i tètt de la Besana, una leggendaria e ben fornita panettiera – non si riferisse al voltiano esperimento quanto piuttosto agli animaletti dei quali si era fatto riempire più di un piatto, ottenendone infine una costipazione coi fiocchi. Una volta a casa non se l'era sentita di infilarsi sotto le coperte con quel mappazzone sullo stomaco. Ruttando a più riprese, s'era ricoverato nel suo studio dove ricordava di aver messo da qualche parte una bottiglia di liquore a base di erba liva, omaggio di un boscaiolo del monte Olimpino, ottimo per favorire la digestione. Notando che, bicchierino dopo bicchierino, il batracico malloppo imboccava la via dei suoi inferi, aveva ingannato il tempo scorrendo la corrispondenza che s'era via via accumulata, fino a che s'era ritrovato in mano la lettera indirizzata al fu maggiore Eracle Coloni.

Già apprendere che il mittente era un prete gli aveva fatto storcere il naso e, se non fosse stato che nella bottiglia di liquore residuavano ancora quattro dita di distillato gradevolmente amarognolo, la lettera sarebbe finita insieme ad altre cinque o sei, stracciate senza nemmeno leggerle oppure degnate di un'occhiata superficiale.

Poiché, però, non gli restava che quella oltre a un plico inviato dagli Uffizi di Pubblica Istruzione e Beneficenza Pubblica il cui destino era già segnato, il Giovio aveva deciso di leggerla fino in fondo, giusto per accompagnare gli ultimi due bicchierini con i quali avrebbe asciugato la bottiglia.

Dopo aver aperto la busta gli erano brillati gli occhi. L'erba liva ci aveva certo messo del suo. Ma il contenuto era stato tale da istigare la sua lussuria, inducendolo a pensare che, forse, quella volta pur essendoci di mezzo un prete avrebbe avuto la possibilità di combinare un buon affare.

La lettera in sé altro non era che lo scritto di un morente, i suoi ultimi pensieri da vivo affidati alla carta in una sorta di testamento spirituale. E, per sua sfacciata fortuna, affidati al padre nel pieno rispetto della gerarchia militare che dominava anche in famiglia affinché costui se ne facesse latore alla nuora, terza in grado. Piuttosto era stata una delle tre fotografie che accompagnavano la lettera, restituite ai soggetti immortalati affinché non andassero disperse, ad acuire la curiosità del Giovio.

Una era quella della pazza di casa Coloni, fotografata al tempo in cui l'ombra della malattia era ancora ben lontana.

La seconda era quella del maggiore, ben noto al Notaro soprattutto per questioni d'ufficio, vestito dell'immancabile divisa.

La terza, invece, era quella di Giovenca, immortalata il giorno del matrimonio, sul retro della quale la sposa aveva scritto "Tua per sempre".

Il Giovio l'aveva lungamente guardata con occhio acquoso. Aveva saputo del matrimonio del tenentino con una "popolana", come suo padre l'aveva definita quando loro due s'erano incontrati. Ma che la "popolana" fosse una manza di tale splendore non l'aveva proprio immaginato.

Aveva baciato quella foto e stracciato le altre due.

Quindi, con un ultimo rutto liberatorio, era sprofondato, vestito tale e quale, in un rumoroso sonno.

56

Alle otto della mattina la Giovenca dormiva ancora, il signor prevosto avrebbe dovuto immaginarlo.

Ad aprire la merceria provvedeva la Zemia che, nonostante una complessione da fringuellino, contava su un'insospettabile forza fisica grazie alla quale non aveva bisogno di aiuti per staccare le massicce ante in legno che proteggevano le due vetrine del negozio.

Il prevosto la colse intenta a quell'opera e, tanto per dire qualcosa e rompere il ghiaccio, si offrì di dare una mano.

«Grazie, no» rispose Zemia, asciutta e senza voltarsi.

Quando lo fece: «Perdonatemi reverendo, non pensavo foste voi» si giustificò.

«Non importa» rispose il sacerdote e tacque, restando impalato davanti ai tre gradini che portavano all'ingresso della merceria.

La Zemia, per rispetto, restò ferma pure lei.

Poi, passato qualche istante, pur con un certo imbarazzo: «Posso fare qualcosa per voi?» chiese.

«Avrei bisogno di parlarvi» rispose il prevosto sospirando.

«A me?»

Magari!, fu l'effimero pensiero del sacerdote.

Magari il Geremia si fosse invaghito di quel ragnetto!

«In verità è di vostra sorella che avrei bisogno.»

«Mia sorella?»

«Sì.»

«Dorme» comunicò Zemia.

«Non si potrebbe...» azzardò il prevosto.

«Svegliarla?»

«Sì.»

«No.»

Cioè, svegliarla si poteva.

Sconsigliabile, però.

Se non dormiva le sue belle dieci ore, la Giovenca diventava intrattabile e irritante con chiunque.

Inutile correre il rischio di rovinarsi entrambi la giornata, affermò la Zemia. Tanto più che, essendo andata a dormire verso le undici, alle nove, nove e mezza al massimo sua sorella sarebbe comparsa.

«Se preferite passare più tardi...» suggerì la Ficcadenti.

Il prevosto rifletté.

Non era assolutamente sicuro che, una volta rientrato in canonica, avrebbe ritrovato la forza per rifare quei quattro passi e soprattutto chiedere alla Ficcadenti di recitare la parte che aveva architettato per lei.

Meglio aspettare il risveglio della reginetta.

Non lì, però! Non sotto gli occhi della clientela che, numerosa o meno che fosse, di lì a poco sarebbe andata e venuta dalla merceria e si sarebbe chiesta cosa c'entrasse un prevosto tra organze e nastrini canetè.

La Zemia peraltro dimostrò di avere l'occhio lungo. Prima ancora che il sacerdote aprisse bocca, lo invitò, se desiderava aspettare, ad accomodarsi nel retrobottega: una stanzuccia dal perimetro singolarmente triangolare, dotata di una sola, piccola finestra, arredata con un'angoliera sulla quale erano esposti i bottoni più artistici ideati e prodotti dall'ormai fu Domenico Ficcadenti e da un tavolinetto contornato da quattro sedie.

«Di solito» lo informò Zemia, «io e mia sorella veniamo qui a prendere il tè. Se volete...»

Il prevosto non voleva.

Piuttosto non vedeva l'ora che l'altra Ficcadenti comparisse in modo da portare a termine la sua missione nel più breve tempo possibile e cavarsi d'impaccio.

Ma dovette ascoltare, trasalendo, più di un campanello della merceria – clienti, tre, quattro, cinque che entravano e si fermavano a ciacolare al prezzo di un metro di nastro o di una fettuccia – prima che la Giovenca apparisse.

Di apparizione vera e propria si trattò. Tale da non lasciare insensibile nemmeno il signor prevosto. Che infatti, al vedere la Ficcadenti, chiuse gli occhi per quel tempo necessario e sufficiente a confermarsi che la sua missione era assolutamente necessaria, indispensabile. Il Geremia non poteva ambire a così tanto: aveva sotto gli occhi troppa bellezza, troppo fascino, troppo di tutto. Un totale che andava a costituire un peso troppo grande per le pur solide spalle del giovanotto, abituate però a pesi più correnti. Fu grazie alla consapevolezza di essere nel giusto che trovò il coraggio per andare senza indugi al cuore della questione.

«Chiedo perdono per avervi disturbato, ma mi siete necessaria per salvare la vita a un giovane e ridare serenità alla sua famiglia.»

La gravità delle parole e dell'espressione del sacerdote provocò un moto di riso in Giovenca.

«Se posso…» disse.

«Potete» assicurò il sacerdote.

«E in che modo?» chiese la Ficcadenti, andandosi a sedere e guardandosi le unghie con estremo interesse.

«Mentendo» chiarì il prevosto.

La donna non fece una piega.

Guardò il sacerdote con espressione neutra. Dalla tasca del vestito prese un portasigarette d'argento, l'aprì e poi lo richiuse: non era cosa fumare davanti al reverendo. Non lo rimise in tasca però.

«Spiegatevi meglio, per cortesia» chiese.

57

Marchiazzi Aloisio, parrucchiere con grande assortimento di profumerie di fabbricazione nazionale ed estera, laboratorio in capelli e trecce, salon in piazza San Giacomo a Como, lavorava su prenotazione.

Ma il Notaro Editto Giovio mica poteva saperlo, visto che a scadenze molto irregolari si faceva tosare a domicilio da un barbiere errante che perlopiù operava nelle campagne circostanti la città e compariva nel suo studio quando qualche debitore gli inviava per suo tramite omaggi mangerecci. Al vederlo entrare il Marchiazzi aveva subito pensato che quell'energumeno mal combinato fosse un ospite del cittadino manicomio sfuggito al controllo o, al più, un montanaro sceso in Como dopo essersi travestito da residente. Aveva quindi aperto la bocca per cacciarlo con la minaccia di chiamare la forza pubblica ma il Notaro gliel'aveva immediatamente chiusa.

«Non esiste legge alcuna che proibisca a chiunque di essere servito anche se privo di prenotazione.»

Il Marchiazzi l'aveva squadrato cercando invano una risposta.

«Se non ne siete convinto posso far accorrere un amico dell'ufficio ispezione delle società commerciali. Abilissimo a pettinare a modo suo anche i barbieri!»

Il Marchiazzi aveva colto l'allusione: conosceva alla perfezione l'abilità di quell'ufficio nel trovare violazioni alle leggi preposte anche là dove non c'erano.

«Accomodatevi» aveva risposto, guardando in tralice i prenotati che per parte loro avevano compreso quanto fosse necessario tacere.

Quella stessa mattina il Notaro Editto Giovio, smaltite le rane e l'erba liva, si era sottoposto a una severa revisione davanti allo specchio di casa nella cui cornice aveva infilato la foto di Giovenca. Se più di una volta in vita aveva benedetto la sua complessione al limite del mostruoso, cosa che gli aveva permesso di evitare troppe parole per piegare alla sua volontà gli animi semplici di montanari, contadini e figlie o mogli degli uni e degli altri, in quel frangente aveva compreso che ogni medaglia aveva il suo rovescio. Il rovescio, in quel caso, avrebbe potuto essere quello di stomaco che a una bellezza pari a colei che, sognante e ridente, lo guardava dal bordo dello specchio, avrebbe provocato la proposta delle sue avances.

Per la prima volta il Notaro si era trovato di fronte a un problema. Sino ad allora si era accontentato di sfoghi circoscritti, una botta e via insomma. Poco gli era importato di avere, sotto o davanti a sé, un essere che consentiva solo a forza di minacce o allusioni.

Ma quella Giovenca…

Il maggiore Coloni, quando era stato nel suo studio poco prima che il figlio si sposasse, gliel'aveva descritta come una popolana e a quelle parole la sua fantasia si era conformata.

Ma, perdio!, solo un'ottusa testa di militare non era riuscita a concepire come anche nel più arido deserto potesse nascere un fiore, e che quella ragazza fosse il prodotto di un intreccio miracoloso di sangue di tutte le razze che avevano percorso la Lombardia estraendo da esse il meglio del meglio.

In sintesi, benché non lo fosse, la Giovenca andava trattata come una principessa e come tale circuita.

Barba e capelli innanzitutto, aveva quindi deciso il Notaro. Poi guardandosi meglio aveva optato per una semplice regolata alla barba al fine di mantenere al coperto certe macchie vinose che gli tempestavano le guance, frutto degli eccessi alimentari.

Il Marchiazzi aveva eseguito alla lettera le sue istruzioni, cedendo anche alla riga in mezzo, voluta dal Giovio pur se da lui timidamente sconsigliata. L'aveva infine omaggiato di una rasatura dei peli che uscivano dalle narici e dalle orecchie e infine salutato invitandolo a tornare da lui senza preoccuparsi della prenotazione.

Una volta liberatosi dall'eccedente peluria, il Notaro era partito alla volta del secondo appuntamento della giornata, la bottega dei fratelli Frittola, sarti, con deposito ben assortito di stoffe d'ogni qualità e abiti fatti, sita in corso Vittorio Emanuele.

Un vestito nuovo, di sobria eleganza, gli ci voleva.

Purtroppo le misure di cui madre natura l'aveva dotato non gli avevano consentito di entrare in alcuno dei vestiti già pronti che i Frittola gli avevano proposto. Nonostante gli sforzi che i due, Perlino e Carolo, avevano fatto per accontentare il cliente, l'unico risultato era stato quello di tranciare di netto in due una giacca quando il Giovio aveva tentato di allacciarla. L'unica soluzione era stata quella di passare a un abito fatto su misura.

«Un bel completo in lino, fresco e leggero» aveva cinguettato Carolo.

«L'ideale per la stagione in corso» aveva commentato Perlino, sfarfallandogli intorno.

Tempo di realizzazione, due settimane, considerando la necessità di fare più di una prova.

Editto Giovio aveva considerato la necessità di rivedere i suoi programmi e di rinviare l'assalto alla Giovenca. Non tutto il male veniva per nuocere, però. Aveva considerato che in quelle due settimane, alimentandosi come un normale cristiano e bevendo solo acqua, sarebbe riuscito a buttar giù qualche chilo, sfilandosi un po' e guadagnando in presenza.

Non solo.

Lo stesso pomeriggio, dopo aver avviato la dieta che si era imposto, aveva criticamente osservato l'ambiente in cui da anni viveva, percependone in pieno lo squallido disordine e l'impersonale arredamento. Era allora partito in tromba per una nuova missione, traguardo il tappezziere Sfezzume che svolgeva anche attività di vendita e noleggio di mobili per decorazione di ville sul lago, con sede in piazza del Duomo. In origine rigattiere, lo Sfezzume svuotava ancora solai e cantine, e il Giovio gli aveva quindi chiesto di dare una parvenza di nobiltà al suo studio, promettendogli che se un certo affare fosse andato in porto gli avrebbe affidato anche il resto dell'appartamento. Approfittando del momento che aveva intuito propizio, lo Sfezzume gli aveva piazzato, oltre a una nuova tappezzeria, due vedute di Corenno Plinio e un ritratto, spacciandolo per quello di Benedetto Giovio.

Una volta sistemate le questioni estetiche, nelle due settimane che erano seguite il Notaro, tra una prova e l'altra del vestito e una pesata e l'altra presso la farmacia Sbertazzoni in piazza Mercato Stoppa, aveva badato a raffinare il piano di conquista.

Per prima cosa aveva cercato di dare ai suoi gesti una nobiltà che non avevano mai avuto. Abituato a trattare con mezzadri, boscaioli e allevatori, ne aveva acquisito i gesti spicci, poco formali, giungendo anche all'abominio di sputarsi sulle mani prima di stringerle per siglare un accordo. Salotti non ne aveva mai frequentati ma non gli mancavano certo gli strumenti per istruirsi nelle buone maniere: chiedendo l'assoluto segreto e la consegna a domicilio, aveva ordinato al libraio Alfonso Mamete di via Croce di Quadra il *Codice delle persone oneste e civili: ossia galateo morale per ogni classe di cittadini* composto da Giacinto Gallenga e aveva cominciato a compitarlo diuturnamente, ripetendo più volte le mosse descritte e consigliate e raggiungendo piano piano un certo grado di spontaneità.

Oltre a tutto ciò, un altro pensiero incombeva nella zucca del notaio, una convinzione derivata dalla sua lunga esperienza, dalla vita condotta sino a quel momento e dominata dal *do ut des*. Non esisteva persona al mondo, o se esisteva non l'aveva ancora incontrata, che non fosse disposta a scendere a compromessi pur di riempirsi le tasche. Il potere, la ricchezza, il possesso, la libertà, in fondo, di non dovere obbedire ad alcuno, vivere la propria vita senza obblighi, goderla soprattutto negli anni migliori della gioventù, erano medicine o, meglio, droghe, che rendevano meno pesante qualunque prezzo da pagare.

Così come si trovava adesso, alla Giovenca mancava davvero poco per raggiungere l'obiettivo della totale libertà. Per diventare padrona assoluta del ben di Dio che era l'eredità Coloni non doveva fare altro che accettare i suoi patti.

Forse, quando le avesse sottoposto la questione, la giovane avrebbe pensato alla pazza di casa, alla Primofiore.

Logico.

Ma non era così.

La Primofiore dava fastidio persino a lui. Meglio che la Giovenca non lo sapesse anche se di fatto era così. Non per niente aveva già avviato il necessario percorso che gli avrebbe consentito di infilarla in qualche istituto per deficienti.

Gliel'avrebbe offerta su un piatto d'argento.

Sarebbe stato, le avrebbe detto, solo il primo dei suoi regali.

58

Giovenca Ficcadenti guardò il prevosto che, di contro, una volta esternata la proposta non sapeva più dove posare lo sguardo.

La preoccupazione per ciò che avrebbero pensato, e poi sicuramente detto tra di loro, le clienti che – drin, drin – andavano e venivano dalla merceria vedendolo sbucare dal retrobottega, aveva ceduto il passo a quella che la Ficcadenti potesse rispondergli no.

A quel punto non gli sarebbe rimasto altro da fare se non pregare la donna di mantenere il segreto sulla faccenda e andarsene scornato e sconfitto.

Forse, pensò mentre la Ficcadenti continuava a guardarlo in silenzio, le serviva un po' di tempo per riflettere e decidere?

Glielo dicesse, gliel'avrebbe concesso.

Pur se, in tutta sincerità, avrebbe preferito uscire da lì con una risposta chiara, sì o no che fosse.

Fu lì per dirlo.

Invece tacque.

Perché il silenzio della Ficcadenti, così come il suo sguardo, gli sembrò lontano, perso da qualche parte, in un ricordo forse, che aveva cancellato dal presente il retrobottega triangolare, le sedie, il tavolinetto e pure la sua stessa persona.

In imbarazzo, il prevosto si chiese se per caso la giovane non fosse affetta da qualche forma di follia e i suoi misteriosi viaggi del giovedì non avessero per meta le visite di un alienista.

Fu, quello, un pensiero appena concepito e subito troncato dalla voce della Ficcadenti che, restituendo alla realtà il presente, ruppe il silenzio con un fragoroso «Sì» dentro il quale il sacerdote intuì una rabbia, un'energia che avrebbe farcito meglio un irrevocabile "No".

«Accettate quindi?» chiese tanto per aver conferma.

Di mentire al Geremia confessandogli di essere già fidanzata e quasi prossima alle nozze nel corso di un abboccamento che lui stesso avrebbe organizzato presso la canonica, menzogna volta al solo bene del giovanotto in questione e alla tranquillità della sua famiglia?

Giovenca ribadì l'accettazione con un cenno del capo.

«Vi farò sapere quando» comunicò il sacerdote.

E aggiunse: «Dio ve ne renderà merito».

Dopodiché chiese alla Ficcadenti di aspettare qualche minuto dopo la sua partenza prima di farsi vedere in merceria.

59

La prima cosa che il Notaro Editto Giovio aveva fatto dopo aver aperto la porta del suo studio a Giovenca Ficcadenti e averla invitata con sussiego a farsi avanti, era stata mettersi in una posizione tale affinché alla giovane non potesse sfuggire il completo di lino color nocciola che indossava, nuovo di zecca, e la pacchiana pochette marrone che penzolava dal taschino della giacca. Con noncuranza s'era passato una mano sul cranio, dove la sua nuova pettinatura splendeva di brillantina. Infine, aprendo la porta che conduceva all'appartamento soprastante, aveva gridato, nel vuoto, poiché non c'era nessun altro in casa: «Non voglio essere disturbato per nessun motivo sino a nuovo ordine!» giusto per dare l'idea di avere abitudine al comando pur non essendo militare.

A seguire si era dedicato per qualche istante a ciò che la fotografia gli aveva solo fatto sospettare e che la giovane celava sotto un vestito a lutto di seta nera appartenuto alla Primofiore e adattato alle sue forme da Rigorina. Poi, applicando le regole del Gallenga, l'aveva fatta accomodare armeggiando con la sedia, aveva chiesto se poteva offrire qualcosa da bere e, ottenuta una risposta negativa, si era a sua volta accomodato alla scrivania, ponendo una mano depilata su un faldone artatamente farcito di cartacce.

«Le proprietà dei defunti Eracle e Ireneo Coloni» aveva annunciato.

Un avvio non proprio da galateo. Materiale, pragmatico. Per riparare al quale il Giovio aveva porto le sue condoglianze, «Per la doppia, tragica perdita», e un invito a non lasciarsi vincere dal profondo dolore che ne era conseguito, cui solo il tempo avrebbe potuto mettere riparo.

«La vita, ahimè, continua, inutile negarselo» aveva commentato.

Per tutta risposta la Giovenca era arrossita.

Che il Notaro, aveva pensato tra sé, avesse in qualche modo parlato col Trionfa?

Perché quelle stesse parole, sebbene in poetica rima ("È inutile negarsi che la vita continua fino a che non è finita"), gliele aveva scritte il Novenio su un biglietto che aveva ornato con un fiore di campo e che le aveva recapitato, lasciandolo al cancello della villa, pochi giorni dopo il funerale del suocero. Pur senza essere firmato, Giovenca aveva compreso chi fosse il mittente e aveva tremato di fronte al messaggio nascosto tra le righe di quei versi sgangherati. Per un paio di giorni aveva spiato dalle finestre della villa dove ormai era sola, tranne la pazza che aveva preso a comparire e scomparire con la velocità di un topo, la campagna dei dintorni se mai le riuscisse di vedere il disarticolato poeta e una bella mattina, attaccato al cancello, aveva trovato un nuovo messaggio. Per compilare quello il poetastro era nuovamente tornato a fare incetta dell'amato D'Annunzio, compitando l'*Intermezzo*, scegliendo il distico:

"Non più dentro le grigie iridi smorte
lampo di giovinezza or mi sorride".

Non ci voleva certo l'astuzia di una volpe per comprendere il significato di quei versi. Nemmeno per capire che il giovanotto approfittava delle ore notturne per consegnare le sue missive, e così Giovenca, complice il plenilunio, una volta chiusa nella sua camera da letto la suocera come da consiglio del dottore, si era appostata nel giardino per trovare conferma alla sua ipotesi, cosa che era avvenuta là terza notte quando il Trionfa, gattonando, si era avvicinato al cancello per lasciare il terzo messaggio. La scena aveva avuto un che di irreale, mercé la luce lunare, la Giovenca che era biancovestita e il Trionfa che si era avvicinato al cancello camminando a quattro zampe e tenendo la missiva tra i denti come se fosse un cane da riporto. Per lo stupore poi di trovarsi faccia a faccia con la giovane, il Novenio si era dimenticato di recuperare la posizione eretta. Senza parlare Giovenca gli aveva sfilato la busta tra i denti e, stante la luce, aveva subito letto il nuovo messaggio.

I versi erano ancora tratti dall'*Intermezzo* ma il Novenio, con abile quanto facile gioco, li aveva tradotti a suo uso e consumo.

Là dove Gabriele D'Annunzio aveva chiuso il distico "mi balzava la strofa ebra e proterva / squillando innanzi: O mare, o mare, o mare!", il Trionfa aveva scritto "Amore, amore, amore!".

E la Giovenca, una volta letto, rapita dall'incomprensibilità del verso così enucleato, ma travolta dalla triplice invocazione, era a sua volta caduta sulle ginocchia così che i due si erano trovati faccia a faccia con le sbarre del cancello di mezzo.

Si erano baciati così, ginocchioni. Un lungo bacio interrotto perché il Novenio stringendosi a una sbarra non s'era accorto di un fil di ferro che penzolava e s'era bucato il palmo della mano. Giocoforza Giovenca, dopo aver emesso un gridolino di spavento, l'aveva invitato a entrare per medicarlo. Dopodiché i due avevano trascorso una notte sospirosa nel corso della quale il Trionfa aveva a più riprese ripetuto quella frase, «La vita continua e non possiamo farci niente» cercando di ottenere qualcosa di più dei "bei seni da la punta erta fiorenti". Giovenca aveva promesso che ciò cui anelava l'avrebbe ottenuto a tempo debito: cioè, trascorso un onesto periodo di lutto e quando, padrona incontrastata, avrebbe potuto concederglisi senza remore. Aveva ceduto sul contentino che il giovane aveva preteso quale prova d'amore, cioè il permesso di andarla a trovare di tanto in tanto e nottetempo, quando la matta di casa era sotto chiave e nessun occhio di spia lo poteva smascherare.

Poi una mattina, anziché il Trionfa, era stato il postino Onemone a presentarsi al cancello della villa per consegnarle una lettera con la quale il Notaro Editto Giovio la convocava presso il suo studio per comunicazioni che la riguardavano.

Due righe asciutte, con un ghirigoro inestricabile a mo' di firma.

Tanto poco era bastato per fare entrare Giovenca in agitazione.

Mai visto don Pastore così agitato.

Un po' avanti e indietro per la cucina, poi seduto a tamburellare le dita sul tavolo, e poi, fermo impalato a sentire il minimo rumore, quindi via ancora, le mani dietro la schiena, a camminare su e giù che faceva venire il nervoso.

Tanto che la Rebecca, intenta a squamare sette o otto lavarelli, ne aveva già massacrati un paio.

D'altronde, con quel diàol lì che non stava fermo un minuto!

Cos'avesse poi da essere così nervoso…

Al suono del campanello, alle sei della sera precise, il prevosto si impalò, alla Rebecca scappò l'ennesima coltellata sbilenca e massacrò il terzo lavarello.

«Vado io» disse il sacerdote.

Ma da quando in qua il prevosto andava ad aprire la porta?

Roba de màt!

La perpetua, l'espressione contrariata, insorse.

«Gnà per idea!»

«Rebecca!» ribatté il sacerdote.

Voleva andare ad aprire così, tutta piena di squame e puzzolente di pesce?

«E alora?»

L'era forsì un pecà netà pès?

«Buona lì» ordinò il prevosto.

«So minga un càn» lo rimbeccò la perpetua.

«Buona lo stesso» ribadì il prevosto.

E uscì, chiudendole la porta della cucina quasi in faccia.

La Rebecca guardò i tre lavarelli martoriati e poi il quarto: l'occhio e la bocca semi aperta sembravano pregarla di non fargli fare la stessa fine dei suoi fratelli.

Col nervoso che aveva addosso, però, c'era poco da ben sperare.

«Tranquillo» gli disse allora.

Poi, come se camminasse su un tappeto di uova, si avviò verso la porta e l'aprì.

Appena appena.

Giusto per guardare nel corridoio vuoto e infilare la canapia nello spiraglio.

Annusò.

Quel suo naso che coglieva al volo l'odore del pesce mica tanto fresco, percepì senza ombra di dubbio odor di brillantina.

Uomo, quindi, quello che aveva suonato poco prima.

61

Non solo imbrillantinato.

Il Geremia s'era presentato all'appuntamento in canonica tirato a pomice, nonostante il parere contrario della Stampina, e col bozzo frontale rosso rosso per l'emozione.

Non c'era stato niente da fare. L'unico modo per convincerlo di quanto fosse inutile mettersi in tiro, sarebbe stato raccontargli la verità su quell'incontro: ma in quanto a ciò la Stampina aveva giurato di stare zitta e muta.

Quindi la donna s'era vista costretta ad accettare tutti i desiderata del figlio a partire da un bagno supplementare rispetto a quello mensile per fare il quale il Geremia aveva chiesto un permesso speciale di uscita dal lavoro.

Bagno in tinozza, dal quale il Geremia era uscito quasi bollito, e immediatamente barba, approfittando della pelle bella calda. Poi cambio completo della biancheria intima che la Stampina aveva accettato avvisando il Geremia che se la sarebbe tenuta addosso per tutto il resto della settimana e per l'altra ancora, fino al canonico sabato del cambio.

Quale vestito, il Geremia aveva voluto quello della festa.

Non il suo, però. Che era poi un vecchio abito di suo padre dei tempi in cui era abile e arruolato e che il giovanotto aveva ereditato già liso ai gomiti e alle ginocchia. Aveva preteso quello della festa di suo padre, di panno nero e col panciotto, che il genitore aveva avuto la ventura di indossare sì e no un paio di volte prima di trasformarsi in un intrico di ossa, e che la Stampina aveva tenuto sotto naftalina in attesa di mettergli$elo indosso al momento del grande viaggio.

A vestizione avvenuta il Geremia aveva tirato fuori la storia della brillantina. La Stampina gli aveva chiesto se per caso fosse matto a buttar denari in quelle cionate e, quale contropartita, gli aveva offerto l'uso di un po' di lardo, che stava al freddo sul davanzale del cesso.

L'effetto sui capelli, aveva affermato, sarebbe stato tale e quale.

Il Geremia però s'era impuntato come un somaro. Ad alta voce aveva obiettato che non si sognava neanche di mettersi in testa una roba che lei usava per curarsi le emorroidi, e così alla donna era toccato uscire per andare dal barbiere Fenegra e farsi dare uno scartozzello di brillantina all'odor di menta.

Quando il damerino s'era presentato in canonica alle sei precise come da accordi, il signor prevosto quasi non l'aveva riconosciuto. Scuotendo la testa, senza parlare, gli aveva fatto segno di entrare, dirigendolo immediatamente nel suo studio, senza nulla potere contro l'intenso effluvio di brillantina alla menta che salì nelle narici della perpetua, lanciata alla soluzione dei misteri di quella sera.

62

«Mistero odoroso, mistero gaudioso» canticchiò tra sé la Rebecca affrontando con grazia il quarto lavarello.

Donna colei che era entrata poco dopo la brillantina e alla quale, come prima, aveva aperto il signor prevosto.

Donna sicuramente, perché nessun maschio che volesse dirsi tale poteva andare in giro, e presentarsi in canonica, così olezzante di profumo. E di quel profumo soprattutto del quale, pur non sapendo come si chiamava, poteva con quasi assoluta certezza dire, facendo nome e cognome, chi ne abusava tanto da aver saturato la carrozza del convoglio dove s'era seduta, finta destinazione Monza.

Le squame del lavarello cadevano ancora rilucenti di lago nel lavello. Ne fosse stata capace, Rebecca avrebbe fischiettato la sinfonia di quel mezzo mistero risolto e quando, ben venti minuti dopo il profumo anche la brillantina, sbattendo la porta come se fosse stato in un trani qualunque e non in canonica, se ne andò, si predispose a cogliere nel signor prevosto segni e sintomi che le avrebbero consentito di riempire il vuoto dell'altra metà di quel mistero...

«Gioioso?» disse tra sé cercando l'aggettivo adatto.

Oppure festoso.

O goloso.

E perché non sfizioso?

Perché l'aggettivo giusto era un altro. Non era in un vocabolario, ma sulla faccia del signor prevosto.

Segni e sintomi di quel mistero erano lì, nel pallore tendente al verdognolo che aveva preso possesso delle guance del sacerdote, nello sguardo che non aveva niente da invidiare a quello dell'ultimo lavarello squamato.

Doloroso, insomma, il mistero.

«Cos'è successo?» chiese la perpetua.

«Niente» rispose il prevosto.

Con quèla fàcia lì?

«Figuràs!» scappò detto alla donna.

63

Per cosa credeva che l'avesse convocata il Notaro se non per illustrarle l'eredità di cui diventava la legittima nonché unica destinataria?

Fosse stato un avvocato, allora, magari…

Ma l'era un nodàr!

E de Còm!

La Rigorina non aveva avuto dubbi e ugualmente non aveva permesso che la sua protetta, che le si era rivolta temendo tranelli, ne covasse.

I Coloni non lasciavano al mondo altri che lei.

Quindi…

«Ma c'è…» aveva obiettato Giovenca.

«Lo so» l'aveva interrotta Rigorina.

La povera demente.

«Demente, non so se mi spiego» aveva sottolineato.

Carità cristiana voleva che non ci si dimenticasse di lei e nemmeno le leggi dell'uomo l'avrebbero fatto.

«Ma, bel Signòr…»

Cosa poteva farsene ormai di campi, vigne, boschi, soldi e villa una che parlava con i quadri?

Se mai, a lei sarebbe toccato il compito di badare a che non le mancasse quel poco che le serviva per vivere, accudendola sino al momento in cui il Signore l'avrebbe chiamata a sé.

Quindi, aveva concluso Rigorina, che andasse tranquilla a Como dal signor Notaro, vestita a lutto come si conveniva a una che nell'arco di una settimana aveva perso marito e suocero e desse a vedere con un atteggiamento dignitoso e misurato di essere perfettamente in grado di assumere la parte dell'erede Coloni.

Rinfrancata dalle parole della perpetua, Giovenca Ficcadenti aveva affrontato viaggio e Notaro.

Al ritorno, non aveva visto l'ora di incontrare di nuovo la sua consigliera per benedirla e chiederle di non lasciarla mai sola nelle decisioni che il futuro le avrebbe presentato.

Il Giovio era stato gentilissimo, addirittura squisito.

Oddio, sulle prime, appena entrata nello studio aveva avuto un momento di inquietudine vedendo quella massa di carne che andava verso di lei facendo scricchiolare il parquet dello studio a ogni passo.

Mai visto un uomo così grande e grosso!

Però, non appena aveva aperto la bocca aveva capito che dentro quel carcassone madre natura aveva infilato un animo generoso e altruista, probabilmente per ingentilire l'impressione che faceva di primo acchito.

L'aveva trattata come una signora. Sulla scrivania aveva un faldone alto così pieno di tutte le proprietà che lei stava per ereditare. E aveva subito detto che non avrebbe perso tempo e non l'avrebbe annoiata col farle vedere atti di vendita e altre scartoffie, facendole così perdere l'intera giornata. Le avrebbe preparato con comodo un bell'elenco riassuntivo grazie al quale si sarebbe resa conto senza fatica della fortuna che le era capitata addosso.

Una volta rotto il ghiaccio, dopo che l'aveva fatta accomodare e le aveva porto le condoglianze, le aveva spiegato perché l'aveva convocata.

«Per dirmi di considerarmi padrona a tutti gli effetti» aveva confidato Giovenca a Rigorina, «e concedere a lui il tempo necessario per mettere ordine nei documenti della successione.»

L'improvvisa, certamente non prevista dipartita del maggiore a

riposo aveva lasciato aperte alcune questioni… alcuni grovigli…
sulla cui natura il Notaro non aveva voluto dilungarsi al fine di non
annoiarla con problemi che erano solo di sua stretta competenza.

«Nella sfortuna non si può dire che non siate stata fortunata»
aveva commentato il Notaro dimenticando le raccomandazioni del
Gallenga e facendo di nuovo arrossire Giovenca.

Rigorina, conclusa la relazione della Ficcadenti, aveva abbracciato
la giovane.

«Cosa vi avevo detto io, mia cara ragazza? Al mondo ce n'è ancora
di gente onesta!»

E per la terza volta in quella giornata Giovenca era violentemente
arrossita.

64

Mezz'ora erano rimasti chiusi nello studio a parlottare.

Giovenca, tra una parola e l'altra, qualche risata.

Il Geremia, mai sentito fino ad allora pronunciare frasi così lunghe.

Cosa si fossero detti era stato impossibile capirlo. Il signor prevosto, dopo averli lasciati soli, aveva resistito per un po' passeggiando su e giù per il corridoio, poi, venendo meno a una sua certa etica, s'era avvicinato alla porta dello studio per orecchiare. Ma il massiccio legno s'era frapposto tra il suo orecchio e i due, lasciando passare soltanto vaghi suoni di voci.

Circa la spigliatezza della Ficcadenti, il sacerdote non aveva avuto dubbi, quindi non s'era meravigliato di sentirne i trilli come se avesse un clarino al posto della lingua.

Il Geremia invece l'aveva lasciato di stucco.

Già prima, per dirla tutta, quando l'aveva ricevuto in canonica, il giovanotto gli aveva fatto impressione.

Imbrillantinato, tirato a pomice, ben rasato, la pelle lustra e uno sguardo che così vivace non glielo aveva mai visto. Pure il vestito paterno, che gli andava un po' stretto, anziché renderlo ridicolo, aderiva alla sua muscolatura piuttosto stagna conferendogli un'aura di forza e volontà.

Il sacerdote aveva considerato tra sé quel presentarsi così un peccato di vanità e soprattutto un'inutile fatica, visto ciò che lo attendeva.

Aveva anche calcolato che per arrivare al dunque non ci sarebbero voluti più di dieci, quindici minuti con una variabile coda durante la quale lui avrebbe dovuto fare il consolatore degli afflitti: nella fattispecie, con sagge parole, avrebbe dovuto convincere definitivamente il Geremia che quella donna non era fatta per lui e che l'impossibilità (non, avrebbe sottolineato, il rifiuto), l'impossibilità di legarsi a lui andava considerata come un segno del Cielo.

Il prolungarsi del conciliabolo non l'aveva turbato più di tanto, in fin dei conti il Geremia era un bel crapone, le cose bisognava dirgliele due o tre volte prima che le comprendesse, anche se, quando aveva sentito rumore di sedie mosse, aveva tirato un bel sospiro.

"Tutto è concluso" s'era detto.

All'aprirsi della porta però s'era trovato faccia a faccia con lo stesso Geremia.

Non era mica così che s'era immaginato la scena.

Non era mica così che s'era immaginato il viso del giovanotto.

Mica con quel sorriso che gli occupava la metà destra del volto, l'occhio semichiuso, un po' di rughe assassine sulla fronte. E il bozzo che sembrava pulsare.

Mica con quelle mani che per tenerle in tasca aveva dovuto alzare e spingere in avanti le spalle assumendo una posa da ganassa.

E mica con quella voce fonda da Colleoni con la quale l'aveva salutato, "Buonasera reverendo e grazie", sgusciandogli di lato e lasciandolo lì come un cucù a guardare il grazioso sorriso della Ficcadenti.

La quale, a domanda:

«Tutto liscio?»,

«Tutto bene» aveva risposto.

Candidamente spiegando che quel bel giovanotto le aveva fatto un'ottima impressione ed era certa che, frequentandolo un po' e conoscendolo a fondo, sarebbe divenuto il fidanzato che da tempo cercava senza trovare.

65

Una fatica fare il galantuomo.

Per quella mattina il Giovio ne aveva avuto abbastanza e si era trattenuto dalla tentazione di invitare a pranzo la giovane, cosa che l'avrebbe obbligato a essere irreprensibile nel luogo in cui la sua natura animale veniva a galla senza inibizioni, cioè a tavola. Tra l'altro la fatica di ballare il minuetto per un paio d'ore gli aveva messo una fame della madonna e l'idea di baloccarsi in punta di coltello e forchetta con un lavarello burro e salvia proprio non gli era andata giù.

Quindi aveva detto alla Ficcadenti che da quel pomeriggio in avanti non avrebbe avuto altro pensiero se non quello di mettere ordine nelle carte di cui le aveva mostrato la quantità, sciogliere gli eventuali nodi burocratici e preparare un prospetto chiaro ed esauriente dell'eredità: solo a lavoro concluso si sarebbe permesso di tornare a disturbarla per renderla edotta dei risultati.

«Se non avrò bisogno di un vostro diretto parere» aveva buttato lì, «non vi disturberò più.»

Cosa che, nell'arco breve di quella mattina, aveva già deciso di fare anche in caso di necessità. Gli era bastato poco infatti per confermarsi in ciò che rimirando soltanto la fotografia aveva solamente intuito: con quella giovane avrebbe fatto bene ad andarci piano, perché era tutt'altro che un'ingenua popolana, con buona pace di ciò che aveva pensato il maggiore Eracle Coloni. Il quale, se avesse saputo, si sarebbe ricreduto circa il sangue che circolava nelle vene della ragazza.

Don Parigi, giustamente, non aveva voluto dire al maggiore che la Giovenca non era figlia legittima del Ficcadenti ma una trovatella. E aveva fatto bene, inutile mettere bastoni tra le ruote di due giovani che filavano diritti verso un vero matrimonio d'amore!

Ma a lui, quando gli aveva consegnato la famosa lettera, l'aveva confessato.

Aveva dovuto farlo.

Perbacco, lui era un Notaro, uomo di legge, cui nessuno, nemmeno un prete, doveva nascondere niente.

E solo lui, uomo di legge e della legge opportunista servitore, poteva fingere di non sapere, come don Parigi gli aveva chiesto, affinché la povera, giovane vedova venisse tutelata nei suoi diritti.

Una volta chiusa la porta dello studio alle spalle della Ficcadenti, il Notaro Editto Giovio era tornato a sedersi alla scrivania e s'era messo a ragionare su questo fatto, disturbato solo dal concerto di bolle del suo stomaco che reclamava.

Gli aveva ceduto infine, poiché a pancia piena il Giovio ragionava sempre meglio. Anzi, più le cose che gli mettevano nel piatto erano unte e grasse, più il suo cervello ingranava, oliato per bene da quello che ingurgitava.

Così, dopo un piatto di polenta taragna che avrebbe generosamente soddisfatto tre adulti, il Notaro si era sentito disposto ad affrontare il caso e a preparare un piano d'azione mentre l'oste, tanto per riempire i buchi, gli aveva consigliato un po' "de ùmed", avanzo della sera prima e quindi ancora più succoso.

Degustando la puccia densa e oleosa, il Giovio aveva sorriso tra sé: mica l'avevano letto solo i signori avvocati il Cesare Lombroso!

Pure lui sapeva che dalla fisiognomica si potevano trarre indizi che neanche le indagini più raffinate! Non ci voleva 'sta gran intelligenza, non era necessario misurarle cranio, orecchie e naso per capire che la Ficcadenti era il prodotto di nobilissimi lombi il cui stesso sangue circolava probabilmente nelle vene di qualche altezza o eccellenza che passando per quelle parti si era preso un quarto d'ora di svago!

Se, quindi, buon sangue non mentiva, il Notaro in quel caso doveva deporre l'accetta per abbattere le difese della ragazza. Calma, invece. Calma, buone maniere, tattica e strategia.

Un po' di bastone e una bella carota.

E un bastone, bello pesante, l'aveva di già in mano.

66

Una volta rientrato a casa, il Geremia filò dritto a letto.

«Non mangi?» gridò la Stampina.

«No.»

Risposta secca, nessuna spiegazione.

Giusto così, pensò la Stampina.

Dopo quello che era successo in canonica, giusto che l'appetito fosse andato a farsi benedire. Giusto anche che il Geremia si chiudesse, solitario, nel suo dolore per digerire la delusione. E giusto infine che nessuno andasse a rompergli l'anima perché in fin dei conti il suo figliolo non era più un bambino.

Tutto talmente giusto che la Stampina, rivolgendosi al marito, si mise un dito sulle labbra per consigliargli di stare zitto: gesto inutile, poiché Amerisio non diceva mai niente, a parte emettere versi quando aveva l'intestino intasato.

Nel silenzio che seguì, la Stampina non fece altro che ascoltare se per caso, dalla camera da letto, venisse qualche rumore che le indicasse in quale stato d'animo versava il figlio. Non le sarebbe dispiaciuto udire qualche singhiozzo, indizio di lacrime che avrebbero spento più in fretta quella prima, cocente delusione d'amore. D'altronde l'età del Geremia era quella che era. Un'età in cui, cioè, un uomo che volesse dirsi tale piuttosto che farsi vedere piangere per una donna si sarebbe buttato nel lago.

Silenzio quindi, che a un certo punto si interruppe a causa del montante russare di suo marito che, piano piano, prese possesso dell'intera cucina.

O bestia!

Chi lo portava a letto adesso quel catorcio?

Leggera leggera, la Stampina si alzò dalla sedia per spiare nella camera, l'ambiente dove dormivano tutti e tre, il Geremia su una brandaccia ai piedi del loro lettone matrimoniale, separato da loro da un lenzuolo liso e macchiato che pendeva dal soffitto.

Il giovanotto era seduto, appoggiato al muro, gli occhi chiusi, completamente vestito, tranne le scarpe.

Pareva dormire.

La Stampina giudicò fosse meglio lasciarlo stare. E meglio, anche, lasciar stare il marito che ormai gorgogliava come una pentola di fagioli, destinandolo a passare la notte sulla sedia.

Non era la prima volta, non sarebbe stata l'ultima: ne sarebbe uscito arricchito il concerto di scrocchiamenti mattutini che accompagnavano il risveglio dell'uomo.

Poi si coricò, avendo cura di fare il minor rumore possibile, e con la precisa intenzione di volare, l'indomani, dal signor prevosto e ringraziarlo per ciò che aveva fatto a favore dell'intera famiglia.

67

Don Pastore rimase di stucco.

Aveva appena terminato di celebrare la messa, ricordando come suo solito la figura del santo del giorno, l'ateniese Igino, papa dal 136 al 140 dopo Cristo, cui si attribuiva l'istituzione del padrino e della madrina per il battesimo.

Benché la chiesa fosse ancora immersa nel buio, aveva notato che una delle fedelissime non si era schiodata dal banco per partire insieme con le altre all'assalto delle botteghe.

Era la Stampina.

Non aveva potuto giurarlo, stante la scarsità di luce, ma ci avrebbe scommesso, benché sia giurare sia scommettere fossero cose contrarie alla sua etica.

Ma era lei. E se era lì, aveva i suoi buoni motivi.

Uno solo poteva averne, anzi.

Era entrato in sagrestia pensieroso, dando meccanicamente il solito ordine allo scaccino.

«Dài!»

Quello dapprima aveva svuotato l'ampollina col vin santo, s'era sciacquato la bocca, poi l'aveva aiutato a svestirsi.

«Vai pure» l'aveva quindi liquidato.

Una volta solo aveva di nuovo spiato tra i banchi. La Stampina era ancora lì, il viso nascosto tra le mani, in un inequivocabile atteggiamento di profonda immersione nella preghiera che al prevosto aveva fatto tirare un bel sospiro di sollievo, appena venato di dispiacere: era evidente infatti che, stante il fallimento della sua missione, la Stampina si stava rivolgendo all'Unico, chiedendogli di riuscire là dove lui aveva fallito.

La Stampina stava effettivamente pregando.

Aveva voluto rimanere sola per concentrarsi a fondo e innanzitutto ringraziare davvero l'alto dei cieli senza il cui intervento nessuna azione umana giungeva a buon fine. Dopodiché avrebbe ringraziato anche il signor prevosto, braccio benedetto e terreno di quella volontà superiore. Lo conosceva quale uomo schivo che, potendo, si sarebbe negato a qualunque manifestazione di riconoscenza. Così, mentre pregava, tra le dita con le quali si copriva il viso ne aveva spiato i movimenti e aveva atteso il momento in cui, per la seconda volta, la porta della sagrestia aveva scricchiolato sui cardini, segno che dopo il sacrista anche il prevosto stava uscendo. Quindi, alla svelta, uscì anche lei dal portone principale, intercettando il sacerdote mentre si avviava alla volta della canonica.

Don Pastore aveva appena avuto il tempo di mettere in discussione le convinzioni che si era formato poco prima e pensare a come giustificare il fallimento.

La Stampina non gli lasciò il tempo di aprire la bocca.

«Consideratemi vostra debitrice in *seculaseculorum*» disse, «anche se per il momento posso soltanto dirvi una parola: grazie.»

E dal profondo del cuore, aggiunse, quasi scappando poi, perché si era sentita sull'orlo delle lacrime per la commozione.

«O Signore!» mormorò il sacerdote di lì a pochi secondi.

Possibile che la Stampina non avesse capito com'erano andate le cose?

Quando entrò in canonica, aveva la stessa faccia della sera prima.

Alla Rebecca non sfuggì.

"Per mì al gà i vermen ch'el òm lì" pensò.

Aglio ci voleva.

Per scascigà i vermen e anca i diàoi!

68

Convocarla di nuovo lì da lui a pochi giorni da quel primo abboccamento oppure andare lui da lei?

Quale delle due mosse avrebbe creato maggiore ansia in Giovenca Ficcadenti disponendola a credere che lui e solo lui fosse l'unica ancora di salvezza in quel mondo di codici e pandette, meritevole quindi di essere ripagato con generosità (e sulla sostanza di quella generosità non ci sarebbero state discussioni)?

In quei due giorni il Notaro Editto Giovio non aveva fatto altro che riflettere sul risultato che avrebbe prodotto sulla giovane l'una o l'altra delle due mosse.

L'artificioso faldone con il quale aveva voluto impressionare la Ficcadenti, un pacco di inutili fogli che gli era servito già in altre occasioni, era finito sotto la scrivania.

Ragionando, gli era capitato più volte di agitare per aria la mano stretta a pugno, come se davvero stringesse il bastone davanti al quale la Giovenca avrebbe dovuto, nelle sue intenzioni, abbassare lo sguardo e non solo quello.

Come una spada degli antichi, il bastone aveva un nome ed era quello di Primofiore, la matta di casa.

Perché, che fosse matta, era fuor di dubbio.

Nessuno, però, si era mai preoccupato di dichiararla tale agli occhi del mondo. Di conseguenza, ai fini legali ed ereditari, poteva vantare pienamente i suoi diritti di moglie e vedova. Che non erano pochi!

Se ne rendeva conto la Giovenca?

Sicuramente no, era convinto il Notaro.

E buon per lui, che su tanta ignoranza aveva stabilito di dispiegare il primo attacco al pallore della sua assistita.

Attacco non privo di rischi, neh!

La sua esperienza di assiduo frequentatore di servi della gleba gli aveva insegnato che tra di essi c'era sempre qualche ignorantone infarinato di leggi per sentito dire che avrebbe potuto indirizzare la giovane alla corte di qualche avvocatuccio morto di fame che per quattro soldi si sarebbe preso in spalla la sua situazione.

Un uomo navigato come lui non si sarebbe comunque arreso davanti a un'eventuale sconfitta, una battaglia persa non poteva inficiare l'esito finale della guerra. Messa altrimenti, il Notaro Editto Giovio aveva un'altra carta da giocare.

Unica, decisiva.

Ma l'avrebbe tirata fuori solo al momento giusto per fare piazza pulita dei nemici e avere campo libero. Per intanto gli conveniva agire come se navigasse sott'acqua e al momento riflettere se gli giovasse di più convocare nuovamente la ragazza presso di sé, e per ragioni di urgenza, oppure andarci lui alla villa, scusandosi per il disturbo ma giustificandosi con un motivo di assoluta priorità.

Secondo il suo costume, Editto Giovio, al fine di decidere, aveva atteso le campane di mezzogiorno e solo dopo essersi seduto nella solita trattoria aveva ripreso a masticare la faccenda.

Quel giorno l'oste gli aveva messo nel piatto una mezza gallina fredda senza nemmeno chiedergli un parere. Il vino invece l'aveva comandato lui, barolo di una bottiglia polverosa il cui contenuto avrebbe ubriacato al solo vederlo qualunque cristiano.

Perso nel suo ragionamento, il Giovio aveva triturato la gallina, ossa comprese, scolando la bottiglia col metodo di un sorso ogni due bocconi. Quando il fondo del piatto aveva fatto il pari con quello della bottiglia, il Notaro aveva emesso un rutto allegro: la decisione era presa. Sarebbe andato lui da lei, accompagnato come si conveniva a un uomo della sua posizione da Spirito Sofia, detto Sisino, Trasporto Passeggeri con rimessa in via Sass Corbèe.

Quindi, giubilata gallina e barolo con un grappino finale, si era abbandonato a un sonno scomposto, rumoroso e sorridente senza muoversi dalla trattoria.

69

Vermi, no, aveva ragionato la perpetua.

Alòra i diàoi!

Nella sua esperienza i vermi davano insonnia, prurito là dove il sole non batteva mai e mettevano fame.

È vero che il prevosto quella notte non aveva dormito mica tanto, (se fosse stato per il prurito in quel posto la Rebecca non poteva certo saperlo) ma era un dato di fatto che la sera prima non aveva mangiato un accidente, come quando iniziava certi suoi periodi di digiuno per, le aveva sempre detto, allontanare le tentazioni dei diavoli.

Un diavolo in corpo effettivamente il signor prevosto l'aveva, ma avrebbe preferito i vermi e la conseguente cura a base di aglio cui già s'era sottoposto in anni passati.

Perché era sicuro che se lui ne aveva addosso uno solo, non appena avesse capito come stavano realmente le cose, un'intera legione di diavoli avrebbe preso d'assalto la Stampina, andando ad abitarne ogni capello e predisponendola così a una guerra dalla quale nemmeno lui sarebbe stato risparmiato.

Era solo questione di tempo prima che un'altra guerra, oltre a quella che era già in corso sull'Isonzo, cominciasse.

Per intanto un po' di tempo serviva a lui per prepararsi convenientemente alla battaglia e allestire qualche difesa contro l'inevitabile offensiva che la Stampina avrebbe scagliato contro di lui.

Cosa poteva inventarsi per giustificare la cattiva riuscita della missione?

Doveva temporeggiare onde riflettere.

Quindi, per intanto, era meglio che si desse malato per qualche giorno.

Circa la malattia, doveva essere qualcosa che lo tenesse alla larga dal consesso umano per quel po' di tempo che gli serviva senza peraltro scatenare troppe fantasie.

I vermi, ad esempio.

Sì, i vermi andavano bene.

Lo disse alla perpetua.

«Mi sa che mi sono preso i vermi.»

«Ma davvero?» chiese quella, tono incredulo.

«Perché» ribatté il sacerdote, «un prete non può prendere i vermi?»

«No, no, se le dìs lùu» fece Rebecca.

Tanto non ci credeva.

E quando il prevosto la mise al corrente che per un paio di giorni avrebbe affidato tutto al coadiutore mentre lui non voleva essere disturbato, fu certa di essere nel giusto.

Esebele Trionfa aveva sempre avuto un fiuto bestiale. Avvertiva a un chilometro di distanza quando c'era un piatto di minestra anche per lui, e in genere non sbagliava mai. Tanto più che il suo aspetto studiatamente desolato muoveva a compassione anche il più scannato dei contadini mentre le mogli di costoro erano sempre ben disposte ad ascoltare le novità, meglio se di morte o malattia, di questa o quella cascina sul conto delle quali l'Esebele era sempre informato.

Della dipartita dei due Coloni l'intera provincia era a conoscenza. Quello che però nessuno sapeva erano gli incontri clandestini tra la giovane vedova e il Novenio di cui l'Esebele aveva invece una puntuale contabilità interrottasi con suo grandissimo dispiacere quando la Giovenca era andata sposa al tenentino. Disceso in campo il Coloni figlio, l'Esebele aveva maledetto con tutte le forze quelle nozze e ancor di più i propri lombi che avevano generato un figlio tanto cretino da lasciarsi scappare un'occasione del genere. A sigillo della sua rabbia, durante uno dei rari ritorni a casa aveva riempito di legnate la moglie Canadina, accusandola di essere la maggior responsabile dell'idiozia di Novenio. La poveretta aveva dapprima subìto e poi chiesto il motivo di quella ripassata. Solo allora l'Esebele s'era spiegato, chiarendo quale grande opportunità il deficiente avesse perduto col lasciarsi scappare la figlia del bottonaio.

Le sue orecchie canine erano state tra le prime a udire la novella della repentina morte del tenentino. Cinicamente aveva analizzato per bene la faccenda e concluso che non c'erano vantaggi in arrivo, a meno che la vedovella, concluso il lutto, volesse riaccasarsi: ma certo se l'avesse fatto, rinunciando al bengodi dentro il quale era capitata, non sarebbe stato con un qualunque morto di fame, razza di cui il Novenio era splendido esempio. Tutt'altra reazione aveva avuto quando, sulle prime senza credere alle proprie pur sensibili orecchie, s'era sparsa la notizia del vecchio maggiore. Appurato che non era uno scherzaccio del destino aveva di nuovo fatto vela verso casa e chiesto notizie del figlio.

«Dov'è l'imbecille?»

Nessuno lo sapeva. Gli era toccato attenderlo per un paio d'ore sotto lo sguardo spaventato della Canadina che temeva nuove legnate se il figlio non fosse comparso.

L'imbecille era poi arrivato, odoroso di cimici schiacciate, la testa adorna di frammenti di fieno dopo aver passato la notte in una stalla.

«Hai saputo?» aveva chiesto il padre.

«Cosa?»

«Idiota!»

L'avesse strozzato quando era ancora nella culla avrebbe fatto un favore all'umanità!

«Meno male che ci sono io» aveva aggiunto l'Esebele. «Siediti e ascolta» aveva ordinato.

Giovenca Ficcadenti!

«Sai chi è?»

«No» aveva risposto Novenio con veemenza e arrossendo.

«Invece sì, cretino!»

«Io…»

«Vi siete visti di nascosto più volte, credendo di farla franca, prima che si sposasse.»

Il Novenio aveva abbassato lo sguardo.

«Su la testa!»

Obbediente, Novenio aveva di nuovo guardato il padre chiedendosi che temporale fosse in arrivo.

«Sappi che è vedova» l'aveva informato il genitore.

«Mi dispiace…»

L'Esebele aveva piantato un pugno sul tavolo.

«Ti dispiace!? Allora lo vedi che sei cretino!»

«Ma…»

«Vedova due volte si potrebbe dire.»

Il giovanotto non capiva.

«Il figlio si è tirato dietro il padre» aveva spiegato il vecchio.

A quel punto un po' della luce paterna aveva cominciato a illuminare i pensieri del figlio.

«Quindi è libera come prima» aveva detto.

Libera e ricca da far schifo.

Novenio era scattato sulla sedia.

«Cosa fai?» aveva chiesto l'Esebele.

«Vado da lei!» aveva risposto Novenio.

«Siediti se non vuoi che ti spacchi le gambe» aveva minacciato il genitore.

Dove voleva andare, cosa voleva fare, pezzo di somaro che non era altro!

Non gli passava per la testa che bisognava concedere alla giovane il beneficio di un po' di dolore e smarrimento per quella doppia perdita?

E che, volendo rientrare nelle sue grazie, bisognava usare un po' di tatto, di misura?

E, a proposito di tatto e misura: «Come diavolo ha fatto uno scriteriato pari tuo a entrare nelle grazie di un simile pezzo di manza?».

«Con la poesia» aveva risposto il Novenio.

«Con cosa?» aveva chiesto sbalordendo l'Esebele.

Il giovanotto aveva confermato: la poesia.

«Io le recitavo i miei versi, lei li ascoltava.»

Il vecchio non aveva avuto dubbi.

"Due idioti" aveva pensato.

237

Meglio così, sarebbe stato più semplice governarli. E tanto di cappello alla poesia che almeno dimostrava di servire a qualcosa.

«Allora ascoltami bene e non farmi ripetere» aveva concluso.

Prima di tutto doveva dare corso a una lenta marcia di riavvicinamento.

Gli anni trascorsi in seminario, aveva riflettuto l'Esebele, non erano stati del tutto inutili, perlomeno il figlio sapeva scrivere e leggere. Bene allora, aveva detto: le avrebbe scritto. Bigliettini da attaccare al cancello tanto per cominciare, per farle capire che lui c'era ancora e l'amava di uguale amore.

Ma con un minimo di criterio, senza partire subito all'assalto.

Si spiegava?

«Sì» aveva risposto Novenio, senza però convincere il genitore.

«Cominciare con frasi di cordoglio!»

Intesi?

Partecipare al suo dolore e poi farle presente che la vita nonostante tutto continuava, la primavera fioriva, gli uccelletti cantavano e quelle balle lì. Evitare gesti impulsivi. Evitare di farsi vedere intorno alla villa come un cane randagio. Lasciare qualche verso che inneggiasse all'amore e alla speranza.

«Ma davvero li scrivi tu?» aveva chiesto l'Esebele.

«Sì» aveva mentito il figlio.

L'idea che allora non fosse lui il padre l'aveva appena sfiorato. Più avanti, se ne avesse avuta voglia, ne avrebbe parlato con la Canadina, legnate ne aveva ancora in magazzino, adesso ben altro premeva.

«Insisti così e aspetta un suo segnale» aveva proseguito.

Un biglietto in risposta, magari, o qualunque altro indizio del ritrovato benvolere della ragazza.

«Dopodiché...»

Il viso di Novenio s'era illuminato.

«Cretino, cos'hai da ridere?»

Non gli aveva lasciato il tempo per rispondere che a quel punto, secondo lui, i giochi erano fatti.

«La scema di casa dove la metti?»

La legittima erede di tutto quel ben di Dio!

Capiva o no?

Doveva spiegarglielo in versi che, con quella di mezzo, lui, se anche fosse riuscito a sposare la Giovenca, non sarebbe stato padrone di niente?

«E allora?» aveva chiesto il Novenio.

«Già!» aveva risposto l'Esebele. «E allora?»

Che intanto cominciasse a piazzare bigliettini amorosi e lo tenesse al corrente.

Al resto avrebbe pensato lui.

E uno e due.

Dopo due offensive sull'Isonzo e dintorni, ciascuno tirava i suoi bilanci.

Lo stato maggiore italiano aveva ben poco da rallegrarsi, vista la pochezza dei risultati a fronte delle ingentissime perdite di quei primi mesi di guerra.

Pure a Domenico Ficcadenti, nel suo piccolo, non erano mancate ragioni per maledire la guerra e prevedere tempi quantomeno cupi. Sin da subito aveva giudicato l'impegno bellico dell'Italia un cattivo affare e per convincersi di avere ragione non aveva avuto bisogno di seguire le vicende dei soldati leggendo giornali o sfogliando la "Domenica del Corriere" della quale si limitava a guardare la pagina illustrata di Beltrame: uno sguardo all'interno del suo laboratorio che si era andato impoverendo di mano d'opera gli era bastato. Della decina di dipendenti che aveva avuto sino ad allora, gliene erano rimasti due, di cui uno guercio, mentre gli altri erano stati chiamati alle armi: tre di questi ci avevano già lasciato la pelle. Fosse stato giovane, avrebbe bellamente reagito e studiato piani per sopravvivere alla crisi incombente. Ma la gioventù era retaggio del passato e al Ficcadenti erano mancate le forze per incrociare le armi col presente. Così aveva deciso tra sé di considerarsi appagato dei risultati raggiunti e libero di dedicarsi anima e corpo al lato artistico, dominato dall'idea di creare una serie di bottoni che, rappresentando come se fossero sculture o dipinti, il tempo che stava vivendo, potessero passare alla storia.

Di altro non si dava pensiero.

La Giovenca, nonostante la vedovanza, poteva dormire tra due guanciali.

La Zemia... be', era grande abbastanza per badare a se stessa e in un certo senso fortunata, mercé la bruttezza, a dover pensare solo per sé.

Domenico poteva prendersi quindi la libertà di stare solo per intere giornate e chiuso nel suo laboratorio, delegando le scarne trattative commerciali, acquisti, vendite e sconti al dipendente più anziano, quel guercio che faceva Mirante di nome e che il più delle volte lo pigliava nel gobbo convinto però di essersi comportato come una vera volpe.

Volpe verace invece, Zemia aveva fiutato aria di pericolo.

In un paio di occasioni aveva assistito non vista alla trattativa di vendita di una partita di bottoni condotta dal guercio. In una di queste il Mirante non aveva pressoché aperto bocca, accettando le condizioni peraltro oneste dell'acquirente: al momento del saldo però, senza che nessuno glielo avesse chiesto e con un tono da car- bonaro, aveva confessato che tutti quei bottoni erano fallati, così che il cliente, fingendosi offeso per la tentata truffa ai suoi danni, aveva minacciato di rivolgersi ad altra ditta se non gli fosse stato concesso un dimezzamento del prezzo d'acquisto, e così era andata. In un'al- tra occasione invece Zemia aveva sentito un insolitamente loquace Mirante menar vanto di essere la vera mente di tutta la ditta tanto che il titolare, ormai mero prestanome a suo dire, aveva messo nelle sue mani la conduzione degli affari, potendosi fidare solo di lui.

"Come se fossi uno di famiglia!" aveva esclamato, aggiungendo che nessuna delle due figlie, né la bellona, andata sposa e vedova dopo una settimana, né l'altra, quella specie di sgorbio che, come dicevano anche i bambini, avrebbe potuto trovar marito solo conoscendolo al buio più fitto e nello stesso buio tenendolo per la vita intera, s'erano mai interessate dei commerci, incapaci com'erano di capirci qualcosa.

A quel punto Zemia aveva giurato.

Non vendetta, sarebbe stato troppo facile rivalersi sul guercio: sarebbe bastato raccontare in giro del giorno in cui lui era andato a pietire l'assunzione, piangendo dall'unico occhio che aveva e raccontando, come poi il Domenico aveva riferito in casa, di aver sposato la peggiore delle donne possibili, sempre ubriaca e scostumata al punto da avergli rivelato che nessuno dei tre figli messi al mondo era suo. Vero o no che fosse, il Mirante aveva singhiozzato che a quei tre voleva bene come se fossero davvero suoi. Domenico Ficcadenti non solo l'aveva assunto ma, a distanza di anni, aveva preso alle proprie dipendenze anche due di quei bastardi, finiti poi, come tanti altri, a tentare di conquistare le terre irredente.

Niente vendetta quindi.

A Zemia mancava il mignolo della mano sinistra ma di occhi ne aveva due e sapeva guardar lontano.

Per intanto si era accontentata di dare un'occhiata ai libri contabili, pure loro disertati dal Ficcadenti, e aggiornati dallo stesso Mirante.

Un disastro.

Di pagina in pagina, quei libri aggiornavano solamente circa l'estrema faciloneria e la profonda ignoranza del guercio che non intendendosi per niente di ragioneria, e avendo pure lacune incolmabili in quanto all'uso della lingua italiana, aveva preso quel compito come se fosse un gioco, riempiendo le pagine del registro di cifre a casaccio e annotazioni stravaganti. In sostanza, dal momento in cui Domenico Ficcadenti aveva demandato anche quell'attività, tralasciando come sempre aveva fatto di annotare con cura entrate e uscite, acquisti e cessioni, il bilancio della ditta era diventato una nebulosa.

"Così non va" s'era detta.

Un bel giorno s'era presa la briga di affrontare il patrigno e senza andare troppo per il sottile gli aveva chiesto il permesso di assumersi la responsabilità di badare all'amministrazione della ditta.

Domenico Ficcadenti non aveva mosso obiezioni, aveva ben altro per la testa. In quei giorni aveva progettato una linea di "bottoni funebri" che potevano adornare le giacche e i foulards dei genitori privati dei figli morti in guerra, serbandone perenne memoria: rami di alloro intrecciati costituivano la cornice del bottone mentre il piatto centrale restava vuoto in modo che vi si potesse incastrare un ritrattino del defunto. Il tutto poteva poi essere attaccato al bavero della giacca oppure, con un piccolo accorgimento già messo in preventivo, fungere da spilla per signora.

Dai disegni che le aveva mostrato, Zemia aveva tratto cattivi auspici circa l'equilibrio del genitore. Peggiori, però, erano stati i pronostici circa il futuro della ditta dopo aver indagato i traffici attuali e averli confrontati con quelli degli anni precedenti.

A parte il disordine in cui li aveva tenuti quel cretino del guercio, i conti erano ormai quasi fallimentari.

Il bottone, insomma, non andava più come un tempo. Soprattutto il bottone artigianale, fatto a mano, con cura, uno alla volta!

Costava troppo e, tranne in rari casi, non era più simbolo di eleganza, oggetto grazie al quale distinguersi. Era diventato, piuttosto, cosa di uso corrente e la sua produzione era quindi ormai, in obbedienza alle leggi del mercato, industriale. Da cui una diminuzione drastica di ordini per la Premiata Ditta Ficcadenti.

La guerra poi ci aveva messo del suo, fiaccando le economie, quelle domestiche prima di ogni altra. I prezzi al consumo avevano subìto un rialzo dopo l'altro e chi, come il Ficcadenti, se ne stava chiuso nel suo laboratorio a sognare bottoni sempre nuovi con la testa tra le nuvole, non se n'era certamente accorto. A illuminare il Domenico sull'aria nuova e tutt'altro che sana che tirava in Italia anche prima dell'entrata in guerra, non era bastata la comparsa in tavola del pane fatto con la crusca, imposto per legge. Nemmeno aveva dato a vedere di cogliere la differenza quando aveva cominciato a masticare carne d'asino anziché bovina, quest'ultima pure lei rincarata e spesso sostituita dal più modesto quadrupede.

E le tasse?

Non potendo tassare l'aria, il governo aveva varato manovre per tassare i profitti di guerra, dalla qual cosa la Premiata Ditta era stata risparmiata, mentre invece era stata colpita dalla tassa personale che colpiva i soggetti di sesso maschile rimasti a casa. A proposito della quale il Ficcadenti s'era trovato gravato non solo di quella relativa ai due dipendenti, guercio compreso, ma aveva dovuto sborsare anche i soldi per la sua propria, nonostante l'età lo esonerasse dal partecipare al conflitto. Un errore dell'ufficio competente l'aveva fatto molto più giovane di quanto non fosse in realtà e poiché la burocrazia non accettava compromessi, onde evitare di passare per disertore e patirne le conseguenze, Domenico Ficcadenti aveva dovuto pagare e poi avviare una pratica affinché la verità circa la sua età venisse ristabilita e la tassa restituita.

Quando l'Italia aveva ormai perso circa duecentomila soldati conquistando pochi chilometri di roccia, Zemia, temendo giustamente che il futuro riservasse altre cattive sorprese, aveva preso la decisione e l'aveva comunicata al patrigno: per la Premiata Ditta Domenico Ficcadenti era ora di chiudere i battenti.

Conti alla mano, mica balle!

Sapeva però, Zemia, che quella notizia sarebbe stata come una pugnalata al cuore dell'uomo, ragione per la quale l'aveva studiata bene. Si trattava di chiudere per adattarsi alla situazione reale e permettere alla stessa Ditta di fare un salto di qualità. Era o non era un'eccellenza nell'ideare e fabbricare bottoni la Ditta Ficcadenti?, aveva chiesto al patrigno senza dargli il tempo di rispondere.

Aveva risposto lei.

«Sì.»

Non voleva quindi mettersi sullo stesso piano di quegli eletti che producendo cappelli, vestiti, profumi e chissà cos'altro dettavano legge nel campo della moda?

«Sì o no?» aveva chiesto.

«Sì» aveva risposto sempre lei.

Bene, l'ora si era fatta.

«Cioè?» aveva domandato il Ficcadenti.

Semplice, basta preoccupazioni di conti, entrate e uscite, clienti micragnosi, fornitori furbetti.

Non più il miserrimo commercio ma un lavoro di fino, destinato ai palati delicati.

Una piccola merceria, eccola la soluzione.

Lui manteneva il suo laboratorio continuando a ideare e realizzare i suoi immaginifici bottoni. Avrebbe pensato lei a stare al banco, gestendo il commercio, arricchendo l'esercizio con tutto ciò che serviva a fare del negozio una merceria degna del nome.

Dove, naturalmente i bottoni Ficcadenti avrebbero avuto un posto di primo piano, per esempio dentro a un espositore dove lui avrebbe potuto mostrare al pubblico i prototipi che andava via via inventando, consentendogli quindi di produrli su ordinazione e in esclusiva per il cliente.

Circa i due dipendenti rimasti, del cui destino il Ficcadenti aveva chiesto conto, Zemia aveva assicurato che se ne sarebbe presa cura lei. Uno, il più giovane, con l'incoscienza dell'età non vedeva l'ora di partire soldato. Al guercio aveva provveduto di persona consegnandogli una lettera di licenziamento compilata con tutti i crismi. Quando quello, dopo averla letta e averne colto sì e no il senso, le aveva chiesto cosa significasse, Zemia gli aveva risposto che voleva dire che se nel giro di un'ora non fosse sparito dalla circolazione avrebbe chiamato i Regi Carabinieri e l'avrebbe denunciato per violazione di proprietà privata, malversazione, truffa e aggiotaggio, mitragliando una serie di termini ignoti al Mirante ma così carichi di minaccia che quello era sveltamente sparito.

Alla sera di quello stesso giorno, Zemia aveva tratto un bilancio positivo delle sue azioni e s'era detta che, così facendo, aveva posto la prima pietra dell'erigenda merceria della Premiata Ditta Domenico Ficcadenti.

Che il bottone del fante, lanciato all'assalto con tanto di baionetta in resta, avrebbe di lì a poco abbattuto sul nascere.

72

Don Pastore la sentì arrivare.

Anzi la vide, sbirciando dalla finestra della sua camera. Si tirò un po' indietro. Adesso toccava alla Rebecca agire secondo istruzioni.

Infatti.

«Al ghè minga!» disse la perpetua rispondendo alla richiesta della Stampina.

«E dov'el?»

«Non lo so.»

Brava Rebecca, bella risposta! Meglio dire che non sapeva dove fosse piuttosto che tirare in ballo qualche malattia.

«Si drè a vedè de fam crepà?» reagì la Stampina.

A quel punto la perpetua avrebbe dovuto chiudere la porta della canonica e buonanotte ai suonatori!

La Stampina però scoppiò in lacrime. Sincere, nessuno lo metteva in dubbio. Sincere, ma ricattatorie. Un animo sensibile non poteva fingere di non vederle.

La Rebecca infatti, che oltre all'animo sensibile aveva anche voglia di saperne di più, colse al volo l'occasione.

Povera donna, venite dentro!

«Ma cos'è successo?» chiese.

La Stampina crollò sulla sedia della cucina. Per un lungo minuto boccheggiò.

Era successo tutto nel giro di poche ore e anche una fibra dura come la sua non aveva retto alla prova.

«Gli ho dato tutta la giornata per digerire il rifiuto di quella là» cominciò a dire la Stampina.

"Mument!" pensò la Rebecca.

Chi era lui, chi era quella là.

«Lui, il Geremia, mio figlio, l'altra la Ficcadenti.»

«Bon.»

Avanti allora.

Per tùt el dì era rimasto lì nella sua cameretta, vestito col vestito del suo vecchio, niente lavoro, scemo di un rimbambito, guardava in su il soffitto come se fosse un cinema…

«O poarèt! Malàa?» chiese la Rebecca.

Machè malàa!

Magari!

Stùpit che gnanca un merlo sòta la primavera!

«A ogni buon conto mì…»

Lei, la Stampina, l'aveva lasciato in pace col suo dolore che tanto quei mali lì così privati c'era niente da fare, dovevano passare per conto proprio. Di andare al cotone, niente, giornata persa. Va be', passi, s'era detta, anche se quel mese la busta sarebbe stata bella magra. Di tanto in tanto aveva buttato l'occhio nella cameretta, vedere se per caso fosse morto.

No, perché respirava.

Ma stava fermo immobile come quei negri delle figurine dei dadi.

«I fachini!» suggerì la Rebecca.

«Pròpi.»

Fare per fare lei aveva fatto finta di niente. Però verso sera aveva messo là un po' di frattaglie di pollo che anche suo marito aveva dato segni di vita e, siccome il Geremia quando faceva quella cosa, era capace di leccare fin la padella, aveva scommesso che sarebbe arrivato a tavola.

«E invece?»

Invece no.

«E i busècc?» si informò la perpetua.

A lei non piacevano, suo marito non poteva mangiarle…

«S'eri de fà? Ghi ò dà ai gàt!»

«Pecàa! Peccato!»

Peccato sì, comunque, frattaglie a parte, poteva mica lasciar lì suo marito a dormire per la seconda notte di fila sulla sedia.

«E no» approvò la Rebecca.

«Al ciàmi, gh'el dìsi, rànges, el me rispònt.»

«Vilàn!»

Più che villano!

Va ben le pene d'amore, ma un padre è sempre un padre, anche se incartapecorito.

Quindi era andata in camera, si era messa ai piedi del letto e gli aveva detto di smetterla di fare l'opera lirica, che di donne c'era pieno il mondo e prima o poi sarebbe saltata fuori anche quella giusta per lui.

Allora il Geremia le aveva detto che lui la donna giusta l'aveva già trovata.

«La Ficcadenti!» scappò alla perpetua.

«C'è in giro già la voce?» si allarmò la Stampina.

«No.»

Però sì, proprio la Ficcadenti che il Geremia s'era ficcato in testa dopo averla vista sapeva solo il Signore come dove e quando.

Poi, con una faccia che sembrava parlasse con gli angeli, bisognava vederla!, le aveva detto che prima o poi, sicuramente prima di sposarsi, avrebbe dovuto portarla in casa e fargliela conoscere.

«La Ficcadenti?» chiese la perpetua.

«Pròpi!» confermò la Stampina.

Però…

Su quel però alla Stampina vennero nuove lacrime.

Tutta una vita vissuta a sacrifici per tirar su quel figlio deficiente, col peso della casa e del marito sulle spalle, il pensiero del bilancio che non quadrava nemmeno a febbraio, le notti passate ad aguchiare per rivoltare giacche e pantaloni che adesso, a furia di pungersele, aveva le dita che sembravano ricoperte de la pèl de un sciàt!

E tutto per sentirsi dire che però quella casa faceva un po' schifo e non era adatta a ospitare una signora come la Ficcadenti.

«Anche il papà…» aveva detto il Geremia.

«Anche il papà cosa?» gli era saltata in testa lei.

Insomma anche lui faceva mica un bel vedere, cattiva impressione se una non sapeva il perché e il percome, a trovarselo così davanti damblè!

«Alòra sò de fà? Tràl via?» gli aveva chiesto lei.

«Magari dire che non è il papà» aveva risposto il Geremia.

«L'è mia posìbil!» fece la Rebecca.

Invece sì.

E mica era finita.

«Se rèndet cunt…» aveva chiesto lei.

Ma si rendeva conto della bestialità che aveva appena detto?

Fingere che quello lì, colui che l'aveva messo al mondo, anche se adesso aveva la vitalità di un sasso, non era più suo padre?

Risposta?

«Dàghen un tài.»

«Davvero?» chiese la Rebecca.

«Pròpi» confermò la Stampina.

E poi il Geremia aveva continuato a dire, sempre così, neh?, fermo immobile seduto sul suo letto, che in fin dei conti sia lei che il sasso la vita l'avevano goduta, proprio così, goduta! goduta chi che cosa quando e dove?, che sberle che gli avrebbe dato, ma insomma via, goduta e invece lui l'aveva ancora tutta davanti e gli sembrava giusto e ragionevole cogliere le occasioni senza che nessuno lo ostacolasse, soprattutto loro genitori che per via del sentimento dovevano essere solo contenti del suo bene e, se questo costava qualche sacrificio, amen.

«E così sia» rispose la perpetua per far pendant.

Dopodiché silenzio su entrambi i fronti.

Il Geremia era tornato a guardare il cinema che vedeva sul soffitto.

La Stampina invece s'era sentita calare addosso un silenzio sconosciuto.

La Rebecca aggrottò la fronte, segno che non capiva.

«Voi» si spiegò la Stampina, «quante volte dovete stare zitta per buona creanza o perché non è il caso di parlare ma avete la testa piena di parole?»

Almeno dieci volte al giorno, sarebbe stata la risposta della perpetua se avesse avuto il tempo di darla.

«Bon» disse la Stampina.

A lei era successo esattamente il contrario.

Perché le era venuto il pensiero che a quel figlio, per tirarlo così cretino, dovessero aver fatto qualcosa, una magia o giù di lì.

A quell'uscita, la Rebecca ebbe un sussulto.

«Se ghè?» chiese la Stampina.

«Niente» ribatté secca la Rebecca.

Ma era diventata smorta come il latte, la Stampina l'aveva ben visto.

«Come niente?»

«Se ho detto niente…» ribadì la perpetua.

Poteva mica dirle che le era venuto in mente el diàol!

Che, si sapeva, usava tutti i travestimenti possibili pur di compiere le sue malefatte. E travestirsi da Giovenca Ficcadenti era la maniera giusta per far andare in un brodo di giuggiole un tamburo come il Geremia.

Passi però il Geremia.

Ma il sciòr prevòst?

Possibile, lui che el diàol doveva conoscerlo tanto bene e avere anche i mezzi per scasciarlo, che si fosse fatto ingannare al punto da lasciarlo solo, e lì in canonica!, una bella mezz'ora col Geremia in modo che lo potesse imbesuire ben bene con le sue magie?

Che scema ad aver pensato ai vermen!

Magia nera!

Perché, adesso che ci rifletteva bene, anche il giorno del suo tragico viaggio a Monza lei non l'aveva persa d'occhio nemmeno un attimo la

Ficcadenti ma quella in un istante era seduta sulla carrozza e l'istante dopo stava già menando le tolle fuori dalla stazione.

Più magia di così!

La Stampina intanto aveva ripreso a parlare. La perpetua discese dalla nuvola dei suoi pensieri neri.

«Ah sì?» disse tanto per far capire che non s'era perduta una parola.

«Capito la furba?» affermò la Stampina.

Cioè la Ficcadenti.

Perché, visto che il Geremia non le rispondeva che scemate, che le facevano venire la voglia di spaccargli la testa per vedere se c'era dentro qualcosa, lei era filata dritta come una "i" da quella là per avere spiegazioni belle chiare.

Ma quella là non c'era!

O almeno così le aveva detto quello sbaglio della natura che diceva di essere sua sorella ma chi ci credeva.

La Rebecca guardò il calendario, ma tanto lo sapeva già.

Giovedì.

Arricciò il naso come se sentisse un cattivo odore.

Zolfo, forse.

«Così sono venuta qui perché se il signor prevosto non mi aiuta io non so cosa fare» concluse la Stampina.

«Ma il prevosto non c'è, ve l'ho detto» confermò la Rebecca trattenendosi dal guardare il soffitto della cucina sopra il quale stava la stanza del sacerdote, probabilmente immerso nelle preghiere che gli avrebbero dato la forza per scascigare el diàol dalla canonica e anche dal paese.

«E allora aiutatemi voi» supplicò la Stampina.

«Io? E come?»

«Appena lo vedete metteteci una buona parola.»

La Rebecca si sentì come se l'avessero incaricata di salvare il mondo.

«Andate in pace» disse, esagerando un po'.

73

Pieno come un uovo e camminando a zig-zag sotto una doppia luna che vedeva solo lui, il Notaro Editto Giovio aveva preso la decisione di andare alla villa dei Coloni, col che avrebbe anche avuto l'occasione di vedere di persona ciò che sino ad allora conosceva solo grazie alle parole del defunto maggiore, e il giorno seguente aveva prenotato il viaggio.

Il Sisino, trasporto passeggeri, non guardava in faccia a nessuno e non faceva sconti.

Aveva tabelle calcolate sulle distanze, il prezzo comprendeva il ritorno anche se il trasportato aveva chiesto un viaggio di sola andata, non prevedeva soste intermedie che non fossero concordate.

A scanso di equivoci, pagamento anticipato. Fregava niente, al Sisino, che il viaggiatore fosse un signor Notaro oppure un morto di fame qualunque.

Quindi, Notaro o no, le soste che aveva dovuto fare da Como fino alla villa del Coloni, il Giovio gliele avrebbe dovute pagare.

Quattro.

Il Sisino le aveva segnate su un calepino, con tanto di località, caso mai.

Capelèta.

Sàss di mònegh.

Al scursòn.

L'acqua vègia.

E tutte per pisciare!

El sciòr nodàr aveva la pisciarola. E il mestèe, aveva notato il conducente, gli bruciava anche assai, perché sia in partenza di pisciata sia in chiusura il Giovio aveva fatto facce che non erano proprio quelle della soddisfazione di chi finalmente svuota il merlo.

Nel contratto del trasporto Editto Giovio aveva fatto comprendere anche l'attesa per poi riportarlo a Como. Il Sisino, anche lì, aveva preteso di sapere quanto tempo. Il Giovio non aveva saputo definirlo: avrebbe pensato lui a tradurlo in chilometri e quindi in denaro.

Un affarone!, aveva calcolato il Sisino quando aveva visto il suo cliente avviarsi alla volta del cancello.

Lento come una tartaruga.

Disorientato addirittura. Come se non avesse ben chiaro dove fosse finito e stesse cercando di capirlo.

Una volta al cancello, Editto Giovio s'era attaccato alle sbarre e, dalle spalle, il Sisino aveva compreso che stava tirando respiri come un mantice. Poi aveva preso dalla tasca un fazzolettone e s'era asciugato il cranio. Quindi s'era girato verso di lui come se volesse chiedere qualcosa. Una scuffia di aria gli aveva scompigliato i capelli, lui aveva aperto la bocca come se volesse mangiarsela, quindi, come vivificato, aveva aperto il cancello e s'era avviato.

Ma sempre lento e con le gambe larghe manco fosse ubriaco.

Quando il Notaro era sparito dentro la villa, il Sisino aveva calcolato che solo quell'indugiare del Giovio poteva valere tre o quattro chilometri come minimo e, di quel passo, avrebbe intascato una giornata da marcare sul calendario.

Quindi, disponendosi all'attesa, s'era sputato sulle mani per la soddisfazione e s'era stravaccato nel prato che contornava la villa, un filo d'erba in bocca e gli occhi chiusi. Infine, grazie anche all'ombra di un enorme noce che l'aveva gentilmente coperto, s'era lasciato cadere in un sonno privo di sogni mentre il Giovio, per la seconda volta da che era entrato nella villa, chiedeva alla Giovenca il permesso di usufruire del luogo comodo.

Cosa diavolo gli stava succedendo, il Notaro non riusciva a capirlo.

Capiva però che tutta quell'impellenza di andare a pisciare, quel bruciore che avvertiva prima, durante e dopo, in pratica sempre, gli toglieva lucidità impedendogli di mirare diritto allo scopo che s'era prefisso per quella mattina: fare intendere alla Giovenca che tipo di pagamento avrebbe preteso per i suoi servizi.

Alla terza visita nel luogo comodo, mentre a fronte di uno stimolo potente non aveva distillato che poche gocce che sembravano rivestite di spine, il Giovio sorrise amaramente: se anche la ragazza avesse inteso chiaramente il suo scopo e si fosse adattata, si era chiesto, cosa se ne sarebbe fatta di un piscetta qual era lui in quel momento?

Era ritornato nell'ampio salone che conservava ancora un ricordo dei due funerali che aveva ospitato nella traccia di un odore macerato di fiori, dove la Ficcadenti l'aveva ricevuto e, tra una pisciata e l'altra, aveva seguito le sue contorsioni linguistiche che avevano il solo scopo di annebbiarne ancora di più la mente esaltando la sua figura di salvatore della patria e dell'eredità.

«In pratica» aveva detto, sedendosi e strizzando gli occhi perché gli era sembrato che la Giovenca si stesse sdoppiando, «dobbiamo sistemare la matta, eliminarla dall'asse ereditario, intendo, e per farlo c'è una sola via.»

Era forse la stessa cui oscuramente poche sere prima aveva accennato il Novenio?

«Quale?» aveva chiesto.

Il Notaro era stato criptico.

«Devo poter contare sul vostro silenzio e sulla vostra complicità» aveva detto. «Posso?»

«Fatelo, e ve ne sarò riconoscente» era scappato detto alla Ficcadenti.

In quel momento un altro riccio s'era dimostrato pronto per uscire. Quella risposta al Giovio aveva fatto intendere fin troppo. Per la soddisfazione s'era rilassato e una macchietta era comparsa sul suo pantalone.

74

Andata e ritorno.

La Rebecca, non più tardi di mezz'ora dopo, cominciò davvero a credere che nel paese ci fosse el diàol.

Orco sciampìn, la Stampina era appena andata via e adesso era ancora lì!

Aggrappata al cancello della canonica, con gli occhi fuori dalle orbite, che annaspava dicendo qualcosa che lei non riusciva a capire perché la sorpresa le aveva tappato anche le orecchie.

Poteva mica lasciarla lì a gridare come se c'avesse il fuoco di sant'Antonio!

O bèla!

Volò alla porta della canonica e l'aprì.

«Stampina, se gh'è?»

Ma la Stampina sembrava avesse esaurito ogni energia. Aveva la stessa faccia di quelle donne che stavano ai piedi della croce su uno dei tanti affreschi del santuario della Madonna di Lezzeno: sfinita dal dolore e dalla fatica.

La fece entrare.

«Venite dentro.»

Minimo un cordiale.

Ma la Stampina rifiutò.

«Ci vuole ben altro» affermò.

«Ciàmi el dotòr?» chiese la Rebecca.

«Sì, ma quel di màt» rispose la Stampina.

«Il Geremia?» intuì la perpetua.

Proprio, il Geremia.

Che in quel preciso istante si trovava assiso nello studio del diret-tore del cotonificio, ingegner Capua Vittorio.

«A fa'?»

«Scoltìi» consigliò la Stampina.

Perché lo stesso ingegner Capua Vittorio era appena uscito da casa sua dopo aver chiesto lumi su quello che doveva fare.

«Cioè?» chiese la perpetua.

Cioè se accettare la richiesta di licenziamento del Geremia oppure no.

«Licenziarsi! Ma l'è màtt?» proruppe la Rebecca.

Il direttore le aveva detto che il Geremia gli aveva raccontato delle sue prossime nozze e anche di un nuovo lavoro nel ramo del commercio…

«Ossignòr!» esalò la Rebecca portandosi una mano alla bocca.

… quindi voleva sapere da lei, visto che gli era noto che il giova-notto non aveva tutti i giovedì al loro posto, se la cosa corrispondesse al vero oppure fosse frutto di fantasia.

Con la scusa di un problema in un reparto, il signor ingegner Ca-pua Vittorio si era allontanato lasciando il Geremia nel suo ufficio ed era volato a casa sua per chiedere cosa dovesse fare: non voleva avere sulla coscienza il licenziamento di un operaio che sapeva essere l'unica fonte di sostentamento della famiglia.

«E alòra?» chiese la Rebecca.

Le aveva chiesto di andare nel suo ufficio a parlare col figlio.

Però…

«Però?» insisté la Rebecca.

«Se vo là al còpi» sentenziò la Stampina.

L'unico che poteva aiutarla era el sciòr prevòst.

Ma non c'era.

«Apunto» fece la Rebecca.

Ma incerta.

«O no?» indagò la Stampina.

«E be'…»

«C'è o non c'è?»

«C'è…» sussurrò la Rebecca, «e non c'è.»

Gli sguardi delle due donne si incrociarono. Implorante quello della Stampina. Eroico quello della perpetua che stava riflettendo circa l'opportunità di commettere una specie di peccato mortale, venir meno a un ordine di don Pastore.

D'altronde che ci fosse el diàol in paese non aveva dubbi ormai. E l'unico che poteva combatterlo coi suoi vaderetro era lui.

«Spetì chi» disse, «spettate.»

E partì orgogliosa come un alfiere in battaglia.

75

Che fosse stato il barolo del giorno prima?

Magari quell'assassino dell'oste l'aveva allungato con qualche vinaccio così che adesso, oltre ad avere le vie urinarie foderate di cartavetro, vedere un po' doppio e un po' no, aveva in testa una specie di concerto di mosche anche se di tali insetti non c'era nemmeno l'ombra.

Il viaggio di ritorno verso Como era stato una pena per il Notaro Editto Giovio.

Molto meno, anzi, tutt'altro, per il Sisino Trasporto Passeggeri che con quello che avrebbe intascato tra andata e ritorno, fermate (almeno una decina), e attesa, poteva stare una settimana intera senza fare una mazza. Solo in vista di Como si era preoccupato vedendo il passeggero ciondolare il capo e sentendolo ronfare. L'aveva ben svegliato davanti a casa e quando quello aveva dato a vedere di essere confuso e non riusciva a trovare il portafoglio glielo aveva indicato lui.

«Tasca interna della giacca, a destra.»

Doveva ancora nascere quello che metteva nel sacco il Sisino Trasporto Passeggeri.

Che ci fosse qualcosa che non andava per il verso giusto nella testa del Notaro era stato ulteriormente chiaro al Sisino quando, dopo aver intascato la lauta mercede, aveva anche dovuto indicare a quello quale fosse la porta d'ingresso del suo studio, poiché il Giovio sembrava averla dimenticata.

L'aveva solo sfiorato il dubbio che potesse aver bisogno di aiuto, dubbio scacciato dall'assoluta certezza che meno si impicciava dei fatti altrui meno rischiava di richiamare su di sé qualche guaio.

Una volta chiusa la porta alle sue spalle, il Giovio aveva raggiunto la poltrona e vi si era incastrato, abbandonandosi al sonno malato che sin dalla mattina l'aveva inseguito senza mai riuscire a fermarlo del tutto.

La sua storia sarebbe finita lì, e ingloriosamente a causa dei pantaloni inzaccherati di urina, se di lì a due giorni Toni Garbelli detto Torsolo non avesse bussato alla sua porta e pur senza ottenere risposta fosse comunque entrato nello studio.

76

"Ah, bravo! Bravo sciòr prevòst!" pensò la Rebecca.

Fu, appunto, solo un pensiero, perché non avrebbe osato ribellarsi così apertamente al suo superiore.

Nell'animo, però, non fu d'accordo.

Per niente!

'Ndem, allearsi col diàol!

Tuttavia don Pastore l'aveva messa giù così bene, l'aveva spiegata così chiara che non si poteva dargli torto: l'unica che potesse ridurre il Geremia a più miti consigli era la Ficcadenti.

Che però l'era el diàol.

Senza parlare, la Rebecca guardò il sacerdote.

E, pur se impercettibilmente, questi abbassò lo sguardo.

Don Primo Pastore non aveva paura di niente e nessuno, neanche del diàol, ma aveva soggezione della sua perpetua quando questa metteva su una certa ghigna che le aveva visto solo in un paio di occasioni.

La prima era capitata nella primavera 1912 quando, sbucando da chissà dove, era piombato in paese un attivista socialista, mezzo italiano e mezzo svizzero o tedesco, che si era messo in giro per le contrade a vendere un opuscolo intitolato *L'uomo e la divinità* a firma di un certo Benito Mussolini. Passando di casa in casa per piazzare la sua merce il soggetto in questione aveva suonato anche in canonica.

Sbirciatolo dalla finestra, don Pastore le aveva proibito di farlo entrare.

«Propaganda l'ateismo» aveva sussurrato.

La Rebecca aveva allora messo su quella ghigna.

«Lo faccio entrare eccome!»

Il prevosto aveva tentato di obiettare ma le parole gli erano morte in bocca davanti al viso della donna, infiammato, teso al punto che si vedeva lo scheletro del cranio. Se il mezzosangue non era uscito dalla cucina della canonica, dopo una mezz'ora, convertito al cristianesimo, l'aveva fatto quantomeno privo della sua triste propaganda, che era finita tutta nella stufa.

La seconda volta era successo verso la fine del maggio 1913 e, ogni volta che il prevosto ci pensava, non poteva fare a meno di ricordare il miracolo della pesca miracolosa, scusandosi subito dopo con l'alto dei cieli. Era stato quando un suo collega, conosciuto in seminario, il ticinese don Bentitrovo, monsignore di curia al servizio del vescovo di Como Alfonso Archi, aveva deciso di rendergli visita e gli aveva espressamente chiesto di fargli trovare per pranzo niente altro che un bel piatto di agoni in carpione. La pescivendola Cancrena, cui la Rebecca s'era rivolta come suo solito, aveva ricusato la richiesta di quei pesci: erano notti che suo figlio Spartaco non tirava fuori nemmeno la razza dalle acque del lago. La Rebecca aveva messo su la sua ghigna e aveva fatto chiamare il giovanotto: gli ordini del sciòr prevòst non si discutevano, si eseguivano!

Com'è come non è, lo Spartaco, dopo una notte passata a madonnare in mezzo al lago, era riuscito a mettere insieme il pesce richiesto.

La terza volta era successo pochi minuti prima, quando la Rebecca era entrata senza bussare nella sua stanza e gli aveva detto che giù di sotto c'era bisogno di lui.

«Ma se vi ho detto che non c'ero per nessuno!» aveva protestato il sacerdote.

Ed ecco che sul volto della perpetua era comparsa quella maschera.

Lei non voleva avere sulla coscienza nessuno! Non voleva che dei bravi cristiani finissero a patire la fame oppure a cercare l'elemosina, pòra gènt che già così com'era stava già scontando in Terra i propri peccati, che poi, che peccati potevano aver mai combinato...

«Va bene, va bene» l'aveva interrotta don Pastore ed era sceso in cucina per trovarsi faccia a faccia la Stampina che l'aveva messo al corrente delle novità.

Una volta informato, il prevosto aveva chiesto qualche minuto per ragionare.

Non poteva certo negare che con quel giovanotto aveva già sbagliato calcoli in un paio di occasioni e, se voleva mantenere un poco di credibilità, sarebbe stato opportuno non fare più passi falsi: considerata la situazione, aveva valutato che quella era l'occasione buona per toppare la terza o quarta volta che fosse.

Quindi aveva lanciato la proposta, infiocchettandola per bene coi suoi *sicuterat*.

Quando don Pastore levò di nuovo gli occhi sulla Rebecca, costei non aveva ancora mutato espressione.

Brutto segno.

«Cosa c'è?» chiese il prevosto.

«C'è che l'è giovedì!» lo informò la perpetua.

Inutile dirsi cosa significava.

Ma la Rebecca preferì essere didattica.

«Quindi o lo lasciamo lì dal direttore fino a domani o chiamiamo il signor maresciallo o...»

«Oppure...» la interruppe il signor prevosto.

Oppure si poteva chiedere all'altra Ficcadenti...

«A quella brutezza?» interloquì la Rebecca.

Il prevosto lasciò correre.

... che intervenisse parlando a nome della sorella per far sapere al Geremia...

«Che cosa?» intervenne di nuovo la Rebecca.

«O benedetta donna, un àtim, no?» la zittì il prevosto.

Mica era semplice ideare una cosa che convincesse il Geremia, crapa de lègn!, a recedere dalla sua decisione e a tornare a casa.

«Magari…» insisté la perpetua.

«Ancora!» si innervosì il prevosto.

«Magari un invito a cena» sparò la Rebecca.

Don Pastore la guardò.

«Perché no?» disse.

«Visto!» ribatté la perpetua.

L'unico ostacolo stava proprio in quella brutezza, come l'aveva appellata la Rebecca. Niente nel suo aspetto lasciava molto spazio alla speranza che collaborasse.

«L'abito non fa il monaco» ammonì tuttavia don Pastore, e la indovinò.

Toccò allo stesso prevosto farsi ambasciatore della proposta.

Solo dal suo pulpito potevano cadere parole siffatte, aveva chiosato Rebecca, profetica pure lei.

Furono parole che uscirono defilate dalla bocca del sacerdote, senza nemmeno il bisogno di farsi ospitare nel retrobottega della merceria, visto che quando entrò, poco dopo le cinque del pomeriggio del 13 gennaio, non c'erano clienti.

«Fatelo per quel giovane, per la sua famiglia» concluse don Pastore, «e anche per me.»

Gli avrebbe consentito di guadagnare un po' di tempo per pensare a cos'altro inventarsi per riportare il giovanotto sulla retta via.

Zemia non solo accettò di buon grado la proposta, ma addirittura ribatté chiedendo perché non dare corpo all'invito quella stessa sera.

«Faremo una bella sorpresa alla Giovenca.»

E a don Pastore, felice per l'inaspettata facilità con cui aveva risolto momentaneamente l'impasse, sfuggì una specie di sorriso che nacque e morì in un amen sul viso di Zemia Ficcadenti.

77

La Giovenca non solo aveva abboccato all'amo di quei poetici bigliettini ma ormai li aspettava come se fossero il pane quotidiano.

«Bene» aveva commentato con entusiasmo l'Esebele, traendo due conclusioni dal fatto.

La prima, che era probabilmente davvero innamorata di quel cretino di suo figlio.

La seconda, che di conseguenza fosse stupida almeno al pari di lui.

Adesso, quindi, gli toccava prendere in mano la direzione della musica onde evitare che l'una o l'altro commettessero dei passi falsi e mandassero tutto a farsi benedire.

Prima di ogni altra cosa.

«Che non vi venga in mente di...» aveva detto schiacciando l'occhio al Novenio.

«Cosa?» aveva chiesto il figlio.

«Buon Dio!» aveva esclamato il genitore.

Possibile che fosse così lento di comprendonio?

Cosa ci voleva a capire cosa intendesse!

Guai, proprio adesso, farsi trascinare dalla passione con il rischio di ingravidare la manza e mandare tutto a monte.

Lo capiva o no che sarebbe stato disastroso, ne sarebbe uscito uno scandalo dalle conseguenze difficili da prevedere?

«Un bastardo è proprio l'ultima cosa che ci serve da oggi e nei mesi a venire» aveva affermato l'Esebele.

«Perché?» aveva chiesto il Novenio.

All'Esebele avevano cominciato a prudere le mani.

Com'era possibile che nemmeno una goccia della sua furbizia fosse andata a finire nella zucca di quella bestia del figlio?

«Ascoltami bene! Vuoi diventare o no marito con tutti i crismi della Ficcadenti? Vuoi diventare o no padrone a tutti gli effetti di villa, campi, vigne, boschi, stalle eccetera?»

Il Novenio l'aveva guardato senza rispondere.

L'aveva fatto lui in vece sua.

«Devi rispondere sì, bestia che non sei altro, sì, lo voglio!»

E per diventarlo a tutti gli effetti davanti a Dio e agli uomini doveva togliersi dai coglioni la scema di casa.

«Lo capisci?»

Lo capiva, eh!, mica era stato in seminario per niente. Quello che non riusciva ad afferrare era come toglierla di mezzo a meno di un intervento divino.

Dove voleva andare a parare suo padre?

«L'oleandro» aveva sussurrato l'Esebele.

«Chi?» aveva chiesto Novenio.

«Non chi» aveva risposto il genitore.

Cosa, piuttosto.

La pianta ornamentale, velenosa in ogni sua parte dai bei fiori fino alle radici, della quale c'era un monumentale esempio proprio nel giardino della villa.

78

Toni Garbelli detto Torsolo di mestiere faceva il ruffiano e il cacciatore di frodo.

Così campava alla grande.

Le sue informazioni costavano care ma valevano il prezzo pagato.

Se c'era nei dintorni una ragazza incinta anche solo da mezz'ora che andava disperatamente in cerca di marito per appiopppargli il guaio, lui lo sapeva: così andava di casa in casa, là dove sapeva di trovare giovanotti pronti per l'altare, e vendeva l'informazione. A pagare naturalmente erano sempre in due: la famiglia della svergognata e quella del pistola che, senza saperlo, se l'accollava con tanto di erede già in via di fabbrica.

Ugualmente se c'era qualche giovanotto impestato dopo aver fatto un viaggio iniziatico alla volta di uno dei casini di Como, il Torsolo si presentava in casa delle femmine da marito e suonava un campanello: i genitori capivano che c'era in giro qualcuno con lo scolo e pagavano per avere nome e cognome.

Teneva anche una infallibile contabilità di vacche ammalate, TBC oppure brucella, pecore primipare o no, vigne affette dal màa del zòfrec. Era costume, anche dei commercianti di uve, chiedere un parere preventivo al Torsolo prima di chiudere un affare.

La sua seconda attività gli aveva dato un'aura di potere quasi magico poiché i suoi clienti erano tutti cittadini residenti in Como.

Lepri, fagiani, quaglie e qualche raro capriolo o cinghiale, prendevano tutti la via della città.

Tra i suoi acquirenti poteva vantare il cambiavalute Favino Burgo, il bilanciere Antonio Turbinati, un mediatore in sete, Stecco Correggia, il commerciante in specialità estere e nazionali, l'unico che disponeva del famoso latte concentrato Anglo-Swis, Doghena Valeriano, il liquorista Lutazzi Lutero, l'albergatore Adelfo Bastabazzi proprietario del Falcone, la nobildonna Cantaluppi Rezzonico De Cartosio Abbondia, che prediligeva i piccoli di merli e tordi rubati al nido natale da consumare su un piatto di riso bollito.

Oltre, naturalmente, al Notaro Editto Giovio, che era stato tra i primi clienti e cui si doveva un aumento del giro comasco del Torsolo.

Goloso soprattutto di lepri, il Notaro era il primo cui offriva le sue catture. Mai rifiutati, i selvatici finivano poi nella cucina dell'oste presso cui il Giovio consumava pranzo e cena per essere cucinate nelle più varie maniere.

La settimana a cavallo di Ferragosto il Torsolo aveva fatto buona caccia. Nei lacci che aveva teso qua e là erano cadute ben quattro lepri, una addirittura del peso di quasi sei chili e, dopo averle lasciate frollare sino a quando l'odore di morte si sentiva a dieci metri, si era avviato verso Como con la certezza di riempire le saccocce.

Due giorni erano passati dalla prima visita del Giovio alla Ficcadenti. Il Torsolo ne era naturalmente al corrente, e meditava di provocare il Notaro con qualche battutaccia per farsi dire che intenzioni avesse nei confronti della pollastra.

Dopo aver bussato un paio di volte senza ottenere il solito ringhio in risposta, il Torsolo, anche perché, attirati dall'odore di marcio che esalava dal sacco in cui aveva nascosto le prede, gatti in quantità gli si stavano radunando intorno, era entrato e s'era trovato di fronte a uno spettacolo sconcertante.

Innanzitutto l'odore che stagnava nello studio, ripugnante al punto che la corte di gatti s'era sveltamente data alla fuga.

E il Giovio poi, che a giudicare non solo dall'olezzo, ma anche dalla postura sembrava bello e morto. Più viva di lui infatti sembrava la mastodontica poltrona dentro la quale era colato una volta tornato dalla visita alla Ficcadenti e dalla quale, per due interi giorni, non s'era più mosso, immerso in un sonno comatoso e lasciando le briglie sciolte alla sua fisiologia: a dimostrazione di tanta libertà, l'odore che aleggiava in aria e una enorme chiazza giallognola che lagheggiava sotto la poltrona.

Tappandosi il naso ed evitando l'umidità del parquet, il Torsolo si era avvicinato con il preciso scopo di verificare la morte del Giovio e poi andarsene nascostamente poiché non voleva guai. Quando invece aveva notato che, pur se flebile, il Notaro aveva ancora un'attività respiratoria, aveva preso le sue decisioni. Innanzitutto aveva preso dal portafoglio del Notaro quello che riteneva essere il giusto compenso per il viaggio che in fin dei conti aveva fatto solo per lui. Poi, tornato sui propri passi, era uscito in strada e adocchiata una guardia municipale s'era spacciato per un bisognoso di consigli notarili, raccontando di aver trovato il Notaro pressoché in agonia: la guardia, investita di un compito di urgenza, l'aveva così liquidato con due parole avvertendolo di non impicciarsi oltre, che da quel momento in avanti avrebbe pensato lui ai soccorsi. Infine aveva reso visita all'oste nella cui trattoria il Giovio consumava pranzo e cena, e aveva facilmente piazzato la sua merce.

79

«Di fare il paraninfo ne ho abbastanza» disse don Pastore una volta rientrato in canonica.

Ogni tanto se ne usciva con quelle espressioni, roba imparata in seminario senza dubbio, che mettevano in imbarazzo la Rebecca, lasciandola sola con il compito di intuire se volesse qualcosa di particolare.

Uscito dalla merceria il prevosto era andato direttamente al cotonificio accolto a braccia aperte dal direttore che non sapeva più cosa fare col Geremia, deciso a sua volta a non uscire dal suo ufficio fino a che non avesse firmato la lettera di licenziamento.

«O voi o i carabinieri» affermò il direttore.

«Meglio io» rispose don Pastore, chiedendo poi di essere lasciato solo col giovane.

Don Pastore ne aveva dapprima squadrato il profilo, insolitamente ottuso, con il quale, anziché a parole, aveva sino ad allora respinto ogni tentativo del direttore di farlo recedere dalla sua decisione.

«Se ti dicessi che questa sera sei invitato a cena a casa Ficcadenti?» aveva sparato il prevosto senza tanti complimenti.

Il bozzo frontale del Geremia, termometro delle sue emozioni, era arrossito prima di ogni altro centimetro della sua pelle.

«Non è una balla?» aveva chiesto.

«Geremia!» aveva risposto don Pastore.

«Scusate» s'era immediatamente pentito il Geremia.

«Vatti a cambiare, va'» aveva consigliato il sacerdote.

E il giovane, senza dire altro, era uscito dall'ufficio del direttore a passettini strascicati, come se gli scappasse la pipì.

Per quel giorno, quindi, basta fare il paraninfo.

«E allora cosa vi faccio per cena?» chiese la Rebecca dopo aver ragionato su quel termine e sparando a caso nella massa delle proprie supposizioni. Tempo per preparare chissà che piatto non ne aveva mica tanto, erano quasi le sette della sera. Alle sette e trenta, mentre la perpetua metteva in tavola un pancotto di ripiego, la Giovenca rientrava a casa.

Non le sfuggirono i tre piatti apparecchiati sulla tavola.

Veniva da una giornata di nebbie e sospiri, e ne aveva il viso segnato: un'ombra scura, tutt'altro che spiacevole, sotto entrambi gli occhi.

«Ospiti?» chiese.

Zemia non si dilungò in inutili spiegazioni.

«È arrivato il momento di stringere i tempi» disse.

Giovenca sbuffò.

Di stanchezza, più che altro.

Per il resto sapeva che prima o poi quel passo avrebbe dovuto farlo. Era lei l'esca, a lei competeva dirigere il gioco e portarlo alla sua felice conclusione.

La sorellastra le lesse nel pensiero.

«Tolto il dente...» buttò lì.

L'occasione, tra l'altro, non poteva essere tra le migliori.

«Forse hai ragione» convenne Giovenca.

«Grazie» rispose Zemia.

«E a che ora arriva?»

«Sarà qui a momenti.»

«Vado a darmi una rinfrescata» comunicò Giovenca.

«E io finisco di preparare la tavola e la cena» concluse Zemia.

80

"Erigone, Aretusa, Berenice
quale di voi accompagnò la notte
d'estate con più dolce melodia
tra gli oleandri lungo il bianco mare?"

I versi del Poeta erano saliti alla memoria del Novenio prepotentemente, trasportandolo per un lungo istante nel mondo delle nuvole.

Morire grazie al veleno dell'oleandro aveva in sé qualcosa di poetico.

Ma certamente se avesse esternato quel pensiero a suo padre, l'Esebele l'avrebbe preso a calci in culo fino al Canton Ticino.

Tuttavia, sin dal momento in cui il vecchio gli aveva sottoposto l'idea, il Novenio aveva pensato che, più di un delitto vero e proprio, si sarebbe trattato di un gesto di carità e amore.

Poetico, appunto.

Perché, che l'oleandro fosse così velenoso, lui manco lo sapeva.

Però quel connubio di mortale bellezza l'aveva intrigato.

L'Esebele non s'era stupito della sua ignoranza: tipico, aveva pensato, di un idiota che fino ad allora si era baloccato con la poesia e chissà quali altre idiozie.

«Uccide invece» aveva puntualizzato, «paralizza il cuore!»

Là dove nasce la poesia, aveva solo pensato il Novenio.

«Mi auguro» aveva continuato il genitore, «che tu stia cominciando a capire.»

In effetti sì, il Novenio stava cominciando a vedere dove suo padre lo voleva portare.

Ma non osava pensare che…

«Vorresti dire che io e Giovenca dovremmo…»

L'Esebele l'aveva immediatamente interrotto.

«Ma cos'hai nella zucca, nocciole?»

Sul viso del Trionfa figlio si era disegnato un perché.

Per l'ennesima volta l'Esebele aveva maledetto la stupidità della moglie che a suo giudizio si era completamente travasata nel figlio. Della sua mente criminale, della sua furbizia, della sua capacità di campare la vita grazie a sotterfugi, del suo occhio lungo volto a cogliere al volo le occasioni buone, nemmeno una traccia!

La moglie e il seminario ne avevano fatto un cretino che adesso, alla sua bella età, toccava a lui svegliare alla vita vera.

Perché non era possibile che il Novenio non capisse che era fondamentale rimanere assolutamente estranei a ciò che avrebbe dovuto…

«Sistemare la matta di casa» aveva mormorato l'Esebele.

"O bella!" rifletté il Novenio stupendosi.

Che suo padre avesse parlato anche con la Giovenca?

Perché, proprio pochi giorni prima, la sua amata aveva usato la stessa espressione: sistemare la matta di casa.

Con la differenza che, Novenio ne era stato certo, suo padre aveva in testa un preciso progetto mentre Giovenca gli aveva raccontato di un Notaro che le aveva garantito di pensare lui a tutto.

81

Memore di come s'era conciato la notte della vigilia dell'Epifania e anche di dove aveva smaltito la colossale sbornia, il Geremia entrò in casa Ficcadenti fermamente deciso a non bere nemmeno un goccio di vino.

La Giovenca non c'era, si stava ancora preparando, lo informò Zemia, invitandolo a sedersi nella saletta da pranzo. Dopodiché, accomodatasi pure lei, la merciaia approfittò per squadrarlo visto che il Geremia non solo non osava parlare ma nemmeno guardarsi in giro, e aveva fissato lo sguardo sulla punta delle sue scarpe.

Terminata l'ispezione, Zemia decise che era ora di rompere il silenzio.

«Allora, come va?» chiese.

Il Geremia non sapeva da che parte cominciare.

Se la cavò.

«E voi?»

«Bene, grazie» rispose Zemia, ritornando il pallino al giovanotto.

«E il lavoro?» restituì questi.

Finalmente un argomento solido.

Il lavoro, spiegò Zemia, andava bene. La merceria aveva subito ingranato, incontrando il favore delle massaie bellanesi. Bene, nonostante i veleni che qualcuno cercava di spargere intorno alla loro attività.

«Non vi sto a fare nomi» commentò Zemia.

Ma era chiaro che si riferiva alla coppia Tocchetti-Galli che non mancavano di inviare in merceria sotto mentite spoglie l'una o l'altra moglie alla ricerca di qualche anomalia o elemento che potesse dar loro il modo di segnalare il difetto alla Deputazione Amministrativa e, non trovando niente, avevano messo in giro la diceria che la merce messa in vendita presso il loro esercizio fosse di origine furtiva o di contrabbando e che chiunque l'acquistasse rischiava di incorrere nei rigori della legge.

Tempo perso.

«Siamo in una botte di ferro» concluse Zemia, anche perché aveva sentito i passi della Giovenca che si stavano avvicinando.

Rinfrescata, profumata, sorridente ed elegante, la giovane fece un'entrée da attrice.

«Cosa si dice di bello?» chiese.

Zemia l'aggiornò.

«Oh, quei due!» rispose Giovenca, agitando una mano per aria e così liquidando la questione.

«Ma dobbiamo proprio parlare di lavoro davanti al mio bel giovane?» chiese poi alla penombra della stanza.

Nonostante la scarsità di luce, entrambe le donne videro il viso del Geremia incendiarsi. Per risolverne l'imbarazzo, la Giovenca propose un bel vermouthino.

Rigido come un baccalà il Geremia rispose che non ne aveva mai bevuto.

«E allora?» ribatté Giovenca. «Ne avete forse paura?»

Ricordando quello che diceva un meccanico friulano che era passato l'anno precedente a revisionare alcune macchine del cotonificio, quando a qualunque ora del giorno e della notte gli offrivano da bere nella speranza, sempre delusa, di vederlo finalmente ubriaco, il giovane rispose: «Mai paura».

«Bene» concordò Giovenca.

Perché a lei gli uomini che bevevano e dimostravano di tenere il vino andavano particolarmente simpatici.

Registrata l'informazione il Geremia aveva accantonato la memoria della recente disavventura e si era prontamente adeguato. In verità durante la cena ebbe anche una tangibile solidarietà. Tra una battuta sulla perniciosa invidia dei Tocchetti-Galli e l'altra sul tempo, se non pensava lui a riempirsi il bicchiere appena vuotato, le mani della Giovenca o della Zemia correvano al bottiglione di rosso e versavano. Dopo circa un'oretta il Geremia era viola come una rapa, cominciava ad avvertire un certo rallentamento nei muscoli, compresi quelli della lingua, e una certa indulgenza nei pensieri.

Soprattutto, superato l'imbarazzo iniziale di trovarsi dentro l'intimità, il cuore di casa della sua bella, aveva cominciato a far ballare l'occhio tutto intorno, cosa che poco prima non aveva osato fare, tenendo piuttosto lo sguardo fisso su una fotografia in cornice: un'immagine scura, inquietante, che sulle prime al Geremia era addirittura sembrata inesistente, come se la cornice non inquadrasse altro che un pezzo di muro, e che poi, adattandosi la sua vista alla penombra del locale, s'era pian piano rivelata, provocandone a maggior ragione la meraviglia.

Perché, in effetti... però, sembrava strano, quasi impossibile...

Talmente impossibile che, fingendo di interessarsi alle banalità con le quali le due sorellastre tenevano viva la conversazione, il Geremia mise sempre di più nel mirino la fotografia e, alla fine, quando ormai era certo di ciò che aveva sotto gli occhi, la Zemia, notando la fissità del suo sguardo, spazzò via ogni possibile dubbio.

«È nostro padre» affermò, richiamando l'attenzione del giovanotto.

Domenico Ficcadenti, che compariva nell'unico ritratto che di lui esisteva, steso nella bara, le mani intrecciate sull'addome a stringere un rosario di bottoni a motivo religioso, fotografato pochi minuti prima di intraprendere il suo ultimo, misterioso viaggio.

Era stata proprio Zemia a lanciare il grido d'allarme due giorni dopo il tragico incidente.

«Quale incidente?» chiese il Geremia.

La morte di Domenico Ficcadenti, avvenuta in circostanze dapprima misteriose e poi grottesche.

Da poco era terminata la seconda offensiva dell'Isonzo. Il Ficcadenti era partito. Non per il fronte. Di testa invece, perlomeno secondo il comune concetto. Che, nel suo caso, era interpretato dalla figliastra Zemia.

Ormai solo, senza più dipendenti, senza più lavoro, il Ficcadenti si era completamente isolato nel suo mondo di bottoni ossessionato dall'idea di ideare l'oggetto che l'avrebbe consegnato all'eternità: in un certo senso, aveva centrato l'obiettivo. Pochi giorni prima della sua dipartita, era impegnato nella realizzazione di una serie di bottoni ispirati al clima di guerra: bottoni che rappresentavano alpini, fanti, bersaglieri, ognuna delle armi impegnate nel conflitto. Lavoro da certosino, dentro il quale Domenico Ficcadenti s'era gettato come fosse l'amnios materno e grazie al quale dimenticava tutto il resto del mondo e le sue necessità.

Dormire, per esempio.

Tanto che per Zemia era diventato un rituale, quando sentiva battere le dieci al campanile della chiesa di Albate, andarselo a prendere nel suo laboratorio dove spesso lo trovava già addormentato, il capo appoggiato al tavolo di lavoro.

Anche mangiare.

Quasi una regola per il Ficcadenti tralasciare le esigenze dello stomaco. Se non ci fosse stata Zemia, quasi sicuramente il vecchio sarebbe morto d'inedia. Invece, secondo un uso che non era mai mutato negli anni, alle undici e trenta spaccate e alle diciotto altrettanto precise, Zemia si presentava nel laboratorio del patrigno con le vettovaglie: variabili per pranzo, invariabili la sera, minestra.

Una fatal minestra di riso e prezzemolo era stata la causa di morte del Ficcadenti. Dopo averne sorbito due, tre cucchiaiate, il Domenico aveva dapprima strabuzzato gli occhi, poi era diventato repentinamente cianotico e con un verso che aveva ben poco di umano era caduto a faccia in giù sul tavolo di lavoro, mancando per poco il piatto. Zemia s'era accorta della disgrazia solo qualche ora più tardi, quando per il padre c'era ormai ben poco da fare. Il dottore che era intervenuto solo per stilare il necessario certificato di morte aveva parlato di apoplessia. Zemia, invece, aveva voluto parlargli a quattr'occhi: che sul certificato, gli aveva detto, scrivesse pure quello che voleva, tanto ormai nulla sarebbe cambiato. Ma le facesse la cortesia di guardare a fondo nella gola dell'uomo, cosa che lei non osava fare. Il dottore le aveva chiesto la ragione della richiesta, Zemia aveva solo risposto che, in caso di un risultato negativo dell'ispezione, gli avrebbe porto le sue scuse. Quando il cerusico, non senza difficoltà, aveva estratto dalla gola dell'uomo il bottone-fante, lanciato all'assalto con tanto di baionetta innestata, Zemia aveva trovato conferma ai suoi sospetti. La serie dei bottoni-soldati era orfana proprio di quello che, chissà come, era andato a finire nel riso e prezzemolo e da lì, con una tragica cucchiaiata, nella gola del Ficcadenti, soffocandolo e destinandolo appunto all'eternità.

Era stato ancora il pragmatismo di Zemia a lanciare il grido di allarme, poco prima che il cofano chiudesse alla vista degli uomini il corpo senza vita di Domenico Ficcadenti.

Di lui, aveva dichiarato, non esisteva nemmeno una fotografia!

Non era possibile che non ne conservassero un ritratto per ricordo.

«Ormai…» aveva sussurrato don Filo Parigi.

«Infatti» s'era aggregata Giovenca, «ormai…»

Ma che ormai e ormai!, li aveva rimbeccati Zemia e non aveva voluto sentire ragioni.

Era stato necessario rinviare le esequie di parecchie ore per dare modo ai fratelli Capogiro di Como, fotografi specializzati in ritratti a grandezza naturale tanto in olio che in acquarello, con sede in via santa Fabiana, di giungere in loco e svolgere il proprio lavoro come mai avevano fatto: fotografare per la prima e ultima volta un soggetto, senza la possibilità di ripetere le pose nel caso il ritratto fosse venuto male.

Tutto era fortunatamente filato liscio. Il funerale, stante il rinvio, si era svolto al crepuscolo, sotto un cielo già in preda al phon. Molto popolo aveva preso parte alla cerimonia, a testimonianza del benvolere che il Ficcadenti aveva creato attorno a sé. In prima fila naturalmente Giovenca, onusta del triplice lutto, e Zemia che, seria e compunta, non aveva fatto altro che mulinare pensieri. Man mano che il corteo si sgranava verso le ultime file la compunzione aveva lasciato il posto a chiacchiere di altro genere: il tempo, ad esempio, oppure lo stato dei coltivi. E proprio nelle file terminali, dove si erano raccolti coloro che non si perdevano un funerale che fosse uno, pur se a essere tumulato era un perfetto sconosciuto, si era commentata la sfacciata fortuna delle due figliastre, l'una vedova ed erede di un patrimonio che pochi potevano dire di conoscere in tutte le sue parti, e l'altra che di certo se ne sarebbe stata con i piedi al caldo per il resto della vita grazie a ciò che il Ficcadenti aveva sicuramente accumulato in una vita di lavoro.

83

«Chi muore giace, chi vive si dà pace» commentò la stessa Zemia con il tono di voler considerare chiuso l'argomento poiché ben altro premeva. Esentando anche il Geremia dal prodursi in un tardivo cordoglio che peraltro non avrebbe saputo convenientemente esprimere perché, complice il rilassamento del vino che aveva rammollito le sue difese, stava cominciando… sì, insomma, stava piano piano costruendo il pensiero che di lì a qualche tempo quella sarebbe stata anche casa sua. Era una sensazione ineffabile che, se mai poteva essere definita, trovava una certa precisione nel profumo che aleggiava nella saletta: un concorso di ciprie, velluti, fiori non proprio freschi e un zicchinin di muffa, che non guastava.

Il primo, un risottino alla milanese che aveva lo stesso colore del viso di Zemia, era appena stato decorosamente spazzolato dai tre commensali quando la stessa Zemia si alzò per servire il secondo, uno sformato di patate. Pure quel gesto al Geremia, che aveva nel frattempo ingollato il sesto o settimo bicchiere di vino, diede una patente di possesso: di lì a qualche tempo, per sempre, a pranzo e a cena avrebbe assistito a quella scena. Lui e la sua bella seduti a tavola mentre Zemia si alzava per servirli. Non gli sfuggì che lo sguardo di Giovenca, mentre sua sorella zampettava, era fisso su di lui.

Come essere al Cavallino Bianco, il ristorante dei signori, benché non ci fosse mai entrato, tale e quale!

Per la soddisfazione, il Geremia si versò l'ennesimo bicchiere di vino, macchiando la tovaglia e provocando in Giovenca un gesto di sufficienza, come se volesse dire: "Ci penserà mia sorella a lavarla".

Toccò, dopo lo sformato, a un tremolante budino.

Infine, il momento tanto atteso giunse.

Giovenca, deliziosamente coprendo con la mano un rutto, invitò l'ospite ad accomodarsi sul divanetto.

«Parliamo un po' di noi adesso.»

Pure il Geremia aveva bisogno di ruttare. Riuscì a sfiatare dal naso. Senza chiedere nulla, Zemia gli servì un'abbondante dose di grappa. Il profumo del ginepro salì nelle narici del Geremia. Il suo occhio ormai opaco colse una doppia visione di Zemia che raggiungeva la cucina chiudendosi la porta alle spalle.

Apprezzò il gesto.

Nell'intimità, lui e la Giovenca non dovevano avere testimoni.

84

Senza testimoni e senza peli sulla lingua, la sera del primo settembre 1915, il Ficcadenti sotto terra da non più di un paio d'ore, nel silenzio della cucina Zemia aveva chiesto alla sorellastra: «Adesso cosa facciamo?».

«Facciamo... chi?» aveva risposto Giovenca.

«Noi due» aveva chiarito Zemia non senza una certa meraviglia.

A chi voleva che si riferisse, se non a loro?

Vedeva forse qualcun altro di vivo in quella casa?

Quindi...

Giovenca, per tutta risposta, l'aveva presa larga. Proprio adesso che, mercé il destino, il suo orizzonte si tingeva di rosa e di lì a un po', grazie all'aiuto di quel lodevolissmo Notaro, si sarebbe ammantato di eterna poesia, desiderava che niente e nessuno si mettesse di mezzo, men che meno quella piaga di Zemia.

Guanti di velluto, però. E parole intinte nel rosolio.

«Be'...» aveva detto.

Tutto sommato, disgrazie a parte, la vita non le stava trattando così male.

«Ah no?» aveva chiesto Zemia.

Giudiziosa, Giovenca s'era lasciata andare a una tiritera sul dolore che la perseguitava da mesi, il marito, il suocero e adesso il padre, dolore che ora le vedeva unite eppure divise poiché ciascuna doveva farsene da sé una ragione. Come d'altronde, aveva aggiunto, da sé ciascuna di loro doveva guardare avanti poiché, triste considerazione, la vita non si fermava.

«Vorresti dire?» aveva interloquito Zemia.

Che la vita, appunto, non le aveva trattate poi così male.

Stante lo stato delle cose, infatti, lei poteva senza pensieri rinunciare a qualunque diritto su ciò che il loro povero padre aveva lasciato dopo una vita di lavoro.

Un sorriso di pura melassa aveva accompagnato le ultime parole di Giovenca.

«Gentile da parte tua» aveva risposto Zemia.

«Figurati! Ti voglio così bene che…»

«Che?» l'aveva interrotta Zemia.

«Che farei qualunque cosa per te!» aveva cinguettato Giovenca.

«Davvero? Anche lasciarmi nella merda?»

«Ma, Zemia…»

Cos'era quel turpiloquio?

Perché…

Non c'era turpiloquio, aveva ribattuto Zemia.

«È merda vera.»

E, stante la sua breve statura, stava per ricoprirla.

Sapeva bene lei quello che il Ficcadenti s'era lasciato dietro. Praticamente niente.

Da quando il loro padre aveva impiantato l'attività, era stato tutto un entrare e uscire di denari di cui avanzava quel tanto per mandare avanti la baracca, pagare gli operai, i fornitori e altri debitucci. Poi con la guerra le cose erano peggiorate. Vero che gli operai si erano ridotti ma le commesse, gli ordini avevano seguito lo stesso destino. E, *dulcis in fundo*, ci si era messo pure il Domenico con quell'idea fissa di lavorare solo per l'élite quando l'élite ormai se ne fregava di lui e dei suoi bottoni.

Insomma, a farla grande, vendendo quel poco che restava c'era di che campare per qualche mese ancora, e poi?

«Ma non mi dire…» aveva ribattuto Giovenca.

«Ti dico eccome!»

«Non posso crederci…»

«Sarei bugiarda allora?» aveva chiesto Zemia.

«Non voglio dire questo…»

«E cosa allora?»

Giovenca aveva avuto una visione: grazie al lodevolissimo Notaro la Primofiore, come da promessa, veniva internata in qualche istituto per deficienti e pace amen. E dopo, padrona incontrastata insieme col suo Novenio di villa e annessi vari, doveva tirarsi in casa un'altra fantasmatica presenza quale la Zemia?

Nascondersi per liberarsi nei giochetti dell'amore, chiedere a lui di non gridare i suoi versi, vivere insomma come se fossero sempre nel peccato?

Nemmeno per idea!

«Che forse la situazione non è brutta come credi» aveva risposto.

«Peggio» le aveva assicurato Zemia.

«Allora, se le cose stanno così…»

«Stanno, così!»

«Pensavo che allora, un aiutino…»

«Un cosa?»

«Un aiutino, forse, potremmo dartelo.»

A quel punto Zemia aveva drizzato le antenne.

«Potremmo?»

«Come dici?»

«Piuttosto tu!» aveva ribattuto Zemia. «O ti sei messa a parlare come una contessa oppure…»

Giovenca aveva perso la pazienza. Sì, s'era tradita in parte, ma in fondo…

«Non sono affari tuoi» aveva sibilato, «io parlo come mi va!»

«E no, mia cara…»

«Invece sì» aveva attaccato Giovenca.

Non solo, aveva affermato, parlava come le andava ma faceva anche quello che più le pareva, non dovendo rendere conto a nessuno dei suoi atti.

«E men che meno a te!»

Aveva forse degli obblighi nei suoi confronti?

Era forse il suo tutore?

O c'era qualche contratto che la obbligava a pensare anche a lei?

«Non mi risulta!»

Ognuno per sé quindi, e Dio per tutti!

E per il momento era finita lì.

85

Il maresciallo Citrici, che sul tardi usciva sempre di casa per fare un giro d'ispezione, se lo trovò tra i piedi che quasi ci andò a sbattere contro.

Uscito dalla casa delle Ficcadenti con in corpo, oltre al vino copiosamente bevuto a tavola anche un paio di grappe, ma soprattutto ancora nelle orecchie il discorso che la Giovenca gli aveva fatto poco dopo aver detto: "Parliamo un po' di noi adesso", il Geremia aveva deciso di fare due passi nonostante il freddo e s'era avviato per via Loreti. Da lì, aveva poi imboccato il lungolago dirigendosi verso il caffè dell'Imbarcadero.

Volendo avrebbe potuto ripetere ad alta voce il discorso che la Ficcadenti gli aveva tenuto, dalla a alla zeta.

E le parole finali, in modo particolare.

«Decidi tu.»

Dette con uno sbatter di ciglia che aveva ulteriormente riscaldato il già bollente sangue del giovanotto. Per cui la decisione lui l'aveva già presa.

Ma la Giovenca: «Riflettici qualche giorno, non darmi subito una risposta» aveva consigliato.

E lui: «Ma certo» aveva risposto, per far vedere che era un uomo riflessivo, che non prendeva decisioni a vanvera, soprattutto di quel tipo.

Così era uscito di casa con l'unico problema di far passare un tempo onesto dopo il quale ripresentarsi dalla sua bella e metterla a parte della sua decisione: un "sì" che, fosse stato bomba, avrebbe potuto far saltare per aria l'intero paese. Sì senza condizioni.

Anzi, a qualunque condizione.

E sogghignando per la furbizia di Giovenca s'era avviato per la sua passeggiatina notturna.

Le mani dietro la schiena, la testa china, chiuso nell'ombra mentre faceva il filo al muro del giardino di villa Pensa, finì quasi addosso al maresciallo Citrici che quale prima mossa pose la mano sul calcio della pistola d'ordinanza.

«Uè, Geremia!» esclamò subito dopo averlo riconosciuto.

Il Geremia lo guardò senza parlare.

«Be', abbiamo perduto la lingua?»

Pareva di sì, rifletté il maresciallo, mentre cominciava ad annusare l'orbitale attorno al giovanotto.

«Ma che ci fai in giro a quest'ora?» chiese.

Il giovanotto fece per parlare.

«Geremia» lo anticipò il Citrici dopo aver annusato una seconda volta e rumorosamente, «abbiamo bevuto ancora? Non è che ti sei preso il vizio?»

Il Geremia era troppo intasato di pensieri, suggestioni, profumi ed emozioni per riuscire ad articolare anche una sola parola. Al che il Citrici lo giudicò ben più ubriaco di quanto in realtà non fosse, decidendo all'istante di prendere l'iniziativa.

«A casa, va'!» ordinò.

Il Geremia sospirò, grappa.

Il Citrici inalò.

Scosse la testa.

«Geremia…»

La bocca del giovanotto si aprì tentando una parola.

«Dico, te la vuoi fare un'altra notte in gattabuia?»

Per tutta risposta il Geremia finalmente si avviò e il Citrici per sicurezza dietro di lui. Due metri, mica di più, come se passeggiasse, onde evitare che qualche occhio di spia, vedendoli, ci ricamasse sopra chissà cosa. Tuttavia alla Stampina, intravedendo nel buio il maresciallo dietro le spalle del figlio, il dubbio venne.

«Ma cos'ha combinato ancora?» si allarmò.

Tranquillizzante, ma non troppo, il Citrici: «Niente» disse. «Che io sappia» aggiunse subito.

Il che, nel suo codice, significava che, finché lui non veniva a conoscenza di un reato, era come se lo stesso non ci fosse.

La Stampina comprese al volo. Arpionò il figlio per una spalla e lo tirò a sé. Poi salutò, chiudendo infine la porta e lasciando fuori i rigori della legge.

Lei, adesso, nel chiuso, nella sicurezza della sua cucina, si sentì un po' carabiniere.

«Allora, com'è andata?» chiese.

Il signor prevosto le aveva detto di non aspettarsi gran che dall'esito di quella serata: era tutto nelle mani del Signore, che doveva guardar giù.

Il Geremia niente, muto, lo sguardo più che appassito.

Forse, ragionò la madre, gli aveva fatto la domanda più complicata.

«Cos'hai mangiato?» per semplicità.

Il Geremia, una smorfia.

Due fallimenti, e la pazienza della Stampina andò a farsi benedire. Per diventare carabiniere, doveva ancora farne così di strada!

«La lingua, forse?» chiese stizzita.

Il Geremia diede una scrollatina alle spalle, poi si girò diretto alla sua branda.

«Sì, va' a dormire, va'!» concluse l'interrogatorio la Stampina con il proposito di riprenderlo l'indomani.

Speranza vana.

Né l'indomani.

Né il giorno dopo.

Né quello dopo ancora.

Il Geremia doveva prendere una decisione e, seguendo le direttive della Giovenca, risolversi con ponderazione, senza nessuna fretta.

Tre giorni, senza nutrire dubbi.

Al termine dei quali, la prima a risentire nuovamente la sua voce fu proprio la Stampina.

Fu verso sera, all'ora in cui le ombre tornano ad abitare il buio.

86

Polmonite ab ingestis.
Diabetes mellitus.
Cor pulmonaris.
Onuxgrufosis.
Gutta.

«O gut, come dicono i colleghi d'oltremanica. Tre giorni, e avremo un bel cadavere e di nuovo un letto libero.»

A parlare così, senza badare agli errori e senza che nessuno glieli facesse notare, era stato il professor Gneo Pompeo Agognati, un trombone di moglie elvetica, direttore del reparto di medicina interna dell'ospedale San Severo, che teneva il piede in due scarpe.

Il primo in Italia, a Como, nelle corsie del San Severo, dove la sua massima preoccupazione era quella di non sporcarsi le mani e men che meno contrarre qualche morbo strano, dalle quali cose si teneva alla larga delegando ai suoi assistenti le visite, ma assumendo come sue le conclusioni diagnostiche cui questi giungevano per quindi declamarle in corsia durante il quotidiano giro che aveva la pompa di un corteo reale.

Il secondo piede invece lo teneva in Svizzera, a Locarno, presso la clinica A la bonne santé, sorta per iniziativa della moglie Hagnizia (gi enne duro), che aveva impiegato così il cospicuo patrimonio lasciatole dal padre. Pure lì Gneo Pompeo non si occupava di diagnosi e terapie. Sin dai primi tempi la moglie, che ne conosceva la sconfinata ignoranza, gli aveva impedito di prendere parte alla vita di corsia: il personale medico aveva voluto selezionarlo lei, e aveva preso solo i pezzi migliori sul mercato. Il Gneo invece le serviva come richiamo per le allodole italiane, réclame vivente della bontà della sua clinica, le cui tecniche all'avanguardia, i cui pregi, la cui impeccabile assistenza andavano zifolate nelle orecchie di tutti coloro che, avendo di che spendere per essere curati *comme il faut*, avevano avuto, a detta dell'Hagnizia, la sfortuna di capitare in un *hôpital italien*. Il Gneo si era ben volentieri assoggettato a quel compito di sanitario transfrontaliero e l'amministratore della Bonne santé, tal Marivald, era molto soddisfatto del suo agire poiché tra imprenditori, negozianti in coloniali, orefici, farmacisti, bancari e cambiavalute, albergatori, agenti di cambio, fabbricatori di stoffe in seta e mediatori della stessa, il Gneo Pompeo portava mensilmente un buon numero di abbienti ricoverati.

«*Onfalocelis*» aveva aggiunto, alla già preoccupante lista di malanni, Gneo Pompeo Agognati notando il gesto di un assistente che disegnava una semiluna nell'aria, come se il soggetto allettato fosse in gravidanza, e spiegando ai presenti come sotto il lenzuolo si celasse anche una voluminosa ernia addominale.

Poi era passato oltre, lasciando il Notaro Editto Giovio, titolare della lista degli acciacchi testé citati, in una specie di sonno che ogni tanto si interrompeva con uno sguardo catarroso.

Poco più tardi, terminato il giro e chiuso nel suo studio, si era sottomesso all'inevitabile burocrazia che avrebbe dovuto consistere nella revisione critica delle cartelle dei suoi ricoverati: in realtà, pur minacciando i suoi assistenti che di ogni errore avrebbero pagato il fio, non ne aveva mai segnalati, poiché si limitava a dare una scorsa ai fogli, curioso dell'anagrafe dei nuovi e firmando senza pensieri là dove serviva.

Era stato così che, la mattina del secondo giorno di ricovero presso il San Severo, si era accorto del Notaro Editto Giovio.

"O bestia!" s'era detto.

Tra i suoi ricoverati c'era un Notaro, e nessuno l'aveva messo al corrente!

Ed era proprio quello cui, con nonchalance, aveva dato poco prima tre giorni soli di sopravvivenza.

Se sua moglie Hagnizia avesse saputo…

Ma non c'era pericolo.

Gneo Pompeo in quei casi tirava fuori tutta la sua abilità e, com'era abituato a pensare, doveva ancora nascere, e poi ammalarsi, il paziente in grado di resistere alle sue lusinghe.

87

La teoria era questa.

Poco per volta, ogni due, tre giorni.

Poco, ma sempre un poco di più.

«Ma così…?» aveva obiettato il Novenio.

L'Esebele non aveva che cominciato a tracciare il suo disegno criminale, quando s'era visto costretto a interromperlo.

«Cosa c'è?» aveva chiesto.

Il figlio, memore di qualcosa che aveva leggiucchiato durante gli anni del seminario, si era spiegato.

«Non è che così facendo quella si abituerà al veleno e potrà berne anche a litri senza avere conseguenze?»

L'Esebele aveva sorriso compiaciuto.

«Finalmente una domanda intelligente» aveva commentato.

Alla quale aveva risposto: «No».

Per eliminare la Primofiore bisognava usare quella tattica onde avvalorare l'ipotesi di una morte naturale ed evitare che su di essa nascessero sospetti; intossicarla lentamente sino a raggiungere il punto di saturazione che coincideva con un… un colpo secco. Il medico che l'avrebbe visitata ormai cadavere non avrebbe così avuto sospetti di sorta né, di conseguenza, sarebbero nate voci che avrebbero potuto solleticare la curiosità dei Regi Carabinieri o di qualche invidioso.

Il veleno andava spacciato per tisana rilassante.

«Non solo alla matta» aveva sottolineato l'Esebele.

«Ah no?» aveva chiesto il Novenio.

«No, gesucristo, no!» aveva sacramentato l'Esebele.

Nessuno avrebbe dovuto sapere niente, men che meno la persona che lo avrebbe somministrato alla deficiente, cioè…

«Cioè?»

«E me lo chiedi anche?» aveva ribattuto strozzato dalla rabbia il genitore.

Chi, se non lei?

La Giovenca, no!

«Lei?» s'era stupito il Novenio.

«Proprio» aveva confermato l'Esebele.

Nel caso il piano fosse andato storto, ed era l'ultima delle cose che si augurava potesse accadere, ci sarebbe stato un colpevole e non doveva essere lui.

«Ma…» aveva interloquito il Novenio.

«Lo so» l'aveva interrotto il genitore.

La ragazza avrebbe potuto accusarlo di averle fornito l'arma del delitto.

E be'?

Lui poteva sempre dichiarare che le aveva detto essere veleno per i topi e che mai aveva sospettato che lei invece l'avrebbe usato per intossicare la scema e togliersela dai piedi. In quel caso sarebbe stata la sua parola contro quella della Giovenca, senza considerare che tutta la faccenda dell'eredità pesava a suo sfavore. Ma considerate bene le cose era assai difficile che qualcosa mandasse all'aria il piano. Molto probabile invece che tutto filasse liscio e loro due potessero godersi a vicenda e, naturalmente, far godere dell'abbondanza anche qualche altro.

Quindi.

«Ci siamo capiti?» aveva chiesto il genitore.

Novenio si stava mordendo il labbro inferiore, gli occhi sgranati.

Poi rispose sì, aveva compreso.

«Finalmente» aveva sospirato suo padre.

«E quanto tempo ci vorrà?» aveva domandato il figlio.

L'Esebele aveva allargato le braccia, calma adesso.

«Variabile» aveva risposto.

Ogni organismo faceva da sé in quei casi. V'era chi resisteva di più e chi meno. Nella fattispecie bisognava considerare la debolezza intrinseca, causata dalla malattia che da lungo tempo affliggeva la donna, in virtù della quale si era portati a credere che le possibilità di resistenza della Primofiore fossero ridotte al lumicino. Ragione per la quale, aveva sentenziato l'Esebele, bisognava andarci cauti.

«Poco quindi, pochissimo. Ogni due o tre giorni. La morte deve sembrare la più naturale possibile.»

Ma sempre, comunque, un po' di più.

Esagerando c'era il rischio di un risultato troppo rapido.

Il Novenio non aveva più avuto domanda da porre, se non una che galleggiava nella sua mente da un po'.

S'era deciso a tradurla in parole.

«Voi l'avete mai fatto prima d'ora?»

Ma l'Esebele aveva schivato la risposta.

«Tieni per te il segreto delle tue azioni e sarai tu l'unico giudice di te stesso.»

E con questa perla di saggezza, imparata in gioventù e che tirava fuori nei momenti critici, aveva ritenuto conclusa la lezione.

88

Grazie alle cure assidue dell'assistente anziano in servizio presso il San Severo di Como, l'irreprensibile dottor Marchiazza, dopo tre giorni il Giovio aveva ripreso un po' di lucidità. Quella che era servita soprattutto al Gneo Pompeo per fargli un quadro drammatico quanto bastava circa la sua condizione. E per sparare infine la sua proposta: lì al San Severo lui aveva le mani legate. E inoltre non poteva disporre, per mere questioni amministrative, dei più moderni mezzi di cura che invece abbondavano a un tiro di schioppo da lì, nella clinica A la bonne santé, in Locarno, nella quale si permetteva di consigliare il ricovero.

«Spinto dall'obbligo di rispettare il giuramento a Ippocrate!»

Primum non nocere.

Cosa che avrebbe potuto accadere stando lì, poiché più di ciò che passava il convento, quanto a mezzi e cervelli, non si poteva avere.

«Pensateci» aveva concluso l'Agognati.

Ma in fretta, e bene, aveva voluto velenosamente aggiungere: il tempo, in casi come il suo, era prezioso.

Anzi, preziosissimo.

Si dava il caso recente infatti, aveva raccontato l'Agognati come se fosse un pourparler, di un valentuomo come lui che, per aver troppo temporeggiato nel prendere una decisione che sarebbe andata tutta a suo esclusivo vantaggio, era deceduto nel corso del viaggio di trasferimento in quel di Locarno.

Valeva la pena di correre il rischio?

Tre minuti, dopo quel discorso, erano bastati al Giovio per decidere che avrebbe fatto qualunque cosa, qualunque prezzo pagato pur di rimettersi sulle sue gambe.

Si era quindi liberato da ogni dubbio e s'era risolto a tre cose.

Richiamare al capezzale l'Agognati per comunicargli che la decisione era presa.

Scrivere un primo biglietto denso di indicazioni da consegnare a un suo uomo di fiducia affinché badasse a certi affari durante la sua assenza.

Redigerne un secondo indirizzato a Giovenca Ficcadenti nel quale la pregava di portare pazienza poiché nonostante la malattia, peraltro lieve, aveva sottolineato dopo una bella toccatina ai coglioni, non s'era affatto dimenticato del suo caso.

89

«S'è mica vista la Stampina?»

La domanda risuonò per l'ennesima volta nell'aria della cucina.

La Rebecca fece quasi finta di non sentire.

O bèla de rìt!

Ma cosa c'aveva el sciòr prevòst che da un paio di giorni non faceva altro che chiedere della Stampina?

E se s'era vista e se s'era non vista!

C'aveva bisogno di qualcosa che solo la Stampina sapeva fare?

Lei non era mica buona di servirlo in tutto quello che desiderava?

Bon, che lo dicesse!

E la Stampina se l'andasse a cercare da solo!

«No» rispose obbediente.

Dalla cena in casa Ficcadenti erano passati due giorni.

Sebbene, dopo aver mediato e raggiunto quel risultato, il prevosto aveva ritenuto di aver concluso il suo compito e che da quel momento in avanti fosse un affare che non lo riguardava più, un po' di curiosità aveva subito cominciato ad assediarlo.

Un po'…

Un po' tanta, in verità.

Tel lì, el diàol!

Non era mica di primo pelo, don Primo Pastore, e il diavolo, dopo tanti anni di sacerdozio, lo sapeva riconoscere benché lui si travestisse continuamente e usasse ogni arma per farlo cadere.

Come quella della curiosità che lo rodeva.

Avesse dato retta all'istinto, sarebbe andato di volata a casa della Stampina e avrebbe trovato la risposta che cercava di fatto cadendo nel diabolico tranello.

Vade retro, invece.

Tuttavia, se la Stampina fosse venuta lei in canonica a fare un minimo di relazione, non ci sarebbe stato niente di male.

Ma la Stampina sapeva una mazza e una mazza capiva.

Da un paio di giorni si trovava con un paio di muti in casa. Al suo povero marito c'era abituata. Ma al Geremia, che per sòlit almeno alle domande rispondeva, no.

Mangiare, mangiava.

In quei due giorni gli aveva portato colazione pranzo e cena a letto ritirando poi i piatti puliti che sembrava li avesse leccati.

Ma alla domanda: «Buono?», nessuna risposta.

Dormire anche, dormiva.

L'aveva spiato di notte, e sentito.

Ronfava!

A preoccupare la Stampina fu anche il fatto di non vedere il Geremia alzarsi per andare al cesso né sentirlo rumorosamente scoreggiare come spesso faceva senza tener conto di essere a tavola oppure alla presenza di estranei.

Era ancora lontana dall'idea che qualche diaolàda avesse preso possesso del giovanotto. Ma nel corso della seconda, insonne notte, il sospetto che quelle due streghette gli avessero messo qualcosa nel mangiare per fargli una magia fu più forte della sua volontà di non credere ai morti che ti tirano i piedi oppure che ti danno in sogno i numeri buoni per vincere alla lotteria.

Se entro la sera del giorno seguente, decise, il Geremia non fosse tornato a essere quello di prima, avrebbe preso lei l'iniziativa.

E, con le buone o con le cattive, quelle due stroleghe le avrebbero dovuto dire cosa avevano combinato al suo povero Geremia.

90

Il Trionfa figlio aveva seguito alla lettera le istruzioni del genitore.

Dapprima la preparazione del veleno.

Un po' di foglie di oleandro.

«Fresche!»

«Cioè?»

«Appena raccolte, no?»

… fresche quindi, e messe a macero per qualche giorno.

«Quanti?»

«Fai tre, va'.»

… in acqua tiepida.

Dopodiché una bella strizzata per struggere tutto il veleno possibile. E attenzione poi, a non mettersi le dita negli occhi e nemmeno succhiarle!

«Certo.»

«Sempre meglio che te lo dica, si sa mai.»

Poi la bevanda era pronta.

«Ho capito.»

«Invece no!»

«No?»

Ma secondo lui, aveva inveito l'Esebele, secondo lui, testa di boccia persa che non era altro, poteva essere pronta per essere servita una miscela che era amara come il tossico e che non l'avrebbe bevuta nemmeno uno perso da un mese nel deserto?

Andava diluita, corretta!

Zucchero, miele, un bicchiere di vino rosso.

E bisognava lasciarla così per una settimana, mescolandola due volte al giorno, per far sì che i sapori si mischiassero.

Allora sì che l'intruglio era pronto.

Ricordarsi di agitarlo bene, sempre, prima di servirlo, eventualmente allungarlo con un altro bicchiere di acqua di fonte.

Seguite alla lettera le istruzioni paterne, quindi, il Novenio una bella sera si era presentato con un bottiglino colmo di un liquido scuro e l'animo diviso tra la coscienza che stava per ingannare la sua bella innamorata e la certezza che, nonostante ciò, era necessario agire così per la futura felicità di entrambi.

E soprattutto senza che la Giovenca si avvedesse della manovra.

A dire la verità, aveva anche pensato, senza naturalmente partecipare al genitore il suo pensiero, poiché non ne avrebbe che guadagnato insulti e calci in culo, di sostituirsi eroicamente alla Giovenca, in modo che, fossero andate male le cose, lei non avrebbe patito alcun male. Purtroppo però la matta di casa si faceva avvicinare solo dalla giovane e talvolta rifiutava anche la sua compagnia. Aveva le mani legate quindi, nessuna possibilità di deviare dal percorso che l'Esebele gli aveva tracciato e raccontargli la balla del tonico naturale contenuto nel bottiglino: altro non era che una tisana rilassante, ottenuta grazie alla bollitura di certe erbe di campo e seguendo un'antica ricetta. Lui aveva sentito spesso la povera pazza agitarsi o cantare rime sconclusionate nella sua stanza e glien'era presa una pena infinita. Da cui il pensiero di quel beverone.

Alla notizia, Giovenca se n'era uscita con un solo commento: «È il cielo che ti manda, caro!».

Il Novenio aveva pensato che Giovenca avesse letto tra le righe della sua fregnaccia.

Quasi subito, però, aveva dovuto fare marcia indietro.

Erano giusto tre giorni che i due non si vedevano. Il tempo servito a Novenio perché si concludesse la settimana di macero del fatale veleno e quello che aveva impiegato il biglietto del Notaro Giovio a raggiungere la villa Coloni e la sua abitante.

Il biglietto l'aveva precipitata in ambascia.

Prima di aprirlo avrebbe scommesso che conteneva la notizia di una nuova convocazione per comunicarle che la faccenda della Primofiore era sistemata e lei poteva considerarsi padrona assoluta, libera come una farfalla di disporre della sua vita e dei suoi beni. Dopo averlo letto invece aveva visto allungarsi irrimediabilmente la strada verso la libertà, e uno sconforto senza pari le si era insinuato nell'animo, togliendole sonno e appetito. Tra l'altro durava ancora nelle sue orecchie l'eco del duro scambio di parole che aveva avuto con la sorellastra.

Insomma, qualcosa che rilassasse anche lei le ci voleva proprio.

Del perché il tre fosse numero perfetto, il Geremia non aveva la
più pallida idea.

Forse perché dopo tre giorni di stitichezza sua madre gli faceva
prendere l'olio di fegato di merluzzo. O forse c'entravano i Re Magi,
che erano appunto tre. O sennò qualche triduo alla Madonna del
Santuario di Lezzeno o a santa Rita da Cascia.

Un motivo c'era, il Geremia non lo sapeva e in ogni caso non
gliene fregava niente di saperlo.

Sapeva però che dopo tre giorni ne aveva le balle piene di stare
a letto e far finta di pensare a una decisione che aveva preso immediatamente, subito dopo che la Giovenca aveva finito di parlare.

Se era stato lì così, fermo immobile, senza neanche dire be', andando in cesso di nascosto e di notte, era solo perché lui era un ragazzo
serio e manteneva fede alla parola data alla sua promessa sposa:
rifletterci per bene senza prendere decisioni affrettate.

Bon, tre giorni erano passati, la misteriosa perfezione di quel lasso
di tempo s'era compiuta.

Nessuno, adesso, nemmeno la Giovenca, poteva dire che non ci
avesse pensato per bene.

Quindi, al crepuscolo della quarta sera, la sera di lunedì 17 gennaio,
fredda e luminosa d'Oriente, si mise a sedere sul letto, si sgranchì un
po' la schiena quindi chiamò la Stampina sua madre.

Il Novenio alternative non ne aveva avute.

Giovenca era quasi arrivata al soglio delle lacrime descrivendogli il travaglio interiore in cui era caduta quando aveva visto allontanarsi così all'improvviso la soluzione dei loro problemi, "La nostra felicità in fin dei conti!", e nell'arco di pochi secondi, il tempo di leggere la comunicazione del Notaro.

Novenio aveva ribattuto tentando di dissuadere Giovenca, raccontando che la tisana che s'era portato al seguito produceva fastidiosi mal di pancia e altrettante fastidiose flatulenze, ma Giovenca aveva insistito dicendo che se in quella casa c'era qualcuno che aveva bisogno di tranquillità non era certo la Primofiore, o perlomeno non solo lei.

Quella, chiusa nella sua stanza come se fosse in un mondo a sé, non aveva alcuna preoccupazione. Al contrario di loro due, era libera di vivere i propri sogni e, in un certo qual modo, felice.

Lei invece…

E a dimostrazione di quanto avesse bisogno di serenità in quel momento, aveva allungato al Novenio il biglietto del Notaro Giovio.

Ci fosse stata almeno una data precisa cui aspirare, un traguardo che avrebbe permesso a entrambi di contare i giorni che mancavano alla tanto sospirata felicità!

Così invece era come navigare a vista, senza la sicurezza di un approdo.

Letto il biglietto e assediato dalle lamentele della ragazza, il Trionfa si era sentito improvvisamente privo di argomenti.

Giovenca l'aveva interrogato con uno sguardo supplice, ricordandogli che la loro unione, benché non fosse ancora benedetta dall'alto dei cieli, prevedeva il reciproco aiuto, nel bene e nel male.

Lui, onde evitare guai, aveva risposto versando il contenuto del bottiglino sul pavimento del salone.

93

La luce d'Oriente, la pennellata arancione di cui il cielo si colorava di tanto in tanto, innescando nostalgie di mondi lontani e sconosciuti e struggimenti di cuore, era ormai morta quando la Stampina uscì di casa.

Grigio, piuttosto, il cielo.

Un grigio ferro che aveva tolto ogni poesia al paesaggio restituendolo ai suoi odori, cipolla perlopiù, come se non si mangiasse altro, e alle sue incombenze, alla vita vigliacca che non lasciava mai in pace i poveri cristi.

Grigia anche lei, la Stampina aveva gli occhi fuori dalle orbite per el gran vosà che aveva fatto fino a un minuto prima senza che il Geremia facesse una piega, solo guardandola e ripetendo: «Ormai ho deciso».

L'avrebbe accoppato!

Lei l'aveva fatto, lei lo strappava dalla Terra!

Prima però avrebbe accoppato quelle due maledette. Tutte e due, proprio, sia quella bella, sia quell'altra, bruttezza spregevole.

El diàol, la Stampina non aveva ormai alcun dubbio, l'era quela lì!

Uscì di casa armata delle sole mani ma dopo pochi passi il freddo grigio e triste come il cielo l'assalì, colpendola proprio là dove l'artrite aveva iniziato a mangiarla da quando aveva cominciato a lavare i panni di casa nelle acque del fiume, cioè a quindici anni.

Le sue mani, l'arma del delitto, diventarono viola come prugne mature. Si fermò sotto il portico poco prima di piazza Santa Marta, cercando di restituire sangue alle sue estremità. Ne ottenne dolore e un rumore rugginoso. Le guardò e due lacrime di rabbia le uscirono dagli occhi cristallizzandosi quasi subito per il freddo. La vecchiaia le aveva portato in dono quei nodi, il cielo la stava punendo oltre misura per dei peccati che, semmai, aveva commesso solo col pensiero.

E il prevosto predicava che i disegni celesti erano imperscrutabili.

Aveva ragione.

Se guardava a quello che le stava capitando, non ci capiva proprio un accidente e, addirittura, le veniva quasi il sospetto che...

Si fermò.

Alt.

Stava viaggiando su una strada peccaminosa. E il cielo la stava avvisando del pericolo che correva.

Proprio quelle mani che si era rovinata grazie ad anni e anni di acqua di fiume fredda come ghiaccio, riflettè, incapaci adesso di tenere come si doveva anche la sola forchetta, erano la tappa finale di un disegno del Signore che le voleva impedire di combinare gesti inconsulti.

Però, con tutto il rispetto per l'alto dei cieli, la cosa non poteva certo finire lì.

El sciòr prevòst doveva essere informato della follia che si era insinuata nella testa del Geremia, plagiato dalle arti diaboliche delle due merciaie.

Partì.

Traversò piazza Santa Marta spazzata dal vento.

Suonò lungamente al cancello della canonica.

La Rebecca, dalla finestra della cucina, guardò altrettanto lungamente prima di capire chi rompesse l'anima a quell'ora. Poi, una volta identificato il soggetto, tirò un sospiro.

«Finalmènt» mormorò.

«Gh'è chì la Stampina» gridò quindi.

94

Nessuna alternativa.

Anche perché l'intruglio che aveva versato ai suoi piedi e sul tappeto che stava calpestando, nel giro di pochi istanti aveva completamente scolorito il tessuto dello stesso restituendolo a una tinta che alla Giovenca aveva ricordato quella del foiolo dopo più di una lavatura e pronto per diventare busecca.

Dello stesso colore era diventato il volto del Novenio, dopo aver visto quello che l'intruglio aveva combinato.

Per quanto fosse digiuna di pozioni magiche o velenose, la giovane aveva immediatamente sospettato che il Trionfa nascondesse ben altro dietro la tisana rilassante. Aveva corrugato la fronte.

«Cosa c'era in quella bottiglia?» aveva chiesto.

Il Novenio aveva tentato una disperata difesa.

«Meglio che tu non sappia» aveva risposto.

La Giovenca, lirica: «Forse hai dimenticato il patto tra di noi, nessun segreto?».

Il Novenio aveva chinato il capo. Giovenca, sempre più lirica, gli aveva detto che un segreto, anche il più piccolo, il più insignificante, sarebbe stato come il verme che baca un frutto: invisibile magari all'inizio, ma se non lo si fosse eliminato subito, avrebbe piano piano rovinato tutto.

«Ebbene sì» aveva interloquito il Trionfa.

Le aveva dato ragione.

E sottovoce le aveva svelato il progetto per liberarsi della Primofiore, naturalmente tacendo che dietro tutto si celava la mente criminale di suo padre.

Adesso erano in tre ad aver assunto il colore del foiolo: il tappeto, il Novenio e la Giovenca.

«Tu dunque avresti lasciato che io…» aveva lamentato la giovane.

«No» l'aveva subito interrotta il Novenio.

Meno male che in casa c'era una mente criminale, aveva pensato in quell'istante, una mente bacata che aveva tutto previsto, anche le bugie da rispondere in caso di difficoltà come quella.

«In ogni caso tu saresti stata innocente come l'acqua» aveva risposto, «non potevi sapere infatti cosa c'era in quella pozione.»

Giovenca aveva scosso la testa.

«Ma perché, Novenio?»

La risposta non poteva che essere una.

«Per amore!»

Tralasciando ogni ulteriore indagine sulle eventuali implicazioni penali, Giovenca aveva allora ripreso la metafora di poco prima circa il verme, l'aveva ampliata e aveva affermato che, una cosa simile, era pari a una serpe velenosa che si sarebbe insinuata in seno proprio al loro amore.

Forse non erano giovani, con tutta la vita davanti?

Cosa costava attendere qualche giorno, qualche settimana al massimo, fino a quando quel lodevolissimo Notaro si fosse ripreso dalla malattia e avesse sistemato da par suo e senza ricorrere a mezzi estremi la situazione?

Il Novenio aveva tentato un'obiezione, in fin dei conti lei stessa poco prima aveva tracciato il quadro di un avvenire a dir poco nebuloso, incerto, ma la Giovenca gliel'aveva impedita stampandogli un bacio mugolante sulle labbra.

Il Novenio aveva visto rosso e aveva tentato di stenderla sul tappeto. Ma la giovane s'era immediatamente ritratta.

«Non adesso» aveva detto sospirando.

Ma non appena fossero rimasti soli soletti nell'immensa villa e liberi di godere senza sotterfugi la felicità.

Allora sì, avrebbero potuto riempire l'aria di quelle stanze con i loro gicoletti di piacere.

95

L'era minga la solita Stampina quela lì, giudicò la Rebecca dopo averla fatta entrare.

Strepenàda.

Viòla in facia.

Cont i oecc che ormai ghe borlava fò de la crapa!

Indiavolàda!

O Sìgnur Sìgnur!

Dal respiro corto della donna, la perpetua giudicò che doveva essere successo qualcosa di grave e improvviso.

«Chi è morto?»

La Stampina, memore dei suoi propositi omicidi, la guardò fissamente.

«Per adesso ancora nessuno» rispose.

Parole sibilline, alle quali la Rebecca rispose solo con un agitar del capo, significando che non riusciva a capire.

Il prevosto comparve sulla soglia del suo studio prima che la Rebecca potesse chiedere chiarimenti alla visitatrice.

Ieratico nel suo pallore e con il breviario aperto in mano, fu una sorta di apparizione che la perpetua guardò come se non l'avesse mai visto prima: gli mancava l'aureola che contornava la testa di certi santi negli affreschi del Santuario di Lezzeno, dopodiché il sortilegio sarebbe stato completo, e sarebbero rimasti tutti e tre pietrificati in quella posizione, scuri e silenziosi come il colore della notte di fuori.

Ma il prevosto ruppe l'incantesimo.

«O Stampina, cosa c'è?» chiese.

«C'è che il Signore dovrebbe guardar giù ogni tanto» rispose la Stampina con voce fonda.

«Ma cosa dite?» obiettò il prevosto.

«Appunto...» si aggregò la Rebecca.

«So io» insisté la Stampina.

«Volete parlarmene?» chiese il sacerdote.

«So chì per quèl» affermò.

Don Pastore chiuse il breviario e si fece di lato.

«Venite» disse invitando con un gesto della mano la donna a entrare nel suo studio.

La Stampina obbedì e, guardandola, alla perpetua sembrò che camminasse come se qualcuno la tenesse sollevata da terra.

96

Pura metafora, in certi casi, l'essere alzati da terra. A significare piuttosto una leva di tutto rispetto, un rimprovero coi fiocchi, peggio di uno schiaffo o di un calcio nel culo, definitivo e indimenticabile, soprattutto se si chiudeva con la frase: "Sia detto una volta per tutte".

Cadaveri, nella clinica A la bonne santé di Locarno, non ne volevano.

Né soggetti prossimi a diventarlo. Facevano cattiva pubblicità.

Gneo Pompeo Agognati aveva preso e messo via la telefonica rampogna senza nemmeno aver detto una parola in sua difesa, anche perché a parlare era stata la moglie Hagnizia, in sostanza il suo datore di lavoro, quella che lo manteneva.

Oggetto del rimprovero era stato il Notaro Editto Giovio che era giunto in terra elvetica in condizioni quasi terminali.

Al trasporto dell'infermo aveva provveduto la ditta comasca Tondi&figli, con sede in piazza San Giacomo, l'unica che in città disponesse di un mezzo adatto al trasporto di ammalati. Il Tondi, nonostante l'intestazione della ditta, non aveva che figlie, tre, che l'aiutavano come potevano nelle sue mansioni di trasportatore. Era appunto con una di queste che era partito per portare il Giovio nella clinica svizzera, la mezzana, Amene, tra le tre la più timorosa di Dio e del mondo. Erano partiti sotto un cielo carico di pioggia che aveva cominciato a sgravare, tra tuoni e fulmini che sembrava estate, poco prima di oltrepassare la frontiera, fatto che aveva intimorito l'Amene e inciso drasticamente sulla velocità. Una volta in Locarno la ragazza, frignando e blandendo il genitore, aveva preteso una fermata presso la rinomata fabbrica di spazzole dei fratelli Herat: la maggiore delle sorelle, Etania, vanitosa e dipendente dai numerosi specchi di casa, le aveva imposto l'acquisto di un paio di spazzole speciali, l'ideale per pettinare i suoi lunghi capelli. Temendo che qualche contrattempo le impedisse di obbedire all'ordine della sorella maggiore, esponendola alle sue vendette, Amene aveva voluto compiere subito l'acquisto, facendo perdere al Giovio un'ora buona poiché, stante il mercato che si svolgeva quel giorno, e nel quale poi il mezzo s'era intruppato perdendo altro tempo, anche lo spaccio della fabbrica era gremito di acquirenti.

Per farla breve, una volta superata Locarno e giunti in località Tenero, dove sorgeva la clinica a poca distanza da un'altra rinomata fabbrica, ma di carta, il Tondi si era reso conto di aver impiegato, tra una balla e l'altra, un tempo quasi doppio del necessario e soprattutto aveva appurato che il trasportato non rispondeva più ai "Come va?" che di tanto in tanto gli aveva rivolto.

Una volta preso atto della situazione, anche gli abilissimi medici che lavoravano presso La bonne santé avevano allargato le braccia.

L'Hagnizia invece, dopo aver raccomandato loro di fare il possibile per dare al Notaro quel tanto di vita che le permettesse di rispedirlo al mittente ancora vivo affinché poi morisse sul suolo italico, aveva giudicato che fosse maturo il momento per rinfrescare la memoria del Gneo Pompeo sui parametri da tenere ben presenti prima di ricoverare qualcuno nella sua clinica.

97

«Riditemelo, Stampina, perché non ci credo» disse don Primo Pastore.

O forse, sperò, aveva capito male.

Macché.

La Stampina lo ripeté, parola per parola, anche se dirlo, più che pensarlo, e si vedeva, le dava dolore.

«Adesso vuole sposare quell'altra!»

Il prevosto, uomo di poca fede una volta tanto: «Siete sicura?».

«Sì.»

«Il Geremia?»

«Proprio.»

«Ma ve l'ha detto lui?»

«Con la sua lingua. E l'ho sentito con le mie orecchie» aggiunse la Stampina.

Decisamente, rifletté il signor prevosto, c'era qualcosa che non andava.

Se era già un bell'enigma che una come la Giovenca avesse deciso di accompagnarsi a un tontolotto come il Geremia, era invece un mistero bello e buono che adesso il Geremia avesse deciso di sposare la Zemia. D'accordo, l'abito non fa il monaco.

Ben diverse, rispetto a quelle dell'anima, sono le bellezze del corpo, destinate a svanire, mentre le altre restano tali e si abbelliscono con il passare del tempo.

Tuttavia anche l'occhio vuole la sua parte.

Il sacerdote era stordito, confuso.

«Ma come giustifica questa scelta?» chiese.

«Mi ha detto che una donna va conosciuta nel profondo» rispose la Stampina.

Il prevosto corrugò la fronte.

E dov'era mai andato a prenderle certe parole il Geremia?

«Non è farina del suo sacco» sentenziò don Pastore.

«E lo dite a me?» ribatté la Stampina.

Il sacerdote sospirò.

«Cosa avete intenzione di fare?» chiese.

«Lo ammazzo» chiarì la donna.

«Stampina…»

«Poi ammazzo anche quelle due!»

«Calmatevi» la esortò il sacerdote.

«Parlateci voi» disse la Stampina.

«Ma…»

«Sennò lo ammazzo davvero!»

«Va bene, domani…»

«No, adesso.»

Un sospiro ben più lungo del precedente circondò il volto della Stampina che nel frattempo, da viola, si era fatto rosso vivo. Senza far parola, don Pastore si avvicinò alla porta dello studio, l'aprì e chiamò la Rebecca per farsi portare il pastrano.

«Ma dove andate a quest'ora, benedetto uomo?» chiese la perpetua portandoglielo.

«So io» rispose il sacerdote.

«Chiudete bene» disse poi, «e non aspettatemi alzata.»

98

Domani.

Domani sarebbe stato quello giusto.

Illudendosi così, per giorni e settimane, tutte le sere prima di chiudere gli occhi, Giovenca trovava la forza di sopportare la snervante attesa.

Nella colorata fantasia, benché fosse ormai ottobre, lei si sarebbe alzata e guardando dalla finestra della sua camera avrebbe visto stagliarsi all'orizzonte, nero nero su una netta linea tra il verde della campagna e l'azzurro del cielo, il postino che le recava la buona novella: la convocazione del lodevolissimo Notaro Editto Giovio che le spalancava le porte della vita, della felicità.

Così conteneva pure gli ardori del Novenio, che si consumava in sfinenti strusciamenti.

«Domani, vedrai!»

A un certo punto, però, quella fantasia s'era macchiata di qualche nuvoletta mentre il Trionfa junior rimasticava tra sé l'inganno della tela di Penelope.

Ed era stato lui a mettere sul tavolo la questione.

«Ma 'sto domani, quand'è che arriva?»

Il giovanotto non aveva voluto essere scortese ma aveva messo nel tono della voce un che di imperativo che aveva fatto riflettere Giovenca. Tutti i torti, effettivamente, il suo bello non li aveva. E poiché anche lei desiderava che quel domani, da sogno che era si facesse realtà, aveva deciso di prendere informazioni.

La Rigorina, che non vedeva da tempo immemore, era l'unica persona cui poteva rivolgersi, e così aveva fatto. Svelta e precisa, la perpetua di don Parigi, e con la collaborazione dello stesso sacerdote, aveva messo assieme un bollettino medico che aveva sprofondato nella tristezza i due amanti: in sostanza e per farla breve, il lodevolissimo Notaro pencolava ancora tra la vita e la morte.

Parole che, paro paro, erano quelle che don Kainafin, cappellano della Bonne santé, aveva scritto a don Parigi rispondendo alla sua richiesta di informazioni.

Palle colossali, ma riferite con tutti i crismi della verità dalla direttrice della clinica.

In realtà il Giovio si stava riprendendo alla grande. Troppe bottiglie di barolo, troppe lepri in salmì lo attendevano ancora prima di rendere l'anima al Creatore. Ma ancora non lo sapeva.

Anzi, pure a lui, pur sentendosi meglio ogni giorno che passava, avevano detto di non essere ancora fuori pericolo. Che altre cure gli necessitavano, altri accertamenti: in pratica ancora parecchi giorni di costosissimo ricovero, a risarcimento di quelli in cui i sanitari avevano davvero dovuto darsi da fare per rimetterlo in sesto.

L'ordine era arrivato direttamente dall'Hagnizia quando i medici l'avevano informata di aver rimesso quasi a nuovo il ricoverato, in modo da permettergli un sereno viaggio di ritorno in patria.

«Altolà!» aveva allora strillato quella.

L'aveva voluto vedere con i suoi occhi. E, trovandolo lucido e collaborante, oltre che sapendolo solvente, aveva diramato un dietro-front: così come stava adesso il Giovio era un bel limone da spremere con giudizio. Così l'aveva intortato ben bene convincendolo a rimanere fino a guarigione che, aveva assicurato, sarebbe stata completa.

Di suo, riferendo, la Rigorina c'aveva messo un tono da sagrestia e un continuo scuotere di testa, cose che avevano avuto il senso di un timbro su una sentenza senza appello.

Una volta messo a parte della novità, il Novenio aveva guardato a lungo la Giovenca.

"Vorrei proprio sapere cos'abbiamo fatto di male per meritare una simile ostilità da parte del destino" s'era poi chiesto sconsolato.

99

«Cosa c'è di male?» sbottò il Geremia, rispondendo al signor prevosto che gli aveva chiesto se fosse vero ciò che aveva appena appreso da sua madre.

Niente in sé, era l'opinione del sacerdote, e in senso generale.

Tutti gli esseri viventi avevano diritto a una onesta e biblica unione nei sacri vincoli del matrimonio.

Ma il matrimonio era mica una trottola! O una commedia della filodrammatica!

«Eh, giovanotto!»

Che uno lo prendeva tanto per giocarci e un giorno sposava quella e il giorno dopo sposava quell'altra!

«Quindi smettiamola di prenderci in giro e facciamo le persone serie» lo invitò.

La Stampina aveva voluto restare di là, in cucina perché il marito, vedendo sfilarsi sotto gli occhi la figura scura del prete, era stato preso da una insolita agitazione. Peraltro, le orecchie bene all'erta, non si perdeva una parola di quello che i due si dicevano.

Il Geremia aveva appena risposto al prevosto.

«Io non prendo in giro nessuno e sono serio.»

«E ti sembra serio entrare nella casa di due sorelle…»

«Ci sono entrato perché sono stato invitato» puntualizzò il Geremia.

«Va bene, cambia niente. Ci sei entrato al braccio di una e hai deciso poi di sposare quell'altra.»

«E cosa c'è di male?»

«E me lo chiedi anche?»

«Si vede che mi piace di più!» affermò il Geremia.

Don Pastore decise che era meglio scendere a più miti consigli, lasciar perdere i predicozzi morali e andare sul pratico.

«Ma, figliolo mio, l'hai vista bene?»

«Sì» rispose di getto il Geremia, «e allora?»

Per quanto non fosse per niente incline a quei pensieri, il prevosto non poté cacciare la considerazione che il giovanotto fosse succube di qualche suggestione maligna. Fin troppo facile risalire alla responsabile.

O l'una o l'altra delle Ficcadenti.

O forse tutte e due insieme.

In ogni caso, ragionò, bisognava agire in fretta e bene, prima che il Geremia, avanti di quel passo, decidesse di sposare il gatto di casa Ficcadenti, sempre ammesso che ne avessero uno.

100

Suo padre gli aveva dato del cretino senza rimedio per aver, così come il Novenio gliel'aveva raccontata, accidentalmente rotto il bottiglino dell'intruglio e rinviato la somministrazione del veleno. Non contento, l'Esebele gli aveva fatto notare che un uomo come lui, cioè senza coglioni, anzi, con un coglione solo e per di più secco come una noce, per donne come la Giovenca sarebbe stato un vero spasso: ricca e bella, l'avrebbe riempito di corna senza che lui avesse potuto dire alcunché, condannato a essere succube per l'eternità.

Alla prospettiva di doversi grattare la fronte per il resto della vita il Novenio aveva reagito ed era tornato a proporre alla giovane la soluzione del loro problema con il ricorso al velenoso oleandro. Giovenca, notando un'insolita determinazione nel giovanotto, aveva chiesto tempo per riflettere e alla sera, oltre alle solite augurali fantasie, aveva aggiunto preghiere rivolte a santa Rita da Cascia, che se la prendesse lei la Primofiore, senza obbligarla a mezzi estremi per liberarsene.

Il Novenio nel frattempo, per dimostrare che non aveva parlato a vanvera, aveva pressoché defogliato quasi completamente l'oleandro di villa Coloni, per preparare una nuova pozione seguendo una modalità diversa dalla precedente, suggerita sempre da suo padre Esebele: le foglie messe a macerare in acqua di stagno con l'aggiunta di spezie e odori, cui attingere nel momento stesso dell'azione.

Anche la Primofiore, però, aveva mutato atteggiamento e ciò non era sfuggito alla Giovenca che l'aveva sotto gli occhi tutto il santo giorno. Lungi dal sospettare quello che si stava tramando alle sue spalle, la donna era ulteriormente regredita nel suo stato di malattia. Dalla sua stanza non usciva praticamente più e aveva cominciato a emettere versi che la Giovenca non aveva impiegato molto a interpretare per quello che in realtà erano: il gracidare delle rane, che la folle emetteva per lunghe ore durante la notte riempiendo con una voce singolarmente piena l'intera villa. Sorta di tortura cinese per le orecchie di Giovenca alla quale la Rigorina, messa a parte del tormento, aveva dato una spiegazione personale, facendo intendere che l'involuzione della Primofiore, grazie a quel continuo gracidare, fosse arrivata alla fase dell'infanzia.

Bisognava sapere infatti che la Primofiore era figlia di un commerciante di ghiaia e originaria della terra di Gera Lario, dal cui materiale il paese aveva appunto tratto il nome. E che da quel popolo, invero assai primitivamente, le rane erano venerate come fossero veri e propri oracoli. Popolo di pescatori d'ogni sorta di pesci, delle taragòle o squaquere, come venivano indicate, gli abitanti di Gera avevano un sacro rispetto, tanto che non si erano mai azzardati a considerarle come possibile cibo, sembrando loro un'enormità cucinare bestiole dotate di gambe e braccia e soprattutto di voce. Dal verso di queste era appunto nata la leggenda che in esso si nascondessero profezie circa gli eventi meteorologici, l'opportunità o meno di mettersi per lago o gettare le reti, sfalciare il fieno oppure seminare questo o quell'ortaggio. Giocoforza, la venerazione per quell'animale investiva anche la fantasia dei bambini per i quali era sommo divertimento imitarne il verso raggiungendo, a furia di esercizio, vertici di perfezione inimmaginabili.

Era evidente, aveva concluso la Rigorina, che la povera pazza nel suo declino stava rivivendo la fanciullezza. Se questo fosse un segnale che si stesse avviando alla fine oppure verso un nuovo inizio, sarebbe stato difficile dire.

Giovenca, esasperata dalle notti passate come se fosse in riva a uno stagno, aveva tralasciato le fantasie sull'avvenire e rinforzato gli appelli a santa Rita.

Ma santa Rita s'era ben guardata dal prendere in considerazione le richieste della Giovenca.

Non restava quindi che riflettere e convincersi che era il momento di passare all'azione, usando il metodo suggerito dal Novenio, circa la liceità del quale la giovane aveva cominciato ad avere opinioni accomodanti. C'era, tuttavia, un ostacolo che pareva insormontabile.

Chi, ad esempio, avrebbe stretto nella sua mano la pozione assassina da dare alla Primofiore? Chi, pur se il consesso civile non avesse scoperto nulla, si sarebbe macchiato di un simile atto davanti all'alto dei cieli?

Il Novenio, figura maschile ed estranea al nebuloso mondo della Primofiore, non era da prendere in considerazione, a rischio di scatenare nella matta pericolose reazioni o rifiuti.

Giovenca invece era fin troppo di casa. Se era vero che la Primofiore da lei avrebbe accettato qualunque cosa, lo era anche che, in caso di imprevisti, i primi sospetti sarebbero caduti su di lei.

L'ideale, aveva osservato Novenio, sarebbe stato che entrambi fossero ben lontani dal luogo della malefatta, e magari anche da un po' di tempo, in modo che niente e nessuno li potesse collegare al fatto. Lui ad esempio poteva offrirsi a don Parigi come aiutante senza portafoglio del campanaro Dondola, cui l'età rendeva molto complesse la maggior parte delle sue mansioni, e così si sarebbe guadagnato un eventuale testimone coi fiocchi.

Ma lei?, aveva chiesto.

Poteva forse andarsene da qualche parte e lasciare sola in casa la Primofiore?

«Sì» aveva risposto Giovenca.

«Si?» aveva obiettato il Novenio.

E chi allora avrebbe somministrato la fatale bevanda alla matta?

Giovenca aveva riflettuto brevemente.

«Il nome non lo so ancora» aveva poi risposto, «ma qualcuno lo farà.»

Con l'aiuto della Rigorina che, pur non diventando vero e proprio sicario, sarebbe stata una complice perfetta.

101

Don Filo Parigi non aveva minimamente sospettato che le intenzioni del Novenio fossero quelle di procurarsi un alibi inattaccabile.

D'altronde il giovanotto gliel'aveva contata per benino.

Quel padre disgraziato che non gli dava altro che titolacci e calci nel culo dal quale poteva ripararsi solo restando lontano da casa e vivendo alla ventura. Quel vivere di conseguenza così, senza arte né parte, che lo stava allontanando dai sacri principi imparati durante gli anni in seminario.

«Fino a quando mi daranno la forza per sopportare le avversità?»

Aveva bisogno di sentirsi utile, di non guardare più al giorno che nasceva come a un sacco vuoto e bucato.

Se gli avesse concesso ciò che chiedeva, in cambio di un piatto di minestra e un tetto sopra la testa per la notte, avrebbe ritrovato in sé sufficienti ragioni per camminare lungo la retta via.

Don Parigi l'aveva accontentato e, più di lui, era rimasto soddisfatto il campanaro Dondola.

Pure la Rigorina era caduta nella rete di Giovenca.

D'accordo che lei aveva una sorta di contratto morale con la Primofiore, le aveva confessato, ma non poteva nemmeno dimenticare di avere una sorella sola al mondo bisognosa di conforto e aiuto. Non si dava lo stesso caso della svanita di casa Coloni, ma Giovenca avvertiva la necessità di starle vicina per un po' di tempo, soprattutto in quella fase, essendo repentinamente rimasta sola soletta e confusa circa ciò che l'aspettava. Già solitaria e chiusa di carattere, temeva che Zemia, in balia degli eventi e senza armi per affrontarli, potesse cadere in un pernicioso stato di abbandono e da lì in qualche malattia.

Vedeva quindi bene la Rigorina, aveva affermato Giovenca, che se lei le avesse procurato una persona di sicuro affidamento da affiancare alla Primofiore per qualche tempo, lei ne avrebbe approfittato per fornire assistenza alla sorella e aiutarla a decidere su cosa fare della propria vita.

Per una volta l'occhio lungo della Rigorina non aveva intravisto inganni nelle parole della sua protetta.

«Forse» aveva infatti risposto, «ho quello che fa per te.»

Doveva solo darle tempo per cercare. In Albate infatti sarebbe stato pressoché impossibile trovare qualche giovane che accettasse: troppe voci giravano attorno alla villa che, a causa della stravagante malattia della Primofiore, si voleva essere addirittura abitata da fantasmi e teatro di raccapriccianti apparizioni.

Nei dintorni, nelle case isolate dove le voci faticavano a giungere invece...

102

"O dènt o foeu!" giudicò tra sé don Primo Pastore uscendo dalla casa del Geremia sotto lo sguardo insieme supplice e stupito della Stampina, cui per tutta risposta aveva detto: «Pregate il buon Dio che in questo paese non sia arrivato il diavolo!».

O dentro o fuori.

Nel senso che quella faccenda aveva troppi lati oscuri.

Ma guarda te se un anziano prevosto doveva preoccuparsi dei balordoni sentimentali di uno scriteriato come il Geremia o delle oscure mire di due sorelle.

Anzi, sorellastre.

Con una guerra in corso, giovani che morivano, altri che ne sarebbero rimasti segnati per la vita, famiglie distrutte dal dolore…

Basta, rifletté il prevosto.

Quindi, dentro!

A fondo per arrivare a capo del mistero.

O fuori!

E lasciare che le cose andassero per la loro strada.

Dentro però, avevano nel frattempo già deciso i suoi passi diretti, anziché alla volta della canonica, in direzione casa Ficcadenti.

Dentro.

Ma una volta giunto davanti alla porta della Premiata Ditta, don

Pastore temette di dover star fuori. Nel senso pieno della parola. Fuori, cioè all'aria, al freddo anzi, perché lì, all'inizio di via Manzoni, il montivo che scendeva dalla montagna sembrava pieno di rabbia e rivestito di spine in grado di trapassare qualunque tessuto, figurarsi quello della tonaca di un povero prevosto!

Di campanelli non c'era traccia.

Cosa doveva fare?

Vosà, gridare?

Come un magnano qualunque?

Be', ricordarsi che, anche se ormai il buio era fitto, indossava comunque l'abito talare.

Bussare?

Contro il portone della merceria che era spesso una spanna se non di più?

Fu il maresciallo Citrici, che come al solito sul far della notte usciva a fare un giro di controllo, a fornirgli la soluzione.

Complice il buio, e la veste nera del sacerdote che si celava in esso furtivamente, il Citrici, intravedendo qualcosa, sospettò che qualcuno stesse tramando un furto ai danni della merceria.

Lanciò, come da prescrizione, uno stentoreo "Altolà!".

Mai don Pastore avrebbe immaginato che il grido del Citrici fosse rivolto a lui in persona. Continuò quindi a trapestare contro il portone cercando un sistema per farsi sentire da una delle due sorelle. Ma il suo ravanare fu interpretato dal Citrici come disobbedienza all'ordine. Quindi, sempre seguendo i dettami del regolamento, estrasse la pistola e tirò un colpo in aria, poi fece due passi verso quella figura bigia nel bigio della notte. Il prevosto nel frattempo sollevò appena un po' le braccia, come poteva solo immaginare facessero gli uomini in stato di arresto, e scese con cautela i tre gradini che portavano alla merceria. In quel momento il Citrici lo riconobbe.

«Don Pastore!?»

«Maresciallo…»

Il Citrici, sempre con la pistola in aria, gli troncò le parole di bocca.

«Attenzione!» gridò.

Cigolando come se le stessero tirando il collo, la persiana corrispondente alla camera da letto di Zemia Ficcadenti si stava aprendo. La faccia di zafferano della donna comparve.

«Maresciallo, io...» aveva tentato di giustificarsi nel frattempo il prevosto.

Di nuovo il Citrici fu categorico.

«Venite via da lì!»

Don Pastore obbedì, un angelo cacciato dal paradiso. Il Citrici continuava a non guardarlo.

Piuttosto, ancora gridando come se ce l'avesse con qualcuno che solo lui vedeva, ordinò: «Non fate una mossa di più!».

Non ce l'aveva con lui, rifletté don Pastore. Dal buio una voce: «Ce l'avete con me?» chiese.

Era quella di Zemia Ficcadenti.

«Proprio» confermò il Citrici.

«Si può sapere cosa succede?»

Succedeva che se l'avesse spinta ancora un po' verso l'esterno una delle due persiane si sarebbe scardinata dal muro per cadere di sotto.

«Cioè sulla vostra testa se non vi foste spostato da lì» spiegò il Citrici al prevosto.

Zemia tirò a sé l'imposta incriminata.

«Tutto questo baccano per una persiana?» chiese.

«Badate a come parlate» la invitò il maresciallo.

«E voi spiegatemi allora cos'è successo» ribatté la Ficcadenti.

«A me lo chiedete?» fu la domanda del Citrici.

Il prevosto a quel punto, le braccia di nuovo in posizione normale, intervenne.

«Ve lo spiego io se mi fate salire un minuto.»

Zemia sembrò riflettere un momento sulla richiesta.

«Un istante» disse poi, «mi metto in ordine e scendo.»

Al Citrici scappò una mezza risata.

«Volete che vi accompagni?» chiese a don Pastore.

«E perché mai?»

Il Citrici aveva ancora una maschera ilare.

«Potrebbe essere pericoloso!»

Il prevosto sospirò.

«Maresciallo…»

Le due sorellastre si erano lasciate un po' alla brutta. Di conseguenza Giovenca temeva un poco quel nuovo faccia a faccia con Zemia ma, non appena le era stata di fronte, aveva pensato a santa Rita da Cascia: pur non avendo voluto, o potuto, intervenire direttamente nella soluzione del suo problema, le aveva indicato quella strada alternativa che, senza ombra di dubbio, assumeva ai suoi occhi e a quelli di eventuali spettatori il significato di un vero e proprio atto di carità cristiana, mascherandone l'opportunismo.

Zemia infatti stava in una condizione di clamoroso abbandono.

Quando Giovenca era entrata in casa, la sorella indossava una marsina nera unta e bisunta e stava cercando di liberare l'aria della cucina di casa dal fumo acre di una stufa il cui cannone era evidentemente intasato. Il tavolo era un colorato tripudio di piatti sporchi e quando le si era avvicinata aveva percepito un odore di muscimusci, indice di latitante igiene.

La prima ad aprire la bocca era stata Zemia, e l'aveva aggredita.

«Sei forse venuta a darmi il tuo aiutino?» aveva chiesto sprezzante riferendosi all'ultimo scambio di battute che c'era stato tra di loro.

Giovenca, gli occhi già irritati dal fumo, li aveva chiusi del tutto.

«Ma cosa dici?» aveva pigolato mitemente.

Innanzitutto era lì per scusarsi delle parole che le erano scappate di bocca.

«Sapessi quanto ci ho ripensato e quanto me ne sono pentita.»

Parole che le erano uscite dalle labbra senza che lei lo volesse veramente, dettate dal momento di confusione in cui si trovava stante la serie di disgrazie che si erano abbattute sul suo capo.

In secondo luogo, se lei era tanto buona da perdonarla, aveva da farle una proposta sincera e disinteressata. Ne aveva discusso anche con la sua consulente Rigorina ottenendone l'approvazione.

«Sentiamo» era stata la risposta asciutta di Zemia.

«Ecco» aveva continuato Giovenca, «avrei pensato che con il mio aiuto potresti… cioè, potremmo aprire una merceria.»

Una merceria, certo.

Anche la Rigorina s'era detta dell'idea: un'attività all'interno della quale Zemia non avrebbe avuto difficoltà a muoversi e che le avrebbe impegnato le giornate impedendole di chiudersi nella solitudine.

Giovenca aveva aspettato una qualunque reazione da parte della sorellastra, ma non era arrivata.

Due sole parole piuttosto.

«Va' avanti.»

Giovenca aveva tossicchiato, un poco in imbarazzo. S'era aspettata ben altra reazione. In più il fumo sembrava non aver intenzione di abbandonare la cucina.

«Abbiamo tutto il tempo che ci serve» era andata avanti. «Poi, una volta avviata, saresti tu l'unica proprietaria. E così avrai un futuro garantito!»

«E dove?» aveva allora chiesto Zemia.

«Dove, cosa?» aveva ribattuto Giovenca.

«Dove l'apriresti questa merceria?»

Ma era logico.

Almeno, secondo il pensiero di Giovenca. Lì! Ad Albate!

Così sarebbero state sempre vicine, lei su alla vil…

Zemia le aveva sforbiciato la parola.

«Qui?»

In un posto dove la gente, quando rompeva le stringhe, si allacciava gli scarponi con il fil di ferro piuttosto che comperarne di nuove? Dove perlopiù le massaie non sapevano nemmeno cosa fosse una tovaglia e lasciavano che tutti mangiassero tenendo il piatto sulle ginocchia? Dove bisognava aspettare che morisse qualcuno per vendere un paio di bottoni da mettere sul vestito buono del defunto?

«Se devo morir di fame» aveva sentenziato Zemia, «preferisco farlo in fretta. E grazie per l'aiuto!»

Giocoforza Giovenca aveva dovuto ammettere tra sé che sua sorella non aveva tutti i torti. Non avesse avuto un secondo fine, costruirsi anche lei un bell'alibi di ferro, l'avrebbe mandata a quel paese.

Invece...

«Ma allora...» aveva mormorato.

«Allora l'idea non mi sembra male, il posto invece sì» aveva concluso Zemia.

Giovenca aveva tirato un sospiro di sollievo e nuovo fumo in gola: uno spiraglio c'era.

«Dimmelo tu dove vedresti bene una merceria» aveva chiesto.

Uno, due posti Zemia già li aveva in testa. Sino ad allora ci aveva fantasticato attorno leggendo il "Bollettino degli Ufficiali Levatori", cui il Ficcadenti padre era sempre stato abbonato: edito dalla Camera di Commercio e Arti di Como, dava conto degli insolventi e dei fallimenti di varie attività nell'intiera provincia.

La fantasia, adesso, poteva diventare realtà.

Tremando un po', senza darlo a vedere, poiché se Giovenca si fosse opposta addio sogni di gloria, aveva sparato la proposta.

«È un po' lontano da qui» aveva detto preparando il terreno.

«Be'» accomodante la Giovenca, «non sarà mica in capo al mondo» evitando di dire che, se anche fosse stato lì, un accordo l'avrebbero trovato.

Zemia era rimasta indecisa tra due nomi. Per quel che ne sapeva, uno valeva l'altro. Aveva scelto il più breve, non certo in capo al mondo ma quasi in capo al lago.

«Bellano.»

Giovenca aveva risposto con uno scuotere di testa.

Dov'era?

«Sul lago. Al centro.»

«Bene...»

«Si tratterebbe di rilevare i locali di uno che riparava un po' di tutto.»

«Ottimo» cinguettò Giovenca tanto per dire qualcosa.

«Certo» confermò Zemia, «ma poi?»

«Poi...!?» aveva esalato Giovenca.

S'era appena rilassata, di concerto con il fumo che era andato diradando, aveva addirittura già cominciato a fare tra sé timidi calcoli su quanto tempo le sarebbe servito per completare l'opera e adesso... Con quel "poi", secco come chi l'aveva pronunciato, sua sorella l'aveva riportata al palo.

Poi, cosa?

Che tranello c'era dietro quella parola, che inganno stava tramando Zemia?

«Poi» s'era allora spiegata la sorellastra, «una volta aperta la merceria, faresti conto di lasciarmi sola?»

Ma certo!, era stata la risposta che Giovenca aveva trattenuto sulla punta della lingua. Cosa voleva che facesse? Che lasciasse perdere il Novenio, la villa, tutta la sua più che legittima eredità per passare la vita a misurare nastri, contare bottoni e sgranare rosari alla sera godendo della sua fantasmatica compagnia?

Aveva aperto la bocca per parlare ma così era rimasta, incapace di elaborare una risposta.

Aveva parlato Zemia, invece.

«Ho capito» aveva detto.

Poi con voce nasale e senza muovere le labbra aveva concluso la discussione: «Accetto. Però, allora, mi ci vuole un marito».

104

«Bisogna che ci spieghiamo» disse don Pastore non appena entrato nella cucina di casa Ficcadenti. E con un tono come se fosse mezzogiorno. Tanto che Zemia, mettendosi un dito sulle labbra, gli fece intendere di abbassare la voce.

Sua sorella infatti dormiva.

«Be'» fece il sacerdote, «questa volta toccherà svegliarla. Voglio parlare con entrambe.»

«Non credo che sarà possibile» ribadì Zemia.

«Cosa?» chiese il prevosto. «Svegliarla o parlare a entrambe?»

«Tutte e due le cose» rispose Zemia.

Sua sorella infatti aveva preso un po' di gocce di canfora per dormire.

«Parecchie.»

Era agitata infatti.

Quindi, come il signor prevosto poteva dedurre, non potendola svegliare non si poteva parlare anche con lei.

«Oh, quante storie!» ribatté il sacerdote.

Tutte quelle difficoltà gli stavano facendo scappare la pazienza. Il tono di voce tornò sul mezzogiorno.

«Canfora o no» ordinò, «fate in modo che nel giro di due minuti sia qui. Non uscirò da questa casa senza capire cosa avete fatto a quel povero diavolo del Geremia!»

«Fatto!?» si esibì Zemia in un ben recitato stupore.

Il prevosto sorrise.

Un sorrisetto di intelligente superiorità.

«Adesso non mi vorrete far credere di non conoscerlo, eh?»

«Mentirei davanti a una tonaca?» ribatté Zemia.

Un'altra cosa, piuttosto, le aveva provocato stupore e sorpresa.

«Che il fatto» spiegò, «sia già sulla bocca di tutti.»

Don Pastore incrociò le braccia dietro la schiena.

«*In primis*, io non sono tutti» affermò.

In secundis, se sapeva certe cose era perché la maggior parte dei suoi parrocchiani avevano la buona abitudine di confidarsi e accettare consigli da lui.

«*Tertium*, a quale fatto vi riferite?»

«E voi?» buttò lì Zemia.

«Se non vi spiace, avrei chiesto io per primo.»

«Va bene» rispose accettando la regola.

In primis, elencò allora, loro al Geremia non avevano fatto proprio nulla.

In secundis, poche ore prima era stato a cena da loro quale invitato come succedeva normalmente in ogni casa dabbene.

E, *tertium*, alla fine della cena, e provocando così una crisi di sconforto alla Giovenca, tale che per il dispiacere aveva dovuto sorbire una quarantina e forse più di gocce di canfora per sperare di dormire qualche ora, era successo che il giovanotto, di sua iniziativa, aveva comunicato di aver cambiato idea e chiarito che avrebbe preferito sposare lei, diventando così suo marito, piuttosto che la sorella.

Tutto lì.

105

"Un marito…"

Giovenca, all'uscita di Zemia, era rimasta veramente senza parole.

Un marito per la sua sorellastra!

E dove andava a trovarglielo?

A meno di fabbricarglielo su misura, lì nei dintorni non l'avrebbe certo trovato nemmeno a cercarlo col lanternino.

Nemmeno a pagarlo, e lautamente.

E nemmeno fosse stato cieco, poiché ogniqualvolta le avesse messo una mano addosso si sarebbe reso conto della scheletraglia che gli avevano appioppato e se la sarebbe data a gambe levate.

Opporsi alla sua insensata richiesta, mandarla a quel paese, invitarla a cercarselo da sé un marito come tutte le donne normali?

Pura teoria, aveva riflettuto Giovenca.

Così facendo c'era il rischio, anzi quasi la certezza, che Zemia, colpita nell'orgoglio, di ritorno mandasse lei a quel paese, la cacciasse da quella casa che era a tutti gli effetti sua, togliendole la possibilità di esibire nell'eventualità un alibi perfetto e un fior di testimone.

No, aveva deciso Giovenca, bisognava stare al gioco. E aveva cominciato a delineare le caratteristiche dell'eventuale marito della sorellastra.

Ci voleva sicuramente un fesso tutto d'un pezzo, un soggetto che si potesse far su a piacimento. Uno che, insomma, se lei gli avesse detto che quello che stavano guardando non era il sole ma la luna, le avrebbe creduto.

Esisteva un fesso di tal genere?

Boh.

E se anche fosse esistito, poteva essere fesso al punto da beccarsi senza un minimo di obiezioni una come la Zemia?

Poniamo di averlo trovato, aveva ragionato Giovenca.

Si poteva servirgli subito la Zemia?

No.

Bisognava ubriacarlo un po' prima del colpo di scena.

E il vino giusto, Giovenca non aveva avuto dubbi, lo conosceva lei.

106

Giallo in viso, color dello zolfo, la pastura del diavolo.

Il prevosto, rientrato in canonica, si fermò a metà del corridoio, ansimando. Pareva che non sapesse dove si trovava.

Nelle orecchie gli rimbombavano le due parole che a conclusione del discorso la Zemia gli aveva detto.

Tutto lì!

Ma tutto lì un corno!, pensò senza dirlo.

Con chi credeva di avere a che fare?

Con una specie di Geremia, con tutto il rispetto naturalmente per la volontà di Nostro Signore che aveva deciso di mettere limiti ben precisi nel comprendonio del giovanotto?

Il quale poteva essere anche un po' cretino. Ma per quanto cretino potesse essere, non lo poteva essere sino al punto di decidere deliberatamente di prendersi una patacca come la Zemia in cambio di un gioiello come la Giovenca.

Di contro la Giovenca, da quel gioiello che Nostro Signore aveva messo al mondo, non poteva ragionevolmente accontentarsi di uno come il Geremia.

Su entrambe le cose, se non fosse stato contro la sua morale, don Pastore avrebbe potuto scommettere. Anche se per il momento non riusciva a comprendere che manovre ci fossero dietro quella situazione.

Perché qualcosa c'era.

Altro che tutto lì.

C'era qualcosa, qualcosa d'altro, qualcosa che per il momento gli sfuggiva, dietro quelle due parole.

107

Come quelle che la Giovenca aveva detto alla Rigorina che era andata a cercare presso la canonica di Albate dopo averla stretta in un
abbraccio con il quale le aveva voluto comunicare tutta la sua ambascia.

La Rigorina era caduta come una pera nella finta disperazione
recitata dalla sua protetta.

«Cos'è successo?» aveva chiesto.

Una cosa inimmaginabile, aveva risposto Giovenca.

«Mia sorella ha deciso di emigrare» aveva comunicato.

«Emigrare?» s'era meravigliata la Rigorina. «E dove?»

Giovenca non aveva risposto subito, era andata avanti a recitare
alla grande. Della Rigorina aveva un bisogno assoluto, non poteva
rischiare di giocarsela.

«D'altronde, poveretta, come le si può dare torto?» aveva chiesto.

Ormai era sola dopo il definitivo tramonto della Premiata Ditta
paterna, senza nessuna prospettiva e con davanti a sé un futuro quantomeno incerto, visto che, per orgoglio, si era recisamente rifiutata
di accettare qualsivoglia aiuto da parte sua.

«Tutto sommato è ancora nel fiore degli anni» aveva commentato
la Rigorina sottacendo nel "tutto sommato" l'invalicabile ostacolo
della sua bruttezza.

«Certo» s'era aggregata Giovenca, «e animata da una volontà di
ferro.»

Per farla breve, aveva deciso di aprire una merceria.

Ma non lì, ad Albate!

«No, eh» aveva mormorato la Rigorina non senza un certo dispiacere: lei, dentro i confini di quel mondo, c'era nata, cresciuta e ci stava pure bene. Ma, da quella donna arguta che era, sapeva che non per tutti poteva essere così. Capiva coloro che si sentivano in gabbia e se ne andavano, magari in America. E tuttavia ne provava un po' di compassione.

«No» aveva confermato, con una tinta di tragedia, Giovenca.

Sua sorella le aveva detto che lì sarebbe stato un buco nell'acqua, e forse non aveva tutti i torti. Piuttosto aveva scovato a detta sua un'ottima occasione in un paese del lago, il cui nome al momento le sfuggiva, dove ricominciare a vivere.

«Ma ci pensate?» aveva esclamato Giovenca.

La Rigorina, per pensarci come si conveniva, avrebbe avuto bisogno di più tempo. Così sui due piedi, per quanto stravagante, le era sembrata un'ottima idea e l'aveva detto.

«Ma senza dubbio» aveva concordato Giovenca. Senza dubbio se di mezzo non ci fosse stata sua sorella.

Poteva forse lasciarla sola?

Mettere su un'attività commerciale partendo da zero, e in un ambiente completamente nuovo, non era facile come dirlo. La Zemia s'era fatta un po' le ossa negli ultimi tempi della ditta tenendo in ordine i conti, controllando i registri e cose del genere. Ma cosa ne sapeva di domande, permessi, tasse? Di obblighi burocratici, ispettorati del lavoro, uffici di igiene e via dicendo?

Si sarebbe persa, poco ma sicuro.

«In effetti…» aveva mormorato la Rigorina.

«Ecco» aveva interloquito Giovenca, «vedo che il mio problema comincia a chiarirsi.»

Un dilemma: lasciare la Zemia per i fatti suoi con il rischio più che probabile che andasse a fondo di fronte alle prime difficoltà, rendersi complice insomma di un disastro vero e proprio, oppure seguirla e aiutarla fino a quando non si fosse assestata e in grado di camminare sulle sue gambe.

Di chiudere gli occhi e mandarla al massacro non aveva coscienza.

«Quindi?» aveva chiesto la Rigorina.

Giovenca, melodrammatica: «In fin dei conti è sempre mia sorella» aveva risposto allargando le braccia. La sua coscienza aveva già deciso per lei.

E quando la coscienza si metteva di mezzo, suggeriva cosa fare…

«La seguirò!» aveva dichiarato.

«E fai bene!» aveva esultato la Rigorina.

Ma se era lì, aveva continuato Giovenca, oltre che per ottenere l'approvazione della sua cara consigliera, era anche perché quella decisione apriva le porte a un secondo problema, pure quello di coscienza.

La povera Primofiore!

Anche a quella disgraziata non restava al mondo altri che lei.

Chi le avrebbe badato se lei se ne fosse andata al seguito della sorella?

«Vi avevo chiesto tempo fa una persona che potesse aiutarmi, magari di tanto in tanto stare in villa permettendomi qualche ora di sollievo. Ora le cose sono cambiate.»

La coscienza le comandava di non abbandonare la sorella ma nemmeno sua suocera.

«Ecco quindi perché sono qui.»

Non le serviva più solo una persona da impiegare per qualche ora. Piuttosto una specie di alter ego, soggetto di cui lei potesse fidarsi come di se stessa, capace e paziente, in grado di adeguarsi alle necessità della matta, in vero poche. Non avrebbe saputo dire per quanto tempo: il tempo necessario affinché Zemia potesse navigare con sicurezza nelle acque tempestose del commercio, dopodiché lei sarebbe tornata a destinazione e tutto si sarebbe ricomposto.

La Rigorina s'era presa qualche minuto per riflettere.

Poi aveva emesso la sua sentenza.

«La Forcola» aveva detto.

Una ragazzotta guercia, di origini bergamasche, soprannominata "la sèca" perché il Signore non l'aveva benedetta con il dono della maternità, ma nonostante ciò di ottimo carattere. Don Filo Parigi la convocava quando c'era la necessità di prestare assistenza a qualche moribondo la cui famiglia non dava affidamento alcuno.

«Fidati» aveva confermato la Rigorina, «è la persona che fa per te.»

Tra l'altro, oltre che guercia e secca, la Forcola era anche brutta. Non certo come la Zemia ma comunque in grado sufficiente da garantire che non avrebbe potuto approfittare in alcuna maniera dello stato di momentanea padrona di villa Coloni.

108

Il piano non faceva una piega.

Il Novenio a fare l'aiuto campanaro, la Giovenca l'aiuto merciaia.

All'Esebele era piaciuto.

C'era una sola macchia: quel paese, Bellano.

Il vecchio lo conosceva bene, per sentito dire naturalmente, voci raccolte qua e là.

Comunque, bene.

Paese grosso, importante, popoloso, denso di traffici. Negozi da perderci il conto, osterie pure. Un porto che, gli avevano raccontato, non avrebbe sfigurato sulle rive di qualche mare e che era un andirivieni continuo di comballi che andavano su da Como o di barcarozzi che venivano giù dall'alto lago scaricando merci che poi da lì partivano alla volta delle valli che stavano alle spalle del paese. C'era tutto. Una pretura, dalla quale era meglio stare alla larga, e un ospedale che avrebbe servito la popolazione di mezzo lago e dei paesi di montagna. Alberghi di lusso, in uno dei quali gli avevano raccontato che avesse dormito Garibaldi, e locande per il popolino. E non era mica finita lì, perché oltre a tutto quel movimento, c'era anche un santuario sulla montagna, dedicato alla Madonna che aveva pianto lacrime di sangue ai tempi di carlo codega, che richiamava frotte di pellegrini anche dai Grigioni. Insomma, un posto vivace dove la moneta circolava e la gente però non aveva in testa il solo lavoro.

Forse che non c'erano anche due filodrammatiche?

Un teatro dove passavano le compagnie di giro di mezza Lombardia?

E delle osterie, l'aveva detto che erano ben diciassette, se era chiaro quello che voleva intendere?

Una bocciofila.

Un campo di calcio.

Un circolo vela affiliato a quello di Como.

Vita, insomma.

Si spiegava?, aveva chiesto l'Esebele.

Un po' sì, aveva risposto il Novenio.

«Allora vuol dire che non hai capito una mazza» aveva ribattuto il genitore.

Perché, con il ritratto che gli aveva fatto di quel paese, voleva fargli intendere che la Giovenca non sarebbe passata inosservata. E, anzi, uscendo da quel buco di culo che era Albate avrebbe capito che il mondo era grande e pieno di opportunità, soprattutto per una come lei.

Allora sì che il Novenio aveva cominciato a capire.

«Volete dire che...»

«Esattamente» aveva confermato l'Esebele.

Se lassù avesse trovato il merlo giusto, avrebbe dovuto dire addio alla villa, addio terreni, addio tutto.

«È chiaro adesso?»

«Ma cosa posso farci?» aveva chiesto il figlio.

«Affari tuoi» aveva ribattuto il genitore.

Tenesse però ben presente che se se la fosse fatta scappare avrebbe dovuto stare alla larga da lui per il resto della vita perché quando gli fosse capitato sotto tiro gli avrebbe aperto con una roncolata la testa per vedere cosa diavolo ci fosse dentro.

La prospettiva di perdere la Giovenca, catturata nel gorgo di tentazioni di quel diabolico paese, aveva sprofondato nella tristezza il giovanotto: non aveva molte armi per tenerla al guinzaglio.

Una sola, a dire il vero: la stessa che aveva usato per agganciarla. E il buon D'Annunzio gli era nuovamente corso in aiuto per dedicarle una poesia che altro non era se non un volgare plagio di alcuni versi de *La sera fiesolana*.

"Laudata sii, Giovenca,
pei tuoi umidi occhi
ove si specchia il cielo.
Laudata per le tue vesti aulenti
di santità splendenti.
Laudata sii per ogni sera
che passerò in attesa
di riveder nel viso il ciel
dagli occhi belli
che in me fa palpitar
le prime stelle."

Si sarebbe dimenticata di lui?

Avrebbe incontrato lassù l'uomo in grado di farle dimenticare il loro idillio?

Le parole del Novenio avevano insinuato nella mente della giovane un pensiero che sino ad allora non aveva mai avuto.

Se il suo poeta avesse avuto ragione?

Tuttavia, in obbedienza alla logica della Rigorina secondo la quale era pur sempre meglio un uovo oggi piuttosto che una gallina l'indomani, s'era affrettata a garantire che il suo cuore sarebbe stato per sempre del giovanotto. E, per dare forza e sostanza alle sue parole, aveva detto al Novenio che non sarebbero stati troppo tempo senza vedersi, sebbene furtivamente.

«Darò un giorno di libertà alla settimana alla Forcola» aveva deciso all'istante.

Scuse per prendersi quella licenza ne aveva a bizzeffe: controllare lo stato della sua prossima eredità e dare un'occhiata che alla Primofiore non mancasse niente di quel poco di cui aveva bisogno.

All'uscita il giovanotto si era tranquillizzato.

E poiché quel giormo era giovedì, i due avevano stabilito che i loro incontri clandestini sarebbero avvenuti il giovedì di ogni settimana sino a compimento del piano.

109

Mentre il prevosto questionava in casa Ficcadenti con il tono del mezzogiorno e la Zemia difendeva a spada tratta il sonno della sorellastra, la Giovenca era rimasta dietro la porta della camera da letto. Tutt'altro che straziata dal dolore annunciato da Zemia e men che meno rintronata dalla canfora che non s'era nemmeno sognata di assumere, aveva ascoltato tutto ciò che i due s'erano detti, fino all'uscita di scena di don Pastore.

Prima di presentarsi in sala, dalla sua camera ne spiò il sottanone agitato dal vento che si allontanava in direzione del buio di via Manzoni, riflettendo sul significato che poteva avere il silenzio che era conseguito allo scambio di battute con Zemia: s'era aspettata ben altra reazione da parte del sacerdote.

Invece, silenzio.

Il che poteva dire che il prevosto aveva finalmente deciso di non ficcare più il naso nei loro affari di famiglia oppure che, vista l'inutilità dei suoi interventi, si fosse risolto a battere vie diverse, magari affidando ad altri il compito di risolvere il mistero. Quali altri, Giovenca non riusciva a immaginare.

Ma sapendo cosa c'era in ballo in quel di villa Coloni, avvertiva una certa irrequietezza per calmare la quale le sarebbe servito molto di più che un po' di canfora.

Tuttavia non era quello il momento per tremare o lasciarsi trasportare da fantasie. Bisognava anzi rinforzare le difese, rimanere saldi nelle posizioni, impedire che qualcuno di loro, Zemia o il Geremia, potesse avere ripensamenti.

Uscì in cucina.

La visione della sorellastra non le fu certo di conforto.

Zemia era seduta, le mani intrecciate appoggiate al tavolo, la testa china. Nessuna sorpresa se stesse pure spremendo qualche lacrima silenziosa.

«Zemia!» mormorò.

La sorella la guardò senza parlare.

«Cosa c'è?» chiese Giovenca.

«Niente» le rispose Zemia.

Per nulla convincente.

Giovenca le si avvicinò, incapace di trattenere un mezzo brivido quando le posò le mani sulle spalle ossute.

«Non adesso, mia cara» sospirò Giovenca.

Non era quello il momento per farsi prendere da ripensamenti o timori di fronte a eventuali minacce di dannazione o da altre, più prosaiche, paure di vendette terrene.

«A cose fatte, vedrai, questi momenti ti sembreranno solo dei brutti ricordi sui quali potrai anche permetterti di ridere.»

«Ho paura» disse finalmente Zemia.

«Paura di cosa?» chiese Giovenca.

Zemia si schiarì la voce con un colpetto di tosse.

Be', spiegò, temeva che, visto che il Geremia era stato così fesso da abboccare all'esca, avrebbe ugualmente potuto cedere di fronte ai tuoni e fulmini di don Pastore e rimangiarsi ciò che aveva promesso la sera in cui era stato a cena da loro.

Giovenca tirò un sospiro di sollievo. Aveva temuto che quegli stessi tuoni e fulmini avessero potuto convincere Zemia a dimettersi dal progetto.

Sorrise, vincitrice.

Era disposta, affermò, a scommettere la vista di entrambi gli occhi che il giovanotto nemmeno in sogno avrebbe immaginato di fare una cosa del genere.

Che Zemia tenesse ben presenti i termini dell'accordo: solo così il Geremia poteva illudersi di poterla avere.

E lei sperare di trovar marito.

110

Per illudersi di averla, il Geremia non aveva altra scelta.

Prendere o lasciare.

Decisione sicuramente da non prendere a cuor leggero ma cui certo avrebbe giovato uno stomaco ben pieno di cibo, vino e grappa.

Così come nel dopocena, la sera in cui il Geremia era stato in casa Ficcadenti.

Una mezza luce a illuminare la scena, foriera di future intimità. In sottofondo le note di *Addio mia bella, addio* provenienti da una radio che il Geremia entrando poche ore prima non aveva notato. E Giovenca, che sembrava galleggiare in un mondo a sé, come se intorno a lei il tempo si fosse fermato per celebrare tutta la sua bellezza conturbante.

Effimera, anche.

Pur se al Geremia l'aggettivo era completamente ignoto, non gli era sfuggito che i contorni sfumati della donna, mercé il mezzo buio, il vino e la grappa, erano un invito a considerare la caducità delle cose umane e a coglierle quindi quando la vita le offriva nel momento del loro massimo splendore.

A qualunque prezzo, costassero qualunque sacrificio…

«Mi costa assai» aveva esordito Giovenca strappando il Geremia alle sue fumose riflessioni, «rischiare di rovinare questa bella serata.»

Zemia, che si aspettava l'avvio delle ostilità, aveva reagito come se ne fosse stata colta di sorpresa.

Aveva diretto lo sguardo sulla sorellastra.

«Ma cosa dici?» aveva chiesto.

«Oh!» aveva risposto Giovenca portandosi un ricciolo dietro le orecchie, «tu lo sai.»

Sapeva bene che nei momenti di massima felicità, come durante quella serata, non mancavano ombre che si divertivano a rovinare l'atmosfera.

«D'accordo» aveva concordato Zemia, «ma...»

«Ma?» l'aveva interrotta Giovenca.

Non le sembrava il caso quella sera, e per di più davanti a un estraneo...

«Estraneo?» aveva buttato lì Giovenca.

L'estraneo, cioè il Geremia, aveva cercato di capire il significato dello scambio di battute ma non era venuto a capo di nulla. Indicato dalla Zemia quale estraneo però se ne era un po' risentito.

«Se sono di troppo...» aveva mormorato senza alcuna intenzione di chiudere la frase.

«Ma no!» s'era lanciata immediatamente Zemia. «Non volevo offendere, ci mancherebbe.»

Aveva temuto che avviandosi il discorso su quella china, la serata, davvero bella come poche, potesse rovinarsi, scocciare lui soprattutto, l'invitato.

«Peraltro...» aveva poi detto sospendendo la parola per aria.

«Peraltro prima o poi qui saremmo dovute arrivare, mia cara Zemia. O no?»

Zemia con un solo battito di palpebre aveva confermato.

Al Geremia intanto le orecchie erano diventate rosse.

Per quanto continuasse a non capire niente di ciò che le due sorelle si erano dette sino a quel momento, non gli era sfuggito il nocciolo della questione: c'era qualcosa che ostacolava la serenità delle due Ficcadenti, qualcosa che forse solo un uomo poteva affrontare e risolvere.

E lui, perdio, lo era!

«Ma cosa c'è?» aveva infine chiesto.

Le due sorellastre s'erano guardate, consultandosi silenziosamente.

A quel punto, sarebbe stata scortesia nei confronti dell'ospite andare avanti a parlare sottovoce di cose loro escludendolo dalla conversazione.

Era stata Giovenca a rompere gli indugi.

«Solo il dolore potrà darci la felicità» aveva detto.

E, visto che mentre parlava guardava lui, il Geremia aveva infine capito che sia dolore sia felicità erano cose che lo riguardavano direttamente. Però la sostanza gli sfuggiva ancora del tutto.

«Che dolore?» aveva allora chiesto.

Giovenca aveva rincarato la dose del mistero.

Solo il dolore, aveva spiegato, che ogni buon cristiano avverte alla morte di un suo simile: anche se dalla morte di costui dipende la sua felicità.

Perché proprio lì stava il centro della questione.

La loro felicità dipendeva dalla morte di un uomo: e per raggiungerla quanto prima dovevano augurarsi che la sua fine lo raggiungesse alla svelta.

«Ti pare possibile?» aveva chiesto Giovenca con voce rotta.

Il Geremia aveva risposto con il silenzio. Non voleva ammettere di non aver ancora compreso un accidente, ma di fatto le cose stavano così.

«Ma cosa?» aveva gemuto.

Era mai possibile, aveva allora ripreso Giovenca, che loro due potessero finalmente unirsi senza ostacoli solo dopo la morte di un uomo che la teneva in scacco... un Notaro, per la precisione?

Dalla clinique A la bonne santé il Notaro Editto Giovio era uscito abbastanza magro, più nel portafoglio che nel fisico.

Oltre alla salatissima ricevuta, in conto di saldo, per le cure ricevute e la degenza, i sanitari l'avevano fornito di un utile prontuario alimentare, a firma di un epigono elvetico del Mantegazza, e di un secondo opuscolo, opera del dottor Aiace Debouché, vera e propria summa di tisane per ogni necessità, preparate con erbe raccolte sul monte Gionnero, il paradiso dei botanici, facilmente reperibili presso una farmacia di Mendrisio e ordinabili anche per posta.

Tutte e tre le cose erano subito finite in un cestino per i rifiuti.

Dopo aver salutato medici e infermieri, la prima parola che il Giovio pronunciò una volta all'aria aperta, fu: «Allora?».

Il Sisino Trasporto Passeggeri, che lo aspettava da più di un'ora, non aveva trovato adeguate parole per rispondere. Cioè, le parole non gli sarebbero mancate, figuriamoci! Ma il fatto di trovarsi in terra straniera gli aveva suggerito che non era cosa usare il dialetto per esprimersi. Non disponendo di un gran vocabolario di italiano, aveva quindi preferito tacere, cosa che al Notaro era stata assolutamente indifferente.

Un solo pensiero lo agitava, tornare in fretta nel suo territorio e riprendere quanto prima in mano gli affari che aveva lasciato in sospeso, uno sopra tutti.

Con estrema agilità, ben lontana dall'impaccio che il Sisino ricordava, il Giovio era salito sul mezzo. La meraviglia del trasportatore era stata evidente.

Il Giovio aveva ridacchiato tra sé.

«Deve ancora nascere quello che mi ammazza» aveva mormorato.

«Lo ammazzo io!»

Il Geremia era saltato su dalla sedia, facendo prendere un colpo alle due sorellastre.

Dopo le ultime parole di Giovenca, nella sua fantasia si era scatenata l'immagine di certi angeli vendicatori che ogni tanto sbirciava in chiesa, la spada lucente, la chioma scompigliata dal vento.

Ci aveva pensato la stessa Giovenca a smorzare la luce di quella spada.

«Siete forse impazzito?» era sbottata.

Davvero in allarme, al punto da dimenticare l'uso del tu.

Ammazzarlo lui, a rischio di farsi beccare e trascorrere il resto della vita in galera, se non peggio?

E in ogni caso, anche ammesso di farla franca, come avrebbero potuto loro due vivere una vita serena con l'ombra di quell'orribile delitto sempre alle costole?, aveva proseguito la giovane cantando al Geremia una canzone già nota.

«Nemmeno per sogno» aveva stabilito.

Bisognava pensare a una soluzione che salvasse capra e cavoli e che mettesse nel sacco quell'orribile Notaro senza correre pericoli di sorta.

«E la soluzione» aveva comunicato Giovenca sottovoce, «c'è.»

«Cioè?» aveva chiesto il Geremia, goloso.

«Ci sarebbe.»

«C'è o non c'è?» aveva chiesto spazientito il Geremia.

La Giovenca l'aveva per intanto invitato a sedere di nuovo. Era infatti cosa che avrebbe potuto dare una vertigine.

«Se ve la dicessi così, vi sembrerebbe forse strana, addirittura inaccettabile. Il risultato di un mero, volgare calcolo fatto a tavolino che con le nostre intenzioni invece non ha nulla a che vedere» aveva risposto.

Per questo bisognava che ci si arrivasse per gradi, attraversando, grazie al resoconto che stava per fargli, le peripezie della sua vita. Solo così avrebbe avuto un quadro completo e chiaro della faccenda e compreso che là dove sembrava esserci una banale soluzione di comodo si celava invece l'unica possibilità per uscire da quel vicolo cieco.

Che si mettesse comodo quindi, perché poteva andare per le lunghe.

«Un altro goccetto di grappa?» aveva squittito Zemia.

E mentre Zemia mesceva, Giovenca aveva ripreso a parlare.

«Ecco, Geremia, dovete…» ma si era subito interrotta.

Se sua sorella versava grappa, a lei toccava servire miele per le orecchie del giovanotto.

«Sono talmente emozionata, talmente ansiosa anche di conoscere il vostro pensiero, le vostre reazioni una volta che conoscerete la verità, che continuo a usare il voi mentre tra di noi l'uso del tu si era già insinuato senza nemmeno bisogno di chiedere il permesso. Permettete che ci si ritorni?»

Al Geremia la grappa era andata per traverso.

Arrossendo: «Ma certo!» aveva risposto.

«Bene» aveva sorriso Giovenca.

Stava dicendo, allora…

«Ti stavo dicendo che c'è una cosa che devi sapere: sono sposata!»

113

Sposarsi!

Un verbo che nella vita del Notaro Editto Giovio si era sempre distinto per l'effimera vita, come se fosse un uccello di passo.

Ma che aveva cominciato ad assumere i caratteri della stanzialità una volta che, passato un primo periodo immerso in una nebbia critica presso La bonne Santé, il cappellano della clinique aveva cominciato a battere su quel tasto. Era sempre quel don Kainafin che aveva corrisposto con don Filo Parigi, e sembrava saltato fuori pari pari da un'eresia luterana. Alla prima uscita in questa direzione, il Giovio aveva tentato la via della spiritosaggine e aveva risposto che consigliava una cosa che lui per primo aveva accuratamente evitato.

Il cappellano l'aveva fulminato, rispondendo di aver già contratto un indissolubile matrimonio. Dopodiché non aveva più perso il treno e, quotidianamente, gli aveva impartito focose lezioni sulla dissolutezza e gelide previsioni sul prezzo che avrebbe pagato prima o poi. Di concerto, i medici sembravano essersi accordati con il religioso e, non appena sistemata la critica situazione dei grassi e degli zuccheri, avevano a loro modo cominciato a predicare circa il fatto che un uomo dopo i quarant'anni, che lui aveva da poco superato, doveva cominciare a riflettere sul proprio stile di vita e correggerlo per tempo laddove fosse ancora improntato alla crapula o a eccessi equipollenti. Infine era stata un'infermierina, pallida e pelosetta come una stella alpina, ad avviare discorsi matrimoniali insinuando nel Notaro il sospetto che l'avesse preso di mira.

Gettato il seme e conscio di averla scampata bella, il Giovio aveva cominciato a pensarci seriamente. Una regola, che gli permettesse di non rinunciare del tutto alla succulenza dei piatti che amava di più, gli ci voleva, se, come gli aveva fatto notare il primario della clinica, non desiderava che nel giro di pochi anni si parlasse di lui all'imperfetto.

Una moglie quindi, d'accordo.

Ma che, in un certo senso, andasse a sostituire gli arrosti, le trippe, le busecche e le cazzuole cui avrebbe rinunciato!

Una moglie bella in carne come un filetto di manzo, saporita come un guanciale, gustosa come un piatto di nervetti con tanta cipolla.

Di tanto in tanto, pensando all'idea che s'era fatto della donna da sposare, individuandola sempre di più in quella Giovenca Ficcadenti con la quale aveva ancora una promessa in sospeso, guardava l'infermierina, quella che assomigliava a una stella alpina, e non poteva fare a meno di paragonarla a ciò che rimaneva nel piatto dopo aver spolpato per bene una gallina a lesso.

114

Il Geremia invece aveva assunto l'espressione del manzo dopo la mazzata fatale del beccaro: occhi fuori dalle orbite e lingua penzoloni.

Giusto così lo voleva la Giovenca, come se fosse in fin di vita, quindi disposto a tutto pur di salvare la pelle.

«Più che sposata» aveva ripreso, «legata ancora per certi versi a quello che fu il mio primo marito.»

Se c'era un primo, aveva fulmineamente ragionato il Geremia, voleva dire che ce n'era anche un secondo.

Il primo, stando alle parole della giovane, sicuramente morto.

Ma il secondo?

«Non c'è» aveva assicurato Giovenca come leggendogli nel pensiero. Il Geremia allora aveva retratto la lingua.

«Ma in un certo modo è ancora come se fossi legata al primo e non potessi liberarmene» aveva aggiunto.

O cristo!, era sfuggito al Geremia.

«Addirittura è come se fossi ancora più che sposata» aveva caricato Giovenca.

Dopodiché, vedendo che sul viso del giovanotto era calata un'infantile espressione di stupore, aveva deciso che il momento per farcirgli la testa con la bella storiella che s'era inventata era finalmente giunto.

Doveva sapere che il suo primo marito, un tenentino morto

sull'Isonzo, l'aveva incatenata a una promessa, diabolicamente impegnandola a una imperitura memoria di lui con il perentorio ordine di non contrarre più legami terreni, pena l'esclusione da qualunque eredità. Nel qual caso lei si sarebbe trovata povera come mai lo era stata. Su tutto ciò, affinché lei non disobbedisse ai *desiderata* del defunto tenente compilati *in articulo mortis* con l'aiuto del cappellano militare, vegliava come un cane da guardia l'orribile Notaro comasco Editto Giovio, avvalendosi di spie e delatori che aveva a libro paga e che, Giovenca aveva affermato di esserne certa, non perdevano alcuna mossa di lei, per poi puntualmente riferire.

Occhi di spia, aveva rivelato Giovenca, ne aveva notati anche in quel paese nel quale si erano trasferite dietro consiglio di sua sorella Zemia, allo scopo di allontanarsi dall'incubo di una sorveglianza continua, asfissiante.

«Ma inutilmente!» aveva sospirato la giovane.

Fatta esperta da lunghi giorni di vita passati quasi in clandestinità, poteva dirsi in grado di fare nomi ormai, indicare persone.

Gli altri due merciai, per esempio, il Tocchetti e il Galli e rispettive signore, che di tanto in tanto andavano ad annusare senza mai comprare niente.

La Rebecca!

Sì, proprio lei, la perpetua del signor prevosto che, in quanto tale, non faceva che ubbidire a un istinto delatore e spione.

E il maresciallo Citrici? Non se l'era trovato forse, lui, e più di una volta, tra i piedi, come se fosse un caso?

E non gli era piuttosto venuto il sospetto che dietro quelle coincidenze ci fosse altro, magari la lunga mano del maledetto Notaro?

Il Geremia aveva esteso il capo, come se tutte quelle affermazioni fossero sberle.

Che vivesse in un paese di spie lo stava scoprendo adesso. E un pensiero, tanto malvagio quanto irresistibile, s'era fatto largo.

Che anche sua madre...

E il prevosto...

S'era ben guardato dall'esternare simili dubbi. Preso invece da subitaneo entusiasmo, arrossendo per l'orgoglio di aver individuato il modo per liberare la sua Giovenca dal giogo cui era sottomessa, aveva detto: «Rinunciamo all'eredità!» parlando per la prima volta al plurale e aspettando poi, come un cane da riporto, i complimenti.

Zemia aveva avuto un piccolo sobbalzo all'uscita del giovanotto. Giovenca, che invece avrebbe avuto tutte le ragioni per dare in smanie e tacciare di follia il Geremia, era rimasta calma.

«Credi forse che non ci abbia pensato anch'io?» aveva risposto.

«E allora…» s'era permesso il Geremia.

E allora, aveva interloquito Giovenca, fosse stato solo per lei, per loro, la cosa sarebbe di già stata fatta.

«Ma non posso fare a meno di considerare i diritti di chi ci seguirà» aveva affermato, lasciando in una certa confusione il Geremia.

«Cioè?» aveva infatti chiesto il giovanotto.

«I figli.»

Al che il Geremia era sembrato gonfiarsi poiché la prospettiva di ciò che significava aver dei figli, ma prima, e soprattutto, farli, gli aveva gonfiato il torace in un respiro che poi s'era bloccato per via di un nodo in gola.

Non c'era altro modo quindi per salvare capra e cavoli, a meno di non voler attendere la morte naturale del Notaro e sempre ammesso poi che, una volta morto lui, qualche suo collega, cane al pari di lui, non ereditasse quell'incombenza.

Geremia aveva atteso di capire.

Giovenca aveva assunto una postura da martire predestinata.

«Sposatevi!» aveva infine detto, dimenticando che era passata al tu.

«Chi?» disorientato il Geremia.

«Voi.»

«Io?»

«Certo.»

«E con chi?»

«Con mia sorella!»

E prima che il Geremia potesse alzarsi e fuggire terrorizzato dalla casa, gli aveva esposto i vantaggi di un matrimonio siffatto: l'eredità così restava a lei, vedova, sì, ma sotto lo stesso tetto insieme a lui.

Le apparenze erano salve, agli occhi del mondo nulla sarebbe cambiato.

Capiva?

Giovenca si era alzata, si era avvicinata a Zemia, le aveva messo le mani sulle spalle da dietro la sedia.

«Senza la mia cara sorella, tutto questo non sarebbe possibile. Siete d'accordo allora?»

«E lei?» aveva chiesto il Geremia riferendosi a Zemia che non aveva ancora spiccicato parola.

«Non chiede di meglio che vederci felici tutti e tre» aveva sibillinamente risposto Giovenca.

Parole che in un certo senso non erano prive di verità.

Il tappezziere Pendaglio Carlo, sito in via Catena 34.

Il mobiliere Defendino Bassi, sito in via Croce di Quadra.

L'imprenditore di costruzioni Previsti Giovanmaria, sito in via Tre Re.

Il negoziante di vetrerie, terraglie eccetera Mormino Manuele, sito in via delle Meraviglie.

Il rigattiere Carganella Claudio, senza fissa dimora.

E altri.

A partire dal giorno del suo ritorno a casa e ripresa confidenza con l'ambiente domestico, il Notaro Editto Giovio aveva convocato, uno dopo l'altro, i succitati artigiani affidando a ciascuno il compito di rimettere in sesto la sua abitazione, studio compreso, in modo da renderla idonea a ospitare la sua futura sposa. Aveva ordinato loro di non badare a spese. Il mobiliere Defendino Bassi, che aveva interpretato con molta generosità l'ordine di non lesinare sul denaro, si era permesso di chiedere al Notaro quando si sarebbero celebrate le nozze. Pur non avendone un'idea precisa, il Giovio aveva risposto: «Presto, molto presto» ed era intimamente convinto che sarebbe accaduto proprio così. Cioè che gli sponsali si sarebbero celebrati nel breve giro di un mese o due, poiché, che la Ficcadenti potesse rifiutare una simile offerta era cosa che non aveva nemmeno preso in considerazione.

Nel frattempo, mentre tappezziere e compagnia bella mandavano avanti i lavori a ritmi forzati, il Giovio si era dedicato ad allestire e oliare per bene le pratiche relative all'internamento della Primofiore presso un istituto per deficienti che sorgeva in quel di Brunate, dedicato alla santa patrona delle balie, Guglielmina: impresa tutt'altro che complessa, visto che l'amministratore della casa era un suo corrispondente d'affari, notaro pure lui, con il quale spesso aveva intrecciato traffici.

Infine, quando ormai settembre vedeva la fine, giudicando che tutto fosse pronto all'attacco finale, una sera si era dedicato a compilare un elegante biglietto con il quale convocava la signora Giovenca Ficcadenti presso il suo studio per comunicazioni che la riguardavano personalmente.

L'invito era giunto a villa Coloni di venerdì. Si era inumidito per bene, stante la guazza del mattino, un'umidità che colava dentro la cassetta metallica per la posta, si era accartocciato e chiazzato, tanto che quando Giovenca se l'era trovato tra le dita il giovedì successivo aveva pensato sulle prime allo scherzo di qualche monello dei dintorni che aveva voluto riempire la cassetta con foglie macerate. Era stata un'impressione veloce, niente di più, svanita subito perché l'intestazione "DOTTORE EDITTO GIOVIO – NOTARO IN COMO" le era saltata subito all'occhio, nitida come se non avesse patito né umidità né freddo. Una rapidissima ondata di calore, come se la temperatura si fosse improvvisamente rialzata, aveva colto Giovenca. Aveva benedetto la buona sorte che impediva sia a lei che al Novenio di trovarsi implicati nell'uccisione di una povera donna, sebbene per procura: poiché era convinta che l'invito del lodevolissimo Notaro riguardasse la soluzione del nodo ereditario con relativa sistemazione della povera demente.

Pure il Novenio, che di criminale, nonostante tutti gli sforzi che aveva fatto per aderire agli insegnamenti paterni, aveva ben poco, aveva dimostrato un certo sollievo alla notizia. E durante l'abbraccio che ne era conseguito, stringendosi appassionatamente alla Giovenca, le aveva dimostrato di avere doti superiori alla media: non aspettavano altro che di essere messe alla prova. Giovenca era rossa in viso, un po' l'emozione un po' il freddo e un po', anche, l'abbraccio asfissiante: sentiva dentro di sé una specie di bollore che la stava facendo sudare sotto le ascelle, le mozzava il respiro e altrove inumidiva significativamente. Segni che ben conosceva, quando il suo povero tenentino, prima di dare l'assalto agli 'striaci accampati sull'Isonzo, si era impegnato a conquistare le valli e le colline di cui madre natura l'aveva generosamente fornita. Sarebbe stato facile, considerato l'entusiasmo del momento, cedere alla voluttà. Giovenca invece si era dimostrata più forte dei due desideri messi insieme, il suo e quello del Novenio che nel frattempo si era preso amanuensi libertà.

«Fermati!» aveva detto, con voce d'ordine ma rivestita di miele.

Novenio aveva rallentato le manovre sino a sospenderle. La fatica di rientrare nei ranghi era evidente sul viso del giovanotto. Giovenca, prima di staccarsi del tutto, l'aveva accarezzato.

Non bisognava provocare così la fortuna che li stava favorendo, aveva detto.

Cos'erano un mese, al massimo due, di attesa per poter vivere poi in piena libertà la loro passione?

Il Novenio, a malincuore, aveva suonato la ritirata.

«Quando andrai dal Notaro?» aveva chiesto.

«Giovedì prossimo» aveva risposto Giovenca.

Non si sarebbero visti quindi!

Ma si consolasse, aveva mormorato Giovenca, con il pensiero che di lì a un mese, massimo due...

116

Un giorno, massimo due.

Va bene, c'erano stati il sabato e la domenica di mezzo.

In ogni caso lui era stato lì ad aspettare lo stesso.

Niente nemmeno lunedì, né martedì.

E al Giovio aveva cominciato a friggere il sedere.

Sul giovedì, chissà perché, avrebbe scommesso quasi tutto il patrimonio.

A ogni "Permesso? Avanti!" che aveva bussato alla porta del suo studio s'era immaginato di veder comparire finalmente la Giovenca. Invece, più che olezzanti contadinacci, resi ancor più brutti dalla delusione, altro non c'era stato. Sul fatto che il biglietto potesse essere andato perduto non aveva dubbi: l'aveva affidato lui stesso a un tal Scarpetta con l'ordine perentorio di infilarlo nella cassetta postale di villa Coloni e poi avvisarlo dell'avvenuta consegna.

Che nel frattempo, durante la sua lunga assenza, fosse successo qualcosa?

Sarebbe stato da sciocchi gridare alla tragedia!

Cioè… era stata la pragmatica riflessione del Giovio.

Di malattie che portavano a marcire cristiani di ogni razza e colore e sesso ed età ce n'erano a bizzeffe, da avere l'imbarazzo della scelta. La degenza presso il San Severo aveva lasciato il segno.

Tuttavia Editto Giovio, nella sua infantile onnipotenza, non riusciva a contemplare che i cieli avessero potuto colpirlo così profondamente e proprio nel momento in cui, dopo averlo tanto disprezzato, si era avvicinato alla santità del matrimonio. Quindi, scartata d'ufficio una disgrazia con morte prematura, si fissò a pensar male, col che era convinto come tanti di non sbagliare mai o quasi.

La gioventù, l'ignoranza e lo stesso essere femmina, poteva, rifletté, giustificare nella ragazza una sorta di amnesia dei patti, averla indotta a pensare che lui si fosse dimenticato della promessa fatta. Da cui una farfallona libertà che forse, per venir fuori dall'inghippo, l'aveva portata a rivolgersi ad altri.

In ogni caso il Notaro Editto Giovio, che sempre aveva anteposto al bene altrui il proprio, non poteva accettare di essere scavalcato sul campo da nessuno, fosse anche un suo pari oppure un cagarogne di avvocato.

Vederci chiaro innanzitutto, decise, per prendere opportune contromisure.

Il martedì sera, quando ormai erano passati dieci giorni dalla consegna del biglietto, il Giovio aveva mandato a chiamare il tuttofare Scarpetta.

«Vammi a cercare il Torsolo e digli che lo voglio il prima possibile qui da me» aveva ordinato.

Il tuttofare era rimasto come se non avesse ben capito. Infatti il Torsolo in quella stagione tendeva trappole alle volpi ed era più facile trovare un ago in un pagliaio che non lui nelle radure e nei boschi che batteva.

Il Giovio non aveva voluto sentire ragioni.

«Ti ho detto di trovarlo e mandarmelo qui» aveva ribadito. «Dov'è lui e come farai tu a beccarlo sono affari che non mi riguardano.»

117

La prima volta che aveva imboccato lo scalone che portava agli uffici comunali, Giovenca Ficcadenti era da poco giunta a Bellano, aveva l'animo tribolato, una visione incerta del futuro, il pensiero costantemente rivolto alla Forcola. La Rigorina le aveva detto che non doveva temere nell'affidare le cure della Primofiore a quella ragazza. Nonostante la giovane età aveva già una lunga esperienza nell'assistere persone affette dalle più varie malattie. Giovenca non aveva obiettato ma sin dal primo incontro con la Forcola, lo sguardo guercio della ragazza le aveva insinuato non poca inquietudine. Soprattutto aveva cominciato a temere che della criminale pozione, spacciata come convenuto col Novenio quale tisana rilassante, la stessa guercia potesse approfittare, magari per darsi un po' di requie durante le giornate in cui la Primofiore chiacchierava con i suoi fantasmi.

Adesso, la seconda volta da quella prima, salì lo stesso scalone con ben altro animo.

Al suo ingresso gli occhi dell'applicato di ragioneria Beniamino Negretti e del messo Virtuoso Intrusi le si incollarono addosso e sarebbe stato un peccato non farlo. La Giovenca splendeva come se, al pari di tutti gli altri, non stesse ancora vivendo dentro quegli ultimi, grigi, freddi e noiosi giorni di gennaio, ma avesse corso in avanti e fosse già immersa nella luminosità e nel profumo del mese di maggio.

Imbambolati dal miraggio, sia il Negretti che l'Intrusi non capirono la richiesta della giovane, costringendola a ripetersi.

A chi poteva consegnare il nulla osta rilasciato dal signor prevosto affinché anche all'albo Pretorio si potessero affiggere quelle pubblicazioni di matrimonio?

«Al signor segretario Cesarino Pazienza» rispose il Negretti.

«Che ha la delega da parte del signor sindaco per quanto riguarda le mansioni dell'ufficiale di stato civile» aggiunse a titolo di spiegazione non richiesta l'Intrusi, tanto per darsi un tono e mettersi in mostra.

Udendo la cortesia e la precisione delle risposte dei due impiegati, il Pazienza si alzò e fece capolino dal suo ufficio.

Cosa mai era successo perché quei due dessero risposte così deferenti e gentili?

Alla vista della Giovenca comprese.

Lanciò uno sguardo ai due che ritornarono alle loro carte. Quindi invitò la Ficcadenti ad accomodarsi nel suo ufficio.

Non aveva mai voluto credere alle voci che erano circolate circa un possibile matrimonio tra Tanta Bellezza e quel Niente Per Cena.

Se mai, se c'era qualcosa che lo incuriosiva, era perché, come suo solito, don Pastore non gli avesse comunicato di persona la cosa, mandando in sua vece (ma meglio così, eh!) la giovane.

E poi, altro piccolo mistero, con il nulla osta addirittura in busta chiusa.

118

Sic voluit.

Il "Tutto lì" di Zemia rimbombava ancora nelle orecchie del signor prevosto quando, la sera precedente, martedì 25 gennaio, si era visto costretto a ricevere nel suo studio il Geremia e la stessa Zemia Ficcadenti.

Era stata la Rebecca ad annunciare la visita.

«C'è qui la merciaia, quèla brùta» aveva detto, «insieme col figlio della Stampina.»

Aveva insinuato, senza risultati, un vago tono interrogativo: ma l'era un bel mistero che quel màrtol del Geremia si fosse presentato una volta con quel non me tochè della Ficcadenti bella e adesso invece era lì con quel mal di reni.

Insomma, qualche diritto ce l'aveva anche lei, mica era la figlia della serva, e non le piaceva essere sempre l'ultima a sapere le cose.

Ma il prevosto: «Fate passare» aveva detto. E morta lì.

Per sòlit, di solito però, quando che in ballo c'erano cose belle, batèsim, matrimòni o ànca mort che avevan lasà indré vergot per la gièsa, il don Pastore offriva agli ospiti un bicchierino di rosolio e lei capiva il fatto.

Per quella sera, alla Rebecca era parso doveroso escludere batèsim o matrimòni, tanto che non aveva nemmeno tirato fuori dalla credenza i bicchierini per dar loro una spolverata.

L'unica era che fosse morto il Pradelli vecchio.

Ma cosa c'entrava allora la Ficcadenti brutta?

E poi, per dirla intera, cosa demonio poteva lasciare indietro il padre del Geremia?

Mah!

Spètare per vedere.

Vedere poco, quasi niente.

Il prevosto era buio in viso.

Aveva acceso la lampada da tavolo che gli serviva giusto per leggere il breviario, niente lampadario. Così agendo era riuscito a trasformare il suo studio in una sorta di antro o anticamera cui i Cristi crocifissi che erano sulla parete alle sue spalle davano un sapore di tribunale dell'Inquisizione. Neanche a farlo apposta in quei giorni aveva un filo di angina e la voce che gli uscì dalla gola, di un paio di toni più bassa, quando dapprima rispose alla perpetua e poi cominciò a parlare sembrò sia alla Rebecca che alla Zemia e al Geremia quella di un oltretomba.

«Tanto per essere chiari» cominciò col dire.

Tanto per essere chiari, era convinto di essere finito suo malgrado dentro una specie di gioco di cui gli sfuggivano le regole. Nonostante ciò, non aveva alcuna intenzione di chiedere di partecipare alla verità, certo del fatto che avrebbe indotto i protagonisti dello stesso a nuove bugie che sarebbero andate ad accumularsi alle precedenti.

Aveva due doveri...

«Due alti doveri!»

... da rispettare.

Uno cristiano, morale, in virtù del quale sentiva l'obbligo di avvisare gli attori di quella farsa che non si scherzava coi Santi Sacramenti.

«Il matrimonio è una cosa seria!»

L'altro civile, ma ugualmente sacrosanto poiché tutto ciò che pertineva alla vita materiale dell'uomo derivava dalla mente dell'Unico, ed era quello di prendere atto della volontà dei due che gli stavano di fronte e certificare che nulla ostava alla loro unione nel sacro vincolo del matrimonio. Poiché, però, non poteva, non doveva, anzi, rinunciare al proprio libero arbitrio, dichiarava onestamente i propri dubbi, cui mancavano le prove per divenire certezze, e avvisava i due che si sarebbe rifiutato di celebrare il matrimonio, cedendo l'incombenza al proprio coadiutore, che si salvava dal compiere un atto contrario alla sua coscienza grazie all'ignoranza dell'accaduto e della mancanza di sospetti. Inoltre, contrariamente alle sue abitudini, dava agli stessi il nulla osta affinché lo consegnassero di persona all'ufficiale di stato civile volendo, con quel piccolo atto, ribadire la sua distanza da ciò che era e sarebbe accaduto.

«*Sic volo!*» aveva concluso.

Tra i due, quello che sin dalle prime parole di don Pastore aveva cominciato a sentirsi meritevole dell'inferno fu il Geremia. Sensibile al buio, che da piccolo l'aveva terrorizzato, alle facce dei Cristi e a quella del prevosto che gli sembrava parlasse senza muovere la bocca, aveva ricevuto il colpo di grazia quando il sacerdote, presi un foglio e una penna dal cassetto, aveva cominciato a stendere il nulla osta.

Il gracchiare del pennino sulla carta gli aveva ricordato certi racconti che suo padre, quand'era ancora in salute, gli faceva per indurlo al sonno circa le vicissitudini di un suo amico seppellitore che usava triturare, camminandoci sopra, le ossa dei morti da nessuno reclamati e, una volta trasformate in polvere fine, utilizzarle come concime per il suo orto da cui otteneva verze e insalate saporitissime.

Zemia invece aveva tenuto botta. Ormai era a un passo dal suo obiettivo di avere un marito e niente l'avrebbe distolta dal raggiungerlo.

Una volta fuori, dopo aver pigolato ringraziamenti vari, nella piazza cui la notte aveva sottratto i confini, il Geremia, fatti pochi passi, aveva posto la domanda che da un po' gli pizzicava sulla lingua.

«Ma cosa voleva dire il signor prevosto con tutte quelle cose?»

Zemia lo sapeva bene ma le conveniva tacere.

«Niente» aveva risposto, «sono le solite cose che un prete dice a due che si sposano.»

Che il Geremia le credesse o no, poco le importava. In ogni caso, affinché il giovanotto non tornasse sull'argomento: «Non mi prendereste a braccetto?» chiese.

119

A dispetto del cognome, il segretario comunale di pazienza ne aveva davvero poca.

Sul lavoro poi, niente del tutto. Geloso del suo spazio, l'ufficio in cui si poteva entrare solo dopo che lui ne aveva concesso il permesso.

«Cosa c'è?» chiese bruscamente al messo Intrusi quando Giovenca Ficcadenti se n'era andata da pochi minuti.

Nonostante avesse un alto concetto di sé e del ruolo che rivestiva, e usasse ripetere che nello svolgimento delle sue funzioni era imparziale, non era riuscito a trattare la Ficcadenti alla pari di tanti altri che entravano nel suo regno per pietire spiegazioni o permessi tra i più vari. Aveva tentato di resistere all'effluvio profumato che s'era annunciato prima dell'apparizione della Giovenca e poi, quando l'apparizione s'era fatta carne sotto i suoi occhi, l'aveva invitata a sedere, cosa che anche il sindaco era restio a fare se non dopo un formale invito. Così aveva potuto guardarsela per bene senza dover alzare gli occhi e ingannando se stesso poiché, se l'avesse mantenuta in piedi, avrebbe dovuto derogare alla regola di parlare sempre tenendo gli occhi incollati alla scrivania. I due impiegati, ben sapendo che la faccenda della Ficcadenti era cosa che si poteva sbrigare in pochi secondi, avevano tenuto conto dei minuti che invece passavano e si erano permessi alcuni commenti. Almeno così era parso al Pazienza sentendoli mormorare e, volendo immediatamente recuperare la sua autorità, era scattato.

«Cosa c'è?» aveva chiesto.

«Non vorrei che ci fosse un errore e che poi qualcuno se la prendesse con me» rispose l'Intrusi.

«Che errore?» sbottò il Pazienza.

Lì da vedere, evidente.

O, perlomeno, secondo il messo.

La pubblicazione dell'atto riguardava le nozze tra Zemia Ficcadenti e Geremia Pradelli.

«E be'?» fece il Pazienza.

Ma se tutti in paese, e se non proprio tutti, la maggior parte sapeva che il Geremia s'era fidanzato con l'altra, quella bella?

Il Pazienza non staccò gli occhi dal suo impiegato. Gemevano disprezzo.

Come si poteva tenere in conto di notizie ufficiali chiacchiere che giravano nelle osterie e nei retrobottega?

Cos'era, il "Corriere delle Serve" aveva sostituito la "Gazzetta Ufficiale"?

«Nessun errore» sentenziò il segretario.

L'Intrusi non riuscì a contenere la meraviglia.

«Volete dire che…»

«Voglio dire» troncò il Pazienza, «che non c'è errore alcuno!»

Il Notaro Editto Giovio se l'era giocata a testa o croce per quasi metà di quel giovedì mattina. Ed era sempre venuto fuori testa, cioè il Torsolo.

Mai una volta croce, e delizia.

Quanto fosse inutile affidarsi a quei giochetti da innamorato quali il m'ama non m'ama gli era stato chiaro quando Giovenca Ficcadenti in carne e ossa, e ossa tanto per dire, era comparsa alla porta del suo studio mentre quella moneta di merda dava per l'ennesima volta testa.

«Posso?» aveva chiesto.

Se poteva?

Doveva!

Il Giovio si alzò in piedi come se avesse una molla nel sedere, ben felice di poter mostrare alla giovane la sua nuova linea: venti chili di meno, tanti ne aveva lasciati in terra elvetica, e di conseguenza, dietro consiglio del sarto, nuovi vestiti e nuove tinte, più adatte a un soggetto di atletica figura.

«Accomodatevi» l'aveva invitata, la lingua ancora non del tutto sciolta.

Perché, col tempo, aveva dimenticato quanto fosse bella. E adesso, sempre mercé il tempo passato, se la ritrovava ancora più bella di quanto l'avesse ricordata.

Ancora vestita a lutto. Ma con due gote rosee che raccontavano più di ogni discorso quanta vita battesse sotto quei panni neri.

Raramente il Giovio si era trovato nella condizione di pensare che non fosse in grado di raggiungere l'obiettivo prefisso. Si era riscosso passando all'azione con un certo tremore.

Innanzitutto cortesia voleva che, davanti a una signora, prima di passare ad affrontare gli affari, si facessero quattro chiacchiere. Non poteva certo entrare nella questione coi modi spicci e spesso scortesi con i quali affrontava la sua abituale clientela.

«Vi trovo bene» aveva detto, «benché ancora in lutto.» Pentendosi subito di quel riferimento che avrebbe potuto intristire la giovane e mal disporla.

Giovenca prima di rispondere aveva gonfiato il petto. Era stato sufficiente perché il Giovio dimenticasse il passo falso e rimettesse nel mirino il bersaglio.

«Sapete com'è…» aveva risposto Giovenca.

Risposta inutile, interlocutoria.

Anzi, volutamente vuota.

Un invito affinché fosse il Notaro a condurre la conversazione.

«Mi corre l'obbligo prima di ogni altra cosa di scusarmi se vi ho fatto attendere così a lungo. Tuttavia…»

Il Giovio si era interrotto.

Confessare di essere stato ammalato, in un certo senso di esserlo ancora, di aver trascorso settimane e settimane in una clinica svizzera? A rischio di dare un'immagine di sé… insomma, un'immagine di sé abbastanza vera ma controproducente?

Correre il rischio che la giovane pensasse che lui fosse alla ricerca di una specie di infermiera che badasse alla sua dieta e ai suoi farmaci e non di una moglie con la quale godersi la vita?

Solo la citazione poteva fargli gioco: la Svizzera, parola quasi magica di una terra vicina eppure così lontana e abitata dai sogni di coloro che non l'avevano mai vista.

La verde, pulita, serena, accogliente Svizzera!

«Tuttavia» aveva proseguito sempre più sicuro di sé, «certi importanti affari di alcuni clienti elvetici, finanzieri di cui sono il notaro di fiducia, mi hanno trattenuto oltre il previsto. Con ciò non voglio dire di aver dimenticato l'impegno che avevo preso con voi.»

Per quanto avesse espirato da un pezzo, il seno di Giovenca era sempre lì, in risalto, utile memento del premio finale.

«E voi come ve la siete passata?»

Come si augurava di poter passare tutte le stagioni a venire per quante fossero, e anche meglio di così!, aveva pensato Giovenca.

«Cosa volete...» aveva risposto Giovenca, cassando il pensiero.

Il cimitero ogni tanto per una prece alla memoria dei due soldati.

La solitudine dell'immensa villa in compagnia dei ricordi... troppo pochi e sempre quelli.

La cura della povera demente.

«Bene» era sfuggito al notaro.

Bene così, però: perché una vita più desolata di quella non la si poteva immaginare.

«Scusate» aveva riparato, «non volevo offendervi... non volevo dire...»

Non voleva offendere la sua giustificata voglia di una vita diversa, consona alla sua giovane età e alle aspettative che ne conseguivano, nonostante i luttuosi trascorsi e nemmeno far intendere quanto fosse contento di sentire che avesse vissuto come una sepolta viva.

«Non dovete...» aveva interloquito Giovenca.

«No, no, devo, invece, devo» disse il Notaro con tono di pentimento.

Doveva invece, anzi voleva scusarsi: anche e soprattutto per l'attesa che l'aveva obbligata a sopportare, condannandola per tanto tempo alla vita che testé gli aveva descritto.

«D'altronde, non poteva essere altrimenti, considerato il periodo di lutto» aveva detto Giovenca.

Era la prima frase compiuta che le usciva dalle labbra.

«Già, già» aveva ammesso il Notaro.

Non aveva tenuto in conto quella puerile, per lui, consuetudine.

Era ora, a quel punto, di gettare il primo piccolo amo.

«Ma finirà» aveva sentenziato.

Giovenca gli aveva risposto col solo sguardo. Al Giovio era sembrato, o aveva voluto intendere che così fosse, che con quel mutismo la giovane sottintendesse l'assenza di qualsivoglia prospettiva.

«Dovete aver fiducia nel futuro» l'aveva incoraggiata.

«Quale?» aveva ribattuto immediatamente Giovenca.

Non era forse un invito a osare?

«Ma quello che compete a una giovane come voi.»

Il futuro?

«L'avevo…» aveva lasciato in sospeso Giovenca.

«L'avete… l'avrete ancora…» aveva azzardato il Giovio.

«Dite?»

Editto Giovio aveva valutato che fosse venuto il momento per incominciare a scoprire le carte.

«So cosa vi angustia» aveva affermato.

Se Giovenca avesse simulato meraviglia, il Notaro avrebbe avuto qualche remora nel proseguire. La giovane invece, come vergognandosi del fatto che lui le aveva letto nei pensieri, aveva abbassato lo sguardo.

«Nulla di cui vergognarsi» l'aveva giustificata il Giovio.

Il lutto da rispettare, soprattutto nella memoria di due uomini così valorosi.

«Diritto sacrosanto.»

Diritto e dovere di una sposa cosciente.

La povera pazza da accudire, per non passare agli occhi del mondo quale arida e ingrata.

«Lodevolissimo sacrificio.»

Non si poteva chiedere di più. Peraltro suonava disumano pretendere che una persona vivesse costantemente nella memoria dei defunti o al servizio di un'irrecuperabile ammalata.

«A meno che non lo voglia.»

La gola del Notaro era diventata secca.

Il momento, capiva, era topico.

Aveva tossito.

«Voi lo volete?»

Un diverticolare borborigmo fu ciò che uscì dalla bocca della Ficcadenti.

Ma era un "No".

«E allora» aveva sussultato il Giovio, «cara la mia Giovenca» e aveva atteso qualche reazione a quella prima uscita confidenziale.

Niente di che, però, così era andato avanti.

«Sappiate che io sono ancora qui per aiutarvi.»

Per darle pieno dominio della sua libertà, pieno possesso dell'eredità.

«Una volta tolta di mezzo… pardon, sistemata come si conviene la povera Primofiore, e ove me ne incaricassi io, consideratela come cosa fatta, tornereste la giovane ambita da più partiti col lieve ingombro di scegliere quello che più vi converrebbe.»

Giovenca aveva rialzato e reclinato il capo.

Una Madonna!

«Abbiamo già discusso di questo aspetto» aveva detto.

«Me ne ricordo bene» aveva assicurato il Giovio.

Ma l'altra volta, aveva subito aggiunto, aveva tralasciato un piccolo particolare.

Quale sarebbe?, avevano chiesto gli occhi della Ficcadenti.

Uno solo, almeno per quanto lo riguardava.

«Sposatemi!» aveva sparato il Notaro.

«Voi?» era sbottata Giovenca.

Un po' troppo violento, forse, il tono.

D'altronde il colpo era stato mica da ridere. Giovenca di tutto si aspettava tranne quello che le sue orecchie avevano appena udito.

Nemmeno il Giovio si aspettava quella reazione, secca come una fucilata tirata a colpo sicuro.

Aveva chiuso gli occhi, si era morso il labbro.

Forse, aveva pensato, la Ficcadenti aveva ancora in mente l'immagine di lui quale era tempo prima, lo vedeva ancora un po' sciatto, sudato, grasso. O forse, e anche grazie alle sue parole, aveva un concetto troppo alto, pensava di poter avere tutto il mondo ai suoi piedi, lui compreso, da usare per i propri comodi e poi addio fichi! O, ancora, forse, nessuno le aveva mai detto o fatto comprendere che se la bellezza poteva comperare la ricchezza, quest'ultima non svaniva con il passare del tempo, anzi aumentava, e di bellezze come lei, o anche meglio, se ne poteva permettere più di una.

Giovenca l'aveva invece notato quel notaro smagrito, sbarbato, ben vestito, addirittura circonfuso da un sentore di acqua di colonia. Così come non le erano sfuggiti il nuovo arredamento dello studio, le tappezzerie floreali, i suoi gesti contegnosi.

Poteva sfuggirle quindi il repentino cambio della mimica, quel passaggio da amichevole cordialità a una contrattura di animale pronto a spiccare il salto?

«Scusate» aveva detto, «ma non mi aspettavo…»

Il Giovio aveva lasciato che cercasse le parole.

C'erano voluti secondi che erano sembrati minuti.

Nell'arco di quel poco tempo Giovenca aveva concertato le misure del caso, il programma dei giorni a venire: partenza per quel paese, Bellano, quanto prima, dopo aver insediato, istruita a dovere, la Forcola in villa Coloni.

Infine aveva trovato le parole giuste per rispondere.

«…un simile onore» aveva concluso.

Onore, aveva riflettuto il Giovio sorprendendo anche se stesso, faceva rima con amore.

«Cosa mi dite?» aveva chiesto, rilassato.

«Ma così, sui due piedi…»

«Non lo pretendo» aveva concesso il Notaro.

Giovenca si era rifugiata di nuovo nel silenzio.

«Rifletteteci» aveva aggiunto il Giovio, «e datemi una risposta che non mi faccia invecchiare nel frattempo.»

Sì, riflettere!

Aveva proprio del tempo da perdere in riflessioni, adesso che la terra aveva cominciato a mancarle sotto i piedi.

Come il Giovio avesse potuto concepire una simile idea, alla Giovenca era difficile capirlo. Di una cosa era sicura, lei non aveva fatto un bel niente per favorirla. Peraltro era certa che quello, non più lodevolissimo, sebbene si fosse mostrato condiscendente nel concederle un poco di tempo per riflettere, grazie anche alla manfrina del lutto che lei aveva recitato tanto bene, non s'aspettava altro che una risposta positiva.

Non c'era tempo da perdere quindi in inutili riflessioni.

Era tempo d'azione piuttosto, e non ne aveva perso.

Quando era tornata a Bellano, con le parole del Notaro che ancora facevano eco nelle orecchie, s'era improvvisamente sentita invadere da un sentimento di forza e dalla certezza che tutto sarebbe filato liscio.

Fino ad allora tutto era andato secondo i suoi desideri, e così avrebbe dovuto essere ancora, tutti gli ostacoli superati in bellezza, a cominciare da quando l'addetto a ricevere le richieste per il rilascio di licenze di commercio le aveva detto che il regolamento comunale prevedeva la possibilità di una terza merceria oltre alle due già esistenti. Successivamente quando lo stesso impiegato l'aveva indirizzata, per le informazioni relative al locale di via Manzoni, all'assessore con delega al commercio, il macellaio Eritasmo Goletti il quale l'aveva a sua volta indirizzata presso il notaio Anfuso che, per delega dell'unico figlio dell'ombrellaio tuttofare, Urbano, emigrato nella Svizzera tedesca, cittadino residente ormai da anni e colà sposato, trattava la vendita o l'affitto dei locali. L'Anfuso si era disfatto volentieri di una pratica che rischiava di diventare annosa: dopo numerosi rifiuti a causa dell'esosità del prezzo di vendita o d'affitto, per la prima volta, in pieno accordo con l'erede, proponeva prezzi decisamente più ragionevoli e Giovenca era stata la prima a presentarsi, concludendo l'affare nel giro di tre giorni e ricevendo dal galante Anfuso un baciamano *comme il faut* e l'augurio di rivedersi presto.

Tutta quella fortuna sulle prime aveva spaventato Zemia e non s'era fatta scrupoli di dirlo: prima o poi, aveva dichiarato, per la legge del contrappasso l'avrebbero pagata.

«Prima o poi non è adesso» l'aveva liquidata Giovenca.

Ma Zemia non aveva mollato. Le sembrava che sradicarsi da lì, dove s'era compiuto il ciclo delle fortune della Premiata Ditta, fosse come far morire una seconda volta il povero Domenico Ficcadenti.

«Invece è morto un'unica volta, come capita a tutti» aveva replicato Giovenca. «E a noi, fino a che non giungerà quel momento, tocca prenderne atto e pensare a tirare avanti.»

Zemia aveva tentato un attacco finale.

«E chi penserà a lui?» di nuovo Zemia. «Chi terrà in ordine la sua tomba quando saremo così lontane?»

La risposta, una mezza verità, era già pronta.

«Ci penserò io, una volta alla settimana» aveva garantito Giovenca che, circa il giorno della settimana, non aveva alcun dubbio.

«Ma…» aveva ancora tentato Zemia.

«Insomma» l'aveva zittita Giovenca, «lo vuoi o no un marito?»

Allora Zemia, arrossendo come raramente le era capitato, era rimasta senza argomenti.

Chi muore giace, aveva pensato, chi vive si dà pace.

Chi aveva recitato quel proverbio, dove e quando le era già capitato di sentirlo?

Oppure l'aveva forse letto da qualche parte?

Dopo essere sempre comparso nella moneta, lato testa, che il Giovio aveva ossessivamente lanciato in aria, il giorno successivo alla visita di Giovenca Ficcadenti, verso metà pomeriggio, il Torsolo aveva fatto la sua apparizione presso lo studio del Notaro Editto Giovio.

Era a mani vuote, del che si scusò immediatamente. D'altronde quella era la sua stagione prediletta per tendere trappole alle volpi le cui pellicce vendeva al conciatore di pellami Cardellini Eugenio, sito in sobborgo San Bartolomeo, tralasciando ogni altro affare.

Il Notaro stava giusto ordinando i documenti grazie ai quali, dopo la dichiarazione di completa insania mentale, avrebbe facilmente ottenuto la tutela della Primofiore: un biglietto di sola andata verso l'istituto per deficienti e, al tempo stesso, l'affrancamento della Giovenca da ogni schiavitù.

Alzando gli occhi dalle carte e mormorando uno stracco "Avanti", non aveva manifestato alcuna meraviglia nel vedere il Torsolo.

«Ah» aveva mormorato, «sei tu.»

Il bracconiere c'era rimasto male.

Insomma, una volta avvisato che il Notaro aveva bisogno di lui, aveva mollato trappole e volpi, con grave danno delle sue finanze, e s'era precipitato alla volta di Como così come il messaggero l'aveva trovato: malvestito, stracciato, la barba lunga, i capelli in groppi e odoroso di selvaticume, al punto che, andando lì, più d'uno l'aveva guardato storto e qualcuno addirittura gli aveva offerto una monetina guadagnandosi un ringhioso vadavialcù.

Avrebbe voluto dirlo al Giovio.

Invece aveva risposto: «Sì, sono io».

Il Notaro gli aveva rivolto un viso pensieroso, una delle carte tra le dita. Non sapeva cosa dire, ormai del Torsolo non aveva più bisogno.

«Mi dispiace di averti fatto venire fino a qui» si era scusato infine.

Il bracconiere stava ancora un passo appena dentro lo studio.

«Ormai ci sono però» aveva commentato senza trattenere un certo tono polemico.

«Già» aveva ammesso il Giovio, sospirando.

Fosse stato il solito, quello brusco e pragmatico che spesso imponeva ai suoi clienti di prendere o lasciare, avrebbe licenziato il Torsolo senza tante storie: per uno che se ne andava, ne trovava dieci come quello, se non migliori. Ma aveva il cuore che pompava miele. E da tempo non vedeva l'ora di condividere il suo segreto con qualcuno.

Col Torsolo?

Perché no.

«Accomodati» aveva detto.

Gli avrebbe pagato il disturbo di quel viaggio, rifuso le perdite cagionate. L'aveva disturbato per una ragione ben precisa.

«Ragione che adesso, da ieri per la precisione, penso proprio che non abbia più motivo di essere» aveva spiegato.

Gli era sembrato di avvertire un po' di rossore salirgli in viso.

«Ti stupiresti se te lo dicessi.»

"Ma se non vedi l'ora di farlo" aveva pensato il Torsolo che delle volpi aveva il fiuto e la capacità di attendere.

«Volevo che dessi un'occhiata di tanto in tanto alla villa del Coloni, giusto così, per vedere come andavano le cose…»

«La villa del Coloni?» era sbottato il Torsolo.

«Ma sì, la villa fuori Albate…»

«Ho capito, so bene dov'è!» aveva interloquito il bracconiere. «E non solo io» aveva concluso.

«Vorresti dire?» il Giovio, con voce di gelatina.

Al Notaro era sembrato che il Torsolo avesse anche la faccia, non solo l'odore, della volpe.

«Via el gàt» aveva sentenziato questi, «bàla i ràtt!»

123

Giovedì 27, ultimo di gennaio 1916, sant'Angela Merici, alba, come da calendario, alle 7:27 e tramonto alle 17:18, era una splendida
mattina che faceva sperare nella fine anticipata dell'inverno, un'il-
lusoria giornata di primaverile suggestione dalla quale però, come
ammoniva sempre il calendario, sarebbe stato opportuno guardarsi.

Giovenca ne approfittò per fare i conti al cospetto della sorellastra.

Le pubblicazioni di matrimonio erano state affisse all'albo Pretorio
di pomeriggio.

«E allora?» chiese Zemia.

«Come allora?»

Era importante!

Contava come giornata intera per giungere al minimo dei dieci
giorni di legge dopo i quali era possibile celebrare il matrimonio?

Bo', non lo sapeva.

In ogni caso era meglio non correre rischi.

«Non teniamone conto» decise.

Quindi.

Contò sulle dita di una mano.

Sabato, domenica…

«E una» disse.

Ce ne volevano due, sempre secondo la legge, nell'arco di quei
dieci giorni, affinché tutto fosse in regola.

Lunedì, martedì, mercoledì, giovedì, venerdì, sabato, domenica…

«E questa è la seconda.»

Poi lunedì.

«Siamo a dieci.»

Dal giorno seguente, liberi tutti, si poteva andare a nozze.

L'8 febbraio, martedì.

«Martedì?» chiese Zemia.

«Perché no» disse Giovenca.

Zemia si trattenne.

C'era qualcosa, in verità, ma non sapeva se valesse la pena dirlo, a rischio di fare la figura di una bambina e soprattutto far arrabbiare Giovenca.

«Hai qualcosa in contrario?» chiese la sorellastra.

Se ce l'aveva, che lo dicesse subito. Se no si tirasse via dal viso quell'espressione titubante come se non fosse a un passo dal realizzare un desiderio ma piuttosto le avessero fatto bere di nascosto la purga.

«Che senso ha aspettare?» propose Giovenca.

«Effettivamente, no» ammise Zemia.

E allora, martedì.

Pur se, confessò tra sé Zemia, come voleva la saggezza popolare, di venere e di marte né si sposa né si parte.

124

Il Giovio s'era sognato le trappole del Torsolo e lui che ci finiva dentro.

Tutta colpa del bracconiere, di quello che gli aveva detto ("Via el gàt, bàla i ràt"), e di ciò che ne era seguito.

Nel sogno, il Torsolo aveva il muso di volpe impiantato su un corpo umano, lui invece era nudo, grasso come qualche mese prima, con un piede incastrato nella tagliola e gridava per essere liberato.

Il Torsolo, per tutta risposta, si slacciava la patta e gli pisciava in bocca.

A quel punto si era svegliato una prima volta con la sensazione di avere davvero la bocca piena di piscia, invece era solo un po' di acidità.

Cazzo di un Torsolo!, aveva pensato.

Gli stava rovinando la notte dopo averlo fatto con la giornata.

Cosa aveva voluto dire con via el gàt, bàla i ràt?

Glielo aveva chiesto.

Niente, aveva risposto quello.

Ecco perché aveva poi sognato di essere finito in una trappola del Torsolo. Perché il bracconiere aveva capito di aver toccato il tasto giusto e aveva fatto i suoi bei conti.

Niente?

Cosa voleva dire?

Niente vuole dire niente, aveva risposto il Torsolo.

Era stato in quel momento che il Giovio se l'era immaginato con la testa di volpe, dopodiché l'aveva anche sognato.

Niente voleva dire che il Torsolo credeva a quello che vedeva, non a quello che sentiva.

E quello che sentiva era tutto lì.

Via el gàt, bàla i ràt.

Gentaglia, quella della razza cui il Torsolo apparteneva. Gente schifosa, pronta a venderti al migliore offerente. Gente che bisognava tenere per i coglioni se volevi farla ubbidire. Solo che adesso erano i suoi coglioni a essere in mano di un altro.

Se non avete più bisogno di me… aveva buttato lì il Torsolo.

Si poteva essere più bastardi di così?

Quel maledetto aveva capito che c'era qualcosa, qualcosa di grosso, che bolliva nella sua pentola, e non voleva restare a bocca asciutta.

Cosa poteva fare?

Aveva incassato il colpo, finto di niente e l'aveva fermato.

«Non ti ho chiesto di venire per niente» aveva detto.

Intanto aveva cominciato a far funzionare le rotelle per inventare una balla buona.

Di metterlo al corrente dei suoi propositi matrimoniali, non era neanche da prendere in considerazione. Il Torsolo era probabilmente furbo come le volpi che cacciava e magari anche mangiava, ma era anche ignorante come una scarpa, certe sottigliezze non le avrebbe capite: dopo l'iniziale sconcerto il Giovio aveva ristabilito le gerarchie, era lui il Notaro, quell'altro solo un villano ai suoi ordini.

Con fatica aveva ritrovato il suo solito tono, poi aveva aperto un cassetto della scrivania e ne aveva estratto una cartelletta a caso, agitandola verso il Torsolo.

«L'eredità Coloni» aveva detto.

Stava per chiedergli qualcosa che andava al di là del favore personale. Ascoltandolo, avrebbe appreso cose che nessuno, oltre a loro due, avrebbe dovuto sapere.

Non gli avrebbe chiesto di giurare di mantenere il segreto, perché sapeva di potersi fidare ciecamente di lui.

Il Torsolo aveva risposto facendosi il segno della croce sulla bocca.

«Bene» aveva approvato lui.

Non si sarebbe dilungato a raccontargli particolari di natura legale e procedurale poiché non gli sarebbe servito saperli.

Una cosa però doveva conoscere.

«Cercherò di rendere facile la faccenda.»

Aveva cominciato a spiegare, aria fritta.

Nell'intricata trama dei lasciti testamentari che erano seguiti alla morte prima del Coloni junior e poi del Coloni senior, c'erano risvolti di estrema rilevanza civile, quando non penale, che riguardavano parte dell'eredità liquida e parte di quella lasciata in solido.

«In sostanza sto parlando di soldi e terreni.»

Ora, nel pieno rispetto delle volontà dei due defunti, che si erano premurati di fare in modo che la povera Primofiore venisse tutelata, stante la grave malattia, affinché nulla le mancasse, era fondamentale muoversi con piedi di piombo tenendo in conto di privilegiata la stessa demente che, sebbene erede, poteva facilmente essere diseredata chiamando in causa la malattia da cui era affetta, se la transizione fosse stata in qualche modo contestata da qualcuno e se, malaugu- ratamente, fosse andata a cadere nelle mani di qualche avvocatucolo o, peggio ancora, in tribunale.

«Quindi…» aveva detto il Giovio.

E invece.

«Quindi» l'aveva interrotto il Torsolo, «non offendetevi se vi dico che non ci sto capendo un accidente e vi sarei grato se mi diceste quello che volete da me, sempre che ci sia qualcosa che posso davvero fare in questo garbuglio.»

Il Giovio aveva tirato un sospiro di sollievo e si era sentito di nuovo a cavallo, in posizione di favore: la mente primitiva del bracconiere era confusa al punto giusto, allontanato il pericolo che quello potesse anche solo sospettare che ci fosse del tenero tra lui e la Ficcadenti.

Adesso poteva pescare nel torbido a suo piacimento.

Perché, si sa no?, come andava in casi come questo.

Una persona così fragile quale la Primofiore, sarebbe stato semplice per chiunque circuirla, venirsene fuori con improbabili documenti che non sarebbe stato difficile svergognare in pubblico, ma ci sarebbe voluto del tempo, parecchio a volte, e nuove complicazioni… e ancora, ancora…

Per lui, Notaro, non sarebbe certo stata una novità veder comparire all'improvviso un parente alla lontana, uno di quei soggetti con l'animo dell'avvoltoio che, appunto, sentendo odor di carogna calavano a terra per ottenere la loro fetta di torta.

Lui aveva una sola parola ed era quella che aveva dato al maggiore Coloni, buon'anima, quando era ancora in vita e gli aveva dettato le sue volontà testamentarie.

«Ragione per cui ho bisogno di avere l'assoluta certezza di potermi muovere senza trovarmi il bastone tra le ruote.»

In sostanza, pubblicare il testamento con la sicurezza che nessuno si potesse mettere in testa di contestare questo o quel passaggio.

A tale proposito gli erano venute alle orecchie voci…

Forse pettegolezzi, forse no.

Chiacchiere che come tali non avrebbero meritato alcun ascolto se non avessero riguardato però il suo lavoro.

«Mi serve che per qualche tempo tu tenga d'occhio la villa, senza dimenticare di ascoltare, senza parere, ciò che in Albate e nei suoi dintorni si dice. Qualunque novità la riferirai a me.»

Solo quando sarebbe stato sicuro che nulla potesse ostacolarlo si sarebbe deciso a muovere i suoi passi.

Volendo, qualche bella novità, qualche chiacchiera non proprio campata in aria, il Torsolo gliel'avrebbe potuta servire subito. Ma così facendo non avrebbe potuto presentare il prezzo di giorni e giorni passati a indagare.

E poi c'era quell'altro aspetto della faccenda.

Che il Giovio lo ritenesse scemo per nascita non gli faceva effetto, anzi a volte, gli era convenuto passare per tale. Ma voleva evitare di finire in mezzo a qualche inghippo oppure, peggio, in mano a quei cagarogne di avvocati o in tribunale.

«Comportati come quegli animali cui dai la caccia» aveva risposto il Giovio, «ti pagherò il doppio per ogni giornata persa al mio servizio. E in caso di guai, ti rilascio sin d'ora una dichiarazione scritta con la quale ti autorizzo a svolgere questo lavoro per conto mio e al fine di rendere un servizio alla giustizia.»

Più che rassicurato, e ottenuto un anticipo da parte del Giovio, il Torsolo se n'era andato.

Per ritornare qualche ora più tardi nel suo sonno tribolato, mezzo animale e mezzo uomo, a ridere di lui dopo avergli pisciato in bocca.

125

«Chi è?» chiese don Pastore dopo aver sentito il campanello della canonica.

Era mercoledì 2 febbraio, le dieci del mattino più o meno. Da un'oretta il prevosto, sfaccendato, passeggiava tra lo studio, il corridoio, la cucina. Non aveva niente da fare sino alla sessione di confessioni del pomeriggio e si stava torturando la coscienza attorno alla stranezza del matrimonio tra il Geremia e la Zemia, chiedendosi se avesse agito da bravo pastore di anime lavandosene le mani come Ponzio Pilato e lasciando che a prendere quella patata fosse il suo coadiutore.

Ne avesse avute delle buone ragioni ostative, si sarebbe rifiutato di celebrarlo, l'avrebbe addirittura impedito. Ma non ne aveva. Solo dubbi, sospetti, buoni per scriverci un romanzo che le serve avrebbero letto durante le ore del riposo.

Ma lui era un servo del Signore, non un compilatore di storie buone a istupidire le menti della gente.

E col coadiutore…

Be', ecco, col coadiutore si sarebbe messo in pace facendosi confessare da lui, come non aveva mai fatto, e chiedendo il suo perdono.

La Rebecca invece stava preparando le verdure per un bel minestrone. Sminuzzava alacremente patate, carote, foglie di verza e gambi di sedano un po' ingialliti, le verdure insomma che la stagione consentiva. Lavoro automatico, come tutti quelli che eseguiva, frutto di anni e anni di minestroni eccetera. Avrebbe potuto farlo anche a occhi chiusi, con la mente libera di occuparsi d'altro. Come infatti stava succedendo in quel frangente, con il sacerdote tribolato alle sue spalle ch'l stàva minga fermo un menùt.

Col coltello spostò la tendina della finestra sopra l'acquaio.

«La Ficcadenti» rispose.

«Quella bella o quella brutta?»

La perpetua si meravigliò della liberalità di linguaggio del sacerdote.

«La brutta» rispose.

«Fa lo stesso» disse il prevosto.

Bella o brutta che fosse, qualunque cosa volessero, sia l'una che l'altra si dovevano rivolgere al coadiutore. Lui non voleva averci più niente a che fare, se n'era già lavate le mani e non voleva ripetere il gesto.

«Dite che non ci sono, che sono ammalato, che sono partito per la luna! Dite quello che volete ma mandatela via, sciò!»

Impettita, compresa nell'alto compito che le era stato assegnato, la Rebecca partì e si fece sulla soglia della porta, i pugni ai fianchi.

«Il signor prevosto non può ricevere. Al ghè minga. Per qualunque necessità rivolgersi al signor coadiutore» annunciò.

«E dove lo trovo?» chiese Zemia.

La Rebecca avrebbe potuto indicarglielo con un semplice gesto del braccio: stava lì, nella casa a lato della canonica.

Però…

Si sapeva mai che magari a quello sgorbio lì le scappasse qualche parola che l'aiutasse a capire cosa stava succedendo.

«Vi accompagno io» disse.

Niente, invece, il ragnetto non fece parola.

Giunta davanti alla porta di casa del coadiutore, si rivolse alla Ficcadenti.

«Momènt, prego.»

Entrò sola, per avvisare il coadiutore della visita che lo attendeva e anche che, poi, lo attendeva il signor prevosto per sapere cosa volesse da lui quella che stava aspettando di fuori.

Mica vero.

Mossa strategica.

Se mai poteva sempre giustificarsi col dire al sciòr prevòst che pensava si fosse dimenticato di dirglielo.

Uscendo, seria come un cerimoniere: «Il signor coadiutore vi spèta» disse.

E stette ferma a guardare la porta che si chiudeva sullo scanchignato personale della Ficcadenti.

Ne uscì all'incirca tre quarti d'ora più tardi, accompagnata dal suono delle campane delle undici. A seguire, a passi svelti, uscì anche il coadiutore, diretto alla canonica.

«Chi è?» chiese ancora il prevosto che si era seduto in cucina e sfogliava distrattamente una copia del "Corriere dei Piccoli" con in prima pagina un'avventura a fumetti di Italino e del suo nemico austriaco Otto Kartofel.

«Il coadiutore» rispose Rebecca cercando di mostrarsi il più sorpresa possibile.

Il coadiutore, certo.

Come da ordine ricevuto.

Per riferire che Zemia Ficcadenti, facendosi portavoce di Geremia Pradelli, aveva chiesto se lui poteva sposarli il prossimo martedì 8 febbraio, anche la mattina presto, le sei, le sette, vedesse lui.

A loro, aveva detto, non interessavano i fasti mondani del matrimonio, ma il matrimonio in sé, quale sacro vincolo.

Don Pastore lasciò cadere a terra il "Corriere dei Piccoli", non fece commenti.

Ci pensò la Rebecca.

«Di venere e di marte né si sposa né si parte.»

126

Via el gàt, bàla i ràt.

Quel detto il Torsolo l'aveva sentito durante uno dei suoi passaggi all'osteria del Fauno Solitario. Luogo d'eccellenza, in località Pergoletto, ai confini del Comune di Albate, per il ritrovo di uomini soli o sbandati o comunque in cerca di compagnia solo maschile. Spaccio di vini, salame e formaggio ma anche di informazioni tra le più varie che volavano di bocca in bocca. Pettegolezzi spesso, che provocavano grasse risate, oppure notizie di movimenti in zona dei Regi o di altre divise cui il Torsolo, in qualità di bracconiere d'eccellenza, era particolarmente interessato.

Nelle mezz'ore che trascorreva sui pancacci del Fauno, sbevacchiando un quarto di rosso diluito con acqua, cosa per la quale era sbeffeggiato senza cattiveria dagli altri bevitori, prestava orecchio a tutto quello che si diceva.

Così era stato per la storia dei gàt e dei ràt.

Il detto, naturalmente, non gli suonava nuovo.

Semmai era un mistero chi si celava dietro le due bestie del motto.

Mistero da due lire.

Non c'era voluto molto per comprendere che il centro della chiacchiera del momento era la villa dei Coloni e che dietro il gàt si celavano le figure del maggiore Coloni e del figlio tenentino…

Gatti morti.

Che, in quanto tali, avevano lasciato via libera al ràt.

Ora, circa il topo aveva avuto più di un dubbio perché le chiacchiere in quel senso erano state abbastanza farraginose, farcite di fantasie là dove non c'erano notizie certe. Dubbi non tanto sul personaggio che si celava dietro l'immagine murina: altri non poteva essere che la Giovenca Ficcadenti, la cui bellezza gli era nota, pur se il paragone con la schifosa bestiaccia era quanto di più lontano dalla realtà si potesse inventare.

Su chi fosse il suo compagno di ballo, invece.

Ecco la sostanza del suo dubbio. Suo, e anche della compagnia di sfaccendati la cui curiosità si era andata poi lentamente sgonfiando, e perché non era stato possibile dare corpo all'immaginario manico nuovo, come era stato definito, della Giovenca, e soprattutto da quando si era diffusa la voce di un trasferimento lontano da Albate di tutte e due le sorelle per andare ad aprire una merceria in un paese del lago. A quel punto, a trasferimento avvenuto, altre balle avevano preso il posto nelle chiacchiere presso il Fauno Solitario e anche il Torsolo aveva ricominciato a pensare solo e soltanto a lepri e volpi.

E non avrebbe trascurato la sua principale fonte di reddito se il Notaro Editto Giovio non avesse riportato in auge un argomento per lui ormai sepolto e non gli avesse garantito una paga sostanzialmente doppia, e sicura, per tutte le giornate che avrebbe speso a raccattare le notizie che gli interessavano.

Con tutta la calma del caso si era preparato al compito, certo del fatto che la borsa del Notaro non avrebbe pianto anche se lui, invece di stare all'erta, avrebbe trascorso qualche pomeriggio al Fauno, mentre la sua personale, di borsa, avrebbe avuto di che sorridere. E meno male che a confortarlo c'era l'aspetto economico, perché sennò…

Insomma, tutt'altra cosa era fare la posta a volpi e lepri, tutta un'altra emozione.

Una noia mortale invece lavorare per conto del Giovio.

Al punto che più volte, durante i suoi appostamenti, il Torsolo aveva verificato di essersi addormentato secco, risvegliandosi poi con la tranquillità di non aver perduto niente mentre lui ronfava. Si era andato così convincendo che sarebbe stato inutile, non ci fosse stata una diaria quotidiana, fare la sentinella là dove non c'era niente da scoprire.

Il Notaro s'era lasciato imbesuire da chiacchiere belle e buone, balle da osteria.

Sennonché, una mattina…

127

La sera di mercoledì 2 febbraio sembrava che volesse montare vento. Non c'era riuscito però. Due, tre colpi d'aria, come se il cielo esprimesse una cosmica meraviglia, e poi più niente. La temperatura in ogni caso scese un po'.

L'aveva detto il calendario di non prestare fede alla primavera di gennaio.

Casa Pradelli offriva uno spettacolo che aveva il dinamismo di un bassorilievo.

La Stampina, pensierosa, sedeva al tavolo della cucina ispezionando, senza muovere la testa, i piatti fondi e sbrecciati che stavano sotto gli occhi dei rispettivi commensali.

Alla sua destra quello del marito, vuoto dopo che lei l'aveva imboccato fino all'ultima goccia. Davanti il suo, con il cucchiaio affondato nella minestra avanzata per metà. Alla sinistra quello del Geremia pieno fino all'orlo perché non appena sedutosi a tavola aveva comunicato di essere già pieno.

Per la precisione, di tè e biscottini.

Il tutto offerto dalle sorelle Ficcadenti che lo avevano avvisato, con profumato bigliettino lasciato in portineria, di passare da loro non appena uscito dal lavoro. Col che si spiegava il ritardo di un'ora secca con il quale si era presentato per la cena.

Tè, biscottini e novità.

La prima, che al termine di quella settimana si sarebbe licenziato dal cotonificio per sposarsi e quindi iniziare una sorta di apprendistato quale merciaio.

La seconda che, appunto, a proposito di matrimonio, si sarebbe sposato il martedì a venire, bello presto al mattino, perché a lui non interessavano i fasti del matrimonio ma il matrimonio in sé, quale sacro vincolo.

La terza che doveva uscire per andare ancora dalle Ficcadenti, le quali gli avrebbero aggiustato addosso un vestito quasi nuovo del loro defunto genitore con il quale presentarsi decentemente acconciato all'altare.

Con tutto il parlare che aveva fatto, anche se avesse avuto fame, non sarebbe riuscito a succhiare nemmeno un cucchiaio di minestra.

La Stampina l'aveva ascoltato, sempre più pensierosa e disperata.

Terminate le comunicazioni e appurato che la sua minestra si stava ormai congelando nel piatto, il Geremia si alzò.

«Vado» disse.

«Ma dove, dove vai?» aveva quasi gridato sua madre, non riuscendo a trattenere un accenno di lacrime.

«Ma se te l'ho appena detto» replicò il giovanotto.

E detto fatto, uscì.

La Stampina solo allora si risolse a ragionare ad alta voce, come se parlasse con suo marito e infine ne volesse un parere. Così facendo un poco di emozione le salì in gola: ai bei tempi non ci sarebbero volute tante parole, il pover'uomo avrebbe preso per il collo quel figlio e gli avrebbe sbatacchiato per bene la zucca fino a che non gli avesse rimesso in ordine i pensieri.

Parlò comunque, chiarendo il pensiero che gli era venuto.

Pensiero stupido, se ne rendeva conto, che non faceva onore alla sua intelligenza e che don Pastore avrebbe certo condannato come sciocco quando non blasfemo.

D'altronde non riusciva scacciarlo, era l'ultima spiaggia.

La Farfalà.

128

Della Farfalà la Stampina aveva spesso sentito parlare, ma tutto quello che sapeva, oltre al fatto che avesse casa nella frazione di Ombriaco, si limitava alle chiacchiere ascoltate qua e là.

Sufficienti però a comporre un'antologia sul personaggio e a crearle intorno una certa atmosfera di magia.

Secondo la diceria che si era intessuta alle sue spalle, la Farfalà era nientemeno che una discendente delle cosiddette streghe di Lezzeno, di cui ampia strage era stata fatta in provincia di Como tra i secoli quattordicesimo e sedicesimo. A prova di ciò principalmente il fatto che le sue antenate, per sottrarsi alla mattanza, avevano scelto di mettere radici all'ombra del luogo su cui sarebbe sorto un santuario e che portava il medesimo nome del paese natio. Altro dato incontrovertibile la sua bruttezza come la tradizione voleva che fosse delle donne di Lezzeno. Che, anche se brutte, in quanto streghe erano riuscite ad accalappiare uomini per renderli schiavi e trasformarli a loro volta in pietose imitazioni di maschi aitanti, al punto che si erano meritati il dispregiativo soprannome di Saracchi. Era questa la ragione, a dire del volgo, per la quale la Farfalà, anche se fosse stata un campione di bellezza, non sarebbe mai riuscita a trovare marito. Si dava il caso poi che la donna avesse un difetto dell'udito, conseguenza di un fuoco di Sant'Antonio patito in gioventù, in causa del quale orripilava al sentire suoni particolarmente acuti o forti.

Al pari dei cani, volendo dare retta alle chiacchiere, per cui nella storia della sua ascendenza venivano inseriti aneddoti senza uno straccio di prova, secondo i quali si erano verificati incroci bestiali sullo sfondo dell'aspra montagna alle spalle di Lezzeno, mentre altri, raffinati, spiegavano il fatto che la Farfalà a ogni rintoccare di campane si tappasse le orecchie con la credenza secondo la quale era stata l'introduzione del suono dell'Ave Maria a far scappare terrorizzate le streghe sue consanguinee. In ogni caso tutte queste informazioni scombinate e la solitudine senza rimedio le avevano creato intorno un'aura di persona fuori del comune ma ormai priva comunque di ogni perversità stregonesca, visto che frequentava abitualmente la chiesa e si comunicava senza che don Pastore né altri avessero avuto di che dire.

Nell'alimentare la leggenda la Farfalà, pur senza intenzioni provocatorie, ci aveva messo del suo. Ad esempio, emetteva previsioni del tempo perlopiù esatte e spesso in aperto contrasto con il lunario del Barbanera. Aveva un'invidiabile conoscenza delle erbe che, testata dapprima su se stessa, si era poi estesa ai bisognosi che ne erano venuti a conoscenza: grazie a ciò la donna era in grado di curare, senza pretendere denari, i malesseri più correnti come la dissenteria, il mal di capo, la pisaròla, il singhiozzo pernicioso, l'unghia incarnita, le vertigini dell'ebbro, gli scotòni da solleone e via dicendo. Oppure indovinava il sesso dei bambini ponendo la mano sulla pancia delle gravide, divinava i sogni trasformandoli in numeri da giocare presso la ricevitoria del lotto sita in Lecco, dava consigli alimentari osservando le urine eccetera eccetera.

Tutto ciò ne aveva fatto soggetto che, privo ormai dell'alone stregonesco, era comodo consultare nelle più svariate occasioni per ottenere consigli che spesso non avevano altro pregio se non quello dell'avvedutezza e della ponderazione.

Come detto, la Stampina non aveva sentito che parlarne, e della Farfalà aveva solo una visione sfuggente, colta al volo in occasione di un paio di processioni in quel di Ombriaco, quella confusa nella folla e con un foulard in testa.

Nonostante tutte le garanzie di cui la Farfalà godeva ormai nella pubblica opinione, la Stampina non riusciva a liberarsi completamente da una sensazione di pericolo quando immaginava di doversi rivolgere a lei.

Come quella sera, quando aveva ormai deciso di farsi avanti per esporle il problema e chiederle...

Ebbene, sì.

Chiederle se per caso il Geremia non fosse posseduto da qualche entità maligna e non ci fosse un filtro o antidoto che potesse riportarlo a essere quello di prima, prima del momento in cui, sailsignore quando dove e come, era venuto in contatto con quella femmina fatale.

Non senza fatica superò l'umiliazione di chiedere – lei che in fin dei conti era la capintesta delle donne più vicine al prevosto, il duce del manipolo di addette alla pulizia della chiesa – dove abitasse la Farfalà perché, uscendo di casa, si era resa conto di non sapere manco quello.

E tutto per cosa?

Per sentirsi rispondere, dopo aver bussato a più porte per chiedere informazioni e risposto con le bugie più varie alle inevitabili curiosità, dopo aver spiattellato non senza vergogna l'intera verità a quella donna che, forse per nascondere la sua bruttezza, era rimasta seduta ad ascoltarla seminascosta in un cono d'ombra dell'ampio camino della sua casaccia, per sentirsi rispondere insomma la più banale delle verità.

Di venere e di marte né si sposa né si parte.

129

Il naso di volpe del Torsolo a un certo punto aveva cominciato a percepire odore di pericolo.

Quello che il Giovio lo mandasse a quel paese e non gli pagasse nemmeno gli arretrati, visto che non aveva scoperto un bel niente.

Non che, dopo qualche giorno, ci si fosse impegnato più di tanto. Anzi, convinto che quelle del Notaro fossero solo ubbìe, aveva ripreso in pieno la sua attività di bracconiere piazzando trappole e mettendo in conto al Giovio quel tempo.

A tutto però c'era un limite, soprattutto alla pazienza di un essere come il Notaro. Il quale, tra l'altro, poteva avvalersi di chissà quanti altri occhi di spia oltre ai suoi, e quindi venire informato che lui lo stava bellamente prendendo per il culo.

Aveva quindi ripreso, o meglio, s'era dato l'ordine di mettere in atto senza deviazioni le direttive del Giovio e la prima sorpresa l'aveva colto quasi subito, una mattina in cui una nebbiolina, quella stessa dentro la quale si nascondevano i fiati delle lepri, si era piano piano dissolta.

«O bella!» aveva esclamato, rimproverandosi anche, perché di ciò che aveva sotto gli occhi avrebbe potuto, anzi dovuto accorgersi molto prima.

Figurarsi, uno come lui che si accorgeva di un rametto appena spezzato o di una betulla scortecciata da qualche capriolo!

La villa Coloni si era rivelata ai suoi occhi in una maestosa e inquietante solitudine.

E, davanti a tutto quel silenzio, sorta di monumento naturale al mistero che segue alla fine di ogni cosa, umana o no che sia, quella pianta che il Torsolo, fosse stato più attento e più convinto dell'incarico che il Notaro gli aveva dato, avrebbe dovuto notare ben prima.

Piante del genere non se ne vedevano tante in giro.

Anzi.

Se ne volevi vedere una, dovevi andare a spiare nel giardino di qualche signore, quale appunto era stato il Coloni, o magari scendere a Como.

Perché i poveracci cosa se ne facevano?

Mica potevano riempirsi la pancia con il solo guardarne l'indiscutibile bellezza, soprattutto quand'era in piena fioritura.

Né infilarla in qualche camino o stufa, perché…

Il pensiero aveva attraversato la mente del Torsolo alla velocità di una lepre insospettita.

Si portò una mano alla bocca soffocando un sacramento. In quel preciso momento gli era sembrato di avere gli occhi di qualcuno addosso, tanto che si voltò a guardare.

Ma che…

«Calma» mormorò.

I pensieri, come le peste di una volpe sulla neve, avrebbero potuto portarlo molto lontano, confondersi allo scopo di confonderlo.

Valeva la pena seguirli per vedere dove andassero a parare, oppure tenerli a freno e obbligarli a niente altro che ubbidire agli ordini che aveva ricevuto: osservare e riferire?

Tuttavia, l'oleandro che aveva messo nel mirino dei suoi occhi, nel suo naturale mutismo raccontava più di qualunque discorso.

130

Più volte in casa, e senza troppi complimenti, le avevano detto che era scema.

«Forcola, sei scema!»

E solo perché le piaceva il vento. Di notte soprattutto, perché teneva il cielo bello sgombro e si vedevano le stelle, migliaia di migliaia, che lei, con l'unico occhio buono, si divertiva a contare, perdendosi nei numeri e ricominciando da capo.

Secondo suo padre Florio, lei era l'unica sulla faccia della Terra cui piacesse il vento, inviso invece a tutto il resto dell'umanità per le sue molteplici, malvagie caratteristiche.

Faceva ammalare, portando con sé misteriosi bacilli che altrimenti, senza la sua forza deostruente, se ne sarebbero rimasti a casa loro, e quando non ammalava, rendeva nervose le persone.

Lui, per esempio, quando tirava vento era una sola bestemmia.

A sua madre invece faceva venire un mal di testa porco, contro il quale non c'erano impacchi di aceto che tenessero. E poi asciugava l'aria, la faceva diventare secca secca così i salami si rovinavano e nell'orto pareva che fosse passato el diàol.

Infine, lei, la Forcola, a sentire suo padre era la dimostrazione del bel risultato di averla concepita in una notte di vento, che doveva ancora nascere il cieco che se la sarebbe portata via da casa. A meno che, a farlo, ci pensasse proprio lui, quel vento che la ragazza amava tanto.

Tanto che le dispiaceva quando, per ragioni che le sfuggivano, il vento non riusciva a dispiegare tutta la sua forza e doveva rimandare la sua discesa su uomini e cose.

Era successo così in quei giorni.

Segni l'avevano avvisata che il vento stava per arrivare. Un odore di camini diffuso ovunque, l'acre sapore del fumo rigettato nelle cucine e una luce che a tratti sferzava lo sguardo che la Forcola amava e allo stesso tempo temeva di perdere qualora l'unico occhio buono avesse smesso di vedere. E una certa inquietudine ben nota anche ai suoi di casa e che era stata più volte motivo di dileggio, perché l'aveva destinata al paragone con le galline del pollaio domestico, pure loro sensibili al giungere del vento cui rispondevano con uno stupido agitarsi e, spesso, con lo smettere di produrre uova.

Anche dalle galline la Forcola aveva imparato a trarre presagi. Non solo del giungere del vento.

I segni della fine, per esempio.

Al punto che si poteva dire che la giovane della vita sapeva ciò che aveva imparato dai pennuti.

Quei segni che mercoledì 2 febbraio aveva cominciato a notare nella malata che le era stata affidata, la vedova del maggiore Eracle Coloni.

131

Dal mastello dell'Eleusina, il Torsolo usciva sempre come nuovo. Non che lo facesse spesso, anzi.

Passavano mesi senza che ci andasse. E in quell'arco di tempo il Torsolo assumeva via via un odore pari a quello delle volpi che cacciava.

Quando ne aveva bisogno, però, l'Eleusina era sempre lì, pronta, disponibile. Il Torsolo le piaceva ancora, nonostante fossero passati anni dal loro amore giovanile, finito quando lei aveva dovuto confessargli che le piacevano troppo gli uomini perché si potesse accontentare di uno solo. E il Torsolo le aveva risposto con un'alzata di spalle, dicendole che non gli importava tanto di chi le passasse sopra, bastava che ci fosse spazio anche per lui. Al che l'Eleusina aveva ribattuto che, da quel momento in avanti, lui poteva considerare quella come la sua casa, e farci ritorno ogniqualvolta ne avesse bisogno. Aveva addirittura giurato davanti all'immaginetta di un santo senza nome e che nessuno conosceva, tranne lei.

«San Fiacre» assicurava, santo noto per l'abilità con cui guariva emorroidi e creste di gallo, cosa che anche lei faceva, soprattutto quelle ultime che prima attaccava ai suoi clienti e poi curava.

Santo miracoloso come, in un certo senso, l'Eleusina, dalle cui mani il Torsolo usciva appunto quasi come nuovo, grazie a un esercizio di brusca e striglia degno di un cavallo.

Anche i capelli, una bella scodella in testa e via.

Spidocchiamento.

Barba, a colpi di forbice prima e poi con un rasoio ottenuto in cambio di una prestazione.

Le unghie, dure come artigli e in perenne lutto.

Poi, magari, un lavoretto, ma con la mano, e solo se il Torsolo lo richiedeva.

E non era finita.

L'Eleusina gli sistemava i vestiti, lavandoglieli e rattoppandogli se c'era modo di rimetterli in sesto. Se no gliene dava di quasi nuovi, ottenuti sempre col vecchio sistema del baratto, *do ut des*: capitava spesso infatti che i suoi clienti, pur di giocare con lei all'animale a due schiene, non potendo pagare le lasciavano in pegno giacche, braghe o camicie.

La sera di mercoledì 2 febbraio il Torsolo aveva bussato alla porta dell'Eleusina. Non voleva andare a Como dal Notaro e incrociare ancora gente che lo guardasse come fosse il babau o che addirittura gli facesse spontaneamente l'elemosina.

«Cos'hai bisogno?» aveva chiesto lei, felice di rivederlo dopo una lunga latitanza.

«Tutto» aveva risposto lui.

Anche quel lavoretto di mano.

L'aveva detto la Forcola alla Ficcadenti la mattina di giovedì 3 febbraio, verso le dieci, poco prima di lasciarla sola con la Primofiore.

«La signora ha qualcosa che non va.»

S'era ben guardata naturalmente dallo spiegare che aveva dedotto ciò grazie all'esperienza che aveva fatto con le galline quando erano sul punto dell'*arimortis*: una strana immobilità in crosc, un tremore di tanto in tanto, lo sguardo vitreo che guardava senza vedere. Si poteva mollare anche un calcio, all'animale s'intendeva, senza che questi reagisse più di tanto. Fino al momento in cui non riusciva nemmeno più a tenere la testa alta e amen: se non era solo pelle e sangue era pronta per la pentola, se no finiva sulla pigna del letame.

«Che cosa?» aveva chiesto Giovenca.

E la Forcola aveva risposto con un'alzata di spalle, tenendo per sé il pensiero che forse suo padre aveva ragione: perché stava montando vento, prima di sera avrebbe sicuramente cominciato a boffare, e sulle ali delle sue invisibili frustate altrettanto invisibili malattie avrebbero portato con sé gli esseri umani più deboli.

La Ficcadenti le aveva poi chiesto se le famose gocce rilassanti fossero state somministrate sempre con regolarità.

Poi, rassicurata, l'aveva lasciata libera di andare, promettendo che avrebbe preso provvedimenti.

Nel frattempo, le aveva detto, che cominciasse ad aumentare la dose delle gocce.

Pur non venerandolo come la Forcola, anche il Torsolo trovava motivi di allegria quando tirava vento.

La mattina di venerdì, svegliandosi all'alba e verificando che il vento l'aveva avuta vinta su qualunque cosa gli si fosse opposta sino al giorno prima, s'era sputato sulle mani, soddisfatto.

Una giornata doppiamente guadagnata, quella che cominciava. Aveva stabilito infatti di recarsi a Como dal Notaro, per riferire e riscuotere la sua mercede. E grazie a quell'ariaccia, quasi un phon, avrebbe perduto ben poco dallo stare lontano dai suoi boschi: le bestie che cacciava se ne sarebbero state rintanate ad aspettare che il vento calasse. Solo dopo, con lo stomaco pieno di aria, sarebbero uscite a cercarsi il cibo e per lui sarebbe stato un gioco da ragazzi farle cadere in trappola.

Rinfrancato da questa coppia di pensieri, il Torsolo entrò in Como con una certa spavalderia, sentendosi allegro e leggero. Soprattutto leggero, tenendo conto che l'Eleusina, tra barba, capelli, cropa e un certo desiderio che in qualche modo, alla lunga, appesantiva pure lui, gli aveva tolto almeno un paio di chili.

Nessuno lo guardò storto mentre attraversava la città né, men che meno, si azzardò ad allungargli monete. Di lì a poco, ben altro avrebbe suonato nelle sue tasche. E con una parte di quei soldi, il Torsolo decise che si sarebbe concesso un pranzo da arcivescovo alla trattoria dell'Orsa. Col che si sarebbe consolato ampiamente della difficoltà di riportare al suo committente notizie vaghe, forse non del tutto consolanti.

Pensando più al pranzo che lo aspettava che non a quello che stava per dire, bussò alla porta dello studio di Editto Giovio, notaro in Como.

Che quasi quasi se l'era dimenticato.

E quasi quasi non lo riconosceva.

Così pulito non l'aveva visto mai.

Il Giovio fu sul punto di chiedergli cosa facesse lì, come mai fosse così in tiro e privo del solito sacco in cui occultava la selvaggina presa di frodo.

Si era dovuto addirittura trattenere dal chiedere al Torsolo se anche lui si fosse finalmente deciso a mettere la testa a posto, abbandonare la sua vita raminga e mettere su famiglia.

Il Torsolo era rimasto un po', una volta entrato, notando nel Giovio quell'aria strana.

Gioviale, come mai l'aveva visto. E lustro in viso, di barba appena fatta, ma non acceso di vino della sera prima che ancora circolava.

Di conseguenza si mise immediatamente sulle difensive.

«Ambasciator non porta pena» disse, senza avanzare di un passo verso la scrivania del Giovio.

«La porta» ordinò il Notaro visto che il Torsolo l'aveva lasciata aperta.

Che non uscisse neanche una lira di quel profumo che dal pomeriggio del giorno prima aleggiava nel suo studio.

Quando, ancora vestita di un lutto che ben presto le avrebbe fatto smettere, Giovenca Ficcadenti era stata lì.

Ma rosea in viso.

Forse solo un po' screpolata, per via del vento.

Se osava disturbarlo, e dài con 'sto disturbo!, era solo perché riteneva fosse doveroso che lui fosse il primo a essere informato della novità.

Chi altri?, avrebbe voluto chiedere il Giovio.

E di cosa poi?

"Della condizione di salute della povera Primofiore" aveva risposto Giovenca.

Che in quei giorni si era aggravata, al punto da far ritenere che il momento della fine fosse ormai prossimo.

Il Notaro aveva assunto un'espressione consona alla notizia.

"Quindi…" aveva poi esalato.

"Già" era scappato alla Giovenca.

Meravigliosa sintonia di pensieri!

Senza parole i due s'erano detti tutto.

Perché, stando così le cose, ogni trama diventava inutile.

Al punto in cui si era, fosse stata questione di un giorno, una settimana o un mese, carità cristiana si imponeva. E voleva che la sua povera suocera, benché incosciente, godesse del compassionevole diritto di lasciare questo mondo all'interno delle mura che erano state la sua casa per tanti anni.

"Siete d'accordo?" aveva chiesto Giovenca.

Il Giovio s'era cullato dietro al pensiero di quanto quella sintonia d'intenti promettesse un futuro di dolcezze, silenzi condiscendenti, desideri realizzati senza troppo brigare. Solo l'oste dell'Orso sapeva anticipare così e poi esaudire le sue voglie alimentari.

Si era risvegliato da quel mezzo sogno alla domanda della giovane.

"Chi?" aveva mormorato.

"Voi!" aveva esclamato la Ficcadenti abbastanza stupita. "Chi altri?"

"Già" aveva detto il Giovio.

Chi altri?

Adesso invece davanti ai suoi occhi c'era il Torsolo, ridicolo nella sua raffazzonata eleganza, che aveva appena pronunciato quella stupida frase che contraddiceva se stessa.

Ne portava eccome di pene l'ambasciatore!

«Dimmi tutto» ordinò il Giovio, «senza tralasciare niente.»

Si avvicinava mezzogiorno, il vento si era dato una calmata. Ma era solo per tirare fiato e riprendere con ancora più forza poco più tardi.

L'aveva detto la signora e, in quanto tale, lei aveva ubbidito.

Aumentare la dose giornaliera della tisana rilassante.

Fatto.

Glielo avesse detto una anonima Giovenca, forse non l'avrebbe fatto.

In ogni caso la Forcola non aveva avuto dubbi. Nemmeno sul fatto che suo padre avesse ragione e fosse davvero un po' scema: non altrimenti riusciva a spiegarsi come della Ficcadenti avesse due perfette visioni distinte: quando era dentro le mura della villa, e diventava la signora, e quando invece era oltre i confini della stessa e tornava a essere la Giovenca.

Potere di quei muri spessi, che sentivano, assorbivano, modificavano le persone che vivevano da loro protette.

In sostanza era un po' quello che succedeva quando tirava vento.

Non solo la signora le aveva ordinato di aumentare la dose delle gocce ma aveva anche promesso di prendere ulteriori provvedimenti.

Quindi sabato mattina la Forcola non ebbe il minimo dubbio di trovarsi faccia a faccia con uno di quei provvedimenti quando al cancello della villa si presentò un uomo qualificandosi come dottor Pistocchi, da Como.

Era alto, grande e grosso, e con la barba, come doveva appunto essere un dottore vero e proprio. Era anche abbastanza villano, il che non guastava.

Lo fece entrare nella villa, senza osare guardarlo in faccia, e a testa china obbedì ai suoi ordini secchi.

«Portatemi i farmaci che la malata assume, dopodiché lasciatemi solo con lei.»

Brusco.

Era così che parlavano i dottori.

Che tirasse vento oppure no.

135

L'abito faceva il monaco.

Eccome se lo faceva!

Quanta stupidità, aveva pensato il Giovio, era contenuta nei detti popolari.

Ambasciator non porta pena…

Ma va'!

L'abito non fa il monaco…

Ah no?

Lì da vedere!

Quando, con uno dei suoi vecchi abiti dentro i quali ormai affogava, aveva rivestito l'oste dell'Orso per trasformarlo nel dottor Pistocchi, il Notaro avrebbe voluto chiamare qualcuno per dimostrare quanto quel motto fosse infondato.

Naturalmente aveva lasciato perdere, accontentandosi del risultato.

Straordinario.

Era bastato un vecchio abito per trasformare il trattore in uno splendido esemplare di medico uguale alla maggior parte di quelli che battevano la Terra: corpulento, barbuto e brusco di carattere, tutte qualità che non aveva dovuto inventarsi visto che ne era dotato con larghezza.

L'oste, reso allegro dalla pantomima che avrebbe dovuto recitare, aveva rifiutato qualunque compenso: gli bastava, aveva detto dopo che il Giovio l'aveva istruito per bene, la soddisfazione di rendere un prezioso servizio al Notaro e quella, che s'era tenuto per sé, di poter approfittare della servotta, com'era costume di gran parte dei cerusici di sua conoscenza.

A missione compiuta, parzialmente, poiché dal mettere le mani addosso alla Forcola s'era astenuto dopo averle dato una veloce occhiata, aveva proclamato di essersi comunque divertito e detto al Giovio che si rendeva da subito disponibile per analoghe missioni.

Era sabato sera quando il sedicente dottor Pistocchi si presentò al Giovio con un involto in mano. Il Notaro mise subito al sicuro il pacchetto e congedò frettolosamente il complice lasciandogli, a titolo di mancia, l'ormai inutile completo.

Aveva fretta di perseguire il suo intento.

«Missione compiuta» aveva affermato l'oste poco prima.

Per lui.

Non per il Notaro che era solo a metà dell'opera.

136

Era di quelli che duravano sette giorni, quel vento.

Vento del diavolo in tutti i sensi, perché era proprio dalla bocca del diàol che usciva.

Parlava una lingua di bestia sempre in caccia di qualcosa, versi come se stessero spellando un maiale vivo. Le anime dannate non avrebbero avuto scampo, quel vento le avrebbe schiacciate e annegate nel buco più fondo del lago.

Nella penombra della cucina, domenica sera, la Rebecca stava ripassando un discreto campionario di immagini infernali.

Gh'era pòc de fà!

Gli altri due seduti insieme con lei nella cucina erano altrettanto silenziosi.

Spetavano chissà che cosa!

Oramai...

El sciòr prevòst era seduto su una seggiola, con in grembo sempre quella copia del "Corriere dei Piccoli" che faceva finta di leggere nonostante il buio, manco avesse due lampadine al posto degli occhi.

E la Stampina, seduta al tavolo, lo sguardo fisso alla parete di fronte, dove non c'era altro da guardare se non la fila di pentole di casa.

Poarèta!

La sèra pù de che part giràs, un'anima in pena.

Aveva suonato alla porta della canonica all'ora che andavano in giro solo i pensieri. Al suono del campanello don Pastore non aveva neanche fatto be', la Rebecca ormai lo sapeva a memoria: se era una delle due Ficcadenti bisognava darle il via, anda!

Circa il resto del mondo non aveva istruzioni, ma quando aveva visto di chi si trattava l'aveva fatta entrare perché era il ritratto dell'anima in pena e in quel momento il vento fischiava forte, come goloso di carne umana.

Tanto non aveva mica disturbato.

Appena seduta, s'era messa a caragnare.

Tra una caragnata e l'altra aveva confessato che lei non sapeva più cosa fare, cosa pensare. Col Geremia non si poteva più parlare anche perché, con la scusa di provare il vestito per il matrimonio, non stava in casa che il tempo necessario per mettere a letto il padre e poi spariva.

Ormai lo capiva anche lei, non si poteva fare più niente per evitare quel vergognoso matrimonio.

Ma almeno le sarebbe piaciuto che qualcuno le spiegasse cos'era successo al cervello di suo figlio.

Mai stato una cima, d'accordo anche lei! Ma almeno sincero e tranquillo, fino a che quelle due erano piombate in paese.

Cosa si poteva dirci a quella povera donna?

El prevòst era rimasto zitto, l'aveva lasciata sfogare.

Lei s'era morsicata la lingua, ma avrebbe voluto dire che bisognava cercare lo zampino del diavolo.

Poi quando la cucina s'era riempita di buio, che sembrava di essere in una caverna, e di sospiri, don Pastore ruppe finalmente il silenzio.

«I disegni del Signore sono imperscrutabili, Stampina.»

La Rebecca non lo metteva in dubbio.

Ma quelli del diàol?

Tacque per carità di patria.

E nel silenzio che ne conseguì il vento che continuava a menare sberle prese possesso del tempo e dello spazio.

Vento dispari, vento del diàol, come tutte le cose dispari del mondo, con buona pace della Santissima Trinità che era la sua bella eccezione alla regola.

137

Il messaggio che gli era stato recapitato non poteva parlare più chiaro di così.

"Estrema urgenza, precedenza assoluta, qualunque prezzo."

Firmato Notaro Editto Giovio.

Il Sisino Trasporto Passeggeri s'era fregato le mani. Già la stagione era quello che era, cioè l'esatto contrario dell'ideale per chi voleva farsi un giro in carrozzella per ammirare le bellezze del lago. In più ci si era messo da qualche giorno anche quel vento che non dava mostra di voler smettere.

Quel biglietto, la scritta "qualunque prezzo" soprattutto, gli aveva risolto la giornata: fatta una previsione, ne avrebbe incassate tre, e di quelle buone.

Pensando solo all'incasso, aveva tralasciato di chiedersi cosa mai ci fosse di così urgente che ne richiedesse l'opera e a "qualunque prezzo".

Il Giovio glielo aveva spiegato parlando come se camminasse sul filo di un precipizio.

«È una missione delicata» aveva detto.

Anche per lui, aveva poi aggiunto.

Il Sisino aveva avvertito un momento di incertezza. In fin dei conti poteva sempre rifiutare se ci fossero stati rischi troppo alti.

«Ce ne sono?» aveva chiesto.

«Uno solo» era stata la risposta del Giovio.

Poi, aveva aperto un cassetto della scrivania e gli aveva mostrato un bottiglino: il rischio che glielo beccassero addosso e non potendo sapere cosa contenesse glielo sequestrassero.

«E cosa c'è dentro?»

«Precisamente ancora non lo so» aveva risposto il Notaro, «posso solo sospettarlo. E invece ho bisogno di saperlo con certezza.»

Per questo motivo lo inviava al professor Art Kussnach, fitologo, botanico e chimico di chiara fama, che aveva un suo laboratorio alle falde del monte Gionnero nel mendrisiotto. La sua relazione sul contenuto del bottiglino avrebbe fatto fede di fronte a qualunque tribunale, fosse stato anche quello divino. Era questa la ragione per la quale l'aveva chiamato: il Sisino doveva farlo passare in terra elvetica, consegnarlo al Kussnach e attendere la sua risposta per riportarla a lui, ci fosse voluta una settimana, due o un mese intero.

Ne conseguiva che il bottiglino col suo contenuto doveva assolutamente giungere tra le mani del professore.

«Ma oggi è domenica!» aveva obiettato il Sisino.

«Il Kussnach è ateo dichiarato e non riconosce festività alcuna» aveva risposto il Notaro.

Il Sisino stava riflettendo.

«Pensi di potercela fare?» aveva chiesto il Giovio.

Il Sisino aveva infine valutato le dimensioni dell'oggetto: non era certo più grosso e ingombrante del suo braccio quando aiutava le sue cavalle a sgravare.

Bon, il nascondiglio l'aveva trovato.

«Consideratelo come fatto» aveva assicurato.

138

Missione compiuta, ma con scarsa resa.

Il Sisino Trasporto Passeggeri aveva salutato le amate sponde come se non dovesse rivederle che di lì a qualche mese, invece domenica sera, benché sul tardi, era di nuovo in terra comasca. L'orario anzi non era nemmeno di quelli proibitivi per far visita a un cliente, soprattutto a uno come il Giovio afflitto da estrema urgenza.

Se non era andato a consegnare il dovuto, rimandando alla mattina di lunedì, era solo perché così avrebbe almeno potuto, mentendo, far pesare una notte passata in viaggio.

Di accusare motivi di ritardo, gonfiando il costo della missione, non c'era stato verso.

Aveva dapprima fatto conto sulla cavalla che invece, come se qualcuno glielo avesse ordinato, non appena entrati in terra elvetica aveva partorito il bottiglino.

Così pure aveva fatto l'ateo dichiarato professor Kussnach, partorendo il suo referto nel giro di poche ore e consegnandolo al Sisino verso la metà del pomeriggio di domenica con l'altezzoso accompagnamento di un sorriso di scherno, asserendo non essere possibile che in Italia non esistesse alcun chimico o anche banale farmacista in grado di analizzare quel liquido.

«A meno che non siate ancora fermi al Medioevo.»

Di chimica e Medioevo il Sisino sapeva una mazza.

Aveva intascato il referto riflettendo che se fosse stato nei panni dello scienziato, così come faceva lui nei suoi giri turistici, prendendola molto alla larga per schiodare un prezzo più alto, non sarebbe stato così rapido e inoltre avrebbe caricato un bel po' circa la difficoltà dell'analisi.

Ma tant'era, ragionò il Sisino lunedì mattina avviandosi verso lo studio del Giovio. Per aumentare il prezzo, non gli restava che lamentare difficoltà non comprovabili al momento dell'ingresso in terra straniera e altrettante con il professore, nonostante il suo universalmente noto ateismo.

Il Giovio lo accolse e al Sisino parve che fosse stato lui a viaggiare con il famoso bottiglino nascosto in tanto recesso e quindi partorirlo: ne aveva la faccia, tesa ed esangue.

Senza prestare la minima attenzione alle geremiadi del Sisino, il Notaro lesse con foga la relazione con la quale il Kussnach non smentiva la fama di scienziato pignolo sino all'esasperazione.

"Trattasi di liquido ottenuto grazie alla prolungata macerazione di foglie essiccate di Oleandro, *Nerium Oleander*, secondo la classificazione di Linneo del 1753, arbusto appartenente al dominio *Eukaryota*, al regno delle *Platae*, alla divisione della *Magnoliophyta*, alla classe *Magnoliopsida*, all'ordine *Gentianales*, alla famiglia *Apocynacee*, alla sottofamiglia *Apocynoideae*, al genere *Nerium*, alla specie *Nerium Oleander*, dalla nomenclatura binominale e dal nome volgare Oleandro.

"Specie termofila, eliofila, abbastanza rustica, sempreverde. È pianta tra le più tossiche che si conoscano in natura: dalla foglia, alla corteccia, ai semi è velenosa per qualsiasi specie animale. Se ingerita provoca aumento della frequenza cardiaca e respiratoria, disturbi gastrointestinali quali nausea, vomito, bruciore, disturbi del sistema nervoso centrale tra i quali assopimento e alterazioni dello stato di coscienza. A determinare la tossicità, e conseguente pericolosità della pianta in oggetto, sono un glicoside cardioattivo che, se ingerito in quantità sufficienti, può condurre a morte per arresto del centro cardio-respiratorio, e gli alcaloidi presenti nella stessa. Pure i fumi del fusto possono produrre intossicazione o morte se usati per cucinare alimenti destinati al consumo umano, come è descritto di diversi soldati napoleonici che, durante la campagna d'Italia, ne usarono per la cottura di carne alla brace, morendo.

"La concentrazione del preparato da me analizzato è tale da potersi considerare senza tema altamente velenosa, sorta di arma atta alla ricerca del cosiddetto 'delitto perfetto'.

In fede,
professore Art Kussnach."

Il Giovio ripiegò il foglio in quattro e se lo mise in tasca.

Le cose, dunque, stavano così.

Il Sisino, sempre in piedi davanti alla scrivania, aspettava di essere pagato.

«Serve altro?» chiese, tanto per riscuotere il Notaro da una strana fissità.

Per tutta risposta il Giovio scrisse velocemente su un foglio di carta intestata, lo chiuse in una busta.

«Consegna questo» ordinò.

Al leggere l'indirizzo, la fronte del Sisino si raggrinzò.

Coi Regi Carabinieri infatti non gli era mai piaciuto averci a che fare.

139

Chissà come se l'era immaginata il Geremia quella giornata, chissà cosa si era aspettato che accadesse martedì 8 febbraio, giorno del suo matrimonio!

Nemmeno lui riusciva a capire cosa sarebbe dovuto capitare per renderlo memorabile e non simile in tutto a una delle tante mattine in cui si era dovuto alzare presto perché gli toccava il primo turno al cotonificio.

Chissà, forse che il sole dovesse essere già bello in cima al cielo per illuminare la piazza della chiesa alle sette del mattino. Oppure che all'uscita trovasse schierato un coro di angeli per augurargli ogni bene. Oppure che piovessero petali di rosa o tra i ciottoli spuntassero gigli bianchi.

Il Geremia non aveva fatto mostra della delusione, l'aveva tenuta per sé, sin dal mattino presto quando aveva aperto gli occhi nella buia umidità, odorosa di legno macerato, della sua camera. La Stampina, che aveva passato una notte insonne, l'aveva sentito armeggiare in cucina, sperando che quel suo andare avanti e indietro fosse segno di una resipiscenza per la quale non aveva smesso di pregare un minuto. Il Geremia invece non aveva fatto altro che tirare le sei della mattina, aspettando il campanile, poiché non disponeva di orologi né ce n'erano in casa, tranne quello che il suo vecchio custodiva gelosamente in tasca, fermo dal giorno in cui, anni prima, non l'aveva più caricato. Alle sei s'era avviato, appuntamento in casa Ficcadenti per indossare l'abito di Domenico Ficcadenti con il quale doveva presentarsi all'altare.

Durante la cerimonia si era mantenuto rigido come un baccalà, gli era uscito un sì come se confessasse una colpa. Il freddo che imperava nella chiesa e i fischi del vento avevano dato a ogni cosa un senso di fretta.

Ancora, la fantasia di dover uscire dalla chiesa per infilarsi immediatamente nel cotonificio era ritornata. Tra l'altro la cerimonia si era svolta senza nemmeno l'assistenza delle donnette abbonate alla messa prima: don Pastore aveva stabilito che la funzione doveva svolgersi a porte chiuse.

Il viaggio di nozze era consistito nel trasferimento dalla chiesa alla casa delle Ficcadenti. Brindisi niente, nemmeno un bicidrin in una delle tante osterie che a quell'ora erano già aperte.

Alla fine, una volta dentro casa, al Geremia venne un po' di magone.

Non erano ancora le sette.

Giovenca e la novella sposa presero a comportarsi come se niente fosse accaduto. Sveltamente si cambiarono d'abito, indossando le divise di tutti i giorni, e invitarono lui a fare lo stesso.

O voleva cominciare la sua nuova vita e prendere confidenza con il suo nuovo lavoro vestito da sposo?

Il Geremia obbedì, silenzioso come un sasso.

Si cambiò, poi chiese cosa doveva fare.

«Per intanto» rispose Giovenca, «comincia a tirar giù le ante delle vetrine e poi apri la porta della merceria.»

Sempre con un po' di magone che saliva e scendeva dallo stomaco, il Geremia eseguì.

La giornata scivolò senza altre sorprese. Nemmeno un bacetto, che il Geremia si era aspettato da un momento all'altro.

Dalla Giovenca, neh!

Niente invece, macché!

Rimase tutto il tempo nel localino dietro la tenda ad aspettare,

428

secondo gli ordini, che capitasse qualcosa da fargli fare. Ma probabilmente era stata una giornata di scarso traffico, non era successo un accidente.

A sera la voglia di piangere del Geremia si fece corposa. Anche un'inconfessabile nostalgia della mamma.

Per fortuna, dopo aver riposizionato le ante di legno delle vetrine e chiusa la porta di accesso al negozio, la Giovenca gli disse che finalmente avrebbero festeggiato l'evento con una bella cenetta.

Il magone passò.

A quello si sostituì un'intensa emozione, confusa ed eccitante, come se il vento gli fosse entrato anche nello stomaco per scompaginargli i pensieri, quando il Geremia vide che la tavola era apparecchiata per due.

Per un solo istante ebbe il dubbio e il terrore.

Fu la stessa Giovenca a ridargli tranquillità.

La Zemia, poveretta, aveva assai patito quella giornata così intensa di emozioni e adesso aveva un feroce mal di testa.

«Sempre stata così» assicurò Giovenca.

Anche da giovane, anche da bambina.

Vergognandosene un po', aveva pregato lei di giustificarla, di scusarla.

Sorbito un brodino, s'era ficcata a letto.

Nulla però vietava che loro due festeggiassero la fausta giornata.

Il Geremia si disse pienamente d'accordo.

«Così» aggiunse Giovenca, «parleremo un po'.»

D'accordo anche su quello il Geremia. Soprattutto perché la giovane aveva usato quel verbo come se intendesse ben altro.

140

Non riuscì a chiudere occhio quella notte il Geremia.

Un po' il vento che aveva ripreso forza, i suoi fischi, qualche persiana chissà dove che sbatteva.

Soprattutto, però, il discorso della Giovenca.

Discorso piano, liscio.

Non ci aveva trovato niente da ridire.

Stava lì il punto.

Non ci aveva trovato niente da ridire ma aveva sentito che qualcosa c'era. Ed era stato sveglio tutta la notte per cercare quel qualcosa. Senza riuscire a trovare l'anello debole in tutta quella serie di parole alla quale non aveva fatto altro che rispondere quasi sempre sì.

Per questa ragione l'aveva ripassato a occhi aperti nel buio, sin dall'inizio. Sino dal momento in cui aveva tirato in ballo la Zemia, definendola la sua novella sposa.

Così aveva detto la Giovenca.

Senza tener conto di una sua timida protesta.

«Però...»

«Lo so» l'aveva immediatamente interrotto lei.

Sapeva bene, aveva sottolineato, che era così per dire, un modo di intendersi tra loro.

«Tra noi» aveva ribadito.

Ma gli altri?, aveva chiesto Giovenca.

Gli altri chi?

Il mondo fuori!

Quelli che bene o male sapevano dell'avvenuto matrimonio.

E quelli che ne sarebbero venuti a conoscenza!

Lui e sua sorella, marito e moglie.

«Ma ti immagini se qualcuno scoprisse che...» aveva detto Giovenca.

Lasciando in sospeso il resto della frase.

Non voleva neanche immaginare le chiacchiere, lo scandalo che ne sarebbe seguito...

Vite rovinate!

«Non dobbiamo neanche pensarci.»

Perciò era necessario fare le cose per bene come sino ad allora era accaduto. Essere cauti, strateghi.

Dare tempo al tempo.

«Cioè?» aveva chiesto lui.

Il tempo volava, passava in fretta.

Come quel vento che soffiava con le foglie, il tempo si portava via ricordi, memorie. Puliva il cielo dalle nuvole, e quando smetteva, di quelle nuvole non c'era più traccia.

Bisognava fare così.

Attendere con pazienza che la notizia di quel matrimonio, come tante altre, si sgonfiasse, perdesse la vernice della novità, cadesse insomma nel dimenticatoio o, se lui preferiva, nell'anonimato delle cose ormai prive di interesse.

Tutti loro, loro tre intendeva, dovevano collaborare per raggiungere quello scopo.

E lei per prima!

«Come?» aveva buttato lì Giovenca, la risposta già pronta.

Allontanandosi per un po'.

Lei lontana, chiacchiere, maldicenze, sospetti, non avrebbero avuto ragione d'essere.

Un po', va bene, aveva obiettato lui.

Ma un po' quanto?

«Secondo» aveva risposto Giovenca.

Mica era un calcolo matematico.

Due settimane, tre.

«Un mese, due.»

Difficile dirlo.

Un tempo comunque sufficiente affinché nessuno più si interessasse ai fatti loro.

Un tempo necessario perché chiunque considerasse lui il legittimo marito di sua sorella.

Dopodiché sarebbe entrata in gioco lei.

«E io intanto?» aveva pigolato lui.

Giovenca l'aveva fissato per un po'.

«Comportati da marito» aveva poi sussurrato.

Lui s'era sentito sudare.

«Con tua sorella?»

«Non credi che anche per me sarà un sacrificio?» aveva rimandato Giovenca.

Non pensava, aveva insistito, al premio che lo aspettava poi?

Sì, ci pensava.

E al solo pensiero si confondeva sempre di più.

Non aveva mai preso in considerazione il sacrificio della lontananza e il resto.

«Bando alle esitazioni» l'aveva esortato Giovenca.

Ogni perplessità non faceva che aumentare il tempo dell'attesa.

Più che perplesso, il Geremia si era sentito in piena confusione, e anche un poco spaventato.

Quando, infine, Giovenca gli aveva chiesto se fosse d'accordo con lei, aveva risposto sì. Ma già con l'idea di ripassare per bene tutto quel discorso, e in piena tranquillità, per trovare il punto debole da portare a galla per inficiarlo.

Giovenca invece aveva preso il suo sì come un'incondizionata adesione al piano.

E poiché, come aveva detto, la vita passava veloce e non bisognava dar tempo al tempo, aveva detto che, una volta preparate le sue cose, giovedì mattina, con la sua partenza, avrebbe dato il via al loro piano.

141

Giovedì mattina, 10 febbraio, il maresciallo Citrici era lì, appostato fuori della merceria.

Non era solo.

Gli teneva compagnia il luogotenente Giuseppe Mario Varvarini del Regio Comando Provinciale di Como che, con auto pubblica messa a disposizione dall'Arma, aveva raggiunto Bellano attorno alle due di notte, l'aveva tirato giù dal letto dove s'era infilato non più di un'oretta prima dopo aver fatto il consueto giro notturno e l'aveva messo al corrente dell'incredibile novità: tra le anime del paese era possibile che si annidasse una potenziale assassina. Questo il motivo che aveva spinto il suo comandante a spedirlo con auto pubblica a Bellano a un orario tanto insolito. Il sonno al Citrici era passato immediatamente.

«Chi è mai?» aveva domandato.

«Tale Giovenca Ficcadenti» aveva risposto il luogotenente.

Il Citrici era sbottato in un sorriso amaro.

Caspita, non solo lavorava l'intera giornata ma perdeva anche la maggior parte della notte per controllare che nel suo territorio di competenza tutto filasse liscio e quello gli veniva a dire addirittura che sotto il suo naso dormiva, mangiava e faceva tutto il resto un'assassina!

«Non è possibile!» aveva sbottato.

«Ah no?» aveva ribattuto il collega.

Cosa ne diceva allora di una segnalazione giunta la sera prima presso il Comando per bocca di un notaro (uomo che quindi di legge ne sapeva, mica un visionario o un piffero di quelli pronti a dar credito al minimo pettegolezzo!), secondo il quale c'era più di una possibilità che si stesse tramando un lento avvelenamento ai danni di una povera malata residente dalle parti di Albate?

Il Citrici, Albate manco sapeva dove stava.

«Cosa c'entriamo io e la mia caserma?» aveva chiesto.

C'entrava perché di mezzo c'erano due complici (nomi e cognomi, il Notaro non aveva mica menato il can per l'aia), probabilmente amanti, incensurati e furbi perché l'arma del delitto era un veleno, (verificato, scritto nero su bianco, firmato da un certo professorone svizzero, il nonplusultra nel campo dei veleni) e i furbi a quella poveretta glielo facevano dare da una servotta che, secondo le informazioni, era notoriamente scema.

«E quindi…» aveva cominciato a capire il Citrici.

«E già!»

Bellano c'entrava perché pareva proprio che uno dei due complici fosse quella Giovenca Ficcadenti.

«Stando così le cose» aveva deciso il Citrici, «andiamo e l'arrestiamo.»

«E no!» aveva obiettato il Varvarini.

Gli ordini che aveva avuto non erano così.

Fermarla, per il momento, e trattenerla.

«Diciamo per accertamenti.»

Il tempo necessario affinché i colleghi di Como si appostassero intorno alla villa in attesa del complice che con la suddetta Ficcadenti si incontrava tutti i giovedì per fermarlo a sua volta e farlo confessare con l'aiuto della servotta che, per quanto scema, non avrebbe gradito l'alternativa di un'accusa di tentato omicidio o quantomeno di complicità.

Quindi, per non farsi giocare dalla Ficcadenti, i due erano usciti dalla caserma per appostarsi, ben nascosti, davanti alla merceria alle quattro del mattino.

«Conviene lasciare il cappello qui in ufficio» aveva consigliato il Citrici.

Il luogotenente non aveva compreso il motivo.

«Per via del vento» aveva spiegato il maresciallo.

Quando Giovenca uscì di casa, i due, scuri nel buio della contrada di fronte alla merceria, le lasciarono una decina di metri di vantaggio.

«Meglio evitare strepiti» suggerì il Citrici, «vediamo dove va e poi la fermiamo.»

La raggiunsero mentre attraversava il ponte sul Pioverna, nell'aria il suono del campanello che annunciava l'arrivo del primo treno per Lecco.

142

Chiunque l'aveva descritta come una scema, be', probabilmente era più scemo di lei. Al capitano Messeneri, comandato all'azione in villa Coloni, l'avevano passata così e di conseguenza s'era preparato a tenere un discorso semplice, efficace e soprattutto comprensibile alla Forcola, onde ottenerne la collaborazione.

L'espressione dubbiosa con la quale la ragazza gli rispose, sulle prime gli confermò le informazioni che aveva.

Era scema, non aveva capito un accidente.

Poi, però, cambiò drasticamente idea.

«Si potrebbe fare meglio.»

Così, diretta, senza alcun timore reverenziale.

Il Messeneri non se ne adontò.

Chiese piuttosto come.

La Forcola si spiegò.

Poteva capitare infatti che per le ragioni più svariate e imprevedibili qualcosa andasse storto. Se il giovanotto non veniva colto sul fatto, poteva dire di non c'entrare niente in quella faccenda.

A quel punto loro carabinieri restavano con un pugno di mosche in mano.

«Sì o no?»

Il Messeneri fu costretto ad ammettere che sarebbe stato proprio così.

«Invece…» suggerì la Forcola.

Se all'arrivo, come tutti i giovedì, del Novenio, lei, prima di salutare e andarsene per godere la sua giornata di libertà, avesse finto di essersi dimenticata di dare alla Primofiore la medicina e gli avesse chiesto di farlo lui?

In quel caso lo avrebbero colto sul fatto e non avrebbe avuto alcun modo per difendersi.

«Giusto» ammise il Messeneri, «ma…»

Per coglierlo sul fatto, lo interruppe la Forcola, sarebbe stato sufficiente che lui si nascondesse nella stanza della malata, dietro uno dei pesanti tendoni che oscuravano le finestre.

Un gioco da ragazzi.

Il Novenio giunse in villa verso le otto del mattino, le scarpe umide di guazza, un'aria da habitué.

La Forcola, recitando magnificamente, gli disse che l'avevano da poco avvisata che sua madre non stava bene. Per l'agitazione s'era dimenticata di dare alla Primofiore le solite gocce, anzi, una dose maggiore come le era stato ordinato dalla signora.

Poteva farlo lui in modo che lei potesse correre al capezzale della madre?

Novenio soppesò la richiesta.

Non nutriva sospetti di sorta, gli scocciava solo di dover adempiere a un dovere che era invece compito di una servotta.

«D'accordo» rispose, «ma che non capiti più.»

«Non capiterà più» assicurò la Forcola.

Il Messeneri intanto aspettava dietro un tendone da cui inspirava odor di muffa e di bei tempi andati. Da un buco, opera di una tarma, aveva la visuale del letto della povera demente e qualche minuto dopo, in quel piccolo panorama circolare, vide comparire il giovanotto. Reggeva in mano un bicchiere, il veleno destinato all'omicidio.

Con molta calma, e mentre quello mescolava scrupolosamente l'intruglio, uscì dal suo nascondiglio e si avviò verso il letto.

Novenio udì i suoi passi.

Ma, ritenendo fosse la Forcola che, dopo aver indossato le scarpe pesanti, aveva bisogno di qualcosa, nemmeno si girò a guardare.

«Cosa c'è ancora?» urlò risentito.

«Mi spiace disturbarla» rispose allora il Messeneri, «ma mi tocca interromperla e doverosamente informarla di essere in istato di arresto con le accuse di tentato omicidio e violazione di proprietà privata.»

Solo allora il Novenio si girò.

Sul viso aveva un'espressione che il Torsolo avrebbe definito da cane morto.

Fece istintivamente per appoggiare il bicchiere sul comodino dell'ammalata.

Il Messeneri ne bloccò il movimento.

«Tenetelo pure in mano se vi fa comodo, fa lo stesso. Oppure, se volete, bevetene un po'.»

Il Novenio contrasse la fronte, gli era ancora difficile capire cosa stesse succedendo.

«Che proprietà privata?» chiese alla fine.

Eccone uno veramente scemo, pensò il Messeneri.

«La proprietà che voi state calpestando in questo momento» spiegò poi, «e che appartiene al Notaro Editto Giovio come da atto di vendita depositato…»

143

«Depositato presso l'ufficio del Registro e del Catasto di Como nel corso del mese di agosto 1915 e in copia conforme presso lo stesso comune di Como nel mese di settembre» concluse il maresciallo Citrici, cui il Messeneri lasciò l'onore e l'onere di informare Giovenca Ficcadenti dei guai in cui s'era cacciata.

«Tentato omicidio… maltrattamenti… violazione continuata di proprietà privata…»

Anche la giovane, come il suo amante, era rimasta sconcertata alla rivelazione circa la proprietà privata.

Il Citrici le aveva nuovamente snocciolato la poesia spiegandogliela così come aveva sentito fare il Messeneri con il Novenio: a garanzia del futuro delle sue proprietà, il maggiore Coloni l'aveva ceduta al Notaro mantenendone l'usufrutto sino a una morte che certo non s'era aspettato così tempestiva.

Ma non era il caso di continuare quella conversazione proprio sul ponte dove tra il freddo che scendeva dalla valle e il vento che continuava a soffiare sul lago c'era il mezzo di prendersi un malanno.

Meglio andare in un altro posto.

«E dove?» chiese Giovenca.

Toccò al Messeneri intervenire.

«Prima di tutto a casa vostra, per darvi modo di prendere i vostri effetti personali. E, a tal proposito, vi consiglierei di portare con voi qualcosa di pesante.»

«Cioè?»

«Qualcosa che vi copra bene, insomma, che vi tenga caldo.»

«E perché mai?» chiese Giovenca.

«O bella, è noto che a San Donnino fa piuttosto freddo.»

«A San Donnino?»

«Le carceri di Como, no? Non le conoscevate?»

Giovenca impallidì, il Messeneri invece prese la testa del terzetto e si sistemò il ciuffo scompigliato.

«Grazie, maresciallo» disse.

«Grazie di cosa?» si stupì il Citrici.

Ma per il cappello, no?

L'avesse portato, come sua abitudine e prescritto dal regolamento, chissà a quell'ora dove sarebbe stato.

«Oggi comunque dovrebbe finire» commentò il Citrici.

«Ah sì?» fece il Messeneri.

«Così insegna la leggenda» spiegò il maresciallo, sorridendo per non fare la figura del credulone.

Anche se, col passare degli anni, aveva dovuto ammettere tra sé che qualcosa di vero ci doveva essere.

Un giorno oppure tre o sette.

A volte, ma raramente, undici.

Quale che fosse la verità, quella mattina continuava a soffiare ancora, bello gagliardo.

Una volta rientrati in via Manzoni sembrava di avere a che fare con un coltello che affettava l'aria e distribuiva le fette contrada per contrada, lasciandole libere di scontrarsi tra loro, creando selvaggi mulinelli.

Giovenca non aveva ancora detto mezza parola.

Né parlò quando giunsero davanti alla merceria.

Si fermò davanti ai gradini che portavano all'interno.

Né il Citrici né il Messeneri osarono dire qualcosa: parve a entrambi giusto che se la guardasse per un po', se l'imprimesse bene in testa poiché non l'avrebbe rivista tanto presto.

Così come il Geremia, che di rivedere la Giovenca tanto in fretta non se l'aspettava certamente.

Stava dando di ramazza alla merceria, obbedendo al primo ordine della giornata.

Mollò la scopa e uscì.

Quei due carabinieri dietro di lei, cosa facevano?

Giovenca per prima, i capelli scompigliati da un'ulteriore raffica di vento, fu lì per dire qualcosa, ma la bocca le si riempì di aria fredda impedendole di parlare.

Il Citrici invece riuscì a gridare.

Emise un: «Via…» che avrebbe voluto completare con un "… da lì!"

Via da lì!

Dal punto verso il quale una persiana della camera da letto, quella persiana che proprio lui aveva consigliato di far riparare, stava cadendo, strappata al muro dalla violenza del vento.

Tra il "Via" e il "da lì", la persiana concluse la sua corsa sulla testa del Geremia che rimase un istante con la bocca aperta e poi cadde a terra, privo di vita.

Il Citrici restò impalato a guardare la scena.

Il Messeneri, avvedendosi di come il suo collega fosse turbato, si avvicinò alla Giovenca e la prese per un braccio, onde evitare complicazioni.

Ma la donna non era nemmeno stata sfiorata dal pensiero di scappare, ipnotizzata dalla targa che splendeva all'ingresso della merceria:

"PREMIATA DITTA SORELLE FICCADENTI".

Epilogo

Come voleva la tradizione, il giorno dopo il vento cessò.

La Rebecca se ne guardò bene dal dirlo in giro, e men che meno di dirlo al sciòr prevòst, perché sembrava avesse qualcosa sullo stomaco o, peggio, avesse ricevuto in confessione delle confidenze che l'avevano turbato.

Ma il vento, lei lo sapeva, aveva finito di soffiare perché el diàol aveva portato a termine il suo lavoro, aveva fatto il suo bottino e per intanto si era saziato.

S'era portato via l'anima di un poveretto, un bamba, caduto nella rete di due arpie di cui una era in galera, e ben gli stava, che ci marcisse!, e l'altra, che dopo il funerale del Geremia era sparita, chisà in dov'è che l'era andàda a scòndes!

Come il vento, anche el diàol aveva lasciato dietro di sé la coda.

Il vento s'era lasciato dietro un freddo becco, s'era portato via tutti i colori del mondo, a parte il color cenere del lago e un marrone marcio sulle montagne, come di carne andata a male.

Per quanto riguardava il diàol, aveva lasciato nel dolore la Stampina, per esempio, o il maresciallo Citrici, poveretto, che non si dava pace per non essere riuscito a salvare la pelle del Geremia. E anche nel malumore del sciòr prevòst che, se la perpetua lo conosceva bene, sarebbe stato sulle sue per un mese buono e avrebbe trasformato quella canonica come un convento di frati di clausura.

E poi la rabbia.

La sua.

Contava niente la sua rabbia?

Ormai no.

Però se le avessero detto qualcosa, l'avessero informata di quello che andava accadendo invece di tenerla come se fosse l'ultima ruota del carro, avrebbe messo sull'avviso tutti quanti, perché lei sapeva che dietro quei fatti c'era il maledetto diàol.

Mica tutti potevano sentire il suo odore di zolfo anche se tentava di coprirlo coi profumi, né vederlo dietro i rossetti, le ciprie e i bei vestiti, come aveva fatto quella Ficcadenti.

Ma ormai, pensava la Rebecca, chi muore giace, chi vive si dà pace, c'era poco da fare, nessuno restava qui per far semenza, indietro non si tornava.

Un mese dopo l'accaduto, e dopo un mese di chiusura, sulla porta della merceria Ficcadenti, come se niente mai fosse successo, comparve un cartello.

CHIUSO PER CESSATA ATTIVITÀ

Il giorno seguente il Galli dell'omonima merceria suonò verso l'una alla porta di casa del segretario Cesarino Pazienza.

«Mi scuso per l'ora» disse, dopo aver salutato la moglie del segretario, signora Tantina.

Il Pazienza era ancora seduto a tavola, stava finendo di pranzare, sbucciava una mela.

«Nessun disturbo» si affrettò a intervenire la padrona di casa, intuendo dalla mimica del marito che lo stesso era assai poco propenso a scusare l'intrusione a casa sua e per di più durante l'ora di pranzo.

«Si tratta di cosa delicata» si giustificò il merciaio.

Il segretario si tolse il tovagliolo che aveva infilato nel collo della camicia.

«Delicata!» commentò con un tono di voce che denunciava esattamente l'opposto.

La moglie non osò invitare l'ospite a sedere. Il Galli, che delle buone maniere in certe occasioni sapeva fare a meno, partì a spiegare.

«Si tratta della merceria... anzi» si corresse, «della ex merceria di quelle due.»

Che il segretario lo correggesse pure se sbagliava. Ma riteneva di non farlo calcolando che se la Deputazione Amministrativa aveva loro concesso una licenza per quel genere di commercio significava che adesso, con la chiusura del negozio, la stessa licenza restava libera.

«O no?»

Il segretario evitò di rispondere: era evidente che il Galli avesse un obiettivo ben preciso e, prima che non l'avesse raggiunto, dalla sua bocca non sarebbe uscita nemmeno mezza parola.

«Quindi...» riprese il merciaio.

Libera e acquisibile da qualcun altro che si mettesse in testa di seguire le orme delle due Ficcadenti.

Il Pazienza guardò il Galli.

Il viso voleva dire "E allora?", ma dalla bocca non gli uscì nemmeno un verso.

«In questo caso» concluse il merciaio, «vorrei ritirarla io.»

«Voi?»

La domanda sfuggì tra le labbra della signora Tantina, fulminata subito da uno sguardo del marito. Il quale non aveva bisogno come la moglie di comprendere le ragioni di quella mossa: bloccare la licenza in oggetto, in modo da impedire che chiunque ne potesse approfittare.

«Sapete» si confidò il Galli, «ho preferito venire a parlarvene qui, disturbandovi in casa vostra, per evitare che qualche orecchio estraneo sentisse... parlasse...»

Un vago sorriso illuminò il volto del Pazienza.

«E avete fatto bene» disse poi il segretario, stupendo la moglie.

Il Galli lo ringraziò.

«Ma avreste dovuto pensarci prima» proseguì il Pazienza freddando entrambi.

Perché proprio il giorno prima, e senza timori che orecchie estranee potessero venire a conoscenza delle sue intenzioni, il suo collega Tocchetti era andato da lui a presentare regolare domanda per rilevare a nome della moglie la licenza della merceria ex Ficcadenti. Ne conseguiva che alla prossima riunione la Giunta Amministrativa non avrebbe avuto difficoltà di sorta nel decidere.

All'uscita del Pazienza, il Galli fu lì per obiettare qualcosa, ma tacque.

Mica c'entrava il segretario in quell'inghippo.

Piuttosto quel bastardo del suo collega, quella faccia di merda del Tocchetti che aveva fatto le cose di nascosto, topo di fogna che non era altro, per fregarlo e metterlo di fronte al fatto compiuto. Così che adesso gli sarebbe toccato cospargersi il capo di cenere, fare buon viso a cattiva sorte, leccargli il culo per cercare di capire che intenzioni avesse.

Uscì da casa Pazienza, dimenticando a sua volta le buone maniere, senza quasi salutare. Mentre il segretario Pazienza, masticando un ultimo spicchio di mela ormai quasi ossidato, rise francamente e per poco non si ingozzò.

«Idiota!» esclamò, rosso in viso.

«Il Galli?» chiese la moglie.

«Anche il Tocchetti» aggiunse l'uomo.

«E perché mai?»

«So io» rispose misteriosamente il segretario.

Su ciò che accadeva tra le mura del suo ufficio aveva sempre mantenuto un invincibile segreto. Pure alla moglie, sebbene fosse donna fidata, evitava di raccontare cose di lavoro. Anche quella volta mantenne fede al silenzio.

Lasciò che fosse il tempo a raccontare gli sviluppi della vicenda.

Con l'arrivo, dapprima, di un autocarro leggero Fiat F2, sul cui telone compariva la scritta della ditta "BELLINZONI – TRASPORTI IN-

TERNAZIONALI", con sede in Locarno. In poco meno di una mattina due silenziosissimi trasportatori caricarono tutto ciò che la ex merceria Ficcadenti conteneva e se ne andarono, lasciandosi dietro locali di una nudità imbarazzante e una sorprendente novità, grazie alla loquacità dell'autista che, ciarliero come un usignolo, non si mosse dal posto guida ma accettò ben volentieri di parlare con i curiosi che attorniarono l'automezzo: la vedova Pradelli, che fu non senza fatica identificata in Zemia Ficcadenti, abitava adesso a Culdrée, Coldrerio, nel mendrisiotto e in quello stesso paese stava per aprire una merceria, visto che non ce n'era alcuna. Alla Zemia l'idea era venuta grazie al suggerimento di un vecchio cliente del genitore che, proprio da Coldrerio, aveva scritto alla Premiata Ditta per chiedere indicazioni circa artigiani che potessero realizzare, con abilità pari a quella del defunto genitore, una serie di bottoni che celebrassero la figura di Gasparo Mola, orafo e medaglista, i cui natali erano oggetto di contesa tra comaschi e ticinesi. Zemia aveva risposto raccontando come ormai fosse sola al mondo e del tutto priva di prospettive, al che il ticinese le aveva fatto quella proposta: se non aveva niente contro il Canton Ticino, Coldrerio le offriva la possibilità di ripartire. E non proprio da zero, visto che almeno possedeva la materia prima per aprire una merceria là dove non c'era mai stata. Per Zemia quella risposta era stata come una specie di secondo battesimo. Era partita lancia in resta verso la sua nuova vita e tenendo per sé la licenza della Premiata Ditta Sorelle Ficcadenti. Nessuno sarebbe entrato in quei locali fino a che lei fosse vissuta, le voci che si erano incrociate in quelle stanze sarebbero rimaste lì a far compagnia alla polvere e al silenzio. Fino a quando il vento staccò il cartello "CHIUSO PER CESSATA ATTIVITÀ", senza sapere che lì dentro un'attività impalpabile come la sua stessa sostanza continuava a esserci.

Questo libro è stampato su carta certificata FSC,
che unisce fibre riciclate post-consumo a fibre vergini
provenienti da buona gestione forestale e da fonti controllate.

Finito di stampare nel mese di dicembre 2014 presso
il Nuovo Istituto Italiano d'Arti Grafiche – Bergamo
Printed in Italy

Libri

ISBN 978-88-17-07857-3